北海和觞

献给所有北方和海上的人

俞不周 ◎ 著

中国华侨出版社
·北京·

图书在版编目（CIP）数据

北海和觞 / 俞不周著. — 北京：中国华侨出版社，2019.7

ISBN 978-7-5113-7863-7

Ⅰ.①北… Ⅱ.①俞… Ⅲ.①长篇小说—中国—当代 Ⅳ.①I247.5

中国版本图书馆CIP数据核字（2019）第 106090 号

● 北海和觞

著　　者 /	俞不周
责任编辑 /	王　委
版式制作 /	大燃图艺
经　　销 /	新华书店
开　　本 /	710×1000 毫米　1/16　印张：18　字数：347 千字
印　　刷 /	河北鸿祥信彩印刷有限公司
版　　次 /	2019 年 7 月第 1 版　2019 年 7 月第 1 次印刷
书　　号 /	ISBN 978-7-5113-7863-7
定　　价 /	48.00 元

中国华侨出版社　北京市朝阳区静安里 26 号通成达大厦 3 层　邮编：100028
法律顾问：陈鹰律师事务所
发行部：（010）64443051　传　真：（010）64439708
网　　址：http://www.oveaschin.com　E-mail：oveaschin@sina.com

如发现印装质量问题，影响阅读，请与印刷厂联系调换。

内容提要

　　此时正值世界大航海时代的开端，西方的商船舰队开始大规模涌向东方，东方的商品文化也借此传向西方；此时正值世界小冰河时期来临，天气严寒、庄稼凋敝，北方的异族疯狂地攻打长城；此时这个国家的大明王朝正经历着最危机的时刻，无数诡异的事情接连发生，一代又一代的皇帝相继死去；这时一个这个国家南方的海盗统领构筑了世界史上最庞大的民间海洋王国，他被人们称为"海上长城"，他周旋在这个国家、日本、荷兰和西班牙之间，将西方侵略者都挡在了这个国家之外；他的卫队是黑人，女婿是葡萄牙人，而他有一半东洋血统的儿子郑成功则阴差阳错地成为了大明王朝最忠烈的臣子，并在后来驱逐荷兰东印度公司，收复台湾；这时东方最神秘的帮会也开始建立，数百年后它的身影遍布世界的每一个角落。

　　本书正是以这个时代为背景，在传教士、海盗、西洋人、大明文士、鞑靼人、妓女、术士、幕府将军和美人鱼、海怪间构筑了一个世界视点下的传奇故事。

　　本书取材选用了大量中文写作史上从没有出现过的内容，部分资料是作者由西班牙语、法语等语言第一次翻译成中文、英文，由此在描绘了一个完全与众不同的故事的同时，也展现了一段人们以往认知之外的历史面目。

　　本书以特殊的角度填补了这个国家明末清初历史的一段空白，同时也是这个国家海洋史写作从未有过的力作。以前，人们往往认为这个国家海权是薄弱的，西洋舰队是无敌的，却不知曾经这个国家才是东方海域上的唯一霸主，并且通过"一带一路"辐射整个世界。人们也总是局限地以为这个国家的历史只是陆地领土上的历史，却不知海洋的因素曾对这个国家历史产生过巨大影响。当时所有路过东南亚海域的商船都需要向"郑氏"交税才能航行，当时西方公司想去日本等地做生意都需要郑氏的中介，当时郑氏是西方诸多国家首要的讨好对象，甚至郑氏的举动会影响整个欧洲的物价和局势。当时东南亚一带的小国都视这个国家为"天国"，视郑氏为最高领袖。

　　本书正是以郑氏四代人的故事为主线，重塑了那个波澜壮阔又充满悲情的时代。

　　以故事内容的传奇性来看,本书是一部东方的《冰与火之歌》,并且是一个真实的《冰与火之歌》。以人物塑造来看,本书绵延数十年的故事更像是中国的《百年孤独》。本书写尽中国大气磅礴的海洋史和东方文化的山河意气。以古喻今,突出忠义精神、民族魂魄、坚持海权和大一统方向,正是当代这个国家需要的一部佳作。

主要人物简介

郑芝龙：人称"海王"，出生于被预言将会诞生大海主人的南安县，发家于澳门，崛起于日本，在明朝末期成为掌控整个东亚海域的王者，是当时的世界首富。郑芝龙为人狡诈又不失豪爽，精通葡萄牙语、日语、荷兰语等多种语言，与所有势力都有深度联系。因在天下大乱时拥护南明的隆武皇帝，被封为公爵，后来为了利益在战争中又背叛隆武皇帝，偷偷投降了北方异族建立的清国。

郑成功：郑芝龙之子，有一半日本血统，生长于日本，在郑芝龙崛起后被接来这个国家。因为得到隆武皇帝的赏识和赐姓被人们称为"国姓爷"。郑成功为人坚韧，永不妥协和放弃，在父亲郑芝龙背叛明朝后与其决裂，并渐渐成为了天下最有名的抗清领袖和海洋新的主人。郑成功以大海为依托，以几座岛屿为大本营，靠着与外国贸易所得的支撑孤身与清军奋战近二十年，始终坚持着明朝的习俗，拒绝向清国投降，并将西洋舰队都挡在了这个国家之外。后来郑成功又从荷兰侵略者手中收复了台湾，并创立了反清复明组织。

陈永华：郑芝龙友人陈鼎之子，自幼仰慕郑成功，其父在清军入侵时自杀殉节。之后陈永华跟随郑成功一起抗清多年。陈永华为人儒雅，沉默少言。郑成功死后陈永华辅佐郑成功的长子郑经，郑经将陈永华任命为主管台湾一切文武事务的东宁总制，陈永华渐渐将台湾经营为一片乐土，并让中华文化彻底扎根于台湾。同时陈永华也是郑氏情报机构"汉留"的负责人，后来陈永华将汉留发展为了以传承中华精神反清复明为目标的天下第一大神秘组织"洪门"。

洪承畴：郑芝龙少年时的友人，洪承畴文韬武略天赋异禀，曾被认为是预言中的大海的主人，可后来洪承畴走向了与大海不同的方向。洪承畴离开故乡后渐渐成为了大明王国最重要的臣子，并被皇帝派去北方与长城外面的清人决战，战败后洪承畴投降清人，并成为了清国的支柱。许多年后洪承畴则成为了代表清国来招降郑芝龙的人。

钱谦益：郑芝龙与陈鼎的友人，郑成功的老师，天下第一文豪，江南政治领袖。钱谦益一生风流，曾娶天下第一名妓为妻。钱谦益将忠君爱国的儒家思想传授给郑成功，对郑成功早期影响极大，后来自己却投降敌国。有人说他贪生怕死，有人说他是为了天下忍辱负重。

郑经：郑成功之子，陈永华的学生，郑成功死后郑经在陈永华的帮助下接管了大海和台湾，成为实际上开辟台湾的第一人，被西洋人称为"台湾国王"。郑经为人内向而孤独，喜爱独居，喜爱饮酒和作诗，曾经因为与幼弟的乳母通奸将郑成功气得吐血。郑经一生不得志，唯有知己陈永华一人。后来在终于得到机会时，郑经带领大军义无反顾地杀向了清国。

田川氏：日本女子，铸剑名家田川翌皇之女，其父赏识郑芝龙的才华，为郑芝龙铸造了海神刀并把她许配给郑芝龙为妻，后来生下郑成功。在郑芝龙背叛后，田川氏用她的东洋武士刀切腹自尽。她的死对郑成功影响很大。

董夫人：郑成功的妻子，与郑成功幼年相识，后来一心一意帮助他成就事业。但在郑经通奸事件中接到了郑成功的诛杀令，郑成功命令手下将领以教子不严的罪过杀死董夫人。命令后来没有被执行，可董夫人的心中已经生起了恨意。

柳如是：钱谦益之妻，郑成功之师母，才色冠绝，比钱谦益小三十六岁。柳如是虽然出身风尘但心系天下，在钱谦益投降后与其分手并坚持抗清。早年柳如是对郑成功很照顾，后来柳如是将郑成功视作复国的希望。与郑成功之间有模糊的情感。

洪夫人：郑成功手下第一大将忠振侯洪旭之女，陈永华的妻子，善于文墨，并且可以将别人的字迹模仿得一模一样，经常在陈永华不在时替他下达政令，渐渐成为台湾最受人尊敬的女性。被称为"卧龙夫人"。

蝶小姐：陈永华的女儿，为人善良纯真，满足于世间的一切，后来成为郑经之子郑克臧的妻子。

郑克臧：郑经的私生子，其母在通奸败露不久后自杀。郑克臧因为身份不被世人认同，一生艰难，但为人坚韧不拔，酷似郑成功。后来娶陈永华的女儿为妻。

多明我会利胜：来自意大利的传教士，在郑氏控制的厦门居住传教多年，与郑成功关系很好，但与郑经关系紧张。利胜为人幽默风趣，乐于助人，被很多百姓喜爱。后来在马尼拉屠杀华人事件中利胜作为郑氏的使者前往马尼拉与西班牙人谈判，展开了一系列有趣的故事。

揆一：荷兰东印度公司驻台湾长官，有谋略，很早就意识到郑氏的威胁，在郑成功攻打台湾时升起血旗发誓与郑成功血战到底。

黑山：原澳门葡萄牙人的武装黑奴，善于火器，后来被郑芝龙的葡萄牙人女婿买下来献给郑芝龙。郑芝龙还了黑山自由，黑山内心感激，忠诚护卫郑家三代人。

李德斯队长：荷兰人的日耳曼（德国）雇佣军领袖，坚信这个国家人会巫术，在郑成功攻打台湾时背叛荷兰人投降郑成功，并与陈永华成为友人，后来成为郑经的护卫。一生英勇，娶了汉人女子为妻，最终为郑经牺牲了自己。

田川翌皇：日本人，田川氏之父，郑成功的外祖父，一度对台湾图谋不轨。

范承祚：清国开国第一文臣范文程的小儿子，后与陈永华成为亦敌亦友的朋友。范承祚武艺高强，外表洒脱不羁，但心中一直没有归宿，无法确定自己到底是汉人还是清人。

施琅：海盗之子，十七岁做贼，骁勇无比。原郑芝龙部下，一生几次叛逃，后来归附郑成功，但又因琐事与郑成功发生矛盾再次叛变。郑成功一怒之下杀死施琅的父亲与弟弟,施琅发誓报仇。许多年后施琅成为了清国派来攻打台湾的主帅。

我:故事的叙述者,陈永华的书童和徒弟,以一个旁观者的角度经历了整个时代的变迁。

目录 Contents

第一卷 · 海王传说 / 1

第一章　海王 / 3
第二章　台湾的风 / 17
第三章　北方和金陵 / 25
第四章　福尔摩沙 / 41
第五章　失魂的国姓爷 / 53
第六章　大明的光辉 / 65

第二卷 · 孤臣泪 / 85

第一章　家和国，父与子 / 87
第二章　孤臣泪 / 103
第三章　白沙岛上的定国公 / 115
第四章　逃人法 / 125
第五章　宝藏和几封信 / 137
第六章　台湾的雨 / 151

第三卷 · 北海和觞 / 173

第一章　迷雾 / 175
第二章　别离 / 189
第三章　西方美人之思 / 207
第四章　江湖与血 / 225
第五章　梦蝶 / 253
第六章　北海和觞 / 267

第一卷·海王传说

第一章　海王

1644年,崇祯皇帝在煤山上吊了。同年,清军入关,顺治迁都北京。

1661年,顺治也死了,他的儿子玄烨即位。

那一年我们去了台湾,那年的海浪好大啊,我们几乎都死了。国姓爷[①]很心急,他急得吐血,后来在妈祖的保佑下我们终于活了下来。

再后来师父在一次面见国姓爷之后很愁苦,他很少饮酒,但那天喝了不少。我的师父叫陈永华,他的一生好像都在奔波和忙碌。后来人们还叫他另一个名字——陈近南。

师父不太爱说话,他没有什么朋友,十几岁起便成了孤儿。我知道国姓爷是拿师父当朋友的,国姓爷对待师父总是与对待他人不同。可师父尊敬国姓爷,他始终只让自己做一个鞠躬尽瘁的下属。

师父遇到蔡德忠他们是在1673年,那次我们好像被清兵发现了行踪,清兵或许也不知道我们是谁,但如果他们上来盘问师父会忍不住动手杀人。我们退到了一个破庙里。风铃叮咚作响。

破庙里有几个人,他们一看就是江湖豪客,但又心智单纯,他们又哭又笑。为首的壮年想必功夫不错吧,他一只手就从江里提上来一只大鼎,看着那只鼎,他们更哭更笑。师父站在一旁,没有现身也没有掩藏。我是个愚笨的人,从不去猜测师父的想法。

师父为人好,从不说我。只有一次他说我优柔寡断,成不了高手。我挺

[①] 此处国姓爷即郑成功。

高兴的,因为我从来没有想过要成为高手,习武对于我来说好像只是一种习惯。

师父还曾对我说,回家吧。之前师父一直也只让我跟在他身边而不让我随他从军。他想让我回家,可我又能回到哪里去呢?家人早就都不见了,现在连国都被那些来自长城外面的清人占了。跟着师父,跟着国姓爷,或许就是为了能有一个更好的家。

1646年,隆武皇帝死了,但国姓爷依然带领我们与清军抗争。

1651年,国姓爷统一了大海,大家觉得国姓爷一定也能光复大明的江山。

1659年,我们围困江宁府,那是充满希望的时刻。江宁曾经的名字是南京,那里可是南方的第一重镇啊。百姓们哭着迎接我们的军队,他们哭着说,已经许久没有见到大明的衣冠。可后来我们输了。

国姓爷和师父闭门长谈了许久。然后我们去了台湾。

我从来都不懂兵法,不知道我们输在了哪里。我只知道军队集结得很慢,很慢,而好像才刚集结好不久,战士们就开始饥饿了,我还知道师父很累。我很羞愧,看到清人的战马从黑暗和火光中奔来,我感觉恐惧,只有海上的巨浪可与之相似。果然武在许多时候都是没有什么用处的。

师父练的是家传功夫,按老规矩他不应该教我,但师父以天下为家。天父地母,反清复明,后来也有人叫我们"天地会"。也是因为那时我们在福京①实在太无聊了,我每天都在等死,所以师父让我干脆别再做他的书童了,每天练点武也不错。本来自记事起我就被卖到师公家做了仆人,又在真正记事起就是师父的书童,突然不再是书童,好像有些奇怪,又好像没什么区别。师公叫陈鼎,是大明的进士,师父的武艺和学识大多来自他,而人们说师父又超越了师公许多。那时不知为什么师公突然离开了我们,他把我们留在了福京,然后回故乡去了。

后来清军攻陷了我们的故乡同安,他们杀了很多人,同安血流沟的谶语应验了。师公是同安教谕,他用死完成了自己的气节。

江宁的城墙好高啊,像山一样,江宁的城墙好厚,就像海。江宁一眼望不到尽头。如果让我选择,我会永远不希望士卒去攻打这样的地方。没想到那次国姓爷竟然和我想的差不多,所以可能他错了。国姓爷一直没有进攻,他不想我们牺牲,他在等江宁投降。我们大军也越集越多,超过二十万人的

---

① 福京即福州,成为南明的首都后被改名为福京。

大军啊，无数的营寨看起来就像江宁的城。三千艘战船，我们把城下的水面变成了陆地。

那时江宁提督写了密信来表示愿意投降，但是清军规定将士守城若不满三十天，妻儿家眷都要被诛杀，所以来信的人请国姓爷给他三十天时间。三十天后，他开城投降。我记得那时师父的神色是复杂的。

后来我们没有等到他们投降，我们等到了他们突然冲杀向我们的大营，等到了地震一样的红衣大炮和只有北方才有的骑兵。人在马的面前是渺小的，人在无数战马一齐奔来的时候是渺小的，我们溃散了。那些年，清人的八旗骑兵就像是野兽，像是鬼魂，在陆地上那八面旗帜掠过的地方没有什么人能活下来。那天很多人死了，大将甘辉也死了。我们又退回到了海上。

师父曾问我觉得武技是什么，我说不上来。师父说武只有一个目的，就是杀人。我觉得恐惧，我不恐惧师父，但对于武，我深感不安。

江宁大战后师父问我，你还是不能把武技变成杀人技吗。我无法回答。师父说，很好。然后他不再让我用剑了。师父说无法放下它就折断它。我无法动手。

师父大喊了一声，折！

终于我掰断了我的剑。在那一刻我好像第一次感觉到了武技在体内跳动。在那一刻我心里不知为什么，总是想着还在北方的海王。

兵败后国姓爷本来还试图进攻崇明，但将士们暂时都无了拼杀的决心。我们终于还是回到了南面更南的思明。

国姓爷很心痛，他很想拿下江宁，他在隆武皇帝的灵位前痛哭。即使有我这种身份低微的人在场，他也毫不掩饰。

我想国姓爷是真的尊敬隆武皇帝吧，正是隆武皇帝赐了他皇家的姓氏，隆武皇帝应该也没想到，后来国姓爷竟成了他唯一的忠臣。在隆武皇帝要失败的时候许多人都背叛他了，那时清兵压境，连先公①都偷偷与清人结定了盟约。国姓爷为此不惜与先公决裂。可还是没能挽回隆武皇帝的性命。

事实上正是先公的背叛直接导致了隆武皇帝被清军抓住。国姓爷从此再也没有提起过先公。我有些难过。

后来清人不仅没有给先公承诺给他的高官厚禄，反而将他和其他几位公

---

① 此处先公指的是郑成功的父亲郑芝龙。

子软禁。他们以先公作为人质要挟国姓爷投降。国姓爷没有答应。

然后我们登陆台湾的那一年,他们杀死了先公。

而太妃①在最初看到清人背弃盟约率兵侵占我们的城池的那一刻,就用她的东洋刀切腹自尽了。等国姓爷赶到的时候一切已晚。同时失去了父亲和母亲,想必国姓爷是痛苦的。

国姓爷或许也是愧疚的吧,他时常自称罪臣,他的旗号上写着招讨大将军罪臣国姓。那面大旗一直是江南百姓的希望,后来又成了海上最耀眼的标志。国姓爷终于也成为了海王。或许这就是命运。

海王本来是先公的名字,他对我们这片土地的影响真的很深。而后来我们去到了海上,我才知道原来他对于大海的影响更深。我总是记得小时候见到先公的样子,他和师父的父亲是朋友,他总是豪迈的,人们说海浪越大时他就越兴奋。先公的旧部也都遗留着粗犷,他们乐于回到海上,他们喜欢那个属于他们的海洋的时代。

先公的故乡在海滨的南安县,几百年前有术士预言那里将诞生大海的主人。曾经人们以为那个被预言的人是洪承畴,因为洪承畴天赋异禀。洪承畴是先公少年时的朋友,也是那时所有在街面上厮混的青年的领袖。不过后来洪承畴走向了与大海不同的方向,他开始读书,去了北方,渐渐成为了北方最重要的臣子。在大海的时代来临之前,洪承畴一直都是我们这里最耀眼的人。

可惜最终他兵败了,他的十三万大军几乎在辽东死尽了。那是比北方更冷的北方,是长城外面的清人的领地。起初那些异族还不叫清人,他们是野人,他们甚至连自己的国都没有,他们只是一遍又一遍地疯狂地攻打着长城。他们疯狂地劫掠,疯狂地杀人,他们给我们的国带来了巨大的压力,于是皇帝派去了洪承畴。可洪承畴也输了,而且还投降了那些野人。

后来正是洪承畴帮助那些异族彻底摧毁了长城,帮助他们入侵了我们的国。

那时先公在海滨,他在海滨占有着几座全世界最富庶的城,他很震惊。旧部们说先公震惊的不是国家的灭亡,而是洪承畴怎么那么勇猛。有人要杀洪承畴的家人泄愤,先公又一次保护了他们。上一次先公的保护是在洪承畴刚刚投降的时候。

---

① 此处太妃指的郑成功的母亲东洋人田川氏。

那时的海滨还没有太多地感受到国家灭亡的变化，因为我们是距离北京最遥远的地方，也因为那时的海洋就像陆地一样热闹，因为我们有海王。先公为海上所有的人提供着保护，他在海上建立了自己的秩序，海洋的商船遍布着所有的地方，而所有的船都会打着先公的旗号航行。无论是汉人、西洋人、东洋人还是南洋人，无论是东印度公司还是各地的海盗，所有人出海经商时都会购买先公的海王令旗插在船头来保平安。反之，他们的船就一定会遭到劫掠。

起先海上也不是如此尊敬先公，可当先公接连击沉了一艘又一艘无敌的战舰，斩杀了无数不愿臣服他的海贼，人们终于明白，海上的一个王诞生了。自此侵扰大明数百年的海乱也彻底平息了，再也没有上岸抢劫百姓的倭寇了。因为倭寇们要么死了，要么自愿成为了先公的部下。他们叫他波澜共主。

其实有了先公之后大明就再也不需要海禁令了，可惜那时朝廷已经无暇顾及这些，连撤销都无暇撤销，只能是任由整个大海都掌握在了先公的手中。好像从许久以前大明就陷入无尽的危机，莫名其妙的寒冷，北方异族的入侵，中原的饥荒和内乱，不知为什么一下全来了。本来最乱的海滨那时在先公的统治下反而成为了整个这个国家最安稳和快乐的地方。正是在这里，我们长大了。

很久以前有一次先公曾把大海染成了红色，那次他在厦门杀死了许心素。人们说许心素本来是个修道的人，身上有道术也有武艺，单论功夫在海上名列前茅，只有少数高明的东洋浪人可与他匹敌。可当先公浑身沾满血浆在他的黑人卫队的簇拥下冲出人群，胡子和头发都因此打结，怒吼着杀向许心素的时候，许心素根本没有反抗就被杀了。先公的海神刀可以斩断战马，可以将三尺厚的巨鱼切成两段生吞活剥，自然也可以砍开人的身体。

先公命令人们将许心素的半截身体挂到了旗杆上，血一直向下流。

许心素和先公本有同门之谊，他们都曾在海上一代豪强甲必丹李旦的手下做事。后来甲必丹死了，先公继承了他的一切。先公继承了甲必丹的威望，继承了他的财富，也继承了他的许多船队。许心素心里或许是不平衡吧，所以他离开了甲必丹的阵营，开始暗中和先公作对。

旧部们说那时天下最富有的途径是从澎湖到马尼拉再到日本长崎的航线，许心素也试图走过那条航线，效果却不大理想。因为那时是海上各路豪杰最

风起云涌的年代。后来忽然一天，许心素放弃了海上的身份，他用两万两银子买通厦门总兵俞咨皋投身了官府。上任后许心素一面拉拢了当时海上最强大的荷兰舰队打压先公，另一面招揽了许多海盗来为他做事。

甲必丹李旦死后不久，另一位大海盗颜思齐也死了，没有人说得清楚他们为什么突然都死了。反正先公又趁机开始了收编颜思齐旧部的行动，他一时没有时间理会许心素。那一年国姓爷两岁，他在东洋。

先公和太妃也正是在东洋相识的，太妃是个纯正的东洋女子。

太妃的父亲叫田川翌皇，是平户藩藩主的家臣，也是东洋的铸剑名家，人们都尊敬他。许多年后我见过田川，我明白了那种尊敬。那时的田川已是一个很老的人，可我无法忘记他的威胁。田川翌皇也叫翁翌皇，在东洋许多有地位的人都会有一个中文的名字。

翁翌皇赏识先公，亲手为先公铸了海神刀，还将女儿许配给了他。

不久后太妃在平户海滨的一块巨石上产下了国姓爷，据说那里至今仍立着一块石碑记载着国姓爷的诞生。有时我也想去看看，去看看那块巨石，看看那片海滨，去看看东洋的剑铸造起来和我们的剑究竟有什么不同。可师父永远都是忙碌的。我们回到了海上，却永远没有机会恣意漂泊。

许心素在厦门尽绝了先公的商道，并让手下的海贼打着先公的旗号沿海洗劫，再后来又杀死了先公在厦门做事的侄儿郑旭。所有人都知道战争即将开始了。先公是个很在意亲情的人。

许心素做了许多部署，但或许他恰恰没有想到先公敢公然走上陆地，公然进攻厦门。可先公就是那样从正面打败了厦门，毁灭了大明水师的最后一块重镇。

大战过后，先公笑着对俞咨皋说，嘿嘿，总兵大人，我们又见面了。

俞咨皋忙说，是的是的，大官人别来无恙。

先公问他，你的父亲真是俞大猷？

俞咨皋回答，俞大猷正是下官的父亲，请大官人看在先父面上放下官一马。

嘿嘿，你父亲是和戚继光一起杀倭寇的大将军，百姓都需要感谢他。但说来我也算是个海寇啊，所以我有点恨他。

俞咨皋赶紧在地上磕头说，小人错了，小人错了，先父不是俞大猷，小人决计不敢阻拦大王的步伐！

先公想了想说，很好，很好，你父亲打击海贼，你却引海贼做水师总把，跟他们一起与洋人走私，任他们打着老子的旗号沿海抢劫，哈哈，果然还是你是我们海贼的好朋友啊！

俞咨皋如释重负，一脸开心地说，大人说的是，大人说的是，下官祝大人早日一统四海。

呸！

先公大喝一声拎起海神刀砍向了俞咨皋。俞咨皋吓坏了。但先公也只是吓吓他而已，并没有真的砍下去。先公笑呵呵地说要宴请俞咨皋，俞咨皋跑了。

先公对人们说，他娘的，就是这种人太多了，这个国家水师才这么弱。从今天开始，厦门老子说了算，大海老子说了算！

先公下令将所有敌人的尸体倒挂在了船上，上百艘战船打着先公的旗号承载着数千具无名的尸体，驶向了九个不同的方向。船员们一边航行一边砍头，大海瞬间被染成了红色。从此很长一段时间都无人敢与先公争雄。

先公并没有像寻常海贼那样抢完就走，事实上他谁都没抢，他将厦门视作了自己的地方。从那时起，厦门海成为了郑氏的内海。许多年后国姓爷因为无法抑制对于大明的思念而将厦门的名字改成了思明，那里成了我们军队的大本营，也成为了世子①长大的地方。我们曾在那生活过许多年，那里很美。

世子是国姓爷的长子，国姓爷让师父做了世子的老师，师父很疼爱他。世子小时候总是问师父他的爷爷去哪了，师父不忍告诉他先公叛变了，只能回答，平国公②去了北方。世子总是在思明海上望着北方思索。

占领厦门之前先公在海中的台湾岛上也有个据点，那里比澎湖岛离大明要远一些，也更旷阔和神秘。最初到那儿的人是曾杀死过西班牙总督的大海盗林凤，然后林凤消失了，而正式在那开港的人是颜思齐，却也没有成多大气候。因为那里叫魍港，是个闹鬼的地方。

海上的人对天地总是充满了敬畏的，每次出海前我们都会祭祀大海。听说只有待大海真诚，大海才会给我们回馈。东洋浪人祭祀他们的海神，黑人向圣母祷告，而我们祭祀妈祖。鬼和神一样，都是值得尊敬的。在海边长大的孩子从小听的最多的就是鬼怪的故事。唯有师父是个特例，他从小迷信孔圣人，尊敬礼法和人伦，不大喜爱鬼神的故事。但我曾不止一次看到他在海

---

① 此处世子即郑成功的儿子郑经。
② 此处平国公即郑芝龙，平国公是他的爵位。

上静静地望着巫师为亡者招魂。

先公到达魍港后,听完了各种诡异的传说,仰天大笑不止。没人知道他是什么意思。

旧部们说当他们开始着手开港时鬼怪果然开始作祟了。人们总是能看见鬼魅的身影,牲畜开始死亡,船只会忽然断了绳索漂向大海,半夜在营地外面常有哀鸣声凄绝而来。即使白天的森林也阴暗得让人恐怖。浪人们不住祈祷神明,甚至劝先公离开。先公没说什么。

当天晚上先公搬了一把椅子孤身守在了营地外面,他把海神刀抽出插在了地上。

一些大胆的部下披上甲胄将先公围在了中央,浪人们将菩萨像和护身符绑在身上抽出太刀。可先公强令他们都回去了。先公说能见到鬼的机会一生也难得几次,他不想与别人分享。

先公一面饮酒一面大喊,魑魅魍魉啊,都出来和我郑芝龙相见啊!喊一阵朝林中开两枪,再喊一阵。一晚过去了却什么都没有发生。

第二天先公带着人马走访了附近几个有原住民聚集的村落,询问鬼怪的故事,但凡有言之确凿鬼怪存在的人,先公便将他们请回营地,请他们今夜一同找鬼。不听请的就绑走。那些人或许也不是台湾最深处的勇猛原住民,他们是些海边的普通的人,有的还是汉人的后代,他们没有反抗也无力反抗。

晚间果然又有哀鸣之声传来了,林中鬼火开始闪烁。将士们开始紧张,原住人都趴在了地上念着一些没人懂的话语。

这时先公拿起火铳朝天连开了三枪,他大喊,鬼魅啊,听说你们喜欢血,我这就献上祭品,你们过来吃啊!说罢拎起几个土人捉到阵前砍了。可鬼怪们没有过来。

第二日先公又去了几个村落。

几天下来营地前面已经被绑了上百人,任他们说什么先公都不理睬,只说等着晚上一同寻找鬼怪。先公每夜饮酒大喊,鬼怪却始终没有再次出现。

七天之后,先公问到底有没有鬼。终于有了说话的机会,有人立马说没有。

先公大怒。老子一辈子都想见鬼,好不容易来了你们一会儿说有一会儿说没有,竟敢骗我,拖出去杀了!余下的人都不敢再说任何话语。

有的土人想进攻营寨,但他们哪是先公部下的对手。先公也只是让人用火枪吓住他们,大棒打散,退去就不追赶。反而送去酒肉说请他们一定想清楚鬼到底在哪儿。

又过了几天后有几个土人来见了先公,他们说小时候也曾见过鬼怪但已经很久没有出现了,他们请先公放过他们的族人。先公问那以后还会有鬼吗。他们嘀咕了一阵,说估计不会有了。先公大笑,放走了所有人。

后来鬼怪的故事依然在大海上流传着,魍港依然是个神秘的名字,但我们再也没有遇到过奇怪的事情了。

人们都说魍港是个美丽的地方,人们都说那里住着鬼魅,人们说那里连接着东方和西洋,航海的人只要到了那里就意味着财富。前提是你需要得到海王的认可,前提是你的商船需要花足够多的金子购买海王的令旗,只要将那面旗帜插在船头,所有的鬼魅和海贼都会离你远去。反之,你的船就一定会在某一天消失在海上。

荷兰人认可了先公杀死许心素的事实,迅速跟先公恢复了密切的联系。本来他们和先公也是朋友,先公懂得他们的语言,他们曾互相带来过很多帮助。只是后来因为利益关系走得远了。那时荷兰人在台湾开辟的据点也成型了,他们修建了巨大的城堡,他们跟先公承诺互不侵犯。

不过很快荷兰人就对先公产生了意见,因为先公的成长实在是太迅速了。他就像突然膨胀一样地出现在了海的中央。打败厦门后先公接受了大明朝廷的招抚,他很满意。因为表面上是先公同意归降,可实际上那个招抚意味着大明放弃了对先公的报复和不满,也承认了厦门归先公所有。先公也不嫌弃朝廷给他的一个不算太高的官职,他觉得他的一个机会来临了。

然后在很短的时间内,颜思齐的旧部李魁奇、南洋的三腿太爷、澎湖杨柘兄弟、广东张阔、东洋大盗弥田次郎、西洋黑船长、福建贼王钟斌都被先公杀了。反正所有能对先公产生威胁的人突然都死了。

而被取消了海贼身份的先公也得以回归故土,并且是以朝廷武将的身份荣归的。先公将故乡整治得就像一块铁桶,那里和厦门互成犄角,他在周边的海峡上布置了天罗地网,还将许多兄弟和族人带来了海上。那些人早就被海禁令束缚得难受,他们早就渴望能投身于大海。

一时这个国家的海边成为了一个任何人都难以接近的禁区,荷兰人一下失去了他们所有的走私贩,他们在这个国家需要的一切都需要经过先公的手。

先公大概成为了公开走私的那个。本来大明是禁止任何人进行海上贸易的。不光荷兰人，吕宋的西班牙人，澳门的葡萄牙人，和东洋的朱印船商人都需要听从先公的摆布。

强大的私人武装力量和大明官方的身份，使得先公几乎可以做任何事情。那时海禁令对先公等于没有，但对于想从这个国家购买货物的人来说海禁令就等于他们接触不到先公以外的任何人。而本来海上的战争只是私商间利益的争夺，可先公在消灭掉对手的同时却还可以得到朝廷的嘉奖，他的官竟然不知不觉间也越来越大了。每当朝廷需要先公去打击海贼镇压海乱时他都很积极，可除此之外他不听朝廷的任何事情，他总是有借口拖延，他总是有借口拒绝离开海边。先公从不要朝廷一分钱俸禄和军饷，还总是能给朝廷献上许多缴获，给各级官员送去许多贿赂，所以朝廷也不大逼他。结果拖来拖去，突然有一天朝廷发现先公在海上的势力已经庞大到了他们无法触动的地步。

终于荷兰东印度公司新上任的台湾长官普特曼斯①无法忍耐了，旧部回忆说他是一个年轻人，在红毛人②里属于长得好看的。那个人不满先公对于大海的垄断，不满先公给予他们的苛刻条件，所以他率军洗劫了大明的南海岸，出师的名目是打击海盗为公司的损失复仇。人们说这个借口倒不完全是胡说，那时荷兰东印度公司确实有一些小船在这个国家海域的附近遭到了抢劫，因为他们没有购买海王令旗。不过普特曼斯这样做的真正目的是希望给大明施加压力，希望大明开放海禁，他希望能绕过先公直接跟大陆进行贸易。

所有人都以为先公要和荷兰人拼命了。可先公消失了。荷兰人的劫掠变得更加疯狂。

朝廷终于无法忍耐，连皇帝都愤怒了。崇祯皇帝在北京下旨说一定要消灭红夷③海贼。沿海官员们知道自己不是对手，纷纷向皇帝推荐先公。于是皇帝的圣旨一路传到了先公手上，先公笑了起来。那是先公第一次得到来自皇帝的直接任命，先公成为了先锋将军。

然后先公带着人们去了安海，他揭开了幕布，上百门英国大炮出现在了那里。原来他早就准备好了，一直等到现在。同时先公宣布了面向大明全军和整个大海的额度极高的悬赏：每烧毁一艘荷兰船赏银两百两，每献上一颗

---

① 普特曼斯即 Hans Putmans。
② 红毛人是那时这个国家人对于荷兰人的一种称呼。
③ 红夷是当时这个国家人对于荷兰的官方称呼。

荷兰人头赏银五十两。

接下来的日子里只要有打着荷兰东印度公司旗号或图章的船出现在这个国家海的附近就一定会沉没,里面所有的人都一定会死。甚至一些更远的地方都会有人拿着荷兰或乱七八糟的头来找先公领赏。先公发动力量紧盯着大海的每一个角落。荷兰人也疯狂地报复,他们烧毁了魍港,他们洗劫了很多各国汉人的商船。可他们却始终无法摸清先公的主力。终于决战来临的那天,荷兰人被先公引到了他想让他们出现的地方。

人们说那是惊心动魄的一战,只有后来国姓爷的思明海战比它更残酷。荷兰的船很大,比当时世界上任何国家的船都大,荷兰的炮也很好。不过旧部们不怕,因为我们有海王。

最终荷兰的八艘巨舰沉没了五艘,五十条普通大船全军覆没。先公率领万人和一百艘大船、数百艘火船在料罗湾包围了他们的时候,大海就如同在燃烧。人们说那是百年以来大明最辉煌的时刻。

在火光与海浪中,先公笑了起来,他吹熄了火枪。先公命令火船让开了一条路,他放走了荷兰人。部下们都很不解,先公没有解释。反正即便不赶尽杀绝,先公的胜利和缴获已经足以让皇帝惊喜了,而不久后先公跟荷兰人就又成为了朋友,他们再次成为了最好的生意伙伴。唯一的区别是荷兰人不再反对先公插手他们的生意了。他们还联手打败了几次西班牙人的舰队。

那天晚上人们还在海中抓到了甲必丹李国助,他是甲必丹李旦的儿子。人们不明白他为什么要和荷兰人一起来进攻先公,他好像对先公充满了仇恨。先公叹息了一声,让人们把李国助交给他。没有人知道那天李国助最终的命运,反正从此海上再也没有了他的声音,他成为了最后一个甲必丹。而先公,是海王。

旧部们说最可惜的是刘香佬跑了,他们惋惜不已。后来刘香佬导致了先公二弟郑芝虎的死。

芝虎大人是骁勇的,一直以臂力过人闻名,他是先公在海上得力的助手,在刘香反扑又战败逃跑后他第一个追了出去。他从白天一直追到夜晚,从福建海一直追到了广东海,他连续打败了刘香六次,终于追上了刘香的船。芝虎大人叼着钢刀跳到了刘香的船上,将他的人砍得七零八落,在他即将接近刘香的时候,船爆炸了。刘香的船上藏满了炸药,原来他早已决定了同归于尽。

在与刘香的战斗中郑氏一共有十一位族人先后陨落,人们觉得大海即将再次被染成红色。可没想到先公放了刘香的部下,还给了他们许多银两。有人说先公与刘香曾经也是兄弟。

从此大海再也没有一丝波澜。先公又升官了。

福建的官员们都很激动,他们给京城写了无数的邀功奏章,他们说大明的水师已经不知多少年没有取得过这样的胜利。京城的封赏终于下来了,先公凭借这一系列的功勋,竟然成为了福建水师提督。这意味着无论于公于私,从此整个大明的海都是先公的海了。先公不在意官职,也从来不受约束,但他还是很开心。他摆开了大宴请人们喝酒,他拉着他的黑人卫队在海边的火堆旁跳起了奇怪的舞蹈。

先公一贯是大方的,他从来不会亏待他的部众和朋友,那些年跟随他的人都获得了财富。即便是一些不太相干的人都收到过先公的大批礼物,我清楚记得小时候先公给我们家中送来的恩惠。

而每次先公驻扎的地方总是会成为最繁华的海岸,先公的船队一旦靠岸,那个地方就会如幻术般瞬间热闹起来,说着不同语言的商贩和表演者会像雨后的笋一样出现。那天先公喝了很多酒,他宣布,开放海禁。不知不觉间,在我们这里,先公取代了朝廷。

先公让人们大胆地去贸易,大胆地去航海,他鼓励人们去寻找财富。唯一的要求就是他希望每一艘下海的船都可以交一笔税金给他换取他的令旗,不然他无法保证大海的保护。人们说即便不做任何贸易,仅凭海王令旗这一项收入先公就富可敌国了。

后来灾荒席卷了大明,连一直富庶的福建也受到了牵连,先公于是召集了大批灾民去台湾开荒定居。先公送给人们土地和种子,还给了每人许多银子,每几人一头耕牛。先公满意他的做法,荷兰人也开心先公带去了更多的人口。那是一段海上开心的日子。师父说没有先公就没有台湾。

可后来先公于大明成了叛臣,于清朝也落得被定罪斩首,在台湾人们不知该如何定论他时,索性不再提及。或许这就是命运。

监斩官问道,罪人郑芝龙,你还有什么话说吗?

北方是寒冷的,那些年格外的冷。那天更冷,我跟师父混在人群中。先公披头散发地跪在行刑台上,他身穿囚服满身泥泞,可当他抬起头的时候,每个人都觉得他依然像极了一个君王。

百姓们总是喜欢看热闹的，尤其喜欢看斩头，好像与被杀的人都有着极深的仇恨，他们正是这样分食了袁督师①的肉。袁督师是洪承畴之前北方最重要的大将，他曾镇守辽东对抗清人的大军。但袁督师不是被清人杀死的，而是被我们的朝廷定了罪，罪名是通敌。有人说皇帝中了清人领袖皇太极的反间计，有人说他们看到计谋完成后皇太极狞笑着带领军马离开了。而在袁督师被下狱后他们就立马又回来了，他们突然出现在京师的附近，仅仅半个月皇太极就接连杀死了大明无数大将，击毁了无数城池，清人那八面不同的旗帜鬼魅般地接连出现在不同的地方。后来袁督师的部将祖大寿带领督师的旧部前来勤王，皇太极就又带着俘虏和劫掠消失了。

可祖大寿的军功依然没能挽救袁督师，甚至加重了人们对他的忌惮。那时朝廷中几乎没有人为袁督师求情，大臣们纷纷上书指责他的罪过。他们说是袁督师防守不利才让清人入侵，甚至有人说是他引来了清人。终于袁督师还是被判了死罪，他的家人也都被流放去了远方。百姓们恨极了他，信极了他通敌，他们拼命拥挤过来看着袁督师被杀死，他们一路痛骂着他，朝他身上丢弃着污秽。现在他们也正这样痛骂着先公。

袁督师是被凌迟处死的，行刑人将督师的肉用小刀慢慢地一片片割下，直到割了几千刀才死，他们故意不让他死得那样快。行刑人每割下一块肉，就引得人群中一阵欢腾，每扔下一块肉，就引得一阵哄抢。夺到肉的人会立马把肉吃掉以发泄对于叛国者的愤怒，同时也是害怕别人会把他们的肉抢走。最终袁将军只剩下一具森红的骨架，和一个还睁着眼睛的头颅，连内脏都被百姓吃得干净。人们的嘴旁下巴上脖颈间挂着血液，开心得就如同节日。

可今天先公破坏了他们的节日，先公抬起了头，人们却吓得尖叫逃散。人们拼命互相踩踏着哭号着逃离刑场。

人们说北方从来没有出现过如此恐惧的天雷，从没有过如此恐惧的闪电。巨风卷着沙石，乌云翻滚，白昼瞬间变得如同黑夜。

惨白的闪电炸裂了万物，巨响的雷声吞噬了一切，除了与雷声浑然一体的海王的呼啸：看啊，那不是雨，那是天上的海！妈祖啊！你的孩子回来了！

说罢先公猛然撞向了一柄颤抖的斩首钢刀。

---

① 袁督师即袁崇焕。

先公的头颅飞走了,他的身体依然挺立着,鲜血从他的脖颈中喷涌而出。这些年死过太多的人了,可我从来没见过一个脖子的血可以喷得这么高,我从不知道一个人的血可以有这么多。

最后一声最响的天雷,和最后一道最烈的闪电。雷声轰得所有人都瘫软在了地上,而闪电劈在了先公依然挺立的无头的躯体上。天下起了雨。

人们再也无法区别哪里是雨,哪里是血。

人们说北方从没有下过这么大的雨。

人群中师父望着先公,我望着师父,他和先公的身体成了唯一还站立着的两人。一声叹息,师父收起了他的剑,在雨中转身而去。

有人说他们看到先公的血一直流,一直流,一直流回到了大海里面。

第二章 台湾的风

西洋人对台湾的称呼是福尔摩沙①，意思是美丽岛。台湾配得上这个名字。

在台湾的那些年是开心的，虽然外面的世界依然很乱，但只要一回到台湾就能感觉到安宁。那一年，国姓爷将台湾的名字改成了东都。意思是台湾是大明东部的都城。即便大明没了，台湾也永远会在。

台湾的风不同于任何的地方，不像北方的肃杀，也不像两广的闷热，台湾的风在湿润中透着凉爽。或许是没有那么多战乱吧，没有马匹和烟尘，没有被焚烧的房子和尸骨，台湾总是显得干净。

记得起初世子对于台湾是不安的，他无法放弃丢失的厦门。可师父劝他不能只顾兵事。师父说台湾沃野千里，远滨海外，民风淳朴。

世子尊敬师父，他听从了师父的建议。

师父说台湾将用十年生长，十年教养，十年聚成。

生长，需要食物、教养，需要学校。

所以那些年我们都很少见到刀枪，我总是随着师父去到四处，看着海风吹过稻田，看着原住民的部落硕果累累，看着海滨的盐场，看着无垠的甘蔗地，看着不同的事物正在兴建，多么希望生活永远都是这样。台湾不像北方，台湾的植物永远长得很好。

不久后，师父建立了台湾的第一座孔庙，师父说有了孔庙台湾便有了根本，我们便可以在这里生根发芽了。很快就又有了第二座，第三座，第四座。

---

① 福尔摩沙即Formosa的音译。

孔庙旁是学校。我清楚记得那时孩子们欢笑着去上学的情形。

再后来，我们也有了太学，有了国子监，有了六部，有了科举，人们都说着汉语，拱手相庆。仿佛一切都已经跟过去没有了区别。只是有时海风会提醒我，这里是台湾。

那时唐王和福王都已经远去，永历皇帝被吴三桂从缅甸捉回绞死，最后的鲁王也在厦门病故，一时大明失去了君王。听说大陆有的人已经开始习惯起了清人的康熙皇帝，不知道是真是假。那段时间世子又开始喝酒了。

他有时会让我去给他倒酒，可我不喜欢王城。世子曾说想让我留在他身边，师父说我不适合，世子又让我做他的侍卫，师父也拒绝了。后来冯锡范成为了世子的侍卫。

那时世子常去鹿耳门的妈祖庙，他总是在里面一待就是很久。

鹿耳门妈祖庙是国姓爷建立的，刚刚来到台湾时有太多的事情需要忙碌，可国姓爷还是坚持建立了这座庙宇。妈祖是海上每一个孩子的母亲。

在国姓爷突然宣布他要进攻台湾的时候，军中都很惊讶。之前人们本以为我们会一直为了大明在大陆跟北方战斗下去，人们不明白国姓爷为什么要来这个海上的孤岛。可国姓爷很坚持。

我们在海上航行了三天，我们跨越了最艰险的黑水，那里是海怪出没的地方，然后在即将触摸到台湾的时候我们遇到了风暴。那天晚上国姓爷吐血了。

我们的军粮不够了，本来就不多，这次风暴又耽误了不少。上万人的大军，粮草总是复杂的。那时国姓爷把大部分粮草都留给了驻守厦门的世子，他没有给自己留什么后路。他需要一场突袭。

我们只在澎湖岛休整了一天就再次出发了，途中有人因为水土不服死在了船上。他们的尸体沉入了海里。远处传来了巫师的招魂曲。慢慢地，整个大海都开始低声的吟唱，几万名将士一起歌唱着送别亡者。那是我们故乡人人都熟悉的曲调，有的士兵哭了。

终于在黎明的时候我们到了鹿耳门海，那天的雾好大。

鹿耳门的形状就像鹿的两只耳朵，周遭都无法通行，唯中间有一条小路直通台湾。我们激动，可随即我们绝望了。因为今天水位太浅了，我们的船再也无法前进一步。鹿耳门海域的下面布满了礁石和铁板沙，船触之必沉。

此时若再改走其他路线必然延误战机，之前探子也报告其他两处港口荷兰人都派了重兵和巨炮防守。唯一只有这里,这条小路,要么是他们没有想到我们会走,要么是他们算出了水位过浅我们难以通行,所以没有设防。

国姓爷的虎卫周全斌不顾众人的劝阻,驾驶了一艘战船冲进了鹿耳门。随着他船身的震动,我们知道他触底了。当人们把周全斌捞上来的时候,他很沮丧。

国姓爷凝视着大海,久久没有说话。

数万的人马和船只都没有了声音,剩下的只有海风和海浪。

国姓爷缓缓走向了船边,将士们无声地注视着他的移动,国姓爷站在船头的甲板上,海风吹起了他的须发和衣襟。他突然拔出了剑,刺向了自己。

师父动了,其他几员大将也大喊着奔向国姓爷。可这一切都太快了,距离太远了,谁都来不及阻止。

就在国姓爷的剑即将刺中他自己的那一刻,他吐出了一口鲜血。他的身体跌到了船围上。血吐进了大海里。

师父已抓住了国姓爷的肩膀。国姓爷回头说,永华,你们难道以为我想寻死吗?不,我只是想对大海奉上我的献祭,我对大海不够真诚,它又怎么会真诚报我。说罢国姓爷跪在了地上。师父跪在一旁,余下的人也纷纷跪下了,上万人跪倒在海面上。

好像在海风中听见了国姓爷的声音:妈祖啊,您的孩子回来了,大海啊,请您接受我。

那口焦急间喷涌而出的心头血,成为了国姓爷最好的献祭。

国姓爷的剑插在一旁的甲板上,上面带有几滴血色,剑泛着大海的光芒发出嗡嗡鸣响。那把剑是隆武皇帝赐给国姓爷的。据说隆武皇帝第一次见到国姓爷的时候就十分喜欢他,皇帝说,我真恨自己没有女儿可以嫁给你啊!

先公在一旁听得十分开心。

有人说隆武皇帝那样说是为了让先公高兴,因为朝廷的威望全靠先公势力的支撑,隆武皇帝也正是在先公和定国公①的支持下才得以登基成为皇帝的。可先公并不止一个儿子,郑氏更是有无数族人,隆武皇帝恰恰最欣赏国姓爷。那时国姓爷确实正值英雄年少,意气风发。他一直都是我们每一个江南和海滨孩子心中的偶像。

---

① 定国公即郑芝龙的四弟郑鸿逵,定国公是他的爵位封号。

后来皇帝下旨让国姓爷仪同驸马，还赐予了国姓爷尚方宝剑。尚方宝剑是天子的佩剑，由少府尚方令在月食之夜亲手铸造完成。凡是被赐剑的臣子可以替皇帝巡查三军督促百官，遇到奸臣叛将可先斩后奏。那柄尚方宝剑，剑名清明。

国姓爷拿着剑，不知如何是好。

皇帝说，你是我的没有女儿的驸马，我亏欠你的，总归也是我的孩子，我没有儿子，要不你就跟我姓朱吧。被赐予皇帝的姓氏是莫大的荣耀。

皇帝接着说，孩子，那我再帮你起一个名字好吗？你就叫成功吧，希望你可以使得我们抗击清人的大业早日成功。

或许正是从那个时刻开始，国姓爷的命运改变了。

这时有人叫了起来，水位涨了！水位涨了！

人们爬起身奔向船边看去，水位似乎真的涨了，大船在随着海浪起伏。国姓爷依然跪在地上，他问道涨了多少。人们回答起码三尺。

国姓爷没有说话，他又闭上了双目。

过了一阵人们大呼水位又涨了。

国姓爷闭着双目问涨了多少。人们说七尺。国姓爷还是没有睁开眼睛。

又过了一会儿，人们喊，又涨了又涨了！

国姓爷问涨了多少了。师父回答，主公，涨幅超过一丈。

国姓爷缓缓站起了身，拔起了尚方清明剑，说了一声，出发。

在我们登陆台湾的第四天，普罗民遮城投降了。

荷兰人在台湾建立了赤坎和大员两个据点，在这两个地方分别有两座巨型的城堡，普罗民遮城和热兰遮城，城外是市民和商贩居住的街市。普罗民遮城守卫官猫难实叮[①]本来企图烧毁街市跟我们鱼死网破，但我们的军队及时阻止了他。师父的剑在那天晚上就像是一道寒光。

大胜使我们获得了补给，暂时解决了粮草的危机。大员那边的荷兰援军也被国姓爷早在半路埋伏好的人马击溃。荷兰人愤怒了，他们用船队从海上对我们发起了进攻，他们打败了我们的一些小船。但最终他们的两艘主力战舰一艘被我们击沉，一艘被我们俘虏。

当地的汉人百姓们都挑着食物酒水来迎接我们，他们帮忙扑灭了大火，

[①] 猫难实叮即 Jacobus Valentyn。

他们说终于盼来了国姓爷的军队。当地的原住民好奇地看着我们，有传说他们被荷兰人统治得很好，已经懂得了荷兰人的语言并信奉了他们的宗教。不过现在看来他们好像也不太在意荷兰人的失败。

两天后荷兰人要求议和，国姓爷接见了他们。大员派来了一位议员和一位检察官，他们说希望可以和平相处。国姓爷说大明只接受投降。

荷兰人说他们已经在这里居住了几十年，了解这边的一切，和平只会给双方带来利益。国姓爷说我们的利益不用他们操心。

荷兰人很生气，说他们曾跟海王尼古拉斯一官①签订过和平贸易协定。海王保证他们可以在福尔摩沙经营，并承认他们对赤坎和大员的领有。

国姓爷说，好，那我告诉你，海王是海贼，而我是大明的招讨大将军。海王把这里借给你们是为了他的生意，而招讨大将军会收回大明的每一寸土地。你们是想把土地还给海王带着财富离开，还是想被招讨大将军的军队杀死每一个人？你们死后将没有神父，没有葬礼，没有坟墓和亲人，福尔摩沙荒野的兽将食尽你们的每一块肉，饮尽你们的每一滴血。趁你们的船身还没有松动，趁你们的食物还足以充饥，选择吧。

国姓爷一面说，通译何斌一面将他的话翻译给了荷兰人。荷兰人很沮丧。何斌非常得意，仿佛国姓爷的那些话是他自己说的一样。荷兰人看起来很恨他。

何斌大约是在几年前开始偶尔出现在我们军中的，他第一次来时很高傲，那时他是荷兰东印度公司派来和我们沟通的使臣。他穿着西洋人的衣服和帽子，用着西洋人的语言和礼仪向我们打招呼，他对国姓爷说他叫何布鲁克。国姓爷下令直接拖出去杀了。何斌吓坏了，屎尿流了一地，他痛哭着求饶，他说他和先公是海上的旧相识。

国姓爷问了何斌一些台湾的事情，饶恕了他。

现在我好像突然明白了，或许在那时国姓爷就已经有了攻取台湾的打算，只是他没有告诉任何人。

那段时间我们和西洋人的局势有些紧张，于是国姓爷下令见到荷兰和西班牙的船一律格杀。他禁止了这个国家商人与西洋人的一切交易，下令海商们只可以从海外购买鹿肉、鹿皮等原住民的东西，而不能购买一切西洋人的物品，否则处死。有人被发现从台湾偷偷夹带了荷兰人的胡椒回来贩卖，国

---

① 尼古拉斯一官即 Nicholas Iquan，此处指郑芝龙，是西洋人对他的称呼。

姓爷杀了他，还剁掉了船上每个船员的一只手。那件事让大海充满了恐惧。终于西班牙人让步了，荷兰人也正是因此派来的何斌。何斌向国姓爷透露我们的封锁让荷兰人在经济上损失惨重，说荷兰人很希望恢复和我们的通商关系。国姓爷同意放开一部分。

已经记不清西洋人究竟是从什么时候开始出现的了，人们说过去他们只在陆上从丝绸之路过来，现在却从海上出现。西班牙人占了吕宋，荷兰人占了巴达维亚和台湾，英国人占了印度，葡萄牙人也占了一个离大明很近的叫澳门的小岛，听说他们把那里治理得很好。有人说大明禁海的时间太久了，所以不清楚世界的变化，但也有人说外面蛮夷之地的事情是不值得被考虑的。

人们真正意识到西洋人不是普通的蛮夷或许是在澎湖的危机之后吧，那次荷兰人的堡垒、大船和火炮给海上老一辈军人留下的印象很深。但大明突然出现的上万名官兵也把荷兰人吓得不轻，他们从来没有见过人数这么庞大的军队。后来是先公和甲必丹李旦化解了那次危机，同时他们作为中间人也获得了巨大的利益。先公正是从那次之后开始真正崛起的。

后来大明开始变得混乱，而西洋人则越来越强，他们的航线很远，他们的海图很美，连日本都因此锁国了。有人说如果不是先公那些年的强大，大明的海滨恐怕也难逃被西洋人占领的命运。而国姓爷在先公被清人捉去北方以后慢慢艰难地重新掌握了大海，国姓爷比先公更强硬。西洋人忌惮国姓爷，国姓爷让他们更恐惧。终于经过这次危机，以及何斌出色的调停，荷兰人的警戒心才下降了一些。

后来荷兰人派来了一位新的荷兰驻台湾长官，好像他很有能力，他上任后解决了台湾岛上原住民的兵乱，还派何斌给国姓爷送过很多礼物。他一直在注意我们，我们看到过他们的船在澎湖偷偷观察我们的水师。那时我们跟清人的战争正是最激烈的时候，想必没有任何人会看得出国姓爷有要去台湾的意思，连我们自己也不知道。但台湾长官还是派了何斌以外的人来试探过我们，他们问一些部众国姓爷是否想去台湾。部众很鄙视他们，说我们与清人的战争都忙不过来，怎么会在乎台湾那种小荒岛。荷兰人听了很开心。之后国姓爷又进一步开放了对台湾的贸易。

何斌有次当成笑话告诉我们说新的台湾长官揆一[①]是个胆小鬼，怕国姓爷

---

① 揆一即 Frederick Coyett。

怕得不行。他说揆一请东印度公司的巴达维亚总部派来了援军，但援军来了很快就又走了，因为援军根本没有看到战争的影子，还觉得是揆一对本地的汉人太差了所以汉人不满。师父把这个笑话告诉了国姓爷。

再后来突然有一天何斌来得很慌张，他不再骄傲了，他是逃出台湾的。有人说他在那边欠了很多钱，还有人说他是以国姓爷的名义征税被荷兰人发觉了。那一次何斌给国姓爷献上了台江内海的地图，还献上了荷兰人军队的戍卫图，但当时没有人太在意这件事情。然后何斌就好像消失了一样，人们没再见他四处与人开玩笑和赌牌了，渐渐忘记了他。直到国姓爷突袭台湾，何斌又再次耀武扬威地出现在了我们的船头。

鹿耳门的雾好大，荷兰人连我们登陆了都没有发觉。潮信很好，这个季节的海风使得他们的船恰好无法去向巴达维亚求援。国姓爷掌控了一切。

那天普罗民遮城的荷兰人走得很光荣，火枪和大炮齐鸣，他们的男人走在两旁，女人和儿童在中央，奴隶们搬运着什物跟在后面。他们奏着鼓乐、扬着旗号走出了他们的城堡。国姓爷接受了他们的投降。然后我们离开赤坎去了大员。大员拒绝投降。

有人劝国姓爷应该杀光这边的俘虏以震慑剩下的荷兰人，国姓爷没有同意。

在大员的巷战中我们轻松击溃了他们的守军，他们似乎也没有太多斗志来抵抗，但他们有序地撤回了鲲鯓岛上的热兰遮城堡。大员的百姓都很开心，他们说他们一直相信海王早晚有一天会回来。

热兰遮不像江宁那样宏伟，事实上它比江宁要小很多，可它看起来是那样险峻和冰冷。城上有许多巨大的火器，听说里面也有充足的粮食和水源，还有几千名士兵和奴隶。台湾长官揆一也在里面。听说荷兰语热兰遮的意思是水天相接的地方。望着热兰遮城，师父一声叹息。

揆一派人给国姓爷送来了信，他将国姓爷称为荣耀的亲王，他问国姓爷为什么突然发兵，他问我们对于公司有什么不满。

国姓爷让使者进入了城堡，何斌很想去，这些天他一直特别激动，但国姓爷没让他去。国姓爷请一个传教士做了使者，又请荷兰通译写好了信。在信这个国家姓爷命令热兰遮城投降，国姓爷说台湾一直是这个国家固有的土地，他现在要收回，他说台湾将成为我们对抗清人的基地，他允许揆一带着财富离开。我们一直没有得到回信，直到两天后热兰遮城上升起了一面血旗。再也不需要任何回信了，那是海上血战到底的标志。何斌有些害怕。

这天晚上师父面见了国姓爷，他们喝了酒。国姓爷让师父回思明。

国姓爷说台湾已经不再是需要谋略和武艺的战场了，接下来需要的是消耗。国姓爷对师父说，永华，那边需要你，你回去吧。你是经儿的老师，他需要你，想必他孤守思明是孤独的。

我说不清楚那种感觉。

第二天清晨我和师父第一次离开了台湾，那是我们第一次走过那道永远伴随着迷雾的海峡。海风吹着我们的船，那时还不曾知道后来这里竟成为了我们必走的路。渐渐的，来来去去，我也忘记了究竟哪边才是我们的家。

第三章　北方和金陵

　　虽然后来也还有过许多皇帝或监国，比如，赐给国姓爷国姓的隆武皇帝，人们都爱戴他，但有人说其实在崇祯皇帝死后大明就亡了。闯贼①进了北京，天下的运势便乱了。

　　那时吴三桂是山海关大将军，他出身于北方的军人世家，他是袁督师部将祖大寿的侄儿。他曾经是洪承畴的部下，洪承畴曾在写给先公的信里描述过吴三桂的英勇，然而先公不信，对于北方先公更欣赏几个冰海上的海盗。后来在洪承畴兵败的时候吴三桂成了唯一活下来的将领，不是因为懦弱，而是因为他是唯一一个勇猛杀出了清军包围的人。

　　大约那时北方已经彻底沦陷了，长城外面所有的城都被清人毁灭了，长城成为了我们的京城与清人间最后的一道阻隔。而吴三桂的山海关是长城最重要的关卡，那里是衔接巨山和大海的地方，也是清军南下最便捷的路径。吴三桂变得很重要，他成为了北面最后的希望。

　　可人们谁都没有想到在北方的异族过来之前一场别的大乱先发生了，李自成和他的乱兵从西面一路杀过来包围了北京。李自成其实已经作乱许久了，人们也记不清他到底是从什么时候开始造反的，反正他经常被打败，但过一段时间又会出现。曾经洪承畴本来有机会杀了李自成，可不知为什么皇帝却突然下令让洪承畴火速赶往长城外面与清人决战。先公说皇帝有问题，所以他拒绝离开大海。即便后来先公已经是朝廷很正式的大臣了，可他还是拒绝

---

①　此处闯贼指的是李自成，李自成自号闯王。

离开南方。

闯贼的大军让天下震动了，传说他有上百万人，而京城周围的军队要么投降了要么消失了。焦急间皇帝下令让吴三桂从北方回来勤王。

有人说吴三桂是不想跟闯贼打仗故意来得慢了，也有人说他是不敢离开，他怕他一走北方的清人就要来了。而后来清人真的来了。吴三桂也确实晚了。等吴三桂接近北京的时候崇祯皇帝已经死了。

当先公听说皇帝殉国、闯贼进入北京时很震惊，他不震惊国家灭亡，而是震惊李自成。先公说，他娘的，怎么是这个狗日的。

先公不认识李自成，但他见过李自成的手下。李自成曾找他借过钱，那时李自成到处找人借钱闹革命，他说他要还天下一个清平世界。而先公对李自成的手下说，去你娘的。

后来人们在南京拥立福王登基了，福王成为了崇祯皇帝死后我们的新皇帝。我记得那时南京的样子，很繁华。我记得那时的师公，很忧愁。

或许因为在闯贼、张贼①兵乱的时候南方大多都没有出兵相助吧，所以实力保存得不错。人们虽然悲痛崇祯皇帝死了，但也偷偷有些开心皇帝来到了南方。然后福王登基后下的第一道命令是大肆征集美女入宫，到了后来官兵甚至会直接闯入百姓家中抢女孩儿，想想挺奇怪的。

国姓爷的老师钱谦益成为了大明新的礼部尚书，他本来是不支持福王的，但是在南京钱先生的地位实在是太高了，所以皇帝还是封他做了大官。那时包括师公在内的大多数文人们好像都是不支持福王的，关于到底谁应该成为新的皇帝本来有很大的争议，可福王在武将的支持下突然登了基。

李自成则在占领北京后宣布他建立了大顺国，那是一个他之前在占领西安时就想创建的国。而吴三桂陷入了一种奇怪的境地，他被夹在清人和李自成中间。吴三桂本来是不属于被称为忠臣的那一类人，他因为勤王去得晚了还遭了很多骂，可在那时，事实上他却成为几乎整个北方唯一还忠于大明的人，他的山海关成为了唯一还飘扬着大明旗帜的地方。其他人要么降了李自成，要么降了清人。

清人和李自成都在招降吴三桂，听说他们都给了吴三桂极高的许诺。吴三桂无论投靠谁都会变得很重要，而不投靠谁就会变成谁最大的敌人。谁都

---

① 此处张贼指的是张献忠。

不投降那他就会成为两边的敌人。许多年后吴三桂给我们写来过信，那时他已经成为了西南的王，可我还是总忍不住会去想他站在山海关上的样子。

据说吴三桂最先考虑的是清人，他给洪承畴写信说希望清军可以帮助他杀死李自成为大明复仇。可清人的摄政王多尔衮拒绝合作，多尔衮说北方只接受投降。然后吴三桂开始了和李自成漫长的谈判。

后来也许是闯贼失去了耐心吧，也可能是北京的胜利让他觉得自己战无不胜，他突然亲自率领了几十万大军前去攻打吴三桂，他说要灭吴保关。师父说在那个时刻李自成是清醒的，至少他意识到了真正的威胁在北方。

在闯贼率兵北上的路上，吴三桂带兵南下了，他终于同意投降。可当他出关不久后遇到了京中逃难出来的家人，人们说他在北京的家产已被李自成吞并，家人都被控制，尤其是连一个最爱的小妾也被李自成的部下掳走占有了。吴三桂大怒，调转马头回了山海关，杀光了李自成派去接手关卡的部下。

终于在和李自成几次大战后，吴三桂冒着一场夜雨奔到了清军的大营，跪倒在了清人摄政王多尔衮的面前。那时清军的大营就驻扎在离山海关只有几里的地方，老兵们回忆说他们的营寨一动不动，一片死寂。多尔衮让人给吴三桂搬来了座位，递上了热茶。多尔衮说，我说过你会归降我们，从今天起你是我大清的平西王。

然后吴三桂带着清人的许诺回去了，那时他已是满营死伤。第二天一早李自成又再次发起了进攻。那天吴三桂和他的军队人人肩上都绑着白色的丝带，有人说他们是在用白色哀悼大明的灭亡，也有人说那是他与清人约好的标记。随着李自成的进攻他们的人越死越多了，他们再也无力抵抗了，这个时候清人的骑兵来了。

人们说从没见过那么多的马，人们说从没见过那么整齐的马队，清人一片片的马军方阵就如同一个人，就如同一只兽，就如同一片云，遮蔽了太阳。马蹄的声音像龙，像雷，像大地在颤抖。

那些年的寒冷对大明是毁灭的，但于清人是狂喜的。人们也记不清究竟是从什么开始天气就变得一年比一年更冷，甚至连海滨都会经常突然降下大雪。我记得小时候的雪，我总是喜欢去玩儿，直到长大以后我才明白了那些雪究竟有多么奇怪。无论是负责掌管天象五行志的史官还是精通奇门术法的江湖高人都无法说清这种异象。人们只是知道寒冷使得庄稼的生长周期越来越长，寒冷使得每年能劳作的日子越来越少，寒冷也使得北方的清人在那些年越来越强大。他们兴奋地冲杀了过来。

清人的八旗军队被称为铁骑，因为他们厉害，也是因为他们的马的身上真的穿着铁。李自成军队的武器砍在清军身上就像是孩童的木剑，李自成的马队遇上清人的马队就如同进了狼的羊群。李自成的大顺军也在抵抗，但那种抵抗好像不足以停止清人如割草一样的斩杀。终于他的人回过神了，全都逃散了。

先公的部下曾跟北方皮岛的毛文龙有生意往来，他们还曾一路去过清人的旧都采购人参，那是世上最寒冷的地方。旧都的周围都被包裹着数尺厚的大雪，但旧都就像是夏日。因为清人初代领袖努尔哈赤宫室的北面，整个旧都的北面都只有一样东西，就是一眼望不到尽头的铁匠铺。日夜不停的都是锻造炉燃烧的熊熊热浪，日夜不停的都是铁器锻造的叮咚声响。

清人正是靠着那些铁器将辽东百万百姓俘为了奴隶，又兼并了蒙古，降服了朝鲜，终于一步步逼近了大明的中原。

先公是那时少数最先感受到了北方变数的人，旧部们说许久以前先公就判断早晚会发生巨变，因为他的生意已经好到了无法想象的地步。先公有一个理论，朝廷于北方的压力越大于海上就会越松弛。先公吹牛说他不需要去了解北京，只要看看大海他就能知道世界上的一切。

然后先公开始着手加强他占据的城市的城防，他开始暗中部署力量。当觉得一切稳定了，他把国姓爷从东洋接来了这个国家。人们说谁都知道他十分想念那个儿子，那些年先公和太妃的书信堆成了山。不过太妃并没有一起来，因为东洋锁国了。那时东洋幕府禁止了海外日本人回国，也禁止国内人出海，他们封闭了大多数的海上贸易，先公已是那时极少获得许可能在日本进行贸易的人。说起东洋锁国，好像也与先公有一定的关系。在海上那一直是人们喜爱谈论的旧闻。在海上一切或许都是有关联的。

最初是荷兰人在澎湖遇到了麻烦向甲必丹李旦求助。甲必丹跟荷兰人是生意伙伴，他们经常在长崎交易，他是那个时代海上最重要的汉人领袖之一，荷兰人觉得他有能力帮他们解决危机。甲必丹交友很广，总是能帮各种人解决问题，甲必丹①就是最初西洋人对他尊敬的称呼，据说意思是船长，西洋人对他的全称是甲必丹这个国家②。而后来这个名号实在太有名了，于是所有人

---

① 甲必丹即 Captain。

② 甲必丹这个国家即 Captain China。

也都跟着一起这样叫他。甲必丹接到求助后去找了先公,那时先公算是他的半个手下,他们一起经营着一些往返于澳门台湾和日本间的走私贸易。李旦对先公说,兄弟,我需要你去帮我做一件人生大事。然后他们去了澎湖。

甲必丹需要先公除了他的勇敢和机智,还因为先公懂得好几种不同西洋人的语言,并且和澳门有一定的联系。在海上澳门的葡萄牙人是制约荷兰人的重要筹码。

那时荷兰人刚刚从澳门兵败,他们很想要一个这个国家附近的土地来作为贸易据点。大明的商品是全世界海商富裕的来源,而海禁让所有人苦恼,像澳门那种距离我们那么近的海岛简直是走私完美的选择,可荷兰人战败了。那本来是澳门最脆弱的时候,荷兰人的情报没有错,那时澳门的许多军人都被派去北京,北京朝廷将他们叫去制造火炮用来抵御清人的威胁,那是北京给葡萄牙人开出的同意他们留在澳门的条件。听说传教士汤若望①正是那时趁机跟着人们从澳门去了他一直想去的北京。可荷兰人还是战败了,他们低估了葡萄牙人对于澳门多年的经营。他们懊恼地来到了澎湖,澎湖是他们的第二选择。

荷兰人刚到澎湖的时候运气很好,他们没有遇到明军,他们只是打败了一些海盗就占领了那里,并开始修建他们的堡垒。而第二年春天的时候突然有一只人数不多的军队登岛了,荷兰人打败了他们。可没想到逃走的人立马叫来了一万人。荷兰人惊呆了。

原来澎湖是大明的季节戍防点,并不是所有时候都有官兵把守。

在甲必丹李旦和先公赶到澎湖的时候那里已经打了许久的仗,明军始终无法攻破荷兰人的堡垒,荷兰人也拿人数巨大的明军毫无办法。荷兰人告诉甲必丹他们不想打了,他们只是想要自由贸易而已。荷兰人还说这个国家人实在太狡猾,骗他们去谈判,结果在宴会上把他们派去的人全抓走杀了。先公哈哈大笑。荷兰人问他笑什么。先公说,这不我们来了嘛,这个国家人太聪明,你们和他们没法谈,就都交给我们甲必丹这个国家吧!

于是甲必丹李旦成为了荷兰人的使者。可表面上看起来在帮助荷兰人的甲必丹,事实上却将荷兰人的情报都告诉了明军,他希望能得到大明的原谅。先公此时才终于明白了,原来甲必丹李旦所说的人生大事是希望能换得一个

---

① 汤若望即 Johann Adam Schall Von Bell。

回到故乡的机会。

那些年甲必丹李旦在海上很辉煌，可是他却一直被大明定性为海贼，他越强大朝廷对他的防范就越严格。他被所有海外的人当作领袖，可原来，他最大的愿望竟然是可以像最普通的人那样回归故乡。

那次俞咨皋也在军中，先公正是那时认识了他，他们处得不错。还有一些别人也在军中，先公也认识了他们，他们后来成为先公的贿赂对象和走私伙伴。谈判中明军很强硬，他们说要杀光红夷，那时大明国力的衰弱还没有体现得太明显。而荷兰人也不想放弃澎湖，他们不明白凭什么这个国家不同意商人跟他们自由贸易，他们说等他们的援军到了就能打败澎湖海军。

甲必丹和先公苦思了许久。先公对甲必丹说，他娘的，叫他们去台湾得了，让他们跟颜思齐打去！

甲必丹觉得荷兰人不会同意。

先公说，那就骗他们去，说是明军说的，只要离开澎湖就把台湾送给他们，说同意贸易，告诉他们台湾富裕的很。

甲必丹不觉得明军会同意，因为在他看来台湾和澎湖没有什么区别，都和大明离得很近，荷兰人去了那依然是大明的威胁。但他还是去大明的军营试了试。去之前他和先公演练了很久。

甲必丹李旦告诉明军红毛人被大明天威震动，诚惶诚恐，后悔不已，准备立马撤出澎湖，祈求签订协议走出堡垒后明军不要追杀。甲必丹说荷兰人准备撤离到海外荒岛不毛之地台湾聊度余生，请大明开恩同意。说完甲必丹有些担忧，先公也有点害怕，因为他们的身份毕竟是海贼，是走私贩，明军真要把他们杀了也就杀了。却没想到福建巡抚很爽快地答应了。原来明军根本不在乎荷兰人在海上做什么，也不太知道台湾到底在哪，他们不懂荷兰人的贸易，他们只是不能折了皇帝的面子，他们只希望荷兰人赶紧离开澎湖，他们的任务就算完成。

甲必丹李旦长舒了一口气，他说红毛人唯一一个小小的请求，希望每年能偶尔从大明买得一些天国的圣物，比如，生丝、绸缎……

福建巡抚想了想说，也并非不可，每隔几年本官可以开恩让他们来一次，我们可以派船出海去给他们，但是……

先公大喊，够了！谢大人！我们这就回去把你的圣旨告诉红毛人！

福建巡抚忙说，休得胡言，只有皇上的话才能叫圣旨！但他看起来挺开心的。

后来经过先公对荷兰人的一通劝说，他们同意去台湾。荷兰人提出他们要加一条条件，即不同意这个国家商船去吕宋马尼拉跟西班牙人做生意，如果被他们遇到他们就要逮捕。甲必丹有些为难。先公拉了拉甲必丹的衣服说，他娘的，都海禁了哪还有人去马尼拉，赶紧同意了，这条别告诉巡抚老头就好。于是大家终于完成了一个所有人都满意的三方协定。

旧部们说协议的内容还包括荷兰人会拆毁堡垒，会保证不来这个国家海滨私自做生意。明军则保证不追击，并且每年会派至少五艘大船带满荷兰人需要的货物去台湾交易。双方物品都不得有假，发现假货可直接烧毁，双方抓到对方违规人员都要保证活口交给对方，而抓到海盗则要交给甲必丹李旦处理。并且明朝将撤销甲必丹的海盗身份，同意他回乡探亲。

之后甲必丹流着泪踏上了回乡的路，他抱着先公抱了好久。他让先公跟他一起回去，他本以为先公也很想去，但先公没有。

明军宣布是他们打得荷兰人落荒而逃，宣布他们炸毁了红夷的堡垒，他们在澎湖立了石碑来记载这次伟大的胜利，他们开始向皇帝索要奖赏。荷兰人则开心地去开发台湾了，先公成为了他们的向导。

甲必丹李旦不在海上了，所以被荷兰人抓住的海盗就归了先公，先公大多放走了他们，于是先公渐渐积累了大量大海的恩惠，他的名声很好。特别是那时颜思齐非常感谢先公，因为台湾的冲突使得许多本来依附于颜思齐的海盗都被荷兰人捉了，那时看起来先公几乎是以一己之力拯救了颜思齐。先公渐渐壮大了自己的队伍，许多旧部正是从那时起开始跟着先公的，先公还从澳门购买了一批黑奴为他而战。先公靠着那些人开始帮荷兰人拦劫海上西班牙人的以及去跟西班牙人做生意的商船，拿着中、日、荷、澳门和海贼们的多方情报，先公战无不胜。一时海上都大感困惑，这个神秘的海盗到底来自哪里。再后来他开始顺便抢劫所有人，旧部们说只有一种人他们不抢，就是交保护费的人。

很快先公也有了完全属于他自己的从澳门到魍港再到日本的航线。而福建巡抚回去后就不再有兴趣管红夷的事情，他承诺的商船一直没有被派来台湾，所以先公还承担起了帮荷兰人从这个国家走私的事情。

随着生意越做越大，先公在东洋也有了不小的影响力。那时平户藩的藩主将他视作上宾，在平户赠予了他家宅土地，与他结成了生意同盟。田川翌皇很满意自己的眼光。

不久后先公还被请去拜会了德川秀忠。秀忠是日本前代征夷大将军，表面已经隐退，其实却依然是东洋的实权者。人们说在日本天皇只是象征，而征夷大将才是那片土地实际的统治者，将军幕府是管理整个日本的地方。后来先公说他觉得日本的这种制度很好，皇帝用不着死来死去，厉害的人也不用因为还有皇帝压着感觉难受。那时想必先公是有感而发吧。

德川秀忠对先公很满意，他让人送了先公一些礼物，那之后先公在日本更重要了。

大约那时甲必丹李旦终于回到了平户，可他却发现他的地位好像不如从前了。因为那时与他关系最好的英国人迫于日本禁教和荷兰壮大的压力关闭了在长崎的商馆，也因为甲必丹发现先公已经有了能和他抗衡的势力，那时长崎的街面上先公的部下渐渐成为了最受人尊敬的唐人。甲必丹李旦不太开心。然后不久之后，他莫名其妙地死了。

旧部们说那是一段东洋有些动荡的日子，特别是平户的长崎。长崎的唐人过得不错，但西洋人和教民很动荡。那时日本反教的声音达到了高潮，许多外来的海商和海盗也在诉说着西洋人的危害。有人说那些声音是来自先公的暗中支持。

当平户藩藩主问起先公关于西洋人的意见时，先公说西洋人总是在贸易中夹杂着传教，而当天主教传遍日本的那天，就是东洋像吕宋一样沦陷的日子。平户藩藩主很担忧，他说他需要向幕府报告平户的现状。先公说只有一种西洋人比别的西洋人略好一点，就是荷兰人，而还有一种西洋人比别的西洋人更坏一些，就是西班牙人。终于，日本彻底宣布锁国了。

先公的伙伴荷兰人虽然被规定只能在长崎登陆，但已是那时唯一能在日本做生意的西洋商船。荷兰人说他们信的是洋教中的新教，他们说他们也是被天主教迫害的可怜的人。而先公的生意做得更大了，他成了衔接大海的人。许多西洋人想到日本做生意都需要通过他的商船，他在中间大赚特赚。而那时无法归国的许多东洋浪人纷纷投到了先公门下，先公已经欣赏他们很久了，后来但凡有不听先公号令的商船，先公就会派那些浪人以倭寇的名义前去抢劫。

但锁国也在几年后带来了问题,就是现在太妃和国姓爷还有国姓爷的弟弟无法离开日本了。我好像从来没有听国姓爷提起他的那个弟弟,或许国姓爷只想弟弟过上平凡的生活吧。后来听海上说国姓爷的弟弟被过继给了田川翌皇,田川没有儿子,外孙成为了他的继承人。

为了能让国姓爷顺利离开日本,先公派去了一百艘战船。然后他亲自登岸跟平户藩藩主一起去拜会了当代征夷大将军德川家光。有人问先公这么做是否值得,先公大怒。先公说,你他娘的给我记好了,他是我的长子!

那时德川秀忠已经死了,家光是他的儿子。先公对德川家光说,我儿子是日本人不假,但也是唐人,现在你让他离开。他是以唐人的身份离开的,而一旦以后他有了成就,他将也是你们日本的英雄。德川家光笑了笑,同意了先公的请求。

人们说国姓爷是那些年锁国令下唯一一个得以光明正大离开日本的人。临行前大将军还赐予了国姓爷一些赏赐,他让小国姓爷不要忘记自己出生的地方。但太妃没有离开,因为她是完全的日本人,也因为她要留在那里照顾幼子。

小时候国姓爷身旁几乎有母无父,而从这时起,他又有父无母了。那一年国姓爷六岁。

旧部们说国姓爷刚到大明的时候完全就是个东洋孩童的模样,满嘴日本胡话,动不动就要抽出太刀跟人决斗。

与先公一起同行的人苦笑,他们说国姓爷虽然性子有些执拗,但本来是很有教养的,每一个字的胡话其实都是跟先公旅行的这几个月才刚学会的,刀也是先公给的。人们说先公后继有人了,先公哈哈大笑。

但先公思考了几个月后向人们宣布他的儿子将会成为一个读书人。他花重金请来了最好的先生给国姓爷教书。

国姓爷展现的天赋令人惊叹,他中文越说越好,读书过目不忘,他的努力让人钦佩。旧部们说小国姓爷时常引经据典把先公说的一愣一愣,先公气得吹胡子瞪眼睛,但于背后又开心得不行。很快国姓爷考中了秀才。

那时先公也更厉害了,他的影响力延伸到了陆地上,他的五商商队遍布整个这个国家。当人们兴奋地说五商来了,就意味着财富来了。五商分为山五商和海五商,山五商为金、木、水、火、土五行,专门负责从陆地上收购

瓷器、生丝、绸缎、茶叶等物品，再由仁、义、礼、智、信五行组成的海五商经海路卖到世界各地。海五商则会买回胡椒、丁香、肉桂、檀木等物品再交给山五商出售。人们说先公在短短时间内成为了整个大明最富有的人，而大明是天下最富有的国。

一般公认的看法是先公是不读书的，甚至海上有传言说海王不认识字，专门喜欢吃人。但也传说先公很喜欢一本叫《山海经》的书，有人推测山海五商的灵感就是源于《山海经》。有旧部模糊地记得先公曾拿《山海经》中的例子教育过他们，世界是很大的。

后来已经是山海五商覆灭许多年后了，海上突然兴起了一个传说，说海王宝藏的秘密就在《山海经》中。一时市面上能找到的《山海经》都被抢购一空，有许多海贼冒死上岸闯入江南名士家中不为金银美女只为抢一本《山海经》。那时沿海的一些教书先生也遭到了绑架，他们被不认字的海贼绑去讲解《山海经》了。许多海贼听完内容后气愤不已，感觉上当受骗，教书先生也只能无辜葬身鱼腹，但也有的海贼因此被启发灵感发了大财，还有的落魄先生因此命运转变成为了一代大盗。那时《山海经》成为了江南文人名士中的笑谈，文人们见面时看谁精神不好就会说昨晚你是不是又被人绑去讲《山海经》了。大家都笑作一团。而曾经这种情况他们会说，你昨晚肯定又去秦淮河了。

秦淮河是天下最为香艳的地方。那里青楼无数，一到夜间灯火通明香雾缭绕，两岸歌声舞乐摄人心魂，河上花船摇曳漂泊。人们尽情饮乐，可以忘却一切愁苦。

而到天色将要亮了的时候，花船归港，香雾尽散，关闭了门窗的青楼看起来则再也和普通人家没有什么区别。再到了白天，旁边的夫子庙开门了，贩夫走卒孩童百姓都会去那里参拜孔圣人，孩童们或许无法知道那些围绕在夫子庙周围显得有些寂寥的街道夜晚的样子。可我知道。小时候有次我曾夜晚去过那里，那时师公家刚刚搬到南京不久，我迷路了。我以为自己到了仙境。有些仙女逗我，我很害怕。

夫子庙不太远的地方还有国子监，那里是全国最高等的学府，能进入国子监的都是全国最优秀的英才。师公带我和师父去过那里，他希望我们可以瞻仰那里的感觉，那天我们第一次见到了国姓爷。我不知该如何形容那种感觉。师公在那个时代并不算一个很有名的人，他可能只是一个普通的文官，但国姓爷对师公很客气，他对师父甚至对我都很客气。那时我们还只是孩子。

人们说国姓爷刚到南京的时候穿的是绮罗，佩的是美玉和宝剑，他坐着四匹马的大车，光是仆从就有上百人。可仅仅一个月后他遣走了所有人，他选择成为一个国子监里最普通的学子。我们见到的应该是普通之后的他，可他依然很完美。

那时先公花了很大关系让国姓爷拜了江南文坛领袖钱谦益为师，先公总是一船一船的给钱谦益送礼物，钱谦益连眼睛都不抬一下。先公感慨地说，他娘的，还是当读书人爽啊。

有人说其实先公不讨好钱谦益也没关系，因为钱谦益是真的爱惜国姓爷的，他说国姓爷身上有与众不同的东西。那时他给国姓爷起了一个字，叫大木，他觉得国姓爷的气息就和树木一样坚韧，也因为他希望国姓爷将来能成为国家的栋梁。我记得那年钱先生被封为了浙江总督，整个江南的文人都很开心，师公也很开心，钱先生是他们的领袖。而国姓爷跟着钱先生成为了江南最受人瞩目的青年。那些年国姓爷永总是着一身素雅的儒服，人们再难把他与那个用太刀跟人拼命的东洋孩童联系在一起，也无法想象他竟是天下第一海盗王的儿子。

后来先公见到国姓爷的时间越来越少了，国姓爷总是在南京求学，有时还直接住在钱先生家中，钱先生待他很好。有一次钱先生在一个名儒大豪聚会时喝多了拉着国姓爷的手说，森儿①啊，幸亏你比我晚生四十年，不然当年那些佳人们就看不上老朽喽！人们笑作一团，引得钱谦益的妻子柳如是阵阵鄙夷。柳如是对钱谦益说，你莫要把森儿教坏了。

钱谦益回答，森儿跟我学的是圣人之道，怎么能说教坏呢，就算说了你们女子也不懂。人们又笑了。

不过钱先生的这句话其实是玩笑，因为所有人都知道柳如是的修养和见识是不输于天下任何男子的。她是那时整个江南最有名的人，甚至某种程度上她比钱先生还要有名。我真正见到柳如是已经是许多年后了，那时天下的变化已经很大，可当她出现的时候仿佛一切又都回到了从前的金陵。金陵是南京以前的名字。

那时有一个术士路过金陵见到国姓爷后大感惊奇，他说国姓爷骨相非凡，

---

① 森儿是郑成功的小名，郑成功原名郑森。

是命世雄才而非科甲中物。国姓爷不在意这种说辞，先公也让部众们不要胡说八道。可私下里先公却派了人花重金去寻找那个术士，但术士就如同消失了一样，飘缈不可得。

而我最后一次在南京见到国姓爷是在多铎亲王大军围城的时候，国姓爷出现在了南京的城墙上。那天他脱下了儒服，换上了鲜亮的铠甲，他又一次拿起了他的宝剑。没有人觉得南京可以胜利，但国姓爷，他好像不愿屈服。师公带着我们在城下，师父望着国姓爷对师公说，父亲，我不想读书了，我想做郑森一样的人。师公没有说话。

那天也是金陵最后一次作为金陵或南京出现的日子，后来南京被清人改成了江宁。或许是因为清人并不需要一个在南方的都城吧，他们有北方就够了。对于南方他们只希望大江大河都可以安宁。

如果没有战争，或许那还真是一个美好的时代啊。

旧部们说那段时间先公有些烦闷，过于平静的大海让他感觉无事可做，唯一让先公开心的就是国姓爷的成长。旧部们说甚至能感觉到先公在国姓爷面前竟然会显得拘束，就连偶尔溜到秦淮河去喝花酒也不好意思让国姓爷知道。每次喝花酒时先公总是东张西望坐立不安，别人跟他说大公子是不会来这种地方的。先公说，他娘的，这种地方怎么了，这么好的地方你看那些文人高官谁不来，我儿子那么大了干吗不能来，我才不怕他呢。

后来终于有一次国姓爷回家时，先公咳嗽了两声问国姓爷有没有去过秦淮河。国姓爷回答当然去过啊。先公愣了半天，问经常去吗。国姓爷说偶尔吧。先公嗯了两声，喝起了酒。过了一会儿先公又问，去干吗了。国姓爷回答，去祭拜孔圣人啊，有时也帮国子监祭酒过去送信。先公听完又愣了，然后连忙说好儿子，好儿子，来喝酒吧，喝酒。旧部们说那天晚上先公喝多了，他一直拉着国姓爷的手说，森儿啊，你是读书人了，森儿啊，你一定要做读书人。

那之后先公再去喝花酒时就大胆多了，出手也更阔绰了，他本来就已是极阔绰的，再加上他从来都只是喝酒享乐而没有文人的古怪要求，所以赢得了青楼女子们的广泛喜爱。那时文人们去喝花酒往往会用花名，先公的名字在风尘中并不是那么有名，曾经也被误认为只是个花名。后来又有风尘女子问他是谁，先公已有八分醉意，他回答，我是读书人的父亲！

却不想这个消息立马在秦淮河上轰动了。人们以为先公自称是读书人的父亲是为了嘲讽那些留恋香艳之地的文人，一时江南文坛大感惭愧。风尘女子们纷纷称颂先公是真性情的大豪。

然后一些曾经先公无论使出多少金银也无法见到的顶级花魁都表示愿意接见先公。旧部们乐坏了，那些花魁平日都是只有王公贵子或者钱谦益那种天下闻名的大才才能有缘见到的，先公也努力梳洗了好几番才好意思上场。旧部们都躲在门外或房顶上或楼下的河岸边偷听，可他们失望极了，他们说花魁说的话简直是一个字都听不懂，忙活了半天也不干正事，一直不是作诗就是唱曲，唱的曲辞也晦涩无聊，然后没多久就听里面传来了先公的呼噜声。

后来当人们问先公感觉如何，先公总是回答妙不可言。人们说请先公以后再去时替自己美言几句。先公叹口气说他不会再去了。人们大惊失色问为什么。先公回答，人间的仙子，我不忍心打扰。

再后来有一天人们发现先公和钱谦益的关系莫名其妙地好了起来，人们猜测是因为国姓爷的原因。旧部们说这之间其实有些不足为外人道的事情，也不全是因为国姓爷，说起来他们也不全然明白为什么。只是有一天他们在喝花酒的时候突然遇到了一个糟老头，那是一个极没有名气条件极恶劣的极偏僻的青楼，里面的女子都与村姑没什么区别，先公也只是喝醉了带着他们瞎走走到了那里。先公看到那个老头后愣住了，老头也愣住了。两人支支吾吾半天后同时说出了一句话：千万别告诉森儿！

旧部们推测那个老头估计是国姓爷的外公，还有人说他没准儿是微服私访的皇帝，也有人觉得可能是先公的债主，另一个说，是债主那怎么还没被杀了啊。后来他们终于知道了那人原来就是钱谦益。旧部们说先公支走了他们，也支走了女子们，他说他要和钱谦益大醉一场。有人说先公关门前他听到的最后一句话是先公对钱谦益说，嘿嘿，我本来还以为你们来这种地方真的只是作诗和听曲呢！然后钱谦益回答，佳肴和野菜都得尝尝。

那之后先公给钱谦益送的礼物更多了，旧部们奇怪为什么关系好了反而要送更多的礼，先公说他们都是傻子。钱谦益偶尔也会派人回礼，给的无非是些诗书字画什么的，旧部们感觉亏大了，可先公说他赚大了。然后慢慢竟然有人说他们看到钱谦益和先公说笑谈天就像兄弟，看到他们在小巷中挽手行走，看到他们在秦淮河上共乘一只小舟喝着素雅的清酒。人们很纳闷，不懂钱谦益为何会和先公这样海贼出身的武夫成为朋友。但他们真的很好。

　　那一年先公过生日的时候，钱谦益在没有事先通知的情况下送来了礼物。那是他亲手写的一首诗，用来庆贺先公的生辰。诗中他对先公的缺点写的毫不留情，但对先公的优点也写得一点都不谦虚。先公哈哈大笑。

　　那时曾有一个人得罪了钱谦益，那个人在酒肆中用极下流的语言侮辱了钱先生，先公气坏了。他立马带人冲到了那个人家里要杀了他。钱谦益跑过去阻拦。先公不听，先公说这件事跟钱先生没有关系，是他非杀不可。最终钱谦益问先公难道不想给国姓爷做个榜样吗。先公愣了一下，终于放弃了。结果在先公带着人出门时碰上了正准备闯进来的国姓爷，先公大惊，问你他娘想干吗！

　　国姓爷反问，你在这干吗。

　　先公支吾半天说，我是来喝酒的。

　　国姓爷说，这事与父亲无关，他侮辱我老师和师母，我不能饶恕他。

　　先公急坏了，说了一大通你难道想让你老师为难吗，你想辜负你师母的期望吗，读书人怎么能说动手就动手呢，圣人不是告诉我们要讲理吗，男子应该首先遵守法纪啊。然后企图让人把国姓爷抓走。国姓爷说不用你们动手，然后自己走了。先公追了上去问国姓爷是不是还想过来动粗。国姓爷说，父亲难道是在里面跟他讲道理吗？先公不太好回答。

　　国姓爷说，既然该做的你们已经做了，那我又何必纠缠呢。先公长舒了一口气。

　　事后先公问旧部，你们说读书人会不会去打架啊。有人说他们看到过有喝醉的读书人在秦淮河抢女人打架，打的比小鸡还难看，他们说国姓爷那么厉害肯定不是读书人。也有人说，你们懂什么啊，那叫书生意气，读书人也是要打架的，大公子这样最招女子喜欢了，他肯定是读书人。先公说，他娘的，我问你们读书人打不打架，没问你们我儿子是不是读书人。

　　后来柳如是专门给先公写了一封信表达谢意。旧部们很好奇信里到底说了什么，先公就不告诉他们，先公说就算说了他们也听不懂。旧部们很失望，在那个时候大概是没有人不关心柳如是的。

　　柳如是本来是个风尘女子，而且曾是秦淮河上的头号花魁，被称为秦淮八艳之首。秦淮八艳是文人们评出的名号，指的是秦淮河上最好的八个名妓，那次接见先公的花魁也是其中之一。那些年为了争论名妓们的名次，江南文坛打得一塌糊涂，人们纷纷书写了大量的诗文来夸赞自己拥戴的花魁。

钱谦益本是当时柳如是的拥趸，他们的诗词唱和每每都引得江南文坛争先传看。人们说钱谦益爱的不是柳如是的美貌，也不是她的技艺，而是她的才情和见识。他们的交往成为了一段佳话。可是后来，令所有人都无法想象的是钱谦益竟然准备迎娶柳如是，而且是明媒正娶。所有人都愤怒了，一些人甚至为此与钱谦益绝交，虽然他们平时也没少去秦淮河。但钱谦益还是坚持娶了她。那一年钱谦益五十九岁，柳如是二十三岁。

那些年间，国姓爷也迎娶了董夫人。

董夫人是福建礼部侍郎的女儿，人们说她知书达理。

后来好像北方越来越混乱了，南京也时常会传来打仗的消息，我记得那个时候的感觉，有人感慨好日子要结束了。不过却并没有结束城内的繁华和享乐。那时一些南方的军队也以准备抗贼为理由渐渐成为了割据的军阀，他们并没有为朝廷打过多少仗，却不断地索要军饷。师公很忧愁。而师父也总好像在想些什么。

兵部尚书大学士史可法那时不止一次感慨，大明天下之大，兵将之多，却唯独没有一人能像那海贼将军一样不索取朝廷一分粮饷却为朝廷威震一方。

终于钱谦益给北京写了一封奏章，他请朝廷重用闽帅，闽是福建的别称，闽帅就是先公。钱谦益建议朝廷将先公调来负责南京城和整个南直隶的军事以防备兵乱。南京是大明最初的都城，即便后来迁都北方，南京也依然保留着六部，南京一直是由天子直接管辖的地方，若能将南京交给先公负责，无疑对他的仕途又是一个巨大的提升。可北京最终没有采纳这个意见。或许他们还是不能真心相信这个从海上归降而来的人吧。钱谦益很沮丧。先公专门带了酒去安慰他，先公说自己自由惯了，真要是被皇帝征调他还不乐意呢。可钱谦益依然很沮丧，那天他们喝了很多酒。

不久后世子诞生了。

人们说在董夫人生产前先公急得不得了，他在安平城堡里不停地走来走去。世子终于顺利降生的那一刻他几乎哭了，而听说是儿子时他真的哭了。先公很喜爱那个孙子。世子小时候总是随先公住在一起，他也喜欢他的爷爷。后来先公没了，师父总是觉得很对不起世子。

安平堡还有一个名字叫海王城堡，那里是先公的家。那时先公让人挖了

一条巨大的运河使海王城堡可以直通大海,而他卧房外巨大的演武场一般的阳台就是他临空登船的码头。那是世上最奢华的地方,也是海王最辉煌的象征。没人记得清楚那里究竟有多大,反正光是房子就占了上百亩地。

可惜后来一切都不复存在了,我并没有见过那里最辉煌的日子,在我和师父随着国姓爷过去的时候那里只剩下一个死人。再后来连死人都没了。与同安血流沟一起出现的安平成平地的谶语果然都应验了。

而许多年后国姓爷将热兰遮城下大员镇的名字改成了安平镇,不知此时他是否在怀念他们的故乡。又许多年后,热兰遮城和王城的名字都不复存在了,却依稀听得人们将那座城池的遗址称为安平古堡。不知人们提起那个名字的时候,是否还会想起曾经的海王堡,想起那个曾经的海王。

第四章　福尔摩沙

　　国姓爷说世子孤独，可他自己孤身在海上奋战，又何尝不是孤独的呢。

　　一些年前国姓爷将厦门改成了思明，准确地说是他设立了思明州，厦门、金门还有周围一些美丽的岛屿都归思明管辖。正是从那时起我们以思明为大本营开始了和清人的全面战争。

　　世子看见师父回到思明很开心，但他好像又十分忧虑，我也说不明白为什么。师父总是放不下世子，他对世子的爱护很深。可我们没有时间，我们只在思明待了一天就去了北方。

　　师父的猜测是对的，果然在国姓爷又一次拒绝了清人的招降并移师台湾发誓与清人对峙到底后，清人失去了耐性，他们决定处死先公。师父准备去救他。国姓爷永远不会下达那样的命令，可师父永远会这么去做。不过最终师父没有出手，或许他觉得一切都是命运最好的结果。我觉得也不算太差，至少我和师父不用死了，我从来没有觉得在北方劫法场可以成功。而先公的死无愧于他作为我们的海王的一生。

　　我们往返的路上都走得很快，师父很忙，虽然我也不知道他在忙什么。他见了不少人，有时是以陈永华的身份，有时是以陈近南的名字，有的人师父劝他们反清，有的人师父让他们隐忍，师父给了一些人银两，又从一些人那里要了支持。师父建议有的人投身南方，也命令一些人去了北方。有的人只是迅速地摆一个茶碗阵，待师父破阵后迅速地交换了东西，还有的人，师父把他们杀了。

而我们再次回到思明的时候，世子很忧愁。

世子问师父，爷爷真的死了吗。

师父回答，平国公没有死，他只是回到了大海里。

世子沉默了许久，他问师父，是父王害死了我爷爷吗。

师父回答，不是，延平王①和平国公只是都有各自的命运。

世子不再说话了。

就在我们即将退出大殿的那一刻，世子突然爆发了。他对着师父大喊，陈永华你不是去北方了吗！你为什么不去救他！你为什么不去救他！

那是我第一次见到世子那样失态，他一直都是最好的孩子。

师父回答，属下去北方只是执行一些主公的密令。

不！不！你们不知道他已经疯了吗！你们不知道现在张煌言、鲁王、钱谦益老头还有所有人都恨他都在说他吗！他还真以为别人叫他一声国姓爷他做的一切就都是对的吗！他可以去台湾，可我爷爷该往哪退！每天都只有抗清抗清，抗清就一定要让自己的父亲去死吗！

师父说了声殿下累了，退出了大殿。

第二天世子将师父请去了书房，世子向师父请罪，师父连忙扶起了他。师父没有提起昨天的事情，而世子从那天之后也再没有提起过先公，那种感觉让人难过。师父问起了军务。

世子说国姓爷很久没有新的消息送来，他曾派船运粮过去，但因遇到台风无法上岸。有一艘小船勉强登陆问询。只得到一句回答，东都一切都好，请世子严守思明。

师父问世子思明还缺粮吗。世子说暂时充足。师父说世子天生就是适合治理天下的人。世子说他其实什么也没做。

师父说，为无为，而无不为，是为人心所向。

那时的思明确实挺好的，在国姓爷准备攻打台湾而世子开始统治之后，思明一直过得不错。那时世子把多数部众都派去屯垦了，再加上海上贸易所得，思明很充裕。生活安乐了，百姓和富户们又自觉献上了许多支持。

传教士多明我会利胜②就说思明是世界上最好的地方。利胜是个有趣的人，他大约在前些年来到了我们这里，思明的市民大多都听过他的名字。他总是

---

① 此处延平王即郑成功，延平王是他的爵位。

② 多明我会利胜即 Victorio Ricci。

乐于帮助百姓，总是喜爱跟人们聊天，他还通过用圣水洗礼治愈过不少人的疾病。他于南京或北方的官话一句也不会说，但闽南话却慢慢说得和我们几乎没有什么区别。利胜说他从没见过世上有任何一个地方像思明一样有这么多的人口，有这么干净的街市，这么齐整的秩序，他说思明如果再具足一样东西就无异于人间的天堂，那就是上帝的福音。

世子没有搭理他。

在我跟师父回到台湾的时候天气已经有些凉了，那时师父请世子凑了二十艘大船的粮食护送去了台湾。国姓爷对师父说，永华，你总是能让我安心。

师父猜对了，台湾的情况并不是很好。热兰遮城一直死守不降。他们城上的血旗依然在城上飘扬着。

在海上国姓爷不怕任何人，在陆上或许也没有比八旗军更恐怖的敌人了，但面对数十架巨炮防守的高大坚城，国姓爷也没有了办法。那是一种特殊的城堡，是在这个国家从来没有出现过的建筑，有人说热兰遮城的设计就是专门用来抵御火炮的。不过城中食物不可能是无限的，没有援军他们早晚会输。只可惜我们的大军消耗得也很快，之前的缴获和百姓的接济并不足以支撑许久。

上次我们离开时师父给国姓爷最后的一条建议是开荒囤粮，国姓爷做了，他留下了一些人马盯着热兰遮城，然后下令让其他所有将领都带着各自的部下去开荒。国姓爷允许部下们自行选择土地开辟，他承诺被开发出来的土地将作为开发者的奖赏，国姓爷鼓励大家建立城镇，鼓励军士和岛上本来的居民合作。唯一的要求是国姓爷希望城镇尽量沿海，因为沿海可以带来贸易让台湾尽快自给自足，也因为沿海方便以后反攻大陆。

国姓爷让投降的西洋测量官帮助我们一起丈量了这片土地，他做了许多规划，他在赤坎设立了明京承天府来管辖这个地方，他下令禁止人们过度砍伐和渔猎以防破坏了后人的生态。他说他要在台湾开设万世不拔的基业。鹿耳门的妈祖庙也是在那时开始建立的。只可惜粮食生长的速度并没有那么快，长出一粒粮食的时间远远超过结束一个生命。渐渐有人开始失去了耐心。

国姓爷很信任的右虎卫陈莽因为缺粮劫掠了当地百姓，国姓爷很愤怒，陈莽受了军棍，还被革职囚禁。人们不太理解，在人们眼中台湾不过是个海外蛮夷之地，行军打仗时借些军粮再普通不过，人们替右虎卫觉得委屈。

然后部将吴豪也被发现犯了同样的问题，国姓爷将他杀了。人们议论说国姓爷不杀右虎卫而杀吴豪,是因为吴豪曾说台湾风水不好,国姓爷心中记恨。但我觉得吴豪会死是因为他明明看到了陈莽的惩罚却还去做同样的事情。

  在那段时间另一件对我们影响很大的事情也发生了,清朝颁布了迁海令。清人下令封锁了大海,他们将所有能控制的沿海居民都强行内迁了三十里,他们拆毁了海滨所有的东西,他们将沿海三十里内所有的房屋焚烧一空。一时数百万的百姓流离失所,海滨充满了哀号与烟尘,思明成为了仅剩的净土。清人这么做是为了断绝大海和海滨百姓对我们的支持。

  迁海令是黄梧给清廷出的主意,他还献策让清人挖尽了郑氏的祖坟,并且一直在建议清人杀死先公。黄梧是国姓爷手下的叛将,国姓爷恨他入骨。

  然后去北部开荒的将领也不知如何跟当地原住民起了冲突,或许开始时仅仅是由于沟通不便吧,毕竟并不是所有人都像先公那样通晓无数语言并善于和各种不同的人打交道。然后原住民的大肚国对我们那边的兵营发起了一场突袭。那天士卒们都在开荒或歇息,没有列阵也没有武器,那天我们死了一千多人,大将杨祖也被大肚王的标枪贯穿而死。有人说他们记得大肚王浑身赤裸,气势蛮浑,手中有多少标枪就杀死了多少人,直到标枪都用完了才离开,还有人说他们记得大肚王双腿间还挂着另一支没有发射的标枪。更让人印象深刻的是原住民杀完人后一定要割下头颅带走,在那种时刻即使拿刀去砍他们都不会退缩,仿佛他们的目的不是打仗而就是割头。原来那就是传说中的出草,这是他们古老的习俗,他们每隔一段时间就会出草一次,出草的目的就是杀人,猎取敌人的头颅带回部落是最荣耀的象征。勇士在他们那里是最受人尊敬的,一个人家中收藏的人头越多就证明他越英勇。同时南边的琅峤部落也杀死了我们七百人。

  国姓爷发兵镇压了他们,我们赢了,赢的足以使他们再也不敢侵扰我们开荒的部队,足以使他们逃回了山里。可我们又浪费了不少时间和粮食。本身国姓爷也并没有把本地的他们当作敌人。

  接着陆上又传来消息,铜山守将蔡禄、郭义叛变,忠匡伯张进拒绝投降,自焚而死。有人说是国姓爷的严苛使他们恐惧,逼反了他们。那一阵子台湾岛上人心惶惶。

  有的人甚至企图逃离,国姓爷杀了他们,还有一些犯了错误的人,国姓爷也杀了他们,甚至他们的家人。那时何斌也被流放了。

  我记得那天国姓爷在承天府处理完事务返回热兰遮城下的时候,好像有些急躁，他让人带来了传教士范无如区①。范无如区是在台湾传教的荷兰传教士，荷兰人从占领台湾开始就一直试图在这里传教，我们到的时候他们建立的基督学校已经很完善。国姓爷登陆后待学校的学生和传教士一直不错，他一直对基督徒不错，有人说是因为国姓爷幼年生长的长崎曾是个洋教氛围很浓厚的地方。

国姓爷让传教士范无如区带着他的书信进城去劝降。范无如区同意了。在他回来的时候，天色已经暗了。国姓爷问他，所以你失败了吗。

传教士回答，是的。

国姓爷的目光变得阴冷，他问范无如区，你以上帝的名义起誓，告诉我你到底有没有劝他们投降。

传教士思索了一会儿，叹了一口气，好像浑身轻松了。传教士说，没有，我劝他们一定要坚守下去，巴达维亚的援军早晚会来。

国姓爷说，你知道你会死。

我知道，可我依然回来了，侍奉上帝的人并不惧怕死亡，你杀了我后我将去到主在天上的乐园。

那你作为一个传教士难道忍心看着两边的士兵继续活在饥饿和恐惧中，忍心看着更多的人因此死亡吗。

人们生而是有原罪的，经历苦难只会净化自己的灵魂。如果他们投降那我们在这里多年传播的福音就白费了，这里将重新回到野蛮的状态，只有他们才能继续净化这个地方。

我一直待你们不错，在思明也从来不阻止你们传教，利胜的教堂就在我官邸的对面。

国姓爷，你是个有灵性的人，我感激你对于主的信任，你只差一步就可以完成最终的救赎，放弃进攻吧，来到主的怀抱里面！主在今后会保佑你，保佑你打败鞑靼人②光复你们的江山！然后你将把主的福音传遍整个这个国家。

国姓爷大笑了起来，他的笑声让人恐怖，国姓爷说，多么自私的人，口口声声说着主爱世人没有分别，可到头来还只是为了自己的利益，如果主真的存在应该为你感觉羞耻。哦，是我的错，我只当你是个传教士，却忘了你

---

① 范无如区即 Anthonius Hambroek。
② 此处鞑靼人即清人，鞑靼人是西洋对清人的称呼。

还是个荷兰人。

范无如区又急又怒,你、你不许羞辱我对主的真诚,你不许羞辱主,你要杀就杀了我!

事实上,我确实在羞辱你,因为我看不起你,信主的人是不会说谎的,你答应我进城去劝降他们,可你没有。我来告诉你吧,你进城去只是为了见你嫁到城里的两个女儿,而你回来是英勇就义吗?不,你只是还担心被我扣在这里的你的其他家眷罢了,不然你只会和所有人一样缩在里面不敢出来。多么可悲的人啊,口口声声说着对主的忠诚,其实只是借着主的名义行事罢了,以主的名义侵略别人的土地,多么高尚啊!

你,你住口!你这残忍的异教徒不配谈论崇高的主!我早、早就清楚我回来就等于宣判自己的死刑,但我不会因此恐惧或忘记自己对主和公司的义务!我……

说得好!你终于说了实情了吗!对啊,公司,是公司出钱让你们来这里传教的,所以你就要忠于公司对吗!你们一个个说着将教传到不信教的地方是帮助他人,其实不过是为了自己的功利心罢了,你们不就是希望死后可以有人说是谁将福音带到了哪里哪里吗,所以你们一个个巴结着公司抢着往远处跑唯恐别人争了先,然后再用教法帮公司约束本地的土人,公司则把掠夺的财富带回到自己的国家,好啊!多伟大的主啊!

你、你!你一定有借口杀死所有荷兰人来祭拜你的撒旦的!

没错,你说对了,想必曾经去这个国家做生意的荷兰人都被我杀光了,想必思明的传教士都被我杀光了,想必普罗民遮城的俘虏都被我杀光了!好啊!那我就让你看看撒旦到底是什么样子。

你就是撒旦!你就是撒旦!

对,我就是撒旦,是你阻止了撒旦让城里的人安全离开。你们为了利益根本不在乎更多人的死活,那我为什么要在乎。你的主会说你引诱了撒旦的复活,你死后主会让你下地狱的。

军士们不太理解他们的对话是什么意思,但想必最后两句话让传教士恐惧了。传教士惊恐地睁着双目说不出话来,等他再想说时已经失去了机会,国姓爷拔掉了他的舌头。

那天晚上国姓爷让人打造了上百具巨大的十字架,武卫周全斌亲手把岛上的传教士和从热兰遮城俘虏的所有男人都用巨大的铁钉钉在了十字架上。

铁锤与铁钉碰撞的叮咚声，男人们的哭嚎声，响彻了一个晚上。

第二天清晨被钉在热兰遮城下的十字架就像是一片干枯的森林。

城上的士兵，有人哭了，他们或许也是想家的吧。不久之后有人投降了。

先是有些城里的黑奴投靠了国姓爷的乌鬼卫队，然后又有一批荷兰人的日耳曼雇佣军偷偷溜出城投降了我们。他们问我们要了很多酒喝，要了很多肉吃。他们说他们已经快疯了。他们说在国姓爷过来之前他们就快疯了。

他们早已受不了台湾长官揆一莫名其妙的敏感，他们受够了在不断的国姓爷来或不来的谣言中不停地变换阵地和城防，直到美人鱼出现的那天，他们崩溃了。他们说那天傍晚的时候有十几只美人鱼出现在了台江的内海，那些美人鱼一直游，一直游，一直游过了鲲鯓岛又游过了大员。没有人敢于去触动他们，因为他们一点也不美，他们看起来就像魔鬼。渐渐人鱼唱起了歌，那是一种深入脑髓的哀鸣声，持续了整整一夜。在哀鸣声中他们听到了死去亲人对他们的召唤，那天有许多人跳进海里自杀了。日耳曼人说从那时起他们就觉得荷兰人必败，他们觉得海上最邪恶的国姓爷一定会来把他们都杀了，他们认为美人鱼是国姓爷巫术的伙伴。大员的汉人也告诉过我们同样的消息，但他们听到的是中文呼唤的声音，同样也来自他们死去的亲人。汉人们说当时他们以为自己死定了，他们觉得肯定是荷兰人将要把他们都杀了于是美人鱼就来向他们传递阴间的消息。

日耳曼人还问我们认不认识一个灰色的鲸鱼，和一个穿着红衣服骑在鲸鱼背上的人。我觉得可能他们真的疯了。但他们就不承认。

过了几天他们又问了同样的事情，他们十分确定他们看到一个穿红衣服的人骑着鲸鱼路过了热兰遮城堡。他们说整个城堡的人都看见了，他们说他们分的清那不是鞑靼人或原住民的衣服和头发，他们非说那就是我们。他们说等打完仗国姓爷放他们走的时候一定要说到做到，不可以派鲸鱼去袭击他们的船。我觉得可能他们疯得有点严重了。估计热兰遮城里的情况肯定不好。有人问师父外国人的疯病能治吗，他们担心日耳曼人提供的情报有问题，师父说有点不太好说。

后来在师父每天带着他们练了一些拳之后日耳曼人好像看起来正常一些了，他们喜爱武术，他们挺好玩儿的，特别是李德斯队长①很有意思，不过之

---

① 李德斯队长即 Sergeant Hans Jurgen Radis。

前投降的荷兰人说他们是坏人。李德斯会说一点中文,他问我有没有试过原住民的女人。我觉得荷兰人说得对,他确实是个坏人。那段时间他还教了我们的军人一些射击技巧,与我们的船员讨论了航海,他看起来挺好了,但他还是很坚持不要再让美人鱼和鲸鱼过来的事情。

李德斯对国姓爷说如果想攻下热兰遮城堡必须先占领旁边山丘上的乌特勒支碉楼,占领了那里就可以直接向城中射击。听起来像是一个好办法。但我不觉得国姓爷没有看到这一点。或许国姓爷只是不想士兵牺牲,他希望能通过消耗让热兰遮城自己投降。这次他做得很紧,他不会再犯和围困江宁时一样的错误了。

那段时间前后荷兰人还试过几次反击,一次他们从海路把船开到了大员港对我们射击,但那天风向对他们很不好,他们最大的船被我们炸毁了。还有一次他们试图骚扰思明,不过被世子打败了。另一次他们派了许多船出海,有人猜测他们会去和清人在福建的藩王耿继茂联合,但最终耿继茂没有来,因为荷兰人出海的船后来不仅没有去见耿继茂反而带着物资逃走了。唯一出乎我们预料的是有一天巴达维亚的军队竟然来了,我们还是低估了荷兰人在海上的能力,没想到如此不利的季风还是没能阻挡他们去求援。不过援军没有上岸,他们看到我们的军队就吓跑了,听说他们借口风向不利去了日本。只有一次援军上了岸,但影响不算太大,因为搁浅,我们俘虏了他们一半的人。

渐渐的国姓爷的计划应该快要成功了,从各方情况来看热兰遮城都要不行了,在艰难的消耗中或许我们终于渐渐占据了上风。

这时李德斯又想出了更进一步的妙计,他建议我们占领碉堡后通过那里攻击热兰遮城最下方的四角城,四角城的士兵无法躲过居高临下的袭击必然撤退,然后我们就去占领那里。李德斯想到了那里应该可以直通城堡的地下室,他说如果去地下室埋藏炸药,可以一下就炸毁热兰遮城。这真是一个很坏的计策啊。国姓爷同意了,他觉得时机到了。

于是国姓爷下令修建了四座巨大的炮楼,其中三座是按照工部冯澄世大人的指示建的,一座是按照李德斯的要求建的。李德斯告诉我们他大显身手的时候到了。在炮楼修建完成的那天国姓爷派了二十艘大船到了热兰遮城码头开炮挑衅,在他们的注意力都被战船吸引的时候,我们的炮楼发动了。炮火持续了几个时辰,到了后来我的耳朵仿佛已经听不见任何声音,那天我们一共用了接近三千发炮弹。少部分打向了热兰遮城，更多的打向了乌特勒支碉堡。终于荷兰人放弃了堡垒，全部退到了城里。

国姓爷抬起了手，下令停火，我们的军人冲上去占领了山丘，人群中一片欢呼。国姓爷准备带着师父前去视察。这时满脸烟灰的李德斯队长跑了过来，他大喊，他娘的别去！荷兰人最坏了！他刚说完不久，碉堡爆炸了。原来荷兰人撤退前埋伏好了炸药和引线。李德斯哈哈大笑，他觉得自己太厉害了。他准备执行接下来的计划。但国姓爷说，不必了。

果然两天后热兰遮城头降下了已经如污血一般的血旗，随即缓缓升上了一面白旗。我们终于胜利了。军心又振奋了。

军心好像一直是一种奇怪的东西，我记得在我们从江宁离开的时候所有人都很低落，有人开始逃离，大家觉得我们完了，百姓觉得我们不行了，张煌言很悲痛，遗老们很恐惧。然后满人镶黄旗大将达素率领了四万大军来追击我们，那时他打造了极盛大的水师，光是大船就上千艘，没人觉得我们可以胜利。我们在思明海开战了。

那场战争打得很惨烈，从清晨一直打到第二天傍晚，国姓爷一刻也没有停歇地指挥着战斗，他的声音早已嘶哑，他的指令就像是兽在嚎叫，令旗的变换就如同海面翻涌的血浪。浪人、黑人、虎卫军、老人、孩子、伤兵和将死的人，所有人都上了战场。那天师父早就浑身鲜血，我好几次以为他要死了，他挥舞着长剑跳上了一艘又一艘清人的战船，没有目标没有阵法，也没有什么武艺，一切只是逢人就杀。他的剑不知已经折断了多少次，折断就随手夺来武器再战，无路了就杀到尽头然后纵身跳向大海，然后可能就又在另一艘不知是哪方的战船上着陆。直至再也没有人能分出谁是谁，不断的炮声不断的浓烟和火光，一艘又一艘战船燃烧了，一艘又一艘战船爆炸了，人身体的部分就像箭一样在空中乱飞。大海早已被染成了红色，海面上不住地漂浮着乱七八糟的尸块儿。

然后在第二天的血一样的太阳下我们的军人兴奋地吼叫着，我们赢了。我都不知道我们是怎么赢的。

那天我感觉师父又完成了蜕变，他的武艺又突破了，我能感觉到那种力量。施琅好像也看出来了，师父隔着海大喊着施琅的名字，但施琅驾船逃跑了。有人说那天后来施琅说师父的武艺可能已经天下罕有敌手，正是那天之后军

中开始有人称师父是天下第一。可师父拒绝承认,他不许人们提及。

那场战争洗刷了江宁的痛苦,听说达素回到福州后就自尽了。我们赢了,振奋了军心,重燃了希望,国姓爷依然是人心所向,我们依然很厉害。我们处决了叛徒,国姓爷让人把他们剁成了肉泥扔进海里。钱谦益很开心,他说果然只有他的学生郑成功是能光复大明的。他说江宁的失败不过是一时的疏忽,就好像下棋时抛弃一些残子也用不着悲伤,棋局悟过之后才能思考出真谛。钱先生是泰山北斗,人们是相信他的。才子金圣叹在钱先生家中进行了扶乩,他做法让神灵降到了自己身上,作为灵媒神用他的口说出了话。神说,钱先生说的对。大明还是有希望的。

那时钱先生亲自划船来到了崇明岛向国姓爷道贺,他们聊了一个晚上。钱先生甚至想留在国姓爷的军中与他一同作战,但国姓爷拒绝了他,钱先生已经太老了。钱谦益说,森儿啊,你去江宁的时候你的师母是担心的,后来听说你输了她很伤心,森儿啊,太好了,你振作起来了,森儿啊,一定要光复大明啊,老朽已经无力在阵上拔剑替你杀敌,但我和你师母永远都会关注着你!森儿啊,不要辜负她。

于是江宁失败好像就那样渐渐被淡忘了,我们驻扎在思明和周围的岛屿,不断有人来道贺,不断有饥民来投军。可那段时间师父是沉重的,国姓爷也是沉重的。后来,我们去了台湾。

自从国姓爷去台湾后质疑和唾骂的声音就没有停止过,人们担心他放弃了大明,指责他去寻求海外安乐。我理解那种感觉,失去了国姓爷各地零散的反清军队就如同失去了主心骨。听说钱谦益听到国姓爷去台湾时接连失手打碎了三只酒杯,他哭着说,大明没了。那一年,钱谦益八十岁。

师父说国姓爷此时的压力是巨大的,而且谁也无法分担。好像终于在张煌言写了上延平王书后国姓爷的悲愤到达了顶峰,那时正值热兰遮城久攻不下。

张煌言于江湖上是豪情任侠的张苍水,于庙堂是大明的最后一个兵部尚书,师父说他和国姓爷是朋友。张煌言的上延平王书写得很好,看了的人都会觉得感动,但我觉得他挺坏的,他在文章里姿态很低言辞很恳切,可仔细一看却都是对国姓爷的指责。他的指责比别人的指责更到位,而那些指责挺无法解释的。他们的目的是让国姓爷回去继续北伐,可我们在台湾的战争又怎能中途停止。他们又怎么明白我们的艰难和国姓爷的部署。我记得那天国姓爷在军营里咆哮，他看起来像是在为了别的事情生气。

后来荷兰人投降的时候揆一试图带走热兰遮城内的钱财，揆一说在国姓爷让传教士范无如区带进城的招降书里面曾写过只要他们交出城堡和土地，就同意他们带着财富离开。

国姓爷说，你说的没错，但我还写了如果你们不马上投降就是选择死亡，如果你还想继续执行上次的招降，我不介意用一些金银给你们陪葬。

揆一说，殿下，你赢了，但我会回来洗刷我的耻辱。

国姓爷说，是的，你还可以去巴达维亚求援，但我告诉你，援军已经来过了，不过他们没敢上岸就掉头去了日本。还有你派去和清人结盟的战船，或许你还不知道吧，他们一出海就逃走了，估计现在已经回家了。你也回家吧，我让你们活着离开是希望你们去告诉所有人福尔摩沙到底是谁的领地。

后来揆一没有回来过，我其实还有时还会想再见见他的样子。他是一个很厉害的西洋人，如果那时巴达维亚听他的加强了兵力和补给，或许我们并不一定能如此胜利。听说揆一没有再来是因为他一回去就被送上了他们的军士法庭，他被流放到了一个很遥远的地方，理由是他让公司的财产蒙受了巨大的损失。

在台湾稳定后，国姓爷下令军士们把家眷转移过来，这一步终于还是来临了。但人们都不情愿。人们不明白为什么要来这个海外的岛屿，人们不愿意离开自己的故乡，即使连国姓爷最亲近的部下也不愿意。人们更多的还是只把台湾的战役当成一场掠夺，人们更愿意将台湾看作只是一个军事基地。所以无论国姓爷如何下令思明那边始终没有载着家眷过来的船。还有一些离开台湾的船，就再也没有回来了。

刚刚被振奋的军心，好像在此时又有些涣散了。

偶尔从思明过来的消息也都比较负面，无非是清军又取得了多少胜利，无非是各地的义军大多寥落，无非是又有什么人在指责国姓爷了，无非是人们觉得国姓爷辜负了他们的期望。人们不敢将这些消息上报给国姓爷。那时钱谦益和柳如是也分别给国姓爷寄来了信。人们说钱谦益带着失望搬回了南京，可柳如是坚持留在海滨的红豆山庄，她说在那里可以望见大海。人们知道，她在期待着国姓爷从海上回去。国姓爷没有给她回信。

那个时候对于她来说或许国姓爷就更像一片海上的云了吧，我不完全明白那种心情。一些年前人们就开始用海上云和天边桂指代国姓爷和永历皇帝，他们两个是大明最后的希望，可惜一个在海上，一个在天边。

国姓爷的话越来越少了，人们害怕他。

国姓爷搬进了热兰遮城堡，国姓爷是延平王，人们开始将那里称作王城。王城下面的街市总是热闹的，汉人们重新获得了自由，战后各国的商贩也开始涌来。但王城却显得越来越孤寂。岛上传言国姓爷时常在半夜咳血。

那时建平侯[①]来找过师父，师父是通医术的，建平侯问师父国姓爷是不是病了。师父说主公很好。建平侯是我们户部的主管，他在昭明侯[②]死后成为了海上的第二代财神，他善于保存钱财也善于保全自己。后来建平侯找了个借口跑回了思明，据说同时他还将大批银子运去了东洋。

再后来我跟师父也回思明了，是国姓爷让我们回去的，国姓爷想让师父回去与世子一起督促人们把家眷运来。师父理解国姓爷，但他并没有很好地执行这个命令。这是师父第二次违抗国姓爷。

在那之后，思明和东都之间的隔绝好像更强烈了。

那些天唯一开心的事情是李德斯队长跟着我们一起来到了思明，他说他想来这个国家看看。师父问他不怕死吗，他说聪明的人不容易死。师父把他推荐给了世子。但世子有点不开心。

那段时间世子不想与国姓爷通信，他好像在躲避与国姓爷接触。终于有一天，世子问师父他该怎么做。师父回答，一切都会出现方向。

在台湾的时候好像外界都是不真实的，人们无法知道大陆。现在我们回到了这边，却又感觉台湾岛是那样的虚幻。我们无法知道岛上到底在真实地发生着什么，只是知道好像人们都在恐惧他。依稀听说国姓爷将王城内城的守卫都撤换成黑人了，连他最信任的东洋剑客宫本健三郎也被调去了外城。那些黑人令人害怕，他们从来不怕死，他们听得懂人话却不说，他们永远只忠于国姓爷一个人。再后来，听说国姓爷与吕宋宣战了，他发誓要杀尽吕宋的西班牙人。那个季节思明的天越来越阴沉。

---

① 建平侯原名郑泰，建平侯是永历皇帝册封他的爵位。
② 昭明侯是郑成功的族叔郑芝莞，下文会提到。

第五章　失魂的国姓爷

　　我们回到思明后师父开始暗中贿赂了一些清人的官员，我本来以为师父不是那样的人。

　　清人在福建的官员是不太说得清楚的一些人，他们中的很多人其实跟我们都认识，有的甚至前两天还是我们的人。他们投降清人后也和我们的关系不太好说，总之我们都在同一片海上。清人禁海迁界以后他们关于大海的一切都要依靠我们，所以我们有时打仗，有时和好。而在更久以前所有人都是先公的部下。

　　先公那些年不仅是给钱谦益送礼的，他总是在给很多不同的人送礼。后来北京覆灭了，江南成为了大明的中心，于是当年那些大明还完整时受过先公恩惠的南方的人们变得越来越重要。先公也越来越重要。人们骤然发现，那个曾经被朝廷招降的海贼手中握有的军队已并不比朝廷少了，而他的财富，比朝廷更多。

　　先公曾跟钱谦益说，让他去北方见皇帝，他宁可被捉去，如果一定要见皇帝，除非皇帝来南方。后来先公的预言实现了，皇帝真的到了南方，但弘光皇帝在南京登基的时候先公却并没有参加。他在南安举办了更盛大的宴会。

　　不久之后传来圣旨，先公被弘光皇帝封为了南安伯爵，镇守福建。先公哈哈大笑。不过他依然没有去面谢皇帝，他只是让人进贡了几个美女。据说皇帝非常满意。

　　那时的南方是开心的，我们大致很快就从北京灭亡的影响中走了出来。

一些人开心自己做了大官,一些人开心大明又有了朝廷,人们开心闯贼被吴三桂打败了。那时我们视吴三桂为复国的英雄,传言中都以为清人只是一些帮助吴三桂打仗的人。唯一有点奇怪的是人们一直得不到吴三桂的确切消息。

然后突然有一天听说清人宣布他们拥有我们的整个北方,他们宣布他们的王是中国的皇帝。他们将我们称为南朝。

于是天下就有四个皇帝了,有清人的皇帝,有南京的皇帝,还有李自成和张献忠,每个人都占了一些地方。

李自成是在从山海关兵败逃回北京后成为皇帝的,他回去后杀光了吴三桂还在北京的几十个家人,然后举行了祭祀大典,宣布自己成为了皇帝。他的梦想实现了。在他登基仪式的时候跪在他脚下的不乏很多曾经大明的高官们,或许那时他们还以为投靠李自成是正确的选择吧,他们并不明白在长城脚下的北方究竟发生了一场怎样的战争。然后第二天李自成带着所有兵卒和金银逃出了北京。谁都没有想到,他最终只在京城做了一天的皇帝。

那是一个人们啃树皮吃泥土的年代,在西北树皮啃光了,泥土吃死了,人就开始吃人。架起锅造饭,锅下烧的是人骨,锅里炖的是人肉,妇女们哭泣着扔掉自己无力负担的孩子,转而就被别人捡去吃掉。连年的大旱和瘟疫把百姓逼上了绝路,可朝廷还在不断地加重赋税。正是在这种时候在那种地方李自成崛起了。所以他是乱贼,但可能也是另一些人的希望。他的成功用了许多年,而倒塌只用了一场跟清人的战争。

有人说那些年的寒冷和各种各样的天灾是上天对崇祯皇帝的惩罚,而李自成说他将把好的世界带回来。他说他会把土地平分给每一个追随他的子民,他说他会免去所有的赋税。那时李自成总是带着粮食去赈济灾民,他将一车又一车的粮食直接倒在路上,好像他的食物永远取之不尽。人们却不知道那些粮食是他在别处杀人抢来的。而民间流传的姓李的人会成为天子的谶语也加速着人们对李自成的喜爱,虽然后来被揭露说谶语是李自成自己编的,但百姓不在乎,百姓们歌唱着:迎闯王,不纳粮……

先公听完哈哈大笑,他奇怪世界上怎么会有这么傻的事情发生。他问土地平分那皇宫归谁,他问不纳粮那李自成的军队吃什么。这个问题很复杂,我也不知道了。

所以先公一点都不在乎跟李自成有关的战争,他只是继续做着自己的部署。他早就明白了生意的所得胜过所有辛苦的劫掠。但别人都很在乎李自成，那个时候李自成是天下最有名的人，连南京城里的孩子都知道要恨他。我们恨李自成因为他逼死了崇祯皇帝，也因为是新的皇帝比较恨他，皇帝恨了我们总是要跟着恨的。

　　弘光皇帝恨李自成的理由比较简单，李自成把他的父亲吃了。

　　他的父亲是福王，一个血统比较高贵的王，人们也说不清楚那些年大明究竟有多少皇室宗亲，有人说有上百万。总之历代皇帝没当成皇帝的儿子和儿子的儿子们都成了王，他们都有上万顷的封地，他们的亲族都是受人尊敬的宗亲，宗亲也都是需要由国家照顾的。有人说正是由于对皇族的供养太过巨大，大明的财政才越来越困难。那时的河南尤其艰苦，百姓早就在吃人了，可被分封在河南的几大藩王们却完全不管，奢华的福王尤其是被百姓们唾骂的对象。那时人肉被当街贩卖了，男人的肉七钱银子一两，女子的肉八钱，有的人还活着就被摆出来卖了，那种人被称为菜人。在李自成攻打河南的时候许多百姓都自愿加入了他的阵营。

　　本来之前李自成刚被洪承畴击败不久，他输得很惨，人们说他刚到河南的时候身边只有不到一千人。可很快他就凭着洪承畴被调去北方的空隙和河南百姓对藩主们的仇恨迅速重新崛起，短短几个月他又聚集成了几十万人的军队。洛阳城破的时候还不是皇帝的弘光皇帝逃跑了，而他的父亲福王因为身形肥大没跑掉，被百姓捉去献给了李自成。

　　李自成看了看福王，四百多斤，于是想到了一个妙计。他下令让人拔光了福王的毛发和指甲，连阴毛都刮得干净，然后他把福王和福王后花园里的几头梅花鹿一起丢进了一口巨大的锅中煮了。听说当时很多百姓都跑来争先往里面添加调料。煮好之后大家分吃了一顿。我们军中也有些李自成的旧部被人们认为吃过那顿被李自成称为福鹿宴的大餐，但他们打死都不承认。饱餐一顿之后的李自成宣布他才是真正的王。他说他要杀死大明所有的皇族。所以弘光皇帝对李自成又恨又怕。

　　所以当他听说清人占领了我们的北国时可能也没有太大反应，他只觉得李自成被打败就好了。所以当南京听说我们的复国英雄吴三桂其实是清人的开国功臣后好像也没有觉得有什么不对，反正他继续追杀李自成就够了。终于那个时候南京定下了我们最重要的国策，联虏平寇。意思是要联合北方的异族，一起平定国内以李自成为首的乱军贼寇。可是打败乱军后国该归我们还是归异族？我也不知道了。反正虽然清人杀了我们很多人，虽然他们抓了我们很多人当奴隶，虽然他们入塞抢劫过很多次，虽然事实上最终拿走北京的是他们，但那时我们对清人的印象并不坏。我们都相信皇帝，我们觉得清人是我们的友军。我们所有的军事布置都是针对被清人打跑了的李自成的。

　　人们说现在时机到了，是时候先公可以大发神威了。人们劝先公发兵去征讨流寇为大明复仇，这样先公就可以借机成为新大明最重要的大臣，旧部和族人们都很激动。但先公根本没有理会。先公让旧部们顾好各自的阵地不要多事。

　　另一方面先公加大了五商的力度，战乱时物价跳动，东西往往在这里成为了廉价的而在那里又是缺乏的，先公还承包了新朝廷的许多采购任务。朝廷的官员们都喜爱将生意给他，因为先公总是能购得最好的东西，也因为在先公贿赂人的时候被贿赂的人都会震惊。人们说弘光皇帝简直就是为先公而生的，比如，当先公有些破烂想扔掉的时候，弘光皇帝就需要大批珠宝和装饰去衬托他收集的美女，比如，当先公囤积的大量木材要发霉的时候，弘光皇帝就下令在南京修建巨大的宫殿。总之先公又发财了。东西到底是卖十倍还是一百倍完全只看他的心情。

　　后来不知国姓爷怎么知道了那些事情，国姓爷指责先公身为伯爵在国家危难之时不为国出力还趁机骗取朝廷的钱财。先公很生气，他们吵了起来。先公企图向国姓爷讲明如何为自己取得利益的道理，而国姓爷说他已经准备好为了大明牺牲。先公大惊。他问国姓爷是不是跟钱谦益把脑子学傻了。国姓爷说，父亲，那都是你让我学的。先公不说话了。

　　后来先公同意无偿给朝廷提供一批资助，但资助不给朝廷只给到钱谦益手上。然后先公在安平以海王的名义召开了海神大会。

　　那天他那些年积累的所有力量都到场了，所有的弟弟，所有的除了国姓爷的儿子，所有的重要族人和大将，所有已经秘密向他效忠了的朝廷官员，和所有依附他的海盗头领们。有的人来得很张狂，他们炫耀着自己的力量，有的人来得隐蔽，他们不想被人看见但又不愿错过这个可能改变命运的机会。唐船、朱印船、西洋船……不断有一艘又一艘形状各异的巨大的船只停靠在安平口岸。不断有一辆又一辆豪华的马车和轿子驶了过来。那天先公手下最神秘的乌鬼军也全部出动了。

乌鬼一直是海上一个恐怖的传说,早些年人们说他们是从黑海深处爬出来的鬼怪,人们说魍港的海王将灵魂出卖给了魔鬼,所以拥有了能驱驰那些怪物的能力。平时先公极少让他们出现,但凡有大事发生的时候他们都是先公最重要的底牌,他们从来没有失败过,包括第四任荷兰驻台湾长官就死在了他们手上。乌鬼军人筋肉健硕,赤裸着上身肤色漆黑如铁,他们腰挎猎刀手持火铳,如同寺庙门口凶恶的金刚守卫在会场的四周,他们就如同海上巨大的乌云沉默地凝聚在海王的身后。那些平素最嚣张的大盗、公子、武人和军汉都被压制得抬不起头来,他们知道,平时嬉笑不羁的海王今天是认真的。

先公嘿嘿笑了一声,一些人被抓出来杀了。先公没有解释,他好像根本没看见一样,他逗着坐在他腿上的世子。过了一会儿,先公告诉人们世道要变了。

先公说现在弘光皇帝和南京高层想的是享乐,可下层士子想的却是殉国,他说这是最危险的信号。先公告诉人们南京和李自成都是不经打的货,他说北方将要来了。先公让人们一刻不要懈怠地训练兵卒,他让人们囤积粮食,他命令人们每隔半个月就把各自在海上在岛屿上在陆地上在南方在北方在天上在地上看到的所有情报都寄来安平的海王城堡。先公说,我们的时代即将来临了!

这时也是清人在北方取得了彻底胜利的时候,李自成主力军队的溃败导致许多本来被他控制的地方都开始反抗。有的人是本来就受了乱军残害的,有的人是发现李自成的大顺王国已经一去不返,也有的人是感觉李自成革命成功后的日子他们过的还不如从前,总之众多人一起反抗,很快李自成的政权消散了。他又只剩下了他身边的人。他被吴三桂追着打。他跟吴三桂的血仇已经不可开解。李自成随着寒冷一起崛起,又在真正的北方来临时彻底消失。

那时脱离了闯贼的人们本来是希望回归大明的,可南京朝廷却不敢接收他们,南京害怕会惹恼清人。新朝廷不认,李自成跑了,但百姓总是需要皇帝的。于是北方有许多地方没有经历任何战争就进入了清人的统治之下,他们拜了清人的皇帝做皇帝。

南京好像也并没有觉得有什么不妥,据说他们已经想好了要放弃整个北方,他们的计划是跟清人南北分治和平共处。为了促成计划,南京决定还需要款房来加深跟清人的友谊。款房的意思是要用很多钱财去款待清人。那一年清人的顺治皇帝六岁。顺治皇帝的身后是他的叔父多尔衮。

人们说在皇太极死时清人的局势也一度很乱，一点不比我们好。那时多尔衮本有能力去争夺他哥哥留下的权力，但最终他妥协了，他跪在了这个自己幼年的侄儿脚下，将他扶上了王位。于是北方紧张的局势瞬间就稳定了。多尔衮成为了摄政王。他们开始了专心南下。

多尔衮的身后有他们八旗的野蛮战士，还有两位汉人的辅佐，范文程和洪承畴。范文程构建了清国在北方的雏形，想出了杀死袁督师的反间计，而洪承畴完成了让清人进入大明的功业。他们也一直是后来师父在北方的情报网最关注的对象。有人说在刚占领北京的时候许多清人领主其实是没想待在那里的，他们想把京城屠城然后撤离，对于北方的他们来说战争不过就是一场掠夺。但范文程和洪承畴力谏多尔衮要放眼天下。多尔衮很果断，他瞬间做出了决定，宣布迁都北京。他亲手把他的侄儿扶上了大明武英殿上的皇位。他们决心要做整个这个国家的皇帝。

于是那时有的人突然醒悟了，其实谶语预言过清人会成为皇帝的。谶语说大明会被顺终止，原来顺指的不是李自成的大顺国，也不是张献忠的大顺元年，而是顺治皇帝。至于谶语下半句预言姓李的人要成为天子，那是李自成编的，人们说谶语只有上半句是真的。

那个时候洪承畴也跟先公恢复了通信，他感激先公这些年为他照顾家人。先公挺开心的，他开心洪承畴过上了好日子。

不久之后清军包围了南京，看来皇帝之前派去北方的款房使团失败了。我有点不开心我跟师父这么年轻就要死了。没有想到弘光皇帝最终也只做了一年的皇帝。

在清人真的到达南京前我们再次内乱了，朝廷的几大诸侯互相看不惯对方，左良玉也突然打了过来。左良玉说他不是造反，他只是要清君侧杀奸臣，他还说被以骗子为名囚禁在狱中的北来太子是真正的太子，他是奉了太子的密诏才起兵的。但所有人都知道他在胡说。谁都知道他是因为怕李自成所以跑了。那会儿清军把李自成的残部追杀到了他的领地。

左良玉曾经以击败过乱军闻名，他曾单刀正面击中张献忠，将张献忠满脸砍得都是鲜血从而留下了一个极恐怖的疤痕，可后来他因为与人矛盾拒绝听从朝廷的调遣任由张献忠进入了四川。张献忠则把四川变成了地狱。再后来李自成几次击败了左良玉，左良玉就再也不敢和乱军作战了。他长期自己拥兵自重，与朝廷只是索要粮饷而已，若不给粮饷他就劫掠百姓。但凡他路过的地方的百姓不恨贼反而恨兵。再后来，他因为同意拥立弘光皇帝，也因为手下人多，被封侯了。

那时先公停止了山五商的活动，他拒绝参与任何一方的内战，他将大部分的人都撤到了海滨。唯一让他忧心的是国姓爷拒绝过去。国姓爷誓死要与钱谦益一起留在南京。先公让人给钱谦益和柳如是送去了两件最温暖华美的裘皮衣裳。先公感慨天越来越冷了。

在如何同时应对左良玉和清人两路军马时人们出现了分歧，谁都知道清军更强，可朝廷最终却将精锐都派去了左良玉前进的路上，甚至命令兵部尚书史可法将北方最重要防线上的士兵抽调一空。史可法很痛心。不过有人说他其实也是一直支持款虏的。皇帝的首辅马士英对人们说，清人来了我们可以赔款议和，可乱臣来了我们的官位全都不保！马士英是先公的好朋友，他们总是一起做生意。

之后清军的南下好像几乎没有遇到什么阻力，反正每天师公回家时就会告诉我们又有多少地方沦陷了，又有多少人死了，又有多少人投降了。再也没有什么更新鲜的消息。而总的来说投降的比死的更多。或许那些城池等不及南京朝廷过去赔款议和了吧，就只能自己献城来当作赔款议和的礼物。清人很快就到了扬州城下。

清人调集了几十门红衣大炮对准了扬州，清人的多铎亲王让镇守扬州的史可法投降。史可法拒绝。

史阁部是一个感人的人，师公敬重他。据说他每次给朝廷写完奏章时都会大声朗读审度一遍，而那种时刻他每次都会自己被自己感动得痛哭。部下们都爱戴他，扬州的百姓都爱戴他，他感染了人们，人们要跟他一起死战。

红衣大炮本来叫红夷大炮，是从西洋传来的军器，这种东西清人以前是没有的。当初正是靠着红夷大炮袁督师才能在辽东死守城池跟清人对抗。可后来大明停滞了武器的发展，唯一做的只是将大炮封为了将军。而清人靠着降将的进贡和劫掠的样品，渐渐拥有了自己的炮，有人说他们将炮还改进得更好了，反正他们的数万铁匠永远在不停地锻造，锻造。清人忌讳夷字，将

红夷大炮的名字改成了红衣大炮，为了吉利大明的炮上本来也总是系着红丝带的，慢慢人们就习惯将所有炮都称为红衣大炮了。拥有了炮，清人跟我们的军队再没有什么差距。红衣大炮不停地轰向了扬州。

史可法因为对南京明朝廷的失望主动请命去了扬州，他在那辛辛苦苦经营了一年，却不料在真正北方压境的时候只一天就被破了城。他被破城是因为他没兵可用，可能也因为他其实没太真的打过仗。

据说清人南下前史可法曾给多尔衮写过一封感人的信，他在信中论证了南京朝廷的合法性，他企图证明南京并不是清人在起兵理由中说的突立朝廷、假立愚弱。可北方的他们又怎么会真的在意这些。打了就是打了。打仗还需要理由吗。我也不知道了。终于史可法拔出了自己的剑。

史可法想自尽却没有成功，人们阻止了他，但人们无法阻挡清军的进攻。人们听到史可法在混乱中大喊，史可法在此！勿伤全城百姓！

清人顺着声音砍翻了周围的人捉住了他，多铎再次让他投降。多铎亲王是多尔衮最宠爱和信任的弟弟，他身形高大，曾因在军中窝藏娼妓被削爵，他战功彪炳，生擒洪承畴。如今他手握着清人八旗中的正白旗，他的铠甲也是白色的，人们回忆扬州城下的多铎就如同一只白色的虎。多铎对史可法说，你之前不降是为了你们汉人说的忠义，现在你已经完成了，投降吧。史可法说，我来这里，只求一死。

此时史可法被清人捉走的消息传开了，扬州百姓们拿起菜刀棍棒石头向清军发起了冲击，百姓们从四处拥挤而来高喊着杀死鞑虏，还我史阁部。扬州是天下最大的几座城池之一，扬州的百姓是众多的。清人没想到他们破城破得是如此轻松，擒拿主帅擒得是如此轻松，却在城内遭遇了百姓疯狂的冲击。多铎很愤怒。

多铎让史可法去命令百姓投降，史可法闭目不语。无论如何他都不肯再说一句话，他只求一死。

那时天下起了雨，雨很冷，多铎闭上了眼睛，说了一句：屠城。

没有人知道扬州究竟死了多少人，有人说十万，有人说几十万，也有人说上百万。刚开始时还有人在城中趁机作乱，他们被严明的史可法压制许久了，他们冲入富户的家中抢劫，他们杀人，他们当街奸淫，他们想着他们可以投降清人。然而很快他们发现自己想错了，无论他们说什么都没有用处，清人的刀落在了每一个人身上。屠杀日夜不停地进行。直到第五天的时候，多铎下令，封刀。

然后清人再次朝着南京进军，半路他们停下了，因为相隔着长江他们遭遇了靖虏伯①。

清人对于靖虏伯是有顾忌的，他们知道郑氏在事实上是不属于南京的独立军队，他们知道郑氏善于水战。清人害怕水，他们不会做船，不然他们早就可以从海上越过山海关了，根本不需要不停地攻打长城。那时靖虏伯也确实正准备凭借长江天险阻击清军。他在江边架起了无数刚从英国人那里买来的大炮。先公听到这个消息吓坏了，他疯狂地赶去了靖虏伯的镇海将军营。

先公问靖虏伯，你是不是疯了。

靖虏伯回答，哥哥，我们难道不该为了大明出力吗。

先公气坏了，你要为谁的大明出力？！谁的！大明给过你一分钱军饷吗，给过你一粒粮食吗，你的军队是靠大明撑起来的，还是靠的我他娘海王的名号和我们郑氏海上长城的名号！弟弟，你的地位是他娘你自己打出来的！我们以前划着小船被官兵追你忘了吗，我那时为什么决定远走澳门你忘了吗！海边的人做点小生意都要杀头，禁海、禁海，我去他娘的禁海！朝廷打不赢倭寇就搞禁海，一片木板不得入海，那你告诉我不入海海边的人该他娘怎么活！好啊，等我们厉害了他们都来了，招降！封将军！那他娘还不是看我们有钱有兵！没有老子倭寇早他娘打到南京去了红毛早打到北京去了！我倒想看看没有我们郑家他们大明怎么活！行啊你，崇祯死了你跟着弘光小儿很风光啊，他封你伯爵封你镇海将军封你锦衣卫都指挥使你就真的觉得自己很厉害了吗！弟弟啊，那个大明已经没了！我知道你想建功立业，但还不是现在，现在的大明还不是我们的大明，弟弟啊，你就听我一次，我不能眼看着你和我们八闽子弟去死啊！弟弟啊，你看看扬州看看史可法，如果他不去打那场仗可能扬州的百姓就不会死。弟弟啊，天太冷了，你带着我们八闽的孩子们回南方吧。

靖虏伯不再说话了，他很艰难。那天晚上他带着他的士兵们顺着长江回到了海上。

史阁部殉国，靖虏伯入海，那时即使是妇孺也知道这十个字，人们知道

---

① 靖虏伯即郑芝龙的弟弟郑鸿逵，与前文中提到过的定国公是一个人，定国公、靖虏伯是郑鸿逵不同时期的爵位。

再也没有机会抵挡清人的步伐了。若说长城是我们的第一道屏障，长江就是第二道，现在都没了。我很害怕。终于清军到了南京城下。然后弘光皇帝逃走了。

有人说他是从狗洞逃的，因为别的门都关了。人们本来以为他在和美女听戏，结果他突然就没了。而曾经围绕在皇帝身边的大臣们全都没了主意，很快他们中也逃跑了许多。于是钱谦益成为了南京的控制者，国姓爷也从钱先生的学生成为了侍卫。在混乱这个国家姓爷穿上了铠甲，他替钱先生做主杀了一些人，人们说那是国姓爷第一次杀人。可他的手根本没有颤抖。

扬州的恐怖动摇了江南的根本，扬州让我们终于第一次真正面对了北方。多铎的诏书很快也被送到了南方的每一座城池，多铎说：我痛惜子民的性命，本不愿意使用刀兵，不得已下令屠戮，我给了机会，延迟了进攻，扬州却始终不降。所以请你们想清楚，接下来我的大军将要到达的地方如果再有任何官员军民抗拒不降，扬州就是你们的下场。那时已经五月，可天却丝毫没有转暖的迹象。

旧部们担忧还在南京的国姓爷。先公叹了口气说，一切都晚了，让他自己去等待结果吧。

靖房伯说，那如果结果是死呢！先公说，那也无可奈何。

靖房伯哭了，靖房伯一直与国姓爷很好，他是国姓爷最喜爱的叔父。从最初靖房伯随先公到平户藩第一次见到国姓爷时就很疼爱他，靖房伯对国姓爷说你真是我们郑家的小千里驹啊。他一直将国姓爷当作骄傲，他一直负责指导国姓爷的武术。靖房伯说他真恨自己逃进了大海，他说他宁可当时死在长江上，他说哪怕他只缠住清人几天或许国姓爷就有机会逃出南京。

先公说，我的傻弟弟，他要逃早逃了，他要逃现在也能逃，狗皇帝都能跑出去他有什么跑不掉的。你还是不了解他。

靖房伯说，哥哥，那我们去帮他吧，哥哥你让我带兵去南京！

先公说，等你到了说不定南京已经完了，而且就算你打赢了又能怎么样，你打赢了就能保住南京吗？你打赢了森儿也不会跟你走，你打赢了也无法改变的是狗皇帝和南京的样子。弟弟，你的胜利唯一有可能改变的就是会让鞑子把目光从南京转接到我们身上。而且你真的打得赢吗？我们是坐船的人，他们是骑马的人，你真的想跟他们在陆地上打仗吗？南京城里的人可不会给你帮忙，他们估计都不敢开门让你进城，在危难时他们推出钱谦益送死，多么悲壮啊，可享乐的时候他们只当钱谦益是个滑稽的老头，官位再高又怎么样，你告诉我狗皇帝逃跑以前钱谦益在南京有过实权吗？还有你想过吗，如果你打输了会怎么样，你不打没准森儿还能活，而你一旦输了他一定会死，他一定会冲向那些野人的战马去给你殉葬。你输了南京也就必然成为下一个被屠杀的扬州！

那我们怎么办，你告诉我森儿怎么办！

先公叹了一口气说，钱先生是个聪明的人。

那些天不断有信鸽飞来海王城堡，不断有人骑着快要累死的飞马赶到，不断有最快的快艇停泊在安平口岸。先公昼夜不断地坐在海神殿，燃尽了一支又一支蜡烛。终于在那天他轻松了，他昏倒在了地上。医生说他只是睡着了。那天他等到了南京投降的消息。

然后国姓爷失魂般地回到了安平，先公对人们说，让他去吧。

第六章 大明的光辉

  南京投降后不久人们就捉住了弘光皇帝，是汉人捉的，他们把弘光皇帝献给了清人。多铎设宴款待了皇帝和北来太子。曾经南京为了北来太子到底是不是真的太子争得头破血流，然而清人根本不在乎这些，真又如何，假又如何，多铎将他们一起运去了北方。
  曾经拥立弘光皇帝的各镇军阀纷纷投靠了多铎，他们使尽全力帮着清人讨伐周围的地方。弘光皇帝在南方的统治因为笼络军阀而建立，现在又因为军阀的背叛而迅速崩解。多铎很满意。
  钱谦益是决定开城投降的人，是他率领南京文武百官和无数文人士子跪在雨中将多铎迎进了城，他一直看不起弘光朝廷，可当弘光皇帝被捉回南京后他却成了大明唯一一个还对他行礼如故的臣子，他跪在弘光皇帝的面前哭了。多铎没有怪他。
  我记得那天的雨，下的特别大，特别冷，本来师公也应该跟人们一起跪在城门口，但他没去。他带着我和师父挤在人群中，我们淋着雨，我看见了多铎白色的战马和他白色的铠甲。师公问师父，现在你想成为什么样的人。师父说他不想做下跪的人。师公没有说话。
  师父问师公郑森为什么不在了。那天钱谦益的身边跪着的恰好缺少了一个人，就是国姓爷。师公回答，也许郑森也不想做下跪的人吧。
  不久后师公带着我们去拜见了钱谦益。钱谦益看起来很老。他问师公是来羞辱他的吗。师公说不是。钱谦益很不屑，他问，那你是有建议要对清军说，想让我替你去多铎那里美言几句吗？

师公回答，也不是，我的辞官书已经递交了，我只是想让孩子们再瞻仰一次大明的光辉。

钱谦益愣住了。他的眼中有光芒。他的眼眶红了。

许久之后钱先生闭上了眼睛，他叹了一口气摘下了帽子，他头上的头发没了，已剃成了清人的样子。钱谦益说，我不值得被记住。师公对钱谦益行了礼，他说你值得被每个人记住。来之前师公告诉我们和全城百姓的命都是钱先生救的。

临走前师父问钱先生郑公子去哪里了？

先生回答，他和河东君都去了他们该去的地方。

河东君是柳如是的别号，城破前她曾想与钱谦益一同死在战场，可钱谦益最终决定投降。投降后柳如是让钱谦益自杀殉国，她说她会陪他一起死去。钱谦益回答：死不足惜，水太冷，不能入。

柳如是绝望地跳进了湖中。钱谦益让人把她捞了起来。就此柳如是隐匿于江湖。

后来钱谦益穿上了多铎送给他的清人贵族的衣裳，他同意随同多铎一起去北方，他要去清人皇帝的朝廷做官了。而师公带着我们去了福州。师公觉得郑芝龙将军的城池是天下唯一有可能保全大明种子的地方。那时先公成为了福州的统治者，也是这个国家整个东南实际上的统治者。

果然他没有投降，清人一时也没有敢来打他。我们在那里勉强继续着大明的日子。反正我挺开心我们不用死了。而不久后先公和靖虏伯在福州拥立唐王做了监国，大明又有朝廷了。先公将他的南安伯府送给唐王做了监国府，里面有无数先公收集的珍宝，先公以为唐王会很开心，可没想到唐王将里面所有值钱的物件都还给了先公，唯一只留下了书籍。

那个时候也是我们再次见到了国姓爷的日子。他也在福州，既没有穿儒服也没有铠甲，我说不上来他的感觉。他从我们身旁走过，但他好像不认识任何人。

不久后有一天传来消息说李自成死了，人们说他不是被清军杀的，而是被乡间百姓自愿组建的抵御流寇的小队杀了。他们杀他的时候都不知道他是谁，可能只觉得他是个寻常的流匪。李自成扰乱了百姓最终也死在了百姓手上。

后来李自成的部下屠杀光了那个村子所有的人，可他们连李自成的尸体都没有找到。再也没有李自成了。

左良玉也死了，他的军队还没有到达南京他就死了，有人说他是被武昌百姓的冤魂缠死的。那时在左良玉南逃的路上他莫名其妙地屠杀了武昌全城，有人说他在发泄对李自成的愤怒，也有人说他已经疯了。那之后他就病了。他病得很重，人们说他即使睡觉也要抱着出鞘的刀，他经常在夜间突然醒来拿着他那柄砍伤过张献忠的军刀乱嚎乱叫，他说他看见了鬼。

他死后他儿子继承了他的军队，他们号称有八十万大军，军中光将军就有二十多个，估计是假的，不过可能十几万人还是有的。后来他们的八十万或十几万大军遭遇了一支只有一万人的清人骑兵。清人也不打，只是每天骑着马打着绣龙旗帜在他们军营前吼叫着跑上几次。几天之后他们的人就跑掉了一半。又几天后，他们全军投降了。

然后本来在弘光皇帝之后最有希望统领大明的潞王也投降了，一起投降的还有他的弟弟。天下真的只剩下被先公笼罩的东南沿海了。

那时清人负责追杀李自成的阿济格亲王任务完成带领他的军队凯旋回北京了，负责拿下江南的多铎也凯旋走了，于是南北的战争出现了一个空隙，正是这时，唐王登基了。

最初是先公派靖虏伯去接唐王的，当他得到唐王出现在杭州的情报时就觉得也许是个机会，而后来提出拥立唐王做监国的是靖虏伯，他喜欢唐王。不久后传来了江山破碎的消息，传来了弘光皇帝和北来太子被运去北方的消息，传来了潞王投降的消息。靖虏伯对先公说他想拥立唐王登基做皇帝。先公认真地思考了几天后同意了。

于是唐王成为了隆武皇帝。福州成为了福京。

先公和靖虏伯都被封侯了，他们的一些兄弟和大将也被封了伯爵，很快他们俩又被晋升为平国公和定国公。在大明王爵是皇族专属的爵位，公爵已是寻常人所能得到的最高封赏。先公达到了极致。他设下了巨大的宴席款待了所有人。

我记得那天晚上，他好像喝醉了，他喝醉后和他的黑人卫队围着火堆跳起了舞，那是我第一次见到那种奇怪的舞蹈，好像欢乐又好像悲伤。先公他醉了，他舞起了他的海神刀，他舞着刀说，天下之大，天下之大，天下什么

时候是个头啊！他拉着定国公的手说，弟弟啊，你是武举人，你是我们家第一个有出息的，但什么事情做得差不多也许就可以了。他对着大海说，二弟①啊，可惜你不在喽。

那天国姓爷本来没有出现。

直到很晚的时候先公才执意让人们把他带来了，先公对他说，儿子啊，不知这个天下是否是你满意的天下，儿子啊，我带你去见一个人吧，也许你会喜欢他。

先公带国姓爷去见了隆武皇帝。好像从那天之后国姓爷就时常相伴在皇帝身旁。

师公曾对我们说过他年轻时曾认识一个很不一样的朋友，那时我们知道了，原来那个朋友就是隆武皇帝。

隆武皇帝一生勤俭，他所有的财产只有五车书，先公总是送给他许多有趣的东西，但他不要。皇帝对先公说，平国公，平日靠你支撑军队我心中已经过意不去，这些东西就拿去充作军费吧。先公于是给皇帝的后宫送去了许多真丝绸缎，先公说不算什么值钱的玩意，只是让宫中过得舒服些。可还是被皇帝退了回来。皇帝说他的家中有些棉布就够了，他说可以让人们用那些材料去多绣几面威扬的军旗。

皇帝总是苦读到夜半，他仔细阅读着每一道奏章，每次师公去见他时他总是在努力。而每次师公去见他时国姓爷也总是在他身边。先公担心国姓爷这样陪着皇帝夜夜不睡会出毛病，先公只想让国姓爷多生几个孙子。

隆武皇帝从不避讳他与皇位较远的血缘和他苦难的过去，他不觉得羞耻，反而他说正因如此他了解百姓的疾苦。

隆武皇帝的祖父是太祖②第二十三个儿子的第七代世孙，祖父继承了祖上唐王的封号，而皇帝的父亲是唐王世子，可唐王却不喜欢他。唐王更喜欢自己一个宠妾的孩子。可能是受到了宠妾的蛊惑，唐王有一天突然囚禁了皇帝和他的父亲，一关就是十六年。在狱中的那些年皇帝苦读圣贤之书，他立誓不再陷于荒唐的皇室纷争，他只想报效天下。十几年中与他接触的只有狱卒和最底层的佣人，他们就是他的朋友，皇帝说从那些人身上他了解了百姓。有人说唐王准备废掉皇帝的父亲立宠妾的儿子为世子，可一直又没有付诸实

---

① 二弟指的是前文中的郑芝虎，与刘香在海上同归于尽。
② 明太祖即朱元璋，明朝的开国皇帝。

践。终于他们等不及了，他们毒杀了皇帝的父亲。唐王觉得这是家丑，不可外扬，他将这件事情遮掩了下来。但事情终究还是被人知道了，有人说是家仆帮助隆武皇帝送出的消息。地方官将这件事报告给了崇祯皇帝，崇祯皇帝也不知道得那么仔细，人们只是告诉他唐王世子和世孙没有任何缘由却已在狱中被囚禁了十六年，而今世子死了世孙依然没有被释放。崇祯皇帝下旨让唐王释放世孙，并钦定由世孙继承藩位。

  被释放后隆武皇帝很谨慎，他没有太多喜悦，也没有表现出要复仇的志向。直到老唐王死了。老唐王死后隆武皇帝继承了唐王的爵位，继承了唐王藩国，他将那里治理得很好。那时他在封地筑起了一座高明楼，他发愿广交天下贤士，师公正是那时认识了他。他们一起生活了很多年。

  后来，待一切都安稳了，隆武皇帝突然雷霆般地捉拿了他的两个叔父。当年正是这两个叔父为了争夺世子之位毒杀了他的父亲。隆武皇帝宣读了他们的罪状，杖杀了他们。他报仇了。一下杀死了大明的两位郡王，天下震动。人们说崇祯皇帝是生气的，可因为两个死者确凿的罪过，崇祯皇帝最终没有处罚隆武皇帝。但从此以后，他开始忌惮他了。

  后来北方的清人开始了他们的战争，他们疯狂地攻打长城，他们甚至几次成功突破使得京师戒严。也正是那些年，人们突然发觉，天一年比一年更冷了。隆武皇帝向崇祯皇帝请命让他去北方，他请命去守护大明的北境。可崇祯皇帝没有答应。

  再后来局势更乱了，大明境内的乱兵愈发猖獗，李自成、张献忠还有许多其他人都造反了，他们与北方一起成长。隆武皇帝终于无法再忍受，他带着他的家臣和民兵开始了征讨，他们一路向北，一路平乱。他想去北京勤王。可他的行为却被崇祯皇帝定罪了，罪名是擅离封地擅自用兵，隆武皇帝再次被囚禁了。

  同时他还被贬为了庶人，崇祯皇帝不想给他翻身的机会，崇祯皇帝将隆武皇帝的一个弟弟改封为了唐王。那个唐王后来死在了李自成手上，隆武皇帝很心痛。在这次囚禁期间隆武皇帝受尽了折磨，狱官们知道他不再是王了，连世子世孙都不是，他们认为他得罪崇祯皇帝永远不可能再有翻身的机会。负责监管他的太监向他索取贿赂，太监说可以帮他减轻折磨，但隆武皇帝愤怒地拒绝了，他斥责太监蔑视王法。于是他受的苦就更重了。

　　再后来，李自成攻入了北京，崇祯皇帝死了，弘光皇帝在南京登基，他登基时大赦天下，隆武皇帝因此才终于得以赦免。并且被封为南阳郡王。再次自由的隆武皇帝已经不年轻了，他身边还剩的也只有五车书简，曾经折磨他的人很害怕，但他宽恕了他们。他开始走向南方，想着如何报效天下。钱谦益听说了这个消息，他请求弘光皇帝归还隆武皇帝唐王的爵位。唐王是亲王，是太祖的儿子传下的爵位，是荣耀的，也是高于郡王的。弘光皇帝没有同意。不过人们又都重新将隆武皇帝称作唐王。

　　没想到贫穷病苦的隆武皇帝还没来得及到达南京的时候南京城就投降了，清军开始征讨周围的地方，开始搜剿大明遗留的皇亲。隆武皇帝一路跑到杭州避难，在那里他遇到了潞王。潞王虽然年轻但辈分比隆武皇帝更高，血缘也是与皇位更亲近的。潞王尊重隆武皇帝，可当隆武皇帝请潞王做监国，请他在危难中肩负起大明的时候，潞王吓坏了。隆武皇帝求潞王听听他所构想的方略，潞王也拒绝了。隆武皇帝很绝望。

　　在这个时候他遇到了靖虏伯。靖虏伯将他接到了福建。靖虏伯说那里是清人还没有染指的净土。靖虏伯说他们有兵可以保护他周全。

　　到达福建后先公招待了隆武皇帝，他带着皇帝去了四处巡查，皇帝举止得体令人敬仰，他很关心百姓，他是几百年来唯一一个会在街道上对百姓发起演讲的皇帝或亲王。先公跟靖虏伯说，弟弟，你接来了一个有用的王。

　　那时也有一些流民和贼人作乱，但靖虏伯剿灭他们就像杀鸡一样容易，隆武皇帝让靖虏伯不要杀他们。皇帝说在这个时候大家都是苦难的人。

　　隆武皇帝登基后向四方发出了诏书，一些还没有投降清人的地方纷纷承认了他的统治。大明一时好像又凝聚起来了。

　　先公对国姓爷说，儿子，这都是你老师留给我们的财富。

　　那时本来多铎还想继续征讨，有的人或许天生就是喜欢战争的，是钱谦益苦心劝住了他。钱谦益对多铎说南方民风柔弱，飞檄可定，无须用兵。多铎于是请钱谦益帮他写招降文书，钱谦益写了。因此钱谦益又背负了更多的骂名，许多人与钱谦益决裂，他们嘲笑他是两朝领袖。钱谦益没有解释，他只是去了北方。一起离去的还有多铎和他打着白色绣龙旗帜的军队。正是钱谦益对多铎的劝阻给天下留下了一个空隙。

　　多铎离去的那天整个南京城没有一点人影，所有人都躲在家中不敢出来，人们能听到的只有马蹄声和兵器碰撞的叮咚声响。在他们经过的时候玄武湖的湖水都震动了。

就在那时忽然有个人出现在了路的中央，他挡在了马队的前面。他说他是玄武的仆人，要见白虎多铎。有人想拿马鞭打他却自己掉落了马下，那人身后的林中一只白虎一闪而过。人们说清人是很信神的，士兵们想了想还是把这件事情告诉了多铎。多铎从人群中穿着白色铠甲走了出来。他问那个人想干吗。

那个人说他想亲眼看看多铎的面相，这样就能验证他的推断，他想知道多铎的死期。多铎哈哈大笑，声如呼啸，多铎问，那你说我哪天会死。

那个人回答，不久了，白虎是仁兽，可你屠杀了百姓，你背弃了自己的命运，天下会因此陷入灾难，越来越多地屠杀会从此开始，而你会比那些死于刀下的人死得更痛苦。

多铎暴起，一把扼住了那个人的脖子，单手将他拎了起来，那个人双眼充血喉咙里发出着痛苦的声音。多铎问他，接下来你是不是又要告诉我该怎么化解了，你们这些汉人不都是这样，先说别人会有灾难然后收钱破解，你真应该看看我们北方的萨满有多尊重上天，所以你们永远也赢不了我们。说罢多铎把他丢在了地上，准备离去。

那人趴在地上喘着粗气对多铎的后背说，无法化解，因为是你自己背弃了命运，我能看到，命运的阴影已经笼罩在你身上，你是白虎，我只是玄武的仆人，你杀得了我，但你会比所有人死得都惨，湖水的诅咒会伴随你直到死亡。

多铎冷笑了一下转回身说，你们汉人说玄武是北方的守护神，那它又怎么会跑到这南方的一个水坑里来，真是可笑，你还是多算算你们汉人又会从狗洞里冒出几个皇帝吧！

那个人笑了起来，他说，真正可笑的人是你，你真的以为北方就是北方吗，那白虎是西方的神兽为什么又会投射到你身上，你却不知天下曾经东西相异，是共工撞断了不周山才使得天倾西北星河逆转，你真的觉得你看到的就是真实的吗，你本来应该守护在自己的地方，可现在都乱了，我们的命运是灾难的，而你们将更痛苦，东方已经不是东方，西方也不是西方了，多铎，你在死前会想起我。

这时钱谦益猛然想起这个人就是曾经预言过国姓爷命运又消失了的术士，钱谦益跑来拦在了多铎身前，钱谦益说，将军，这个人不能杀，他是可用之才！

多铎说，钱先生说的对，他确实挺有本事的，他至少算对了一件事情，就是他今天会死。说罢多铎一把揪过来了一匹马，他跨上了马，他勒得马双脚站立，马一声嘶鸣然后重重踏在了术士身上。术士登时就吐出了鲜血。多铎说，钱先生上车，然后又用满语说了些什么，他身后的军队立马发出了齐整的呼喊。马队飞扬而去，术士很快就被踩成了碎片，再后来，根本看不见了。

多铎军队里的每个清人士兵都是一个骑士，他们都有自己的马，而且不只一匹马，他们的马上驮着缴获，马后跟着俘虏。军中除了俘虏也还有些走路的人拉着炮，推着粮草，搬运着辎重，但他们都不是清人，他们有的人来自清人的藩国朝鲜，为了谋求财富参与了对大明的战争，有的人曾经是清人在辽东的家奴，他们已经习惯了随主人征战，还有更多的更累的是新投降的汉人，他们成为了清人战争的工具。走路的人人数更多，却完全被淹没在骑马的人的威严之下。每一个清人士兵都是一个独立的战士。他们为了荣耀和自己的劫掠而战。

与他们相比我们明军的人数更多，历史更悠久，可不知为什么我们总是打不过他们。或许是因为大明的士兵往往当兵十几年都只是帮助将军种田的工具，都只是主帅向朝廷索要军饷的筹码吧，还有的可能是昨天刚从街上被捉来的壮丁。他们不喜欢打仗。师父说被逼着打仗的人永远也打不过为自己而战的人。

江南百姓真正开始为了自己而战或许是在清人颁布了剃发令之后，那时清人逼百姓剃去头发留成清国的发式，百姓愤怒了。在江山失守的时候他们没有愤怒，在扬州被屠城的时候他们没有愤怒，现在清人让他们剃掉头发，百姓终于愤怒了。听说曾经大明占领交趾①的时候也强令那里的人将头发留成大明的样式，禁止那里的男女剃发，后来他们推翻了我们，于是新的统治者就又强迫所有人剃掉大明的头发，许多居住在那里的大明百姓也遭了殃，被剃成可笑的样子赶了回来。总之人们是在意自己的头发的。

清人的发式很奇怪，他们把前面和两边的头发都要剃光，只留很少的头发在脑后绑成一个或两个辫子，清人非说那是最好看的样子，我不知道他们

---

① 交趾即今天的越南。

是不是没有镜子。他们还说大明从不修剪的扎成一团的发式是愚陋的象征。我们的头发的确是从来不修剪的，因为头发和身体肌肤都是父母给的，人又怎么能忍心毁伤父母给的东西呢。可清人却不在乎，听说他们都是乱来的，好像他们的父亲死后儿子连父亲的小妾都可以继承。

有人说最初清人想出这么奇怪的头发是为了方便打理，这样打猎和骑马时头发就不会遮挡眼睛，打仗也简单。而现在这个发式成为了诚心归顺他们的标志。

那时被清人控制的地方都多出了许多剃头匠，士兵压着他们走在街上，看见没有剃发的人就捉来剃了，不从就捉走杀了，杀完再把他们的头割下来剃好挂在城楼上吓唬人。后来清人又想出了更好的办法，他们干脆给每个剃头匠的背篓上都插了一根竹竿，不愿剃头的就现场直接杀，然后把他们的头挂在剃头匠背后的竹竿上。所以那时经常可以看见一根根挂着一串人头的竹竿上上下下走来走去。

那时民间流传着一句很诡异的话：留发不留头，留头不留发。意思是头发和脑袋只能选择一样留下。

国姓爷心痛百姓的遭遇，他不忍看到大明祖上的习俗遭到荼毒，他请先公发兵北伐，他说现在是发兵的好时机，因为江南许多地方都开始了反抗。可先公跟国姓爷说国姓爷是读书人，读书人不需要操心打仗的事情，先公说带兵的文人都没有什么好下场，先公叹了一口气说，其实所有带兵的人都没有什么好下场。

隆武皇帝也是想光复整个大明的，他从来没想过要偏安于福建，不过先公总是有各种借口不发兵。

先公对于剃发令没有什么想法，他说他早就在海上见过了各种各样更奇怪的头发和头，但先公还是开心看到更多人开始反抗清人了，他开心看到很多已经投降了清人的地方又投靠到了隆武皇帝麾下。他对于自己一手创造的局面很满意。他总说一切都在他的控制之中，包括那时他来我们家中探望师公时也说过。

那时隆武皇帝召集了许多人才在他身旁，他加封的大学士是大明史上所有皇帝中最多的，先公看不起那些文臣，他不明白皇帝要那么多文臣干吗，他觉得文臣就是用来浪费钱的，那些文臣对先公同样也不满。随着隆武皇帝的人越来越多，朝廷上好像出现了分歧。文臣们关心复国，关心头发，而先公关心生意。他让隆武皇帝鼓励所有人去经商，他开放了所有港口，他欢迎所有海外的商人过来。许多年后我好像渐渐明白了，先公想要的或许是一个这个国家历史上从没有出现过的海洋王国。

不久后，师公离开了福京。可能他不想做官了。可能他觉得福京的大学士已经很多了。可能他看到了自己的命运。他选择回故乡，他去做了那里的教谕。教谕是一种不起眼的小官，但却是各个地方上文脉的传承，正是各地的教谕为大明培养和输送着一批又一批的士子。

师公走的时候先公看起来有些难过，可能是因为师公一开始就没有想过要分享福建的权利，可能师公身上除了文人气也还有普通柔弱文人没有的江湖气，他和先公一直相处得还行。先公有时路过时会突然来到我们家里跟师公打个招呼讲些笑话，隔一段会突然派人来送些礼物。

先公问师公，福京就这么没意思吗。

师公回答，挺有意思的，但回故乡教教学生也有意思。

先公说，你走了那朝廷剩下的所有人不就都是我的敌人了。

师公笑了笑说，那你和他们打呗。

先公也笑了起来，他说，你没听过同安血流沟的谶语吗，你回去不怕死？

师公说，谶语还有半句是安平成平地，你有那么大的豪宅在安平都不怕，我怕什么。

先公哈哈大笑，他问师公是不是走之前该跟他说郑将军保重以后朝廷拜托你了请一定忠于皇上以大局为重？

师公笑了笑说，我不说。

我觉得那个时候师公如果把师父托付给先公，他是一定会同意的。先公是好人。我很希望师公那样做，因为师父喜欢国姓爷。但是师公没有。师公让我们去自己寻找自己的命运。他让我们去成为自己想成为的人。他把我们留在福京，然后自己离开了。那是我最后一次见到他。他从来没有把我当成过仆人。

师公走后先公不再来了，我感觉有些孤独。我不知那时师父在想什么。后来不太久后师父的半个老师黄道周也走了。

黄道周是隆武皇帝的首席大学士，是文臣的首领，他相当于新的首辅，他和先公是敌人。从一开始他们就是敌人。在上朝的时候先公觉得自己应该站在最前面,可黄道周却以大明祖制从来没有武臣站在首位为理由坚持不同意。隆武皇帝最终依法支持了大学士的意见,那天先公不太高兴。后来又有人上书指责先公没有人臣之礼,皇帝夸奖了那个人敢于直言。先公更不开心了。

那个上书的人在先公的威压下不久就被迫告老还乡了。永胜伯[①]在半路截住了他。被截时那个人镇定地从车中走了出来,他说,我知道你们会来,你们不就是想要我的脑袋吗,来拿吧!说罢伸出了脖子。

永胜伯玩着尖刀嘿嘿笑着说,我大哥之前说如果你求饶就立马杀了你,如果你真的不怕死那就让我看着办,你说我怎么办好呢。后来永胜伯割下了他一只耳朵放他走了。

听说皇帝很悲痛。那时福京流行着一句儿歌:尚书没有耳朵才能活,皇帝有嘴却只能哭哟。

后来皇帝杀了一个鲁王派来的使者,皇帝杀使者是有理由的,因为鲁王以前也曾杀过他的使者,因为那时鲁王自称监国而不承认他的皇位。可是所有人都知道那个来使跟先公关系很好。先公没有说什么。

那时马士英也来投靠了,马士英在仙霞关外请求入关觐见皇帝,仙霞关是定国公的领地,先公让人招待了他。马士英是曾经弘光皇帝的首辅大臣,他把控南京朝廷的时候与先公关系不错,他们一起做了很多生意。先公希望马士英留下。

可满朝文臣都上书痛责了这件事情,他们说马士英是罪臣,他们说正是马士英营私结党蛊惑弘光皇帝才导致南京朝廷灭亡。最终隆武皇帝将马士英定为了罪辅,让他自己去浙江抗清以图功自赎。先公也没有说什么。他让人去给马士英送了一些银两。然后他朝堂去得越来越少了。我觉得那时候的福京开始不开心了。唯一开心的是国姓爷来了我们家里。因为隆武皇帝问起了师公,国姓爷就想来看看。他和师父交谈得很好。国姓爷就像一个大哥哥。

再后来清人再次南下了。

那时被皇帝派去援助建昌义师的永胜伯不战而逃,浙江江山的守将也未经皇帝指令退回了福建,江山守将是定国公的手下。隆武皇帝非常愤怒,他削了永胜伯的爵位,将定国公由太师降为了少师。定国公很愧疚,他躲在了

---

① 永胜伯是郑芝龙的族弟郑彩,永胜伯是他的爵位。

家中。但其实下令撤退的不是他而是先公。

而永胜伯丝毫也不在意,他还逢人就很开心地说,他娘的,是爵位重要还是脑袋重要啊,当然是脑袋了!有我大哥在多少爵位不早晚都得给我封回来。

那时先公整日只是在家中烤火取暖,他说他在感受今年是不是更冷了。那阵子也确实下起了雪,我记得,雪不小。本来福建的雪是极少的,即便飘有零星雪花也绝对不可能积得下来,可从前些年开始一切都改变了,天气的寒冷让人不可捉摸。

终于隆武皇帝跟先公提议他想出走福建,皇帝说大明的东南有先公已经足以对抗清人,皇帝说他想去西面号召更多人起来抗清,他要把天下的抗清军队都集合在一起。先公裹在裘皮大衣中闭上了双目。

过了许久,先公突然暴起拍碎了一张桌子,先公说,皇上啊,你这是怎么了!我郑芝龙对你不好吗!我跟我弟弟辛辛苦苦把你接来就是为了复兴大明的江山啊!我们郑氏族人八闽百万子弟都要追随在你身边啊!你怎么能离我们而去呢皇上!是我们做了什么让你不满意吗?我的儿子可是把你当成亲父亲呀!……

先公说了一大通话,话中好像也没有什么太多的意思,旁人也听不出他到底是在哭还是在喊,听不出他是伤心还是生气,听不出他是认真的还是在玩笑。反正最终皇帝没有能离开先公控制的地方。

清人越来越逼近了,天气快到了夏日却依然没有怎么暖和。

这时大学士黄道周向皇帝请命了,他请命带兵北伐,皇帝同意了。或许皇帝也没有什么更好的办法了吧。皇帝让大学士伐兵为辅,联络为主,皇帝希望能借大学士的奇兵打开局面,希望能跟天下更多的反清义兵取得联系。他们请先公借兵。先公说士卒还没有操练好,不宜远征。

于是大学士东拼西凑终于召集了三千兵将,他手上没有钱也没有粮,但他有信心。大学士是人人敬仰的大儒,也是天下闻名的书法大家,再加上隆武皇帝首辅大学士的名头,或许他认为凭借自己的声望只要离开了先公的控制他自然就能打开局面。那些有学识的人也总是知道史上有谁卧薪尝胆有谁只凭几个兵将起家却最终安定天下的。凭借大学士坚定的信念,那时甚至有一些先公麾下的年轻人也被他感召了加入了他的军队,先公没有阻拦。

最终大学士临走时先公还突然出现去送别了他，先公给他带去了一个月的粮食和军饷。先公对大学士说，不瞒你说，你挺烦人的，但我也有点佩服你，我没想到你真的敢带兵出征，我也不知道你们读书人是真傻还是假傻，说你们傻吧，你们总是能骗来好名声，说你们聪明吧，有时为了好名声自己都要去送死，还有的时候真做了聪明事反落得被人骂，我以前也认识一个读书人，算了，不说了！万一你凯旋了，我请你好好喝一杯！

大学士拱了拱手离开了。

那时我本来以为师父肯定会去的，我都在想着收拾东西了，但师父没去，他好像根本没有看见大学士要出征的事情一样。不知道大学士会不会对师父有些失望。

然后大学士的军队刚刚出征没有多久，一个先公部下的年轻人就逃回了福京，先公让人把他叫了过来，那个人叫施琅，是个海盗的儿子。他父亲曾因为分赃问题被手下的水手捆成一团扔进了海里，先公碰巧路过的船救了他，还帮他们复了仇，那之后他父亲就得了关于水的恐惧症，而他和他叔叔开始在先公手下做事。他叔叔后来成为了武毅伯，很厉害。先公问他害怕了吗。施琅回答，怕个卵子！

他叔叔立马跳了起来大骂，他娘的，在主公面前说话文明点！先公挥了挥手继续问他，那干吗逃跑。施琅回答，他娘的，我十七岁做贼，经验丰富，一眼就看出来他们必败无疑，那老子干吗要陪他们送死！

他叔叔有些尴尬，可先公都笑得不行，先公笑得酒都喷出来了，先公直说这孩子可以，这孩子可以，够狂！

施琅昂首继续说道，海王，你是不知道，我就没见过那么乱的军队，乱就乱吧，还没胆，让他们杀个鸡都不敢！还有那大学士啊连他手上有多少钱一顿饭吃多少米都搞不清楚，他娘的没多久我们就饿肚子了，他还让我们带头饿，那不是有病吗。没饭吃了他不知道去抢，他挨家挨户去找人要，说什么我是黄石斋一幅书法可值千钱，他娘的我那个气啊！原来他是想拿他的书法换饭吃，这不是搞笑吗，兵荒马乱的谁要那破字啊！我他娘气得就跟他说让他把手上那些饭桶赶紧都解散了，就带着咱们的精兵从小道绕过鞑子控制的地方直插赣州，以他督师大学士的名义接管赣州兵马，不服的就到时候找个借口杀了！如此打通赣州就能与两广、湖广连成一片，先发出号令节制各地巡抚、总督、总兵,再慢慢归拢到一起,他娘的朝廷除了你海王老爷就他官最大,他首辅大学士要是去了那些人岂能不服,如此岂不是天下可得!可他当我说话就是放屁,他宁可在街边卖字画也不解散那些饭桶,不光如此他还招揽更多饭桶加入,见到一个种地老头也要跟人家说什么天下兴亡匹夫有责,什么起南阳者即复汉家之业,谁他娘听得懂啊!他就非要去徽州,说什么大军即成终以报国,解救徽州义兵刻不容缓,可他那样我看别人救他还差不多,他连东南西北都分不清楚怎么带兵!我看他去徽州就是送死。海王在上平国公在上,定国公在上,你们给我评评理,你们说我跑的对吗?

先公玩弄着手中的小物件说,哈哈,你先下去歇几天吧,朝廷那边的人就先别见了。

后来先公跟国姓爷说施琅是个将才,但是难以驯服。施琅除了是将才也是高手,他不是那种特别厉害的高手,他并不一定打得过别人,可他有天赋,他于各种武术的精髓总是一看就通。师父跟我说过武能看出一个人的性格。或许这就是施琅的性格。

再后来大学士果然死了,他全军覆没了,他的一切几乎都被施琅说中了,人们说虽然他的军队完全没有抵抗之力,但他看起来很壮烈。人们将他押到了南京,洪承畴在那等他。那时洪承畴帮清人招降了我们无数的名士大将,人们说洪承畴身上有种难以抗拒的力量。可最终他却没能成功的招降大学士,大学士自尽了。

我没有与师父讨论过大学士的事情,师父不喜欢说话,如果我不认识他没准还以为他是哑巴。我不知道是不是在大学士出征前师父其实就看清了他的结局。

隆武皇帝听到大学士的死很难过。他的计划失败了。整个福京都有些低落。只有先公比较开心。先公不是开心大学士的死,后来人们知道了那时他是在开心他收到了洪承畴的招降信,信里的内容很好。与洪承畴的信后到的还有范文程从北方寄来的信。

那时国姓爷去找过隆武皇帝,他问皇帝,陛下,你为什么忧愁,是因为我的父亲吗。

皇帝说,不能怪他,是我自己没用。

国姓爷说,无论我父亲做什么,无论发生什么,我会誓死追随你。

皇帝沉默了许久，皇帝说，孩子，或许我还只剩下一样东西可以给你可以教你，那就是不要轻易想到死。

第二天隆武皇帝下令将国姓爷封为了伯爵，封号忠孝。大明每一个爵位的封号都是独一无二的，都有自己不同的意义，这个封号说明了许多。人们向国姓爷道贺，但国姓爷没有参加为他举办的宴会。那天晚上他带着我和师父去了岳阳楼饮酒。我忽然感觉可能国姓爷也是一个没有朋友的人。

许多年后我随师父在另一个岳阳楼见过另一个人，那也是个奇怪的人。我们到的时候那个书生打扮的人已在那里等我们，他坐在窗边，笑着，他的剑放在一旁，楼外的风吹着他的衣襟。桌上摆着几样菜肴，还有两壶酒。师父在他对面坐下了。我站在师父身后。

那人笑着说，小可久仰陈兄了，说罢递上了一碗酒。师父喝了。

那人轻盈地又给师父满上，他们接连喝三四碗，那人问，陈兄不怕酒里有毒吗。

师父回答，你伤我不必用毒。

那个人好像很开心，他说，陈兄哪里的话，真有一天我要伤你肯定是不想正面动手的，依小可看来如今只怕陈兄是天下第一了。

师父没有说话，那人继续说，说真的，小可对陈兄真是佩服得紧的，像我这样的籍籍无名之辈陈兄却能轻易把我认出，想想小可都觉得害怕呀。

不必。

我当然知道陈兄不会是用那种阴毒手段的人，那陈兄，你约我出来是所为何事呢？等等，让小可来猜一下吧，陈兄的性格大概不会是替江南武林来问罪的，我想陈兄一来是想看看小可是怎样的人，二来是看看要不要杀了小可，三来想必陈兄猜的没错，我是来救我兄长的，但其实我不喜欢他，四来，陈兄把我约在岳阳楼，我明白。

你果真还明白自己是忠良之后。

有什么不明白的，范仲淹嘛，范文正公，先天下之忧而忧，后天下之乐而乐，小可的祖上是光荣的紧的。

那你还甘愿做清人的走狗。

陈兄这句话可就不那么中听了，改朝换代是天道自然，陈兄，我们还是喝酒吧。

所以你的兄长不愧也是清人的忠贞之臣。

哎，陈兄，你也知道，他许多家眷都在京师，还有我们这些个兄弟族人，他要是投降耿精忠那我们岂不是都要完蛋。他倘使不降，就算被杀了也能换得个忠烈之名，还能保一家老小一世平安富贵，何乐而不为呢？

师父哼了一声。

那人说，陈兄啊，我知道你从心底看不起我们，但这天下的事又哪里是那么能说得清楚呢。

我只知是你父范文程引清兵入关。

陈兄错矣，是前朝自己引清兵入关的，逼死崇祯皇帝的可不是清人，攻破北京的也不是清人，陈兄，这是命啊！小可对你钦佩得紧，但一见面还是觉得陈兄有些太顽固了。抗清有什么好的，又有多少人要因此死亡呢？

那清人杀了多少汉人？

陈兄错矣，虎食人这是虎的过错吗，非也，虎只是需要进食罢了。而今这只虎还不食人了，这难道不是人之幸事吗？为什么一定要与虎相斗呢？

那人继续说，陈兄，其实你也知道，小可就是一个闲人，这些事情倒是与小可也没多大干系，哎，我们喝酒吧。

师父说，我可以救出你的兄长。

书生思索了许久，叹了一口气说，陈兄，有些诱人啊，不过你还不知道我兄不肯投降的真正原因，他不肯投降是因为他是我的哥哥范承谟。

师父没有答话。

书生继续说道，陈兄啊，所以你纵使救他也没什么意义，虽然小可还不清楚陈兄到底是哪一路人，但想必陈兄不会只是个简单的江湖之人吧，是郑经？还是尚之信？无所谓了，总之陈兄救他总会有些想法吧，而那些想法我兄决计不会答应。哎，我兄是福建太守，若说谁知道福建王耿精忠最多的秘密恐怕非他莫属了，耿精忠不杀他又杀谁，所以想救他怕是也难了，我兄这次怕是凶多吉少了。

一阵沉默，书生一直盯着桌上的酒。师父说，你父反对剃发易服，阻止清军屠杀百姓，想必还是有良知的。

谁知道呢。

那何不从你们这一代开始做回好好的汉人呢。

书生看起来好像有点失落，他喝了一口酒说，陈兄醉了，小可籍于八旗不假，但小可一直都是汉人又何曾变过。顿了一下他继续说道，李闯不是清人，但他杀起汉人又哪里心软过，张贼和李叛①是汉人，可他们在四川和嘉定的屠杀恐怕比豫亲王②在扬州的还要过分吧。陈兄，豫亲王在扬州杀人是战争，那你告诉我，他们杀人又是为了什么？而最终将他们剿灭了的可都是清军啊，陈兄，与小可再饮一杯吧。

师父没有喝酒，他说，当今天下如果有一个汉人有机会杀死伪皇帝，是你。

书生吓了一跳，哎，陈兄说笑了！你故意说这么奇怪的话是在试探我吗，我知道圣上但圣上却不认识我是谁，我兄跟他关系倒是还可以，可只怕他们今生也没机会再见了。

师父没再说话。

书生好像在想些什么，过了一会儿他说，陈兄，其实小可心中以前一直有一个困惑，说来惭愧啊，陈兄怕是又要笑我了，陈兄知道鳌拜吗，大清第一勇士，他其实是不会功夫的。但不知道为什么小可在他面前连头都抬不起来。小时候我曾跟父亲去过围场，在那我见到了宫中饲养的虎豹，我从没有见过那么可怕的东西，但当鳌拜出现的时候那些虎豹却全都趴在地上一丝声音都不敢发出。后来我渐渐明白了，那是威势。而当今圣上在弱冠之年鳌拜独步天下之时设计生擒鳌拜，我想陈兄明白我说的感觉，没有人敢动手的。

师父没有说话。

书生自己饮了一杯酒突然坐直身子说道，陈兄你知道吗，今日一见，陈兄已是我最想杀死的三人之一了。

师父没理他。

可书生就好像自己想象了师父的回答，陈兄想知道另外两个人是谁吗，告诉陈兄也无妨，因为就算陈兄知道了也不会去保他，小可想杀的另一人就是平西王吴三桂。怎么样你们汉人是不是都很恨他？哎，陈兄你知道吗，我感觉大清这次要有些麻烦了，吴三桂造反了天下都要乱，他不是耿精忠那种鼠辈能比的，汉人里面我想郑成功死后就只有他了，他有威势，所以我真的很想知道杀死他的感觉啊。只可惜现在想接近他怕是和接近皇上一样困难了。而陈兄也让我感觉到了威胁，曾经不论遇到多么强大的对手我只要想想儿时

---

① 此处李叛指的是原李自成手下的将领李成栋，他先降清后反清，是清人的叛将。
② 此处豫亲王即多铎。

心中的猛虎便不怕了，人又哪里能凶得过虎呢，我不怕陈兄，可陈兄，你的威胁我无法驱散，陈兄不是虎，却有一种不同的感觉。

师父看了看他，书生缓缓说道，对了陈兄，我这两坛酒其实是三十五年陈的绿叶归，这种酒酿到三十年以上所有异色异味就会自行消失，而且它实在太好喝了，所以能骗过所有人，陈兄你知道吗，所有喝过这种酒的人全部都已经死了！陈兄，这酒能让人开心，让人放松，能让人不醉而眩晕，喝了它会感觉即使死亡也是美好的，陈兄，好喝吗。那人说这话的时候眼中泛着奇异的光彩。我感觉我有些头晕。

可随着师父冷哼了一声，一切又都消失了。

书生有些失望，他叹了一口气说，哎，小可就知道是骗不过陈兄的，这酒里什么都没有，我就是在楼下随便买的，我只想迷惑一下陈兄而已，平时越是无中生有的东西人们就越害怕，可惜你不是人们，你是陈近南。

书生看着师父说，陈兄今天看来是不会死了，不过既然都来了，那留下一手功夫给小可看看吧。

说完他盯着师父，他的目光迅速聚拢而变得锋利了，我从没有见过那么锋利的双目，仿佛那人身旁的气息也变得锋利，连楼外吹进的风都是锋利的。

突然，他伸手向师父刺了过来，桌上的折扇不知什么时候已到了他手中。扇就像是剑。

叮。

只听清脆的一声，师父的剑出鞘了一半，恰好挡住了他的扇子。

相持了几个刹那，书生很缓很缓地收回了手，周围的肃杀之气随之点点褪去，待他完全收回扇子的时候，一切又变回了原来的样子。岳阳楼外依然春风和煦，楼内的人依然在谈笑饮乐，书生的双眸中已再没有半点锋锐，他充满着笑意，他笑着说，小可输了。

师父也收回了剑。

陈兄留步，小可还有最后一点疑问，陈兄是什么时候发现我的扇子的，你怎么知道我不用剑呢，我自觉隐藏得很好，我从来不让别人知道我准备用什么武器出手。

师父说，我以为对一样事情从一而终方能达到极致，无论你用什么我都是那一剑。

书生点了点头说，多谢陈兄指点，小可受益良多。

师父道了声告辞，转身走出门外。书生没有道别，他低着头坐在那里，好像在想些什么。

后来我知道了那个书生是范承祚，他是范文程的儿子。范文程本来是大贤臣范仲淹的第十七代嫡孙，可不知为什么许多年前却突然自己投奔了清人的初代领袖努尔哈赤。他是第一个投奔清人的汉臣，那之后清人的世界被他改变了。耿精忠的爷爷也在不久后投降了他们，耿家连续做了清人的三代亲王，但现在耿精忠在福建起兵反清了，他扣押了清朝的福建总督，范承祚的兄长范承谟。

我在想师父和范承祚为何一击之后就互相收手。师父说出了答案。

他动手，他死。我动手，我死。

第二卷 · 孤臣泪

第一章　家和国，父与子

  国姓爷刚开始起兵时是辛苦的，他的身旁没有人也没有钱，他的老师是叛臣，他的父亲也是叛臣。说实话那个时候我不觉得他可以成功，我还以为隆武皇帝的名字取错人了。但师父跟着国姓爷很坚定。

  然后国姓爷慢慢打出了自己的名声，人们开始想起，哦，他是那个当年被皇帝赐了国姓的年轻人。人们开始叫他国姓爷。他的目的很明确，他很坚持，他不投靠任何人，他要推翻清人的统治，他要复仇。他的军纪干净，他执法不容私情，百姓都爱戴他。那时鲁王的势力在清人手下败亡了，隆武皇帝的弟弟继任唐王也被清人捉走了，桂王远在西面，国姓爷成为了江南乃至中原唯一的希望。

  打败鲁王的人是博洛贝勒，他是那次清军南下的主帅，他在南下见先公的路上顺便消灭了鲁王，鲁王逃到了海里。

  对于博洛贝勒我们知道得很少，他不是一个多铎那种北方的天生的领袖，我们只知道贝勒是清人仅次于王的爵位。随着博洛贝勒越来越近，越来越多的消息和谣言传来福京，人们说博洛在北方击败过祖大寿，击败过吴三桂，说他入关后大破了李自成最骄傲的潼关。那时博洛手握着清人八旗中的正蓝旗。

  那时先公将所有兵将都撤到了海边，他强令定国公撤空了仙霞关，先公说南方有海贼袭扰，他要回去整顿家乡。这是个奇怪的借口，因为天下哪里会有海贼敢去袭扰海王的家乡呢，可能他用这个借口的意思就是不找借口。

那个时候我在福京有些担心清军会打过来。可是师父不走。因为国姓爷也没有跟着先公的人离开，国姓爷选择留在皇帝身旁。先公拿他没有办法。

在先公走的时候人们都不想他走，甚至有一个老头挂在先公的马上不下来。任旧部们怎么骂老头就是不放手。先公只好跟他说，老先生啊，你想想看，国家也是要花钱的啊，你们这么多大学士也是要俸禄的啊，国家的钱都是从我这来的，而我的钱都是从海上来的，海上一乱我没钱了那我们不是都要完，你想想啊皇上这么爱惜百姓，肯定不能靠压榨百姓来过日子吧，所以我回去把钱袋子撑住也是为了大明好啊。老学士可能觉得有道理于是终于放走了先公。

先公走后我觉得我们肯定死定了。

但是大学士们不这样想，他们觉得先公没有放弃他们，他们信任先公，他们在等先公回来。朝廷真是个奇怪的东西，先公在的时候他们和先公是敌人，每天都想把先公赶走，可先公刚走他们就又想他了。

后来还是隆武皇帝比较聪明，皇帝果然是皇帝，他宣布撤离福京，他带着人们去了更南方的延平府。我跟师父也随着人群一起走了，逃难或移驾的路上我见到了皇帝的面容，他看起来很沉重。延平成为了他最后统治的地方，也成为了国姓爷最后和他生活在一起的日子。

先公回到海滨后一口气往东洋派去了五十艘大船，那时我们还不懂他想做什么，后来知道了他给日本送去了许多礼物，有瓷器、茶叶、丝绸、烧珠、锦绮、麝香、樟脑和铜钱等等，他用大明平国公的名义给平户藩藩主和幕府将军写了两封信。在信中他说他从来没有忘记过日本是他起家的地方，也没有忘记那里的老朋友，只是这些年因为忙于俗事去得少了，他说他来自日本的儿子现在已经是大明的伯爵，而且深得皇帝喜爱，皇帝将他当作儿子，赐了他国姓，他说他的儿子也没有忘记过故土，等他事情忙完就会带着儿子回日本探望亲友，他希望幕府能允许他现在先将妻子接来与孩子相见。

澄济伯①说平户藩主收到信后特别开心，他直说先公不愧是他最好的老朋友，他还说早就知道国姓爷是会有成就的。他差人将信去呈给了幕府将军，他拉着澄济伯玩乐了十几天。在他们去拜见将军的时候将军将一切都安排好了。将军给了澄济伯不少赏赐，同意了先公的要求，并且派了两艘大船亲自

---

① 澄济伯是郑芝龙的弟弟郑芝豹，澄济伯是隆武皇帝封他的爵位。

送太妃回国,他说太妃是他的女儿不能怠慢。原来幕府将军将太妃认作了义女。

先公听到这件事情哈哈大笑,他说,他娘的,还是东洋人聪明啊,皇帝认我儿子做女婿,他跟我做了老亲家,现在德川听说了直接认我老婆做女儿,他娘的,那我儿子不就成了他孙子了,大明皇帝不就成他儿子了!哈哈哈,这次他们真是把大明打败了。

将军幕府和平户藩也回赠了先公许多礼物,有鹤顶、珍珠、珊瑚、乌布、琉璃、玳瑁、鲨鱼翅等,也有铠甲、倭刀和鸟铳,先公哈哈大笑,先公说,聪明、聪明,他们这是知道我们在打仗啊!他是希望我们打赢啊!放心,老子这次怎么打都不可能输!

后来我们知道了,因为那时先公已经做好了决定,他选择不去战争,所以自然怎么都不会打输。

太妃刚来时国姓爷也没有马上见到她,那时我们都还在延平,国姓爷很忙碌。不知道是不是因为师父和国姓爷比较好,所以我就产生了错觉,那时我总是觉得国姓爷是皇帝唯一还能倚靠的一个人。也可能是因为战争要来了吧。而在战争的时候大学士是没有用的。

然后突然有一天,国姓爷收到了太妃的信,太妃在安平病重了。国姓爷很难过。他拿着信去找了皇帝。

皇帝说,孩子,走吧,该来的总会来的,谢谢你陪了我这么久。

国姓爷没有说话。

皇帝说,孩子,其实我又怎么忍心让你离开呢,但你必须走,你是我大明的忠孝伯,我希望你能忠孝两全,如果你因为忠而失掉了孝,我会失望的,你和母亲已经十七年没有见面了,赶紧回去吧。到底我才是大明的皇帝,该面对的事情我总是要面对的。

国姓爷离开了,他知道太妃没有病,他知道那只是先公把他骗回去的伎俩。可接到了母亲的家书,他不得不走。他也知道,他必须是要面对他父亲的。先公既然再也不愿来到皇帝这里一步,那么,只能由他回到海边。国姓爷对师父说,万一发生了什么,以后在延平相见。

那段时间皇帝身边终于也发生了一件很开心的事情,皇帝终于有了自己的孩子,而且是个男孩儿。皇帝激动得语无伦次,他激动得哭了。

皇帝除了皇后没有任何妻子,在他在狱中度过了大半生之后皇后也不年

轻了。所以他曾跟鲁王说希望鲁王放弃监国的称号向他臣服，他对鲁王说他没有孩子，他希望把鲁王封为他的储君皇太子。鲁王很心动，他也不想继续跟皇帝内斗下去，本身鲁王宣布监国也是在并不知道隆武皇帝已经先宣布监国的情况下做的，他也只是临危受命，那时正是南京刚刚覆灭天下最混乱的时候，各方的情报都不通畅。皇帝这边唯一知道鲁王也宣布了监国的只有先公，先公的海王城堡收到了那边送来的情报，但先公没有告诉皇帝，他不想皇帝因此分心，而且先公不觉得多一个朝廷在北面替他们抵挡清人的威胁有什么不好，先公不像文臣那样在意那些名号，所以后来他也并没有努力去促成皇帝和鲁王势力的合并。而鲁王手下的人也不愿意合并，他们不想丢失现在的地位，他们不想失去拥立的功劳。所以最终皇帝试图让鲁王当皇子的计划失败了，是鲁王的手下阻拦了他。那时皇帝很空落，可能他是因为看到我们面对强敌却不能联手而伤心，也可能他是真的想要一个儿子吧。

　　后来皇帝又说在西面的桂王年轻有为，他说天下以后是桂王的，他希望桂王做他的皇子，那样他死后将把皇位传给桂王。桂王与我们离得比较远，没有什么冲突，所以那时桂王没有否定隆武皇帝，但也没有直接回答是否愿意全力拥戴。

　　先公教育我们说男人就应该多娶老婆，早生儿子，越多越好，不然老了就该难过了。看着隆武皇帝的例子我觉得先公说的可能有些道理。不过其实先公的妻妾也不算很多，他在海上飘零了许多年后才有了第一个妻子太妃，总共也不过五个而已。而那时的官吏们有十几个妻子是很正常的，几十个也不夸张，有的人甚至每年都要纳一个小妾，不然凸显不出家中雄厚的财力，也凸显不出自身的旺盛，他们说每年娶老婆可以给家里带来好运气。听人们说在北京连一些太监都有上百个妻子，反正花钱买就好了，有的妻子还给他们生了很多孩子，孩子从哪里来的我也不知道了，或许是收养的吧。

　　那时有很多人劝皇帝再娶几位皇妃，不少人纷纷趁机推荐了自己的女儿，大学士们也说延续龙脉是天下最重要的事情。可皇帝坚持不娶，他除了皇后没有任何女人。

　　皇帝立马将他刚刚降生的儿子册封为了皇太子，他封赏了许多人，那是他登基以来花钱最多的一天。师父收到了皇帝的礼物。远在海边摆明态度不想再管朝廷的先公也收到了皇帝的礼物。

那本来是很开心的时候，可有人却跟皇帝说大敌当前不应该如此铺张浪费，所有庆祝都应该取消，册立储君应该无限期延后。旧部们说先公听到这个消息后气得在海神殿里面直骂，他说，他娘的，那帮狗日的以前弘光小儿那么浪费他们也不敢干嘛，现在的皇帝过的苦他们反而来劲了，他娘的，都生儿子了还不让人家开心开心，那帮狗日的，要花也花的也不是他们的钱，那帮狗日的，要亡国也是亡在他们身上的。

皇帝抱着皇子对国姓爷说，希望今后你可以拿他当你的弟弟。国姓爷回答，我会视他为我的君王。

现在国姓爷临走了，皇帝再一次对国姓爷说，孩子，如果发生了什么，我希望你能将我的儿子当作你的弟弟。这一次皇帝的声音充满了颤抖。

太妃对国姓爷说，福松①，大海能让我们母子再见上一面，你也有了自己的孩子，我再没有什么遗憾了。

国姓爷对太妃说他也没有什么遗憾了。然后国姓爷去见了先公。先公坐在海神殿的椅子上，国姓爷站在他身前。先公说他知道国姓爷要说什么，他早已料到了这次谈话会很难。国姓爷说，如果你坚持你的想法，未来你会更难。

先公说，跟着这个半死不活的朝廷就不难了？你今天别想给我说什么君君臣臣舍生取义的大道理。

国姓爷说，我没想说，但这至少是我们自己的国，是我们先人的国，至少你也为它付出了心血。

先公说，我为它付出心血是为了别的事情！可然后，然后你是真不懂假不懂，不然清人凭什么用三省王爵招降我？

国姓爷说，既然你一直在扮演一个好父亲，我为什么又不可以扮演一个傻臣子呢，你以为我是真的不知道吗，不光我知道，大学士也知道，叔叔也知道，皇上当然也知道，所以你以为清人就不知道吗？

知道了又怎样！老子是海王，老子是波澜共主，在日本，在吕宋，在台湾，在马六甲，在东洋，在南洋，老子都是王！老子手下的人比他们清人全族加起来都多，老子一挥手大海就会海啸，老子随时可以淹没一个岛屿，全世界的船有谁敢不向我交税！老子劈死过黑海的海怪，你那把尚方宝剑在我看来就是玩具，老子踏遍了世界的角落，轰死过鲸鱼，老子五百人的乌鬼卫队打

---

① 福松是郑成功的幼名，是日语的名字。

败过上万人的海盗，我再告诉你，他们还能干死十万人的大明军队！老子的船连起来比一片陆地还大，我随便去哪个国家谁敢不笼络我！你不知道吧，所有以前在海上跟老子名字并列的人全他娘被我杀了，老子的商队一年赚的超过一个国家，你知道这些吗，你不知道！老子就是假意拥立，老子就是裹挟朝廷跟清人谈判，怎么了！谁他娘敢说一个不字！他们敢吗！他们可以杀光李自成骗来的农民，可以打败大明的废物，但他们敢下海吗！他们连坐船可以绕过山海关都不懂，一堵破墙就把他们拦住了几百年，他们越过了山上的长城，可永远跨不过的是我们郑氏海上长城！

你说的所有话其实都只有一个字，海……

是的儿子！海！那些北方的野人不懂得海，所以他们需要我！有了他们我们就再也没有任何后顾之忧了，他们的战马控制陆地，而我们占领大海，世上还有什么难得倒我们的事情吗！

父亲，你没错，他们是最不懂海的人，可你有没有想过，他们因此根本不在乎海……

先公愣了一下，咆哮着说道，他们敢！谁敢不在乎大海！大海就是流淌的黄金！全世界都应该知道谁控制了海谁就能控制天下！

可他们根本一艘船都没见过就已经控制了他们认为的天下……

不可能！那只是因为大明的懦弱和腐败！如果你信天命，那就是天命要让他们做这个国家的王！可然后呢，他们不可能永远缩在陆上不出去，他们不可能不跟别的国家来往，他们不可能拒绝海上的财富！不想办法去控制大海，就又只能像大明一样等着外面来打，他们不是傻子！

父亲，我一直觉得你是世上最聪明的人，可你现在怎么能把所有希望建立在别人不是傻子上……

别说了！他们真不懂老子就教他们懂！

他们懂了又能怎样？你懂我在想什么，可你认同我吗？如果他们想要的跟你想的根本不一样你又怎么办？

我告诉你，在利益面前全世界的人都是一样的！这就是为什么所有人都尊敬我，因为我永远给他们带来利益！

你想的利益可能和他们想的不一样……

错！错！利益永远都是一样的！不要利益的人就是史可法，那种人都死了！不光他死他还要连累全城百姓一起死。能统一天下的人不是傻子！

他们的天下就是这片陆地，而你海王恰恰是妨碍统一的绊脚石！父亲，你听我说完！你一直如鱼得水是因为大明拿你没有办法，你庞大的利益是因为你可以自治！你凭什么觉得你投降后清人还会一样纵容你？他们要做天下的王，又怎么会容忍第二个王存在！

那又怎样！吴三桂、孔有德不一样也被清人封王了，老子真心投降不行吗？老子佩服他们勇猛，佩服他们杀人不眨眼，佩服他们把明朝打的稀巴烂把李自成那种败类通通都杀光！就算多尔衮不懂，多铎不懂，小皇帝不懂，他们也早晚会懂，至少范文程懂，至少洪承畴懂我！

吴三桂引清人入关，多尔衮却连北京都不让他进，孔有德投降清人二十年了，现在还不得在前线打仗，父亲，你真的觉得洪伯父他们在异族那里寄人篱下过得很好吗？

不让吴三桂进北京是领主的英明，打仗那是军人的职责，跟清人还是汉人没有半点关系，你想知道什么是寄人篱下吗？那我就告诉你！袁崇焕被崇祯皇帝凌迟说杀就杀了那才叫寄人篱下！祖大寿在北方饿得都吃人了，朝廷也不管他那才叫寄人篱下！一品大员得靠给太监磕头才能见得到皇帝那才叫寄人篱下！你老师学贯天下，你老子我呼啸四海，可南京朝廷都由那几个小儿把持那才叫寄人篱下！弘光皇帝淫乐贪财可人们还得让他做皇帝，还得每天给他磕头，就因为他姓朱！我再告诉你，你永远不知道海边这几百年到底经历了什么！我们不是被倭寇抢就是被官兵杀！是我！是你老子我凭一个人的力量拯救了这里！明朝官兵以前打不过倭寇就把海边百姓抓来砍头，他们拿百姓充作倭寇，把海边的人头用盐淹了百车百车运去北京领赏！你知道吗你不知道！那才叫寄人篱下。

国姓爷叹了一口气说，父亲，你说的或许都对，在这个世道我们都是悲惨的，稍有不慎就会掉入深渊，所以我希望你能再考虑考虑清楚。

先公挥了挥手说，我会的，你去好好陪陪你母亲吧。

人们说接下来的那段日子里国姓爷过得很安静，他没有再去劝过先公，也没有与任何人谈起过天下大事。他一直陪伴在太妃的身边，他们过着简单的日子，就好像是最寻常的母子。人们大多也听不懂他们在说什么，因为他们对话用的都是东洋的语言。人们只觉得连他们语言的感觉也很静美。

后来有天先公又把国姓爷叫了过去。那时博洛贝勒已经逼近福州了。先公问国姓爷有什么打算。国姓爷请先公将皇帝接过来，国姓爷说那样就算跟清人谈判也可以保持主动。先公陷入了沉思。

后来，在先公还没有决定好到底怎么去做的时候，海王城堡接到了皇帝的书信。信使是师父。先公本来以为是皇帝要让他去救援，却没想到信是给国姓爷的。皇帝将国姓爷封为了大明招讨大将军。不知道为什么，我总是觉得这个词就和国姓爷的伯爵封号一样，充满了悲伤。那是皇帝一生中下达的最后一道命令。之后皇帝出征了。说是出征，其实也无异于逃亡。皇帝希望逃出福建博洛贝勒的包围去两广发展，可惜那时皇帝的身旁，已没有多少人。没有人的时候连逃跑都是挺难的。可能这就是皇帝的命运吧。

皇帝出征前无意间拦截到了上百封书信，内容没有什么区别，全部都是他朝中官员写给清人的投降信，皇帝的手下很愤怒，他们想把那些人杀光。可皇帝一把火烧掉了所有的信，他饶恕了所有人。人们感动得痛哭，但依然没有跟着他一起离开。有人说，逃到海上吧，或者向平国公求援。皇帝没有照做。他只是写了那封最终的信。他不想再有钦差了，他不需要特使了，他找到了师父，请师父把信带到海王城堡，仿佛那只是朋友间最后的一封简单的信。

出征的皇帝很快就溃败了，听说他被捉时正抱着他几个月大的儿子痛哭。他的十几车书简散落了一地，人们说他舍不得那些书不愿轻装简从，皇帝读了一辈子书终于被书连累了。同时本来答应来接应皇帝的援军也根本没有出现。后来皇帝绝食而死。国姓爷不忍心去问皇子的结局。

先公对国姓爷说，我对不住你，你想哭就哭吧。

国姓爷说，我已经没有眼泪了。

然后先公收到了博洛贝勒的信，博洛贝勒很开心，他感谢先公合作他们才能这么容易就抓住皇帝，博洛说他很快就能占领福建全省，他希望先公继续帮助他让人们不要反抗，他说他很快就可以过来跟先公讨论招降的事情，他保证朝廷会爵位从优。

先公好像不是特别开心，或许他本来希望过来的人是洪承畴，但洪承畴消失了。

又不久后，博洛贝勒的大军到了南安城下，果然如他说的他很快就占领了福建全省。也曾有人试图抵抗，但几乎没有效果，博洛的战术很严谨，面对两万人的夜袭他应对得就如同演练一般平静。剃发令也继续颁布了，所有人都被剃去了头发。曾经没剃发的人恨剃过发的人，说他们是汉奸，看不起他们的气节，所以出现过不少袭击剃发了的人的事件。甚至有官军将被剃过发的百姓说成清人而大规模杀掉以充当军功。直到隆武皇帝颁布了圣旨，皇帝说没剃发的是顺民，被剃了发的是难民，天下人人平等都是大明的子民，而尤其应当照顾那些可怜的难民。现在好了，所有人都成了难民，一时连内斗也没了机会。清人的军队打着绣龙的旗帜在南安城下纵马狂奔来回。城中一片沮丧。定国公神色茫然。

我又觉得我跟师父可能要死了，从南京到福京再到南安，好像我们从来都难逃被围困的命运。

这时先公突然怒吼一声抽出了海神刀，他一刀砍碎了城墙上的一个石墩，大喊道，都给老子稳住！他下令开炮。

于是数百门大炮齐发，声音震耳欲聋。

城下被这突如其来的炮声惊得一片人仰马翻。

先公大喊，拔刀！所有人都抽出了武器。先公说，是男人都给老子硬起来！城上爆发出了比炮声还恐怖的叫喊和武器撞击的声音。城下的清人被这景象震慑住了。

先公朝天连开了七枪，他让人们安静。

他对城下喊道：郑芝龙在此，谁敢放肆！

他对清军说，既然你们诚心招我，又为甚如此相逼，是想向老子炫耀武力，还是要讨伐我拥立皇帝的过节吗！如果你们心意不诚，那我倒要看看海边究竟是谁的天下！

没人敢回话。

过了一段时间之后清人阵营中终于走出了一个人，他牵着一匹褐色的马，没有佩刀，没有铠甲，他看起来不算很高贵，却有种不祥的感觉。他不顾士兵的劝阻一连往前走了上百步，这里已是火炮的射程，别说火炮，随便一支弓箭都可以要了他的性命。先公黑人卫队的火铳也瞄准在了他的身上。

他的中文说得蹩脚，却字字清晰。郑将军息怒，我就是博洛，我来晚了，他们马儿跑得太快了没收住脚，我会骂他们的！我给你赔罪了！我汉语说的不好，等我回去我再给你写信啊！郑将军，我希望能跟你一起喝酒啊！说完博洛骑上了马回了他们的阵营，博洛边跑边用他们的语言说着什么，那边立刻鸣起了收兵的号角。他们的数万骑兵离开了，就如同潮水退走，什么都没有留下。探子说他们回去后撤走了营寨，然后一连撤了三十里才停下来。

晚上博洛差人送来了信，他再次向先公道歉，他说他最佩服先公的地方，正是先公凭一己之力使得唐王称帝。他说人臣侍奉君主，如果有可为的自然要竭尽全力，力尽还不能完成恐怕就是天意了，天意尽了自然要弃暗投明，这是真正的豪杰作为。他说如果先公不是有能力拥立皇帝睥睨天下的人，他们的皇帝和摄政王也不会如此渴求招揽先公，现在两粤①还没有平定，正是他们需要先公的时候，他说他们朝廷已经筑好了闽粤总督印等着先公到来。他撤军三十里是为了表达诚意，他说如果先公不满他可以再撤三十里、三百里，他请先公到他的大营里一聚。他说他想和先公仔细商量如何平定闽、粤，以及如何安排用人分配功劳，他想听取先公的意见好向北京汇报。

收到这封信，先公大喜，他哈哈大笑说他今天只是稍稍一怒就让清人如此尊敬，等他详细告诉博洛他在闽粤的部署和海上的力量，清人肯定会更倚重他。先公说他喜欢清人，他喜欢他们的直率。

先公问国姓爷如今是否还有忧虑。国姓爷说他不觉得形式有任何变化。先公拂袖而去。

接下来的日子里先公和博洛贝勒每天书信不断，先公很满意，南安城里也还算欢乐，国姓爷将我们安排在了他的身旁。终于博洛又再次正式邀请先公前去清军的大营，他说他已经做好了准备要用北方最盛大的礼仪跟先公痛饮一场。先公终于还是决定要去了。

定国公问先公准备带多少人。先公说随便带几百个孩儿够了，人多显不出我的诚意。定国公有些担忧。

渡公子②问先公，父亲，你什么时候回来？先公说，为父去去就回，博洛请我去商议这边的事情该怎么了解，有了结果他好上报朝廷，他也就可以回去领赏了，到时我们就在这等着清人皇帝的旨意就行了。渡公子道了一声是。

默公子③拉着先公问，父亲，父亲，你可以带我一起去吗？我还想看大马！

---

① 两粤与前文中的"两广"是同一个地方，即广东省和广西省的合称。
② 渡公子是郑芝龙的次子郑渡。
③ 默公子是郑芝龙的小儿子郑默。

先公笑着回答，好，好，那父亲就带你一起去，带你去看他们的大马还有小辫子！默公子很开心。

永胜伯问先公可以得到什么官职。先公说，洪承畴一开始说清人会封我三省王爵我还不信，现在看来洪承畴还是厉害啊！他们已经铸好了粤闽总督印等我，两粤加上我们福建不恰好是三省！而我不封王又有谁能封王！永胜伯哈哈大笑，他又问先公那他可以得到什么官爵，先公回答，那不就是你哥我一句话的事儿吗！永胜伯再次大笑。

澄济伯问先公老母该如何安排。先公说，老太太那边什么都不用说，别让她瞎担心，反正我去去就回，我们跟清人谈和了你们也就不用都待在这了，该干吗干吗，海上的生意该做也继续做，小豹子，老太太最喜欢你，要不这段你就回家去陪陪她吧。澄济伯答应了。

先公又对国姓爷说，森儿，你有空也跟你母亲一起回去看看奶奶吧，她很想你。先公叹了一口气接着说，皇帝虽然不在了，但你被赐了姓，招了驸马，你奶奶一直是拿你骄傲的，她经常在梦里跟你爷爷说起你。国姓爷没有回答，他反问先公，如果博洛现在来攻打我们，父亲觉得结果如何？

先公愣了一下，不屑地回答，天王老子来了我也不怕，他敢动我让他死无葬身之地。

国姓爷又问，那如果我们去攻打他们有几分胜算。

你想什么呢！

我没有真的想打他们，我只是想请父亲衡量一下。

先公说，那怕是也难赢，我们的人善于水战，出了城打不过他们。而且赢一两次也没什么用，他们几万匹马一起逃跑我们怎么追，外面已经都是北方的天下了，我难道还能一直打到北京去吗，想这个有什么用！

所以现在谁先动谁就输。

所以我压根就没想和他们动手，双赢岂不是好。

但一旦你动身去他们那就等于动了。

可笑！

一旦你去了你就再也没有选择动手还是还手的机会了。

荒唐！他们诚心招我，大清开国以来就从没有人比我受过更高的礼遇，我难道不去吗？我诚心归降，难道有什么问题吗！

自古只听过父亲教儿子忠诚，却从没听过有父亲教儿子投降诚不诚的。

我只是在教你脑子放聪明点！

正因为父亲是聪明人，所以我更觉得这个结局痛心。

愚蠢！你们读书人果然都是蠢货！

对，我蠢，我只是觉得男儿在天地间最重要的就是忠和孝，我已经不是忠臣了，所以希望能尽好孝道劝阻父亲不要自取灭亡，父亲实在不听，那我能做的只有万一父亲不测我就身披缟素来祭奠你吧。

滚！先公暴怒了，他一脚踢在了国姓爷身上。国姓爷是有武艺的，他是硬朗的，可他飞出了十几步远。国姓爷口中流着鲜血说，虎不能离开山，鱼不可离开渊，虎离山则失其威，鱼脱渊则会被登时困杀，父亲，你还不懂吗？

先公哼了一声离开了。

定国公扶起了国姓爷说，森儿，何苦呢，森儿，何苦呢。

国姓爷说，叔叔，别管他了，如果有机会，你就回到海上吧。

渐渐余人都散去了，只留下默公子在一旁吓得哭泣。

后来每次台湾下雨的时候，不知为什么我总是会想起默公子的哭声，台湾每年都有雨季，人们说那是海洋独特的气候。每次在船上的时候我总是会忍不住回忆起这些年的事情。

我记得那年在海澄的时候，火炮不住轰在我们的城上，城还在，人心却已恐惧，那时国姓爷站在城墙上高呼着，他穿着猩红色的战袍，火炮不住在他身旁飞过可就是伤不到他。国姓爷大喊，是天意，是天意！他对人们说，如果你们不想自己的妻儿被人奸淫屠杀就拿起你们的武器！

清人开始攻城了，他们像潮水一样向我们涌来。

国姓爷将他的尚方清明剑奋力掷向了师父，师父一把接住了剑。国姓爷大喊，永华，站在城下，拿着我的剑，敢有退缩的人，杀！国姓爷拾起了一柄巨斧，那是力士的武器，国姓爷大喊，卧倒！所有人都匍匐在了地上。国姓爷说，敢有登城的人，砍！

国姓爷弓步蹲在了地上，他浑身紧绷，一只手支撑着地面，另一手擒着巨斧。他紧盯着敌军涌来的方向。

清人的云梯搭上了我们的城，他们露出了头，他们的第一批人跃上了城墙，他们的第二批第三批第四批人也出现了，他们很轻松，他们开心，他们或许以为城中的守军都逃散了。直至他们看到了国姓爷。还有满地埋伏的拿着武器的战士。

国姓爷大喊了一声，杀！他向炮弹一样撞向了敌人。

在那一刻有很多人哭了，他们流着泪砍人，他们说他们感觉先公回来了。后来国姓爷统一大海的时候，他们又哭了，他们说感觉海王回来了。但我觉得国姓爷不像先公，国姓爷不会讲笑话。

人们说之所以先公敢那么大胆地去博洛贝勒的军营赴宴，是因为他觉得有郑氏大军做后盾清人不敢动他。而博洛贝勒之所以一定想控制先公，也是因为他发觉了郑氏的强大，他觉得只有先把先公控制了才能控制海滨，他觉得不彻底控制先公就不可能控制南方。却不料，他们都想错了。先公和博洛贝勒他们谁都没有得到自己想要的结果。他们留下了一个极乱的南方和一个极乱的大海。

在先公走之前只有一点事情他想对了，他担心国姓爷会惹事，他叮嘱定国公一定要看好国姓爷。先公说，弟弟，我一直的努力就是希望我们家能走上陆地，现在我们终于要成功了，绝对不能出乱子，放心吧，我是王那么你肯定也是王，等我的好消息吧！

定国公叹了一口气说，哥哥既然你已经决定了，那我又能有什么办法呢，我也只能等待你的佳音了。

先公说，他娘的，你这个语气怎么听着跟我儿子似的，知道你俩关系好，但你可别被那小子传染了。好了，我走了！回来见！却没有想到这次分别成了他们兄弟的诀别。我知道那些年的定国公一直很想念他。

在先公与博洛贝勒痛饮了三日后的那个半夜，博洛突然拔营，卷走了先公和他的部众。有的黑人想杀过去救先公，可他们人太少了。博洛起兵后一连往北方撤了上百里才停。默公子吓哭了，先公搂着他说，我儿不怕，博洛叔叔要带我们去骑大马了。

安稳后先公质问博洛想干吗，博洛说他也没办法，他接到北京的命令要他尽快带先公去觐见皇帝。先公说，我的儿子和弟弟都不是什么好人，他们在海上拥兵百万，没了我他们乱起怎么办。博洛贝勒笑了笑说，这就与你我无关了。

后来人们接到了先公的信，先公让人把钱给他运过去，他还让人们过去

投降，先公叮嘱定国公去的时候一定要把国姓爷一起带来。可先公却没有想到最终定国公自己都没去。定国公觉得这不是他想象的结局。

定国公让人把他刚刚放走的国姓爷追了回来，定国公说，森儿，你不能就这样走，我刚接到信大哥点名让你过去，清人肯定也在要你，森儿，如果你真的不想去清人那边投降就先躲一段吧！现在你绝对不能和皇上的旧臣联系，也不要回家，这边你不用担心，大哥毕竟与他们谈和了，他们倒不至于动我们。我打点一下也带人出去避避风头，你先走，其他人真要投降那就由他们去吧，我们一切等大哥见完皇帝回来再说！

国姓爷说，叔叔，你真的以为他还能回得来吗？定国公愣住了。

在国姓爷和定国公出走金门的那段日子，清人的士兵突然进入了南安城。那时要降的人几乎都已经降了，不降的人也大多都自寻出路，南安城内没有什么士兵。清人进城后虽然还算友好，但小规模的劫掠肯定也是不少的，不愿剃发的人肯定也是活不成的。那个当时世界上最富有的城，就这样结束了。入侵南安后他们又入侵了周围，周围更惨一些。本身海滨是大明最后的净土，本身大批不愿剃发的人都来到了海滨避难，现在，都结束了。

被抢劫了的外国人哭着来到金门请求定国公为他们主持公道，他们中跑晚了的人也被按在那剃成了光头。看起来有些好笑。

国姓爷问定国公，叔叔，你想到这个结局了吗？连一座城都不给我们留下，皇帝真的会给他三个省吗？叔叔，你真的还决定什么都不做吗？

定国公很难过，他说，森儿，再等等吧，我们再等等吧，大哥说他见完皇帝就可以回来就藩。

可是先公一直都没有回来。他再也没有回来过。

我记得那天的下午，那是海滨最悲痛的一天，后来人们很少愿意提及，那天澄济伯孤身驾驶着小船来到了金门岛。他哭着说，哥哥我对不起你，森儿我对不起你……

那天太妃死了。

侍女说那天太妃把自己焚香沐浴干净，然后换上了最美丽的衣裳，恢复了她们东洋女子的妆容和披散的发式。太妃说她这一生已经没有遗憾了，她说百姓因为她的夫君而遭受苦难，她无法再活下去。说罢她用太刀切开了自己的腹。我曾在海上见过羞愧的浪人那样自杀，那是一种最惨烈最痛苦的死法。

可人们说太妃走得很安详。

国姓爷回到了安平，那里已经是一座空城，所有东西都被瓜分和劫掠一空，国姓爷找到了太妃。他亲手洁净了太妃的身体，给她换上了整洁的衣裳，将她安放在了先公的大床上。国姓爷打开了门窗任阳光照射进来，他站在先公演武场一般的大阳台上，他问定国公，你知道我母亲为什么一定要死吗？定国公无法回答。国姓爷说，她是东洋人，这片土地本来与她无关，她会活得更好。国姓爷说，因为她不愿拖累我。

之后国姓爷一把火烧掉了海王城堡。

定国公对国姓爷说，森儿，你也是东洋人，你是幕府将军的义孙，我让人送你回东洋吧，我送你回平户，去找你外祖父和松浦重信①，在那里你可以过得很好！

国姓爷望着大海说，是啊！我记起来了，我也是东洋人，是叔叔把我从平户接过来的，我已经记不太清模样，好像墙是白色的，好像城中很干净，总是下小雨，有嫩绿的树，还有母亲带我捡贝壳的海滨，我记得叔叔的唐船在海滨是那么高大，那么耀眼。是啊！我可以回去，但很可惜。叔叔，我不只是东洋人，我还是大明的招讨大将军。

定国公问他想做什么。国姓爷说，杀父报国。

---

① 松浦重信即平户藩藩主，不过是前文中提到的平户藩藩主的儿子。

第二章　孤臣泪

　　在离开海王城堡后我们与国姓爷分别了，在这种动乱的时候我们应该回到师公身边。国姓爷对我们说他失去了动力，他说什么杀父报国都是胡说的，他一切都得等先公回来决定，他让我们回家。我挺高兴的。

　　可没想到走到一半的时候师父停下了，师父说，不对，郑森是不会就这样放弃的。于是我们去了延平府。果然不久后国姓爷也去了那里。原来国姓爷之前只是在骗我们离开，他不想我们被连累，可惜师父没有上当。于是师父成为了国姓爷最年轻的部下。国姓爷从那里正式开始起兵抗清了。好像正是从那天之后师父就再也无法休息。

　　那些年国姓爷的军队一直是最果敢的，也是最不讲情面的。以至于一些郑氏本来的部族渐渐对国姓爷生起了不满。他们不喜欢国姓爷的无私，也恐惧国姓爷对清人的征伐。那几年他们继续做着先公留下的海洋生意，继续贩卖着郑氏的海王令旗，他们想保留岛屿过自己的生活。但国姓爷说清人是不会放过我们的。

　　那时永胜伯和定远伯①盘踞在厦门，他们成为了先公走后海上最强大的势力。国姓爷曾向他们求助，但被拒绝了。他们在隆武皇帝覆灭后拥立了鲁王，鲁王以监国的名义将他们封为了建国公和定远侯。可国姓爷不承认那个封号。国姓爷不承认鲁王的一切，因为鲁王曾经拒绝承认隆武皇帝。

　　永胜伯担忧国姓爷早晚会和他们发生冲突，可定远伯说国姓爷只是浪得

---

①　定远伯是郑芝龙的族弟郑联，是永胜伯郑彩的胞弟。

虚名的乳臭小子,他不认为国姓爷可以支撑很久。果然后来我们军中的粮草真的支撑不住了,国姓爷只得去了厦门。那时永胜伯不在,国姓爷投靠了定远伯。定远伯大喜,他在象鼻峰下设了大宴招待我们。那里风景优美,恰好可以望见大海,鼓乐美女样样俱全。美女很美。

在宴乐这个国家姓爷没有怎么说话,定远伯倒是不住地喝酒,定远伯问国姓爷,贤侄啊,你有什么可不开心的呢,隆武老儿已经死了,我们一起拥立鲁监国有什么不好,你也别带兵了,把兵都交给别人好了,你就好好跟着叔叔我!咱们也别去招惹那些北边的野人,像现在这样还有什么不快乐的吗!

国姓爷说,那你是想置我父亲于何地呢。

定远伯有些不高兴了,他说,郑森,朱成功①,你给我记好了,你的父亲已经没了,大海也不是他一个人的,是我们整个郑氏的!别说我不管他,他在清人那边不也吃香的喝辣的吗,不也被清人封了伯爵吗!清人反正指着他招降我们,他死不了,但你就当他死了好了,咱们在这边守好大海,钱,权,女人,要什么有什么!你就别给我们添乱就好了!

国姓爷站了起来,双手拿着酒杯对定远伯深深鞠了一躬,国姓爷说,叔叔说的是,是侄儿愚昧了,以后侄儿的兵跟叔叔的就是一家的,以后全凭叔叔做主,侄儿敬叔叔一杯。说罢国姓爷拿着酒杯朝定远伯走了过去。定远伯很开心,站也不站起来。两人喝过一杯后国姓爷又斟满了定远伯的酒杯,国姓爷谦恭地站在定远伯身旁说,以后我定会像对待父亲一样对待叔叔,请叔叔再饮一杯。

定远伯说,你彩叔还怕你不识时务,我就说你是个聪明人,只不过年轻气盛罢了。定远伯边说边饮下了酒。可这时却出现了奇异的一幕,定远伯喝下去的酒又从他喉咙里流了出来。

定远伯睁大了眼睛却看不到自己的脖子,他不相信发生了什么,然后他的喉咙上流出酒的地方变大了,流出了血。他想回头,却扭不动脖子,他想喊,可发不出声音。国姓爷又补了一刀,从颈部将定远伯钉在了酒桌上。血慢慢在木桌上散开了,一旁的女子们都吓得尖叫。国姓爷在他耳旁说,我不开心是因为不知道该不该对你动手,可现在我也当你是个死人了。

听人们说定远伯是风流的,曾经整个海上都有女人与他有染,传言甚至

---

① 朱成功是隆武皇帝赐给郑成功的完整的名字,不过一般人忌讳直接称呼皇帝的姓氏,所以不会这么叫。

很多最守妇道的江南闺秀小姐文武夫人都难逃他的捕猎。他很英俊，现在他印在血中的苍白的脸依然挺美。

他的部下好像过了很久才反应过来怎么了，他们慌乱地拿起武器冲了过来。国姓爷将他的尚方清明剑抛给了师父，他大喊了一声永华接剑！施琅也折下了一杆旗杆刺了出去，武卫周全斌搬起桌子拍向了最先过来的人们。余人不再动了。黑山带着乌鬼卫队闯进来接管了大营。

然后远处的炮声响起声了，我们知道是我们的船靠岸了，一些本来已经伪装成商船先进来了的船也发动了，内应开始点火，不知什么时候人们在军中四处喊着，海王回来了，海王回来了，快放下武器迎接海王的军队！

国姓爷对厦门的将领们说，郑联、郑彩不听号令，私自拥立鲁王，私自贩卖海王令旗敛财中饱私囊，拒绝发兵支援安平，其罪当诛。国姓爷问将领们是想伏诛还是想投降。永胜伯和定远伯的部众大多也都是先公的旧部，他们都投降了。我想其实就算他们不是先公的部下也会投降的，因为没有人喜欢伏诛，国姓爷给出的选择很简单啊。那时本来厦门的军力是我们的十倍，可国姓爷就这样兼并了他们。需要拿下厦门是师父的方略，而假意投降杀死定远伯是施琅的计策，我们军中缺粮其实都是装的。从这一刻起我们拥有了厦门。

永胜伯听到消息急忙赶了回来。国姓爷派师父去见了他。永胜伯问师父，你是谁！师父回答，我是大明招讨大将军的使者。

我问你是谁！

我是陈永华。

陈永华是谁！

是招讨大将军的使者。

我怎么没听过你！

所以你赢不了国姓爷，永胜伯，放弃吧。

永胜伯大喊一声将桌上的茶碗砸了过来。师父抬手抓住了碗，一把捏得粉碎。永胜伯愣了一下，然后大怒，他抽出佩刀砍向了师父。永胜伯不是定远伯那样的高手，但他也是有武艺的，他在海上一直以杀伐果断著称。两军交战是从来不杀来使的，但永胜伯就是这么做了。或许永胜伯没有将国姓爷看作一支与他对等的军队吧，他没有觉得这是两军交战，他只是觉得他在教

训不听话的下属。海上的人确实也都是从来不会反抗郑氏的,使臣也不能反抗主君,哪怕那是敌方的主君,可师父就是反抗了。永胜伯好像本来想说老子先杀了你这个狗腿子,可他话还没有说完师父已经抓住了刀。无数的武器砍向了我们,不过他们还没砍到时师父的刀就已经先架在了永胜伯的脖子上。师父说,永胜伯,放弃吧。

永胜伯问,你想干吗。

师父说国姓爷请永胜伯去厦门岛上一聚。永胜伯说他打死也不会去的,他让国姓爷过来见他。师父说如果永胜伯这次不去那以后国姓爷就不会顾念叔侄之情了。永胜伯大怒,永胜伯说,他把我弟弟说杀就杀了,还有脸说什么叔侄之情!

师父告诉永胜伯国姓爷不会杀他,国姓爷以妈祖的名义起誓保他不死,但如果他不去那国姓爷也可以保证以后大海之上再也不会有他的任何一片容身之地。师父说国姓爷的诺言永远都是会实现的。最终永胜伯还是去了。

去的路上他依然很愤怒,他一直骂我们,他说是他在先公走后支撑起了大海,他说没有他就没有郑氏,他说国姓爷根本不顾念他们这些族人的利益。师父一句话都没回答他。我觉得永胜伯有点问题。

然后在他真的到了军营路过绣着大明忠孝伯招讨大将军罪臣国姓的大旗,见到端坐在帅位上的国姓爷的时候,他瞬间泄了气。国姓爷面色阴沉,身穿铠甲,右臂系着白绫,那是祭奠死人的标记。那时国姓爷已经再也不穿儒服了。

在太妃死后国姓爷去了附近的孔庙,他在孔圣人的塑像前烧掉了自己的儒服。国姓爷说,我曾经是儒子,现在是孤臣,今天来此脱下这身青衣,从今以后我的身上将只有铠甲,我不忘先师的教诲,也请先师宽恕我的罪过。说罢国姓爷高揖悲歌而去。

永胜伯委屈地问,森儿,你是想把我也杀了吗?

国姓爷说,你来了就不会死。

那你为什么要杀了小联,你为什么一定要杀他啊!有什么事情我们不能好好说吗……

国姓爷站起了身,他走下了帅位,他让出了身后的位置。他身后有一张巨大的地图,地图下有一个木桌,上面供奉着死人的牌位。永胜伯定睛看去,大惊失色,一共五个牌位,中间是隆武皇帝和他的皇子,左边两个写着故批幕府公主田川氏孺人之灵位，故考大明平国公郑公芝龙之灵位，看到国姓爷已将先公当作亡人供奉，永胜伯吓得说不出话来，他又向右边看去，那里写着故族叔大明定远伯郑公联之灵位。永胜伯连退了好几步一下瘫坐在了一旁的椅子上。

国姓爷说，我答应联叔像对待父亲一样待他，我做到了，叔叔你现在还有什么要求吗？

永胜伯一只手捂着心口，另一只手在虚空中指点摇晃了半天才终于说出话来，永胜伯说，我服了，你要我怎么做？

钱留下，粮留下，船留下，人留下，海路留下，你走吧。

你总得给叔叔一点活路吧。

带五百个人和你自己的船，走。

永胜伯离去后国姓爷去找了定国公。那些年定国公一直在金门，人们已经许久没有听到他的消息。他一直在那里帮助国姓爷保护着董夫人和世子。国姓爷对定国公说，叔叔，出山吧，时候到了。定国公说，我知道早晚有一天你会回来，以后我听你的了。

夺来的厦门，定国公的金门，再加上设立演武场的鼓浪屿和一些其他海岛，我们有了与清人对峙的大本营。

后来永胜伯去了舟山岛，那里大概也算是他的地盘，那时鲁王和他的臣子在那里居住。永胜伯已经有一阵没有去过了，他本来除了要让鲁王为他做事时也不大会去。他只记得他带领四百艘大船第一次去岛上拜见鲁王时的威风，他只记得他答应帮鲁王复国刚被封为建国公时的荣耀，他只记得鲁监国朝廷对他的倚重，却忘记了他们有多恨他。他或许都忘了他曾经杀死了鲁王朝廷里的大学士，忘记了他逼死了鲁王的义兴侯，忘记了他因为与人生气一怒占领许多鲁王部下刚刚从闽南清人那里收复的失地，他或许已经忘了有一次鲁王差点被他气得跳海。对于永胜伯来说那些可能都算不得什么事情。永胜伯本来以为会有人欢迎他回来，他本来以为他可以借助鲁王的势力再去向国姓爷挑战，可他刚登岸就遭到了猛烈地打击。

幸好身经百战的他反应还算快，幸好他的船还是当时世界上最好的战舰，他活着逃走了。他逃去了安平。他去找了澄济伯，又见了老太君[①]。老太君不

[①] 此处老太君即郑芝龙的母亲，永胜伯郑彩的伯母。

知道到底发生了什么，反正她很心疼这个乖巧聪慧的侄儿落难，她将澄济伯批评了一顿，问他怎么连自家兄弟都不帮忙。澄济伯只好给定国公写了信，定国公又转交给了国姓爷，国姓爷叹了口气，让师父再去见一次永胜伯。

于是几天后永胜伯又一次坐着小船跟我们来到了厦门。这天他很安静。

国姓爷比较沉默，永胜伯害怕了，他忙说，少主，别生气了，你别生我气了，以后叔叔什么都听你的，我想通了，还剩下的都不容易，我这条老命以后给你豁出去了！

国姓爷说，我是在想为什么他们竟然连郑氏的人都敢动。

没有人接话，但那一刻，人们心中很温暖。

很快曾经郑氏的子弟家臣旧部越来越多地回到了厦门，他们再次投入到了郑氏的麾下。人们各司其职，海路重归一块儿。厦门很热闹。

海上的人大多不知道大明境内的事情，真正见过海王的人也很少，有人甚至说海王已经几千岁，是在秦始皇时期就守护着东方海域的妖怪，而随着国姓爷重开商路，定国公执法大海，海上纷纷传说海王又回来了。各大海盗和周边的小国都往厦门送来了礼物。厦门越来越热闹了。

国姓爷给了永胜伯一个监造海王令旗的闲职，还让他的另一个弟弟郑斌做了我们的礼官，永胜伯很开心。国姓爷让澄济伯负责宗族内部的事情，澄济伯同意了。然后国姓爷把董夫人和世子接来了厦门，他们一家终于可以生活在一起了。师父也正是在那时起成为了世子的老师，师父开始教他读书识字，我能看得出来，师父爱护世子。

我们的五商重新做生意了，西洋商船也都回来了，传教士多明我会利胜就是跟着他们一起来的，他喜欢厦门就留下了，他说国姓爷是被上帝选中的人。我有点意外，没想到连外国的神都认识国姓爷。

钱谦益听说消息后也立马赶了过来，一起来的还有柳如是，她和传说中一样漂亮。听说柳如是在钱谦益从北京辞官后原谅他的，他们又在一起了。钱谦益抱着国姓爷哭着说，森儿啊，森儿啊，没想到我这辈子还能见到你。

国姓爷问他，老师你这些年过得苦吗？

钱谦益说，别提了，一把老骨头都快冻散架了，北方那真不是人待的地方，还有他们的酒啊辣的跟马尿似的，杯子大的跟碗似的，不喝还不行，更别说他们的菜狗食都没那么难吃，硬的硌掉了老夫三颗牙，你看，你看我是不是又老了啊，还有啊，那边女人都裹得跟熊瞎子似的，一身衣服好几十斤，还不如咱江南的母驴好看呢！哎，老师我头发都愁的白光喽！

人们都哈哈大笑了起来，国姓爷也笑了。他好像已经很久没那样笑过了。

钱谦益问国姓爷，森儿啊，你恨老师吗？

国姓爷说，我知道老师用心良苦。

哎，怕死就是怕死，也没什么良苦的，他们叫我去修明史，我想着我写总好过他们写，但实在是写不下去了。

他们篡改了很多吗？

也不能说篡改吧，明史也就那样，而且新朝给前朝修史是惯例，这又哪有不改的，当朝的史官敢把当朝的皇帝写坏吗？肯定不敢，本朝的大臣又能说前朝好吗？肯定不能，我大明开国士子连蒙语都不会不照样稀里糊涂把元史给修了，没什么区别，只是这三百年基业毁于一旦，又怎能不越写越心痛呢？

老师……

哎，对了，我没少见你父亲。

老师，进屋边烤火边说吧。

好，好，你父亲啊，他过得不错，他其实很想你啊，算了，先给你说开心的事儿吧。

嗯。国姓爷边说边搀着钱谦益走向了屋中。

你知道吗，你父亲之前听说我去修明史可开心了，他本来希望我多替他吹吹牛的！

嗯。

但那个大老粗哪知道啊，我连太祖的地方都还没修完呢，写到他不得猴年马月了。

嗯。

北京找我喝酒的人不少，但没有老朋友，老朋友要么是看不起我，要么是自己更丢人不好意思见我。

老师……

没事，我早习惯了，我还不愿意搭理他们呢，平时跟我喝酒最多的就是多铎，那个人啊，怎么说呢，其实人也不错。

嗯。

后来你父亲去了,终于多一个人可以陪我解解闷了,但没想到他比我还闷。

嗯。

嗯,结果竟然变成我陪他解闷了,也是啊,本来好好的三省王爵变成一等精奇尼哈番能不闷吗,你知道精奇尼哈番是什么吗,那就是满语子爵的意思,还被放到镶黄旗里面,哈哈你父亲莫名其妙也变成旗人了。

嗯。

不过后来他还是被封伯爵了,如果在北京那你现在也算个八旗子弟了啊!对了,你真应该看看啊,你父亲剃那个头比我这糟老头子还难看,那可不只能每天喝闷酒吗。

国姓爷又笑了一下。

笑了,你看笑了吧,他们都跟我说你可不近人情了,从来不讲道理,说杀人就杀人,我就不信,我说我学生可好了,你不知道现在鲁王他们还有那些遗老都可怕你了吧!

嗯。

没什么大不了的!你继续好好发展你自己的就好了,慢慢抗清,急不来。

嗯。

隆武皇帝是个好皇帝啊!可惜我没有见到他,如果那时主政南京的是他,我们大明也许就不致如此喽。

是。

他们不放你父亲回来不封他王爵,你知道理由是什么吗,理由是你和你叔叔还没过去投降。

嗯。

可干吗要过去投降啊?说好了封你父亲三省,你们就在省内,按理说等他回来就藩不就好了。他们就是找个借口不让你们好,你们真去了怕是更惨。

是。

虎不可离山,鱼不可脱渊啊。

嗯。

你父亲在海上待了一辈子,他就是那海龙王,可怎么就不知道这个道理呢,哎,所以你不去也挺好,至少能互相僵持着。

嗯。

你父亲那边你也不用太担心，怎么说呢，老师这么说你也别不高兴，扬州八十万人说死就死了，这个世道谁都说不清楚。

是。

但从好的角度看，没准你一天不投降你父亲就一天没事，因为啊其实清人还是太不懂海了，他们对你们是又看不上但又怕，所以一开始估计就不是真心想封你父亲为王，真要封也是虚的，他们从一开始就没敢留你们。

嗯。

所以啊，他们不敢贸然下海来战，也不敢贸然动你父亲，反正把他放在北京也没什么损失，他们还想留着他来招降你呢，而且你父亲又不花他们的钱，嘿，那个老蠹贼有钱的很，在北京挺滋润的。

嗯。

他啊，他一辈子都在豪赌，这次他是折喽，不过这辈子也值了。

嗯。

他啊，是又想你过去，又不想你过去，你自己揣度吧。

嗯。

对了，他跟你说了那个给你看过相的术士又出来了吗？

好像没有。

那个人啊，有点意思，你还真被他说准了，我本来也挺想问他点事儿的，不过他已经被多铎踩死了。

嗯。

听说你把儒服烧了，烧的好！我都想烧。

啊。

对了，森儿，秦淮河现在还开门吗？

啊？

夫人啊，你掐我干什么啊！在森儿面前怎么能这么不讲礼数呢？

……

那时钱谦益刚刚从北方辞官不久，他说他太老了，于是清人准许了他还乡。人们说钱先生在北京的那些年很苦闷，不过他依然坚持试图通过自身去影响清人的统治者，钱先生奠定了明史的基调，促进了科举的再开，他一直在劝清人要善待百姓，劝他们要重用士子。人们说清人对于这个国家文化、典章、礼法的尊敬和接纳，钱先生和范文程一样都功不可没。那一年，钱谦益七十岁。

他离开厦门前夸赞了师父，他说师父一看就不是先公的旧部。国姓爷告诉他师父是师公的儿子，师公殉节了。钱先生似乎猛然想起了师父，他痛苦地叹息。我想，他或许也在想我们去看大明的光辉的那天。

柳如是在码头上拉住了国姓爷的手，她果然是一个毫不在意世俗眼光的女人，她对国姓爷说，森儿，替我们复兴大明吧。国姓爷回答了一声是。柳如是又说，森儿，你也要保重自己。国姓爷垂下头又说了一声是。

曾经人们说大明的脊梁全在秦淮河上，这是在开玩笑说大明文人官员都流连那里。后来人们又说大明的气节全在秦淮河上，是在讽刺文人没气节，是在夸赞秦淮河上的女人虽然身处红尘却为人敬佩。在南京城破的时候据说秦淮河有上百女子都自尽殉国了。如今秦淮河又开张了，可听说那里的人都换了，那条河再也不存在了。金陵，南京，或南都，这些名字也都不复存在了。现在南京是清人的江宁府。国姓爷一直都希望夺下江宁府，夺回大明的南都。

那些年间国姓爷和定国公打打停停渐渐将从福建到两广的海滨都拧成了一块。

那些年间桂王在西南称帝了，唐王[①]也在广东称帝了，他们成为了崇祯皇帝死后大明的第三和第四个皇帝。有人说是唐王先称帝的，唐王在隆武皇帝覆灭后逃到了广东，他的身边有一些隆武朝廷的旧臣也有些先公军中的旧部。也有人说是桂王先登基的，桂王一直在西面发展，那里地处偏远，清人一直还没有顾及他。唐王和桂王都希望对方放弃帝号臣服自己，可谁也没说服谁，然后他们开战了。凭借一些海上旧部的支持，唐王迅速击溃了桂王派来讨伐的军队。但可惜，面对清军，他仅仅支撑了几个月。在国姓爷安稳立足之后，我们听到的已是唐王的死讯。唐王在被清军捉走后绝食了，人们劝他活下去才有希望，可唐王说，如果我吃清人的一粒粮食，那还有什么颜面去地下面见先王。唐王和他的哥哥隆武皇帝一样死于了绝食。

后来国姓爷渐渐为天下人所知，桂王也在西南打开了一些局面，人们渐渐认同了桂王是大明的皇帝。桂王遥遥下旨将国姓爷封为了侯爵，国姓爷接受了。侯爵封号威远，恰恰是在说国姓爷威名远播。听说那时鲁王的部众很沮丧，他们后悔没有早些让鲁王登基，可鲁王说，我监的大明的国，只要是

---

① 此处唐王指的是隆武皇帝的弟弟。

大明的王孙，谁当皇帝又有什么区别。鲁王说他希望人们都能放弃争斗。有人说那些话鲁王是说给国姓爷听的，因为他不想国姓爷再因为曾经他和隆武皇帝的斗争怨恨他。

果然不久之后鲁王彻底覆灭了，他只能向国姓爷求援。在他们真正见面前的气氛，有些尴尬。后来国姓爷以宗人府的身份接见了鲁王。宗人府是大明负责管理和接待皇室亲族的机构，在国姓爷刚被封为驸马的时候，隆武皇帝曾让他在那里工作，后来国姓爷一直做到了宗人府的宗正。本来这个职位向来都只能是由皇族担任的，隆武皇帝让国姓爷做宗人府的宗正，说明他真的把国姓爷当成了他自家的人。

国姓爷之所以选择宗人府的身份，意思是他接见作为宗亲的鲁王，而不接见鲁监国。鲁王没说什么。我觉得鲁王也挺难的。听说他也是在死人堆中活下来的人。

那时正是天下最寒冷的日子，清人第六次突破长城入塞了。他们入塞的目的很简单，杀人，抢劫，抢人。那次他们连抢了一千里才走。沿途他们打下了大明三府、十八州、六十七县，一共八十座城池。说不清楚打了多少战，反正他们一场都没有输过。后来我渐渐明白了，也许那时人们对他们的恐惧就已经很深了。然后第七次入塞的时候，他们占领了这个国家。

鲁王的封地是清人第六次入塞时遭到劫掠的地方之一，他的哥哥自杀了，他靠跟死人躲在一起活了下来，他继承了他哥哥的王位。所以相比于弘光皇帝对李自成的仇恨，鲁王一直更恨清人，所以在最困难时他以一条船为宫殿也要坚持抗清，所以现在他宁可低头向国姓爷求助也要活下去。

国姓爷待鲁王如宾客，不失礼数，也不亲近。鲁王很客气。那时与鲁王一起来的还有张煌言。不久之后鲁王主动卸去了监国的头衔。天下，彻底是桂王的了。桂王的年号是永历，人们将他称作永历皇帝。

鲁王后来被国姓爷安排到了金门，我见过他几次，他在那里与定国公很好，好像大明的每一任君主与定国公的关系都是不错的。金门的百姓喜欢鲁王，他们很高兴有一个亲王跟他们住在一起。鲁王不再是监国了，但他可以作为大明的人一直活下去。我记得以前金门的稻米收成总是不好，于是后来鲁王带领百姓将所有农田都改种了番薯。番薯是一种奇怪的东西，特别难吃，却永远收成好。可能连虫子都不喜欢吃吧。我们的军队在那些年正是靠番薯支撑过了许多个冬天。许多年后,百姓们已经不记得鲁监国了,但他们说金门曾有过一个番薯王。

  大约也是在那时前后桂王以皇帝的名义将国姓爷封王了。国姓爷被封为了延平王。这个封号让他感慨良多。本来王爵在大明是皇族专属的爵位,可现在国姓爷也成为王了,他超越了先公曾拥有的公爵。我不知道他是否开心。

第三章　白沙岛上的定国公

　　定国公那些年得到了一个名号,大海的执法者。他的威望直追当年的先公。不过海王的名字也代表利益,执法者却比较严肃。

　　定国公一直患有足疾,那些年他的疼痛越来越严重了,国姓爷请了天下各类的名医和术士用尽了各种办法却都治不好。师父也会定期去给定国公做推拿,即便后来定国公归隐了我们还是会去。师父说定国公的病是早年练武留下的隐疾,已经不可逆转了。武在许多时候都是残酷的。命运也有点奇怪,定国公的同一条腿还被炮弹炸伤过,还从马上跌落过。那天很冷,定国公坐在火盆旁,他对师父说,永华,别试了,如果主公问起你就说我已经好多了。师父说了一声是。师父没有告诉定国公国姓爷不会问。有时觉我得国姓爷是残忍的人。

　　定国公又说,我这一生一直有种踩空了的感觉,不知在何处落足,久了也是难免不便的吧。

　　我有些难过,我知道定国公一生最大的遗憾不是很有名的靖虏伯入海事件,而是没能为隆武皇帝打过一场胜仗。但他本来是有机会的,那时在永胜伯被派去江西的时候,定国公本来是我们的兵马大元帅,隆武皇帝对他寄予厚望。可先公不太愿意。定国公跟先公说他只打一场仗就固守城池,只打一场仗。

　　那天皇帝设了祭坛举行了盛大的典礼为定国公送行,整个福京的人都参加了,我记得皇帝自己的登基大典也没有那么隆重。皇帝亲自为定国公系上了盔甲，为他牵过了马，皇帝赐予了定国公刚刚铸造好的巨大的钺。钺这种奇怪的东西早就没人用了，所以钺成为了宗庙里的神器，成为了王权的象征，皇帝只会将钺赐给他最信任的代表他去征服天下的将军。定国公很感动。国姓爷很替他高兴。

升旗招展，金鼓齐鸣，定国公骑上了马，他准备走了，皇帝披上了长袍，回宫前一直注视着定国公离去的身影。

可就在这时天突然阴暗了，突然刮起了巨风。定国公勒住了马，他回头望着皇帝。这时祭坛上的牌匾被风径直拔起，又狠狠砸下，巨大的牌匾恰好砸向了执钺使者，钺柄一下断成了两节，使者吐血不止。随后祭坛上太祖的牌位也倒塌了。

不久后风就又莫名其妙地停了，定国公还是离去了，可他队伍的士气已经低沉。就在定国公刚刚走出不到几里的时候，他的马滑倒了，人们说那时他好像正在走神，他没有来得及反应，他重重摔在了地上，战马压住了他那条伤腿。他怎么拔都拔不出来。

先公感慨，天命啊，弟弟，这都是天命啊。于是先公去找了隆武皇帝，然后隆武皇帝召回了定国公。无论定国公说什么皇帝都不同意他再出征，因为他伤得很重，也因为种种征兆都太不吉利了。

后来皇帝将定国公的部将封为了先锋，但那个人首先也是先公的心腹，他和永胜伯一样不战而逃了。再后来先公让定国公撤空了仙霞关。我不知道他们经历了什么。反正定国公在不吉祥的出征后一直都很消沉。

仙霞关本来是极险要的地方，人们说那里飞鸟难过，虽然定国公没有每日亲自驻扎，但天下人人都知道那里是他的领地，人们说定国公在那一夫当关万夫莫开。

他的军队离开后博洛贝勒就立马占据了那里，从此八闽再也没有任何屏障了。那时流传着一首歌谣：

多么峻峭的仙霞路哟

纵使鸟儿也难以飞跃

可如今却看见清军通过得真逍遥

哦都是因为我们的将军爱百姓

拱手将那山河送

人们不忍心将这首歌谣告诉定国公，至于先公，不需要任何人告诉他，他早就知道了，他也不在乎。先公还叫一些孩子来将那首歌唱给他听了，他说真动人。

那时定国公的心意已经冷了，我觉得是直到后来他才被国姓爷重新点燃了战火，那时人们又重新见到了大明定国公的威风，那时大海也重新拥有了执法者。可谁都没有想到，才重新燃烧不久之后，定国公就又隐退了。

先公去到北方的那些年从未和国姓爷通过信，却时常和定国公联络，先公让定国公去北方投降。定国公总是回答，我年纪大了，腿上有病，不想再做官了，我跟森儿已经很多年没有见过，他心意坚决，我无法劝他。

那时定国公隐居在白沙岛。

在白沙岛上有定国公府，那是海上人人皆知的地方，连最西洋的海盗都会时常向东方过去的商人们问询白沙岛究竟是怎样的地方。有人将那里形容成海王城堡之后又一个黄金铺路珍宝遍地的地方，他们说白沙其实是白金，也有人说那里是郑氏隐秘军队的演武场，还有人将那里想象成执法者的阎罗殿，他们说那是海上的人间地狱，传言任何违反了海上法则的人就会被抓到那里接受惨无人道的折磨。

可其实白沙岛真的只是一个岛，白沙真的是沙子，最多是比普通沙子稍微好一点的沙子。那个岛不算很小，也不算很大，而定国公府是几间小院子围着的小房子，房间里有一个火盆，定国公的腿总是需要烤火的，那里也是师父每隔几个月坐着小船渡海去给他推拿的地方。房间里还有一把剑，我怀疑早就生锈了。府外有些零星的卫队，看起来跟捞鱼的没有什么区别，因为他们真的是捞鱼的，或种地的，反正定国公不让他们打仗了。定国公在他家的附近种满了鲜花和小树。

每次去白沙岛我都会想起厦门遇袭的时候。那是最烦人的一次战争。可能连战争都不是，那次我们被人抢劫了。

听说登岛的连一个清人都没有，全部都是汉人，他们趁国姓爷和定国公的大军不在袭击了厦门。带头的是福建巡抚和福建总兵，他们不是为了打仗，只是为了郑氏的财富。

那时我们在广东，国姓爷是去征粮的，先公在广东一直有巨大的可以以州县来计算的田产，他走后那里也一直是我们军队的粮仓。同时国姓爷也是去勤王的,他试图通过海上往广东的内陆进军,如果打通了广东就能和永历皇帝连成一片。

到达广东后我们接连在海滨打了几场胜仗,国姓爷请定国公载着战利品回厦门,他选择了把战争留给自己。我们出征前施琅说他做了一个梦,他梦见我们战败了,他言语中的意思是希望国姓爷重新考虑广东的战争。国姓爷很愤怒,他觉得施琅怯战了,他说,如果你怕了就跟粮草一起回去吧!说罢国姓爷当即革去了施琅的职位,收缴了他的左先锋大印。军中有许多人不喜欢施琅的倨傲,那次他被革职很多人都在偷笑。定国公见施琅难受就让他随小船先回厦门歇息。施琅走的时候与师父对望了一眼,他的眼中好像充满了不甘。

清军的攻势很猛烈,厦门岛外的守军被击败退守金门,岛内很慌乱,人们被切割了联系,只看到越来越多的乱军涌入。

那时驻守厦门的是昭明侯,他本来并不算是守军领袖,可他是城中地位最高的人,危难时人们总是要听他的,他是国姓爷的叔叔,也是先公的弟弟。昭明侯成名很早,他是最早跟随先公出海的族人,在永胜伯只是伯爵的时候他就被封侯了,但人们对他印象总是有些模糊,因为他更喜爱在幕后经营。在先公的山海五商财源不断的时候就是昭明侯为他清点数目,在永胜伯定远伯兄弟接管大海时也是他为他们搭建的财务基础,再后来国姓爷回来了,昭明侯就又成为了国姓爷的财政总管。反正他总是有办法赚钱的。他最奇特的地方是身为侯爵可手下却不设一兵一镇,他将他的人都称为员工,会定期按照等级不同给他们发工资。人们说昭明侯生活的花销是极大的,他看起来不铺张,可是他身边随便的一个小物件都有可能能买下一只船队。据说在东洋,在澳门,在吕宋,在数不清的地方的数不清的生意里他都有股份,在数不清的地方的数不清的钱庄里他都有存款。昭明侯在海上的称号是"财神"。

眼见乱军即将登岛,昭明侯下令岛上所有守军都来到了库房,他让人们赶紧把财宝都运上船。

没有了守军,岛上不断有人死亡,四处都在发生劫掠,国姓爷的府邸也遭难了。人们都在逃跑,董夫人也在带着世子逃,但与所有人都不同,董夫人出逃的时候没有拿任何金银首饰,她只用一袭白布卷起了隆武皇帝和太妃的灵位。她拼命地逃,拼命跑向海边,她知道只有到了海边才有希望,如果那里有船他们就能活下去。她知道她是国姓爷的妻子,如果落在乱军手中那她只能自尽,可那样世子该怎么办。

她终于还是逃得慢了,终于他们还是被人追上了,她身边不多的亲兵都被杀得精光,她已经丧失了希望,想必有人已经认出了她是国姓夫人,她想到了死。这时一杆漆黑的铁剑挡在了她身前,施琅来了。施琅很勇猛。

可惜施琅的身边也只有不过几十个人,那时他赋闲在家,没有兵权也没有什么心气,他本来想着躲在屋中不出任由岛上折腾,可很快他发觉好像根本没有什么守军在御敌,听着吵闹声和哭喊声,他终于绰起铁剑冲出了门。他一连砍杀了十几个正在抢劫的乱兵,他尽量集结沿途的人冲向了国姓爷的府邸,听说董夫人已经逃走他又连忙赶了过来。施琅在奋力迎战,可惜他的人实在是太少了,敌兵却越来越多。施琅骂了一句晦气。他要支撑不住了。

这个时候永胜伯出现了,永胜伯挥舞着佩刀冲进了人群中,永胜伯奋勇杀敌。可惜敌军还是太多了,永胜伯的人不断在死,永胜伯也中刀了。施琅很愤怒,他想拼命,却不料被永胜伯踹了一脚,施琅有些不知所措。永胜伯说,傻子,快带着我侄儿媳妇跑啊!说完永胜伯又回到了人群中。

施琅抱起世子带着董夫人就跑,他们一口气跑到了海边,见到了昭明侯的大船。他们终于得救了。昭明侯请董夫人去坐家眷船,可董夫人径直走上了中军大船,她坐在那里岿然不动,她在向人们宣告,她是这里的主人。

后来国姓爷厚葬了永胜伯,葬礼上人们都很低落,那天他本来不用死的,人们说他本来已经逃到了船上,随时都可以出海。可他最终叹了一口气又带着人杀了回去。人们找到他时他的尸体已经很残缺不全了,脸上却带着笑容。人们说在海上没有任何一个人比永胜伯的仇人更多,他的仇人从东洋一直链接到西洋,他做生意经常不爱给钱,调戏妇女从来不认账,他杀完人第二天就忘,他带着部众在各国码头的小酒馆里喝醉了跟人打架就像是最低级的海贼,他在朝堂上嬉笑不堪像是儿戏,人人都恨他。可人们又说他的朋友却也比所有人都多,他一直都与部族里的人关系都很好,他喜欢逗所有人的孩子,先公说老太君心疼永胜伯超过心疼他们几个儿子。我们走之前他还在和我们开玩笑,现在他死了。人们说永胜伯其实是许多弟弟中最像先公的那个,他一直视先公为偶像,他从来都无条件支持先公的所有事情,包括后来他拥立鲁王或许也只是想体验一下先公曾经走过的道路。

葬礼的那天出现了许多定国公都不认识的各国的海商和海盗,连葡萄牙人在澳门的总督和荷兰东印度公司驻台湾长官都送来了哀悼信。那时一个传教士请求在葬礼时也让他为永胜伯举行一个天主教的葬礼,他说永胜伯是个好人,值得去主的天国,国姓爷同意了。那天鲁王也来了,鲁王叹息着给永胜伯上了香,写了挽联,鲁王说一切都过去了,他会永远记得永胜伯坐着四十艘大船第一次去见他的样子。国姓爷不承认鲁王的一切,可最终他承认了鲁王封给永胜伯的爵位,永胜伯是作为建国公被安葬的。

董夫人坐在船上一句话也不说,她摆放好了她带出来的灵位,人们在一旁不敢发出任何声音。世子不喜爱回忆那天,他说他已经什么都忘了,他只记得在船上他看见厦门岛变得越来越小,岛上冒着黑烟。

乱兵在厦门疯狂抢劫几天之后跑了,他们把时间算得很准确,他们从来都没有想过能占领这里,他们只想赶在国姓爷和定国公回来前带着财富离开,他们算准了他们不可能赶得回来。但他们在离开的时候,遇见了迎面而来的定国公的大船。他们惊恐极了。

定国公将为首的船撕成了碎片,他把所有人都杀了,他气得发抖,他让人把俘虏倒挂在了船上,每隔一段时间就割开一批喉咙,海面很快被染成了红色。定国公猩红色的大船在血海中显得尤其恐怖。很多人吓得落海,很多人还没被割到就已经活活吓死了。剩下的敌人都逃回了厦门,他们慌乱地筑起了防御。

那时定国公不光自己回来了,他还召集了四海所有的海盗,召回了郑氏所有的商船,调集了附近各国的战舰,他将厦门岛围得水泄不通。他不准备放任何一个活人离开。

可就在定国公准备攻岛的那一刻,他呆住了。因为他看到敌军正簇拥着一个老太太在海滨瞭望,敌兵的首脑福建总兵马得功陪在老太太身旁,澄济伯也在一旁。那个老太太正是他的母亲。

定国公一下跪倒在了地上,他气得无法呼吸,他的那条伤腿颤抖得让他无法站立,他靠着他的镇海将军剑勉强支撑着自己。

在澄济伯划着小船登上他大船的那一刻,他依然没有平复。

澄济伯说,四哥,让他们走吧,不然老太太就没命了,大哥肯定也得死。

定国公没有说话,澄济伯继续说,四哥,算了吧,他们也没杀多少人,他们就是想抢点钱，他们这就走。

抢点钱！你不知道那是我们多少年的积累吗，你不知道那是森儿的心血吗！

可你也不能看着咱妈去死啊，岛上还有好多百姓呢。

这时定国公突然对着澄济伯大喊，说！到底和你有没有关系！

他们登岸的船有几艘是我给的……

定国公大吼一声吐出了鲜血，他从座位上暴起，拔出镇海将军剑就要杀澄济伯。将士们飞出拦在了前面。定国公大喊，闪开，闪开！可将士们抱着他死死不动。

澄济伯说，四哥、四哥你听我说啊！他们是找我借船，可我哪知道他们是要来打厦门的啊！他们又不是清人就算投降了可跟我们互相也都认识啊，平时我们互不攻打我哪知道他们会搞突袭！我们在那边还有那么多田产生意都是我来打理不和他们搞好关系行吗！四哥我错了但你也不能全赖我，老太太舍不得那边经常还要回去看看你又不是不知道！平时就我一个人照顾老太太你们怎么不说，他们可跟老太太都认识！老太太非要我带她去福州看庙会你说我怎么办！我错了我认罚，但你要忍心把咱妈杀了那你就去！你跟森儿是在这打仗没错，可咱大哥现在还是清人的安平伯呢，你让我怎么办！我该听大哥的还是听森儿的！我已经没跟着大哥去投降了，我就想在这照顾好老太太你还想我怎么样！你要想看大哥送死想看咱妈送死你就爱怎么打怎么打！都他娘闪开，都别拦着！来啊，四哥你把我杀了吧！用你的镇海剑杀我啊！你厉害，你是定国公是大海的执法者，我是废物！来啊，让我好歹死在咱妈前面。

定国公瘫坐在了椅子上，他的剑掉在了地上。

最终定国公还是放走了他们，不光如此，他还在他们的要求下给他们提供了五艘大船好让他们更好地搬运缴获。我想那一刻他肯定很难。

船只离去的时候定国公上了澄济伯的船，他知道这是他与他母亲的最后一次见面。老太君问他是不是又去打仗了。定国公说没有，他说他只是打鱼去了。老太君生气地说他净胡说，老太君说她都闻到血的味道了。定国公说那只是些杂鱼的血，不足挂齿。老太君说，老四啊，你别老跟老大似的净不学好，还撒谎，老二就是跟他走了现在还不回家。定国公说是。老太君又说，

哦，你看我都老糊涂了，老大现在都去做大官了，他儿子做了皇帝的女婿我可高兴了，不过啊我太知道他了，做官了也不学好，你还是不能学他，你就把老二给我叫回来就好了。好的，妈。老太君又说，哦，老四啊，你知道吗，你不跟家好好待着岛上都进贼了，到处烧火，是小豹子跟他朋友把贼给打跑了，你以后可别老往外跑。定国公苦笑着又说了声是，定国公问老太君，妈，你想去看大哥吗？老太君回答，也好啊，我很久都没看见那浑小子了，正好我很久没出门儿了，小豹子说他跟朋友带我听戏去，要把老大叫来热闹热闹也好。

好的，妈，保重身体。

定国公说完把澄济伯拉到了一旁，定国公对他说，五弟啊五弟，带着妈走吧，她离不开你，你去投降吧，自己去也好，被他们送去也别反抗，别再回来了，永远别再让森儿看到你。

马得功对定国公深深鞠了一躬，嘲弄地说了声得罪了。

定国公说，尽情享受吧，你们应该庆幸遇到的是我，如果现在在这儿的是漳国公①，无论你们绑架谁都得死。不过你们也活不长了，我们的每一分钱都是凭借大海的恩惠赚来的，这些财富是属于大海的，你们拿了，只会得到诅咒。

望着他们离去的船只，定国公怒吼一声斩断了自己的船桅。

在我们赶回厦门的时候，国姓爷好像很平静。他在码头上拔出了剑削去了自己的一缕头发，他摊开了手，头发随着风被吹进了大海。

国姓爷问定国公，过来的十七艘大船，其中八艘画着豹子图章，对吧。

定国公呆住了。他本来让任何人都不要告诉国姓爷澄济伯的事情，可国姓爷全知道了。定国公曾经说先公走后损失最大的不是他的军队，而是他的情报网，那张大网许多的站点和联络方式除了先公没有任何人知道。现在或许定国公应该明白了，国姓爷已经也有了自己的情报网。定国公说，森儿，忘了小豹子吧，他也是为了你奶奶，为了我们这个家。

国姓爷说，叔叔，在平国公离开的那一刻，我们就没有家了。

人们吵嚷着要找清人复仇。国姓爷说，载他们来的是澄济叔，弃城而去的是昭明叔，渡他们走的是定国叔，跟清人有什么关系，这是我们的家门不幸。人们都不敢再说话。

---

① 此处漳国公即郑成功，漳国公是他当时的爵位封号。

国姓爷仰天长叹了一口气，他的虎卫军突然从我们身旁冲出拿下了之前所有退走的守将，也拿下了昭明侯。乌鬼们都抽出了猎刀和火铳。昭明侯大喊，干吗，你们干吗，森儿你干吗，我冤枉啊冤枉！

　　国姓爷说，芝莞①叔，你确实挺冤枉的，你这辈子积累的财富或许没机会花了。

　　昭明侯大惊，森儿不是啊！不是啊！都是他们没能阻拦贼人登岛，不怪我啊我又不会打仗！我眼看岛上抵挡不住，就只能保全我们的财富啊！我起码给我们保住了那么多钱，我没有功劳也有苦劳啊！

　　国姓爷说，是吗，可清军搬走的是你保住的十倍百倍吧，芝莞叔，你对钱是最清楚的了，而你不清楚的是清军不仅抢走了我们的钱还偷走了我们的粮，钱会被他们私吞，可粮却会充入清军大营。钱我们可以再赚，但粮会让我们的军队和所有族人被赶尽杀绝。还有，我怎么听说你是在贼人还没登岛前就让城里的守军都去替你搬钱了呢，是不是如果不是后来我夫人赶上你的船，你就自己扬帆而去了呢，我听说你一直在劝我夫人上家眷船，是她看出你船重感觉不对才坚持要留下，如果她没有留下，是不是到时候家眷船往东，你的财神号往西呢？

　　冤枉啊！我冤枉啊！森儿啊，我们毕竟叔侄一场……

　　国姓爷没有再理会他，国姓爷将剑递给了师父，国姓爷说，永华，尚方宝剑专斩奸臣，替我杀了他。

　　师父拿住了递过来的剑鞘，但是没有动手。

　　国姓爷叹了一口气对还在求饶的昭明侯说，芝莞叔，你记得安海星塔吗？

　　昭明侯连忙回答，记得、记得！

　　国姓爷说，我也记得，我记得那里是芝莞叔出钱修建的，人们说那里是很老很老的古迹，已经不知荒废了多久，是芝莞叔修复了它，从此海滨变得美丽了，人们说海上是只有芝莞叔有这种闲情逸致的，每天夜晚那里比星光还要耀眼，海边晚归的人看到星塔就知道他们回家了，小时候我时常在那里读书。

　　是的！是的！

　　那我把你埋葬在那里好吗？

---

① 芝莞即昭明侯，昭明侯名叫郑芝莞。

不要啊！不要啊森儿！

国姓爷自言自语说了一句，我都不忍心，你们确实无法动手。说罢他从师父手中抽出了剑，一剑斩落了昭明侯的头。

他的动作很快，很干净，那种武艺是来自东洋的刀法。可尚方宝剑不是东洋剑，东洋剑是可以斩下人头的，西洋的宽刃剑也可以，这个国家的剑却很难。这个国家的剑很细，所以师父说剑是文人的兵刃。可国姓爷就是竟然用这样的剑斩下了昭明侯的头。我看到国姓爷的眼睛好像红了。

这时定国公过来跪在了国姓爷面前，本来国姓爷没有抓他，可他自己过来了，定国公解下了他的剑。那把剑已经跟着他许多年了，说是剑，但其实更像是一把东洋太刀，听说在日语里剑与刀本来也是没有区别的，剑道就是刀法。那把剑本来没有名字，是先公请翁翌皇打造的，先公跟翁翌皇说他有个弟弟智谋武艺都远胜过他，他希望能送给弟弟一把配得上他的剑。翁翌皇为了那把剑消耗了许多心神，他说那把剑的命运很复杂。先公问它为什么没有名字，翁翌皇回答，因为它还没有遇到自己的名字。后来定国公果然不再做海盗了，他成为了大明的武举人，他的名字也从郑芝凤变成了更文气的郑鸿逵，他的官职越来越高，那把剑跟着他一路成为了镇海将军剑，再后来也成为了大海的执法剑。

国姓爷问定国公做什么。

定国公说，主公，郑鸿逵战败，只求以死谢罪。

国姓爷说，叔叔，没有你就没有今天的我，你没有什么错，只是我们的选择不同。叔叔，你回金门去吧，不及生死，我们无须再见。

定国公走了，他的腿一瘸一拐，我很难过。

定国公回到金门后清点那里的兵将钱粮，他把所有东西和他的金门一起交给了国姓爷。他选择了隐退，他去了白沙岛。之后他的那艘猩红色的战船就再也没有在海上出现过了。

随着永胜伯战死，澄济伯降清，昭明侯被杀，定国公隐退，在海上在家族里好像再难看到与先公同辈的人，一个时代结束了，与国姓爷同辈或更年轻的人们也开始崛起。

第四章　逃人法

　　逃人法是清人入关一段时间后颁布的法令，与逃人法并存的还有圈地令和投充法，再加上剃发令，这一直是清人最让人恐惧和憎恨的地方。颁布这些法令的人是清人的摄政王多尔衮。

　　在南方，在海上，从来没有一个人真正见过他，可多尔衮的名字就像是一道阴霾。皇太极奠定了清国的基础，而多尔衮完成了他们的升华，是他击败了大明，是他把无数的汉人降军操控自如，是他让他们成为了这个国家真正的统治者。多尔衮一方面很重视范文程和洪承畴，他听取他们的建议吸收了大明的制度和文化，另一方面他又制订了一些法令让清人永远凌驾在汉人之上。

　　剃发令迅速区别出了反抗的和臣服的人，臣服的都臣服了，不臣服的就可以杀了。而圈地令分封了疆土，让清人八旗的战士在大明也找到了归宿，他们再也不想回北方了，那里太冷了。起初圈地令只是允许他们去圈占大明以前属于皇亲或战乱后无人认领的田产，但圈着圈着许多百姓的田产也就都被圈进了他们的私家，据说八旗的战士可以骑着他们的马一直跑，一直跑，一直跑到他们不想再跑或跑到他们的马累死，这之间圈到的所有土地都归他们所有。被圈到的土地被称为旗地，旗地禁止买卖，旗人也不会去耕种。人们说他们本来就不屑于耕种，他们觉得那是懦夫的行径，他们生来只有一个使命，就是战争。

　　土地原有的地主被赶走或杀戮了，他们的佃户就成了清人的佃户，还有的无地无业的流民也被征集去了清人的土地种田，这叫投充。还有的人眼见土地不保，干脆就将土地献于清人，这种情况属于带地投充。有人说清人领主很大方，他们不懂农业也不懂数学，他们收的租往往比大明的贵族和地主要低很多，真正欺压佃户的从来都是代替清人去收租的汉人。但投充清人的土地佃户会受到一个法令的限制，他们被禁止离开，如果擅自离开，就违背了逃人法。领主有权将他们抓回去种田，也有权把他们杀了，就算领主不杀，佃户连续逃走三次也会被强行处死。如果有人窝藏逃人更会被当场格杀，他的邻人他本地的十家长百家长如果被证明知情不报，也都会遭到连坐。

　　那时多尔衮已经死了，但他留下的东西依然影响着这个世道，摄政王多尔衮的名字就如同一把尖刀插在每一个大明子民的心上。

　　人们说在多铎死的时候多尔衮很伤心，那是天下第一次出现关于多尔衮也会伤心的传闻。那时他本来正在山西征战，听到多铎的死讯他痛哭不止，他丢下了一切兵事，换上丧服奔回了北京。据说路上他一共骑死了八匹马。

　　多铎死得很年轻，他是汉人的仇敌，他死时民间百姓都偷偷举行着庆祝的活动，可钱谦益提起多铎的英年早逝却叹息不已，钱先生说所有人都无法逃脱命运的结局。多铎死后先公也很难受，他说洪承畴变了，钱谦益走了，多铎死了，北方再也没有一个能喝酒的人了。

　　多铎死得很痛苦，他得了天花。而从来没有任何一个得过天花还能活下来的人。人们说多铎死前连面目已经都看不见了，他的脸上长满了恐怖的疱疹，他那时拒绝见人也拒绝承认生病，他只在夜中用白布蒙住自己的脸出现，他动辄暴怒，杀人无常。他时常在夜中怒吼直到天明，因为他疼，天花是一种会让人剧痛不止直到死亡的病。后来他彻底动不了了，不断的高烧摧毁了他虎一样的躯体。可死前那天他却不知从哪里突然来的力量从床上冲了起来，他踢翻了床前的御医，他怒吼着砸烂了他的白银铠甲，他折断了他的刀，他撕烂了自己的面目，然后气绝而死。人们说他的天花正是在南方染上的，北方本来很少有那种病，清人更寒冷的那里更是从未有过。多铎死后不久，多尔衮也死了。

　　他们是同父同母的兄弟，他们都是清人初代领袖努尔哈赤的儿子，那时没有任何人想到了清人只用两代人就征服了大明。他们的出现就如同那时突然开始的严寒一样不可阻挡。人们说多尔衮并不是多铎那样身强力壮的北方战士，他体瘦而多病，可人们却都畏惧他。多铎死后他的病就更重了，人们也就更怕他了，他那时变得沉默，他不再关心他本来最热心的朝政，他要么独居家中，要么带人围猎。那一天多尔衮是辉煌的，他率领了北方所有的君王公侯带着数万人一起奔向了黑城，那里是清人塞外的据点，也是世界上最大的猎场，在那里多尔衮有一座黑色的城堡。人们说世上从没有过那么盛大的围猎场面，那天光是猎鹰就有几千只，当多尔衮下令将所有猎鹰一齐放飞的时候，天日都被遮蔽了，猎鹰的嘶鸣直透脑髓。人们说从来没有看见过多尔衮那样地疯狂，他骑着他的黑骏马带着上千只黑色的猎犬狂奔，那是来自吐蕃的可以生撕虎豹的獒犬，多尔衮大笑着狂奔着，直到他落马了。落马不久后他就死在了他的黑城堡。

那次围猎先公也被邀请参加了，他和钱谦益同坐一辆车中，在车上他总是嘲笑钱谦益不要把腰颠散了，而钱谦益说先公只会坐船不会骑马，等会儿肯定要出洋相。那时虽说在清廷的所有汉人都可以算作叛徒，但先公是汉人们眼中的大叛徒，所以比普通叛徒要可恨一些，所以他同朝中的许多汉人的关系都很一般，而先公同样也看不起他们，他一直与北方清人的贵族们关系更好。钱先生的情况或许也差不多。所以他们也总是会被邀请参加这种活动。

后来先公派来的家臣对国姓爷说，先公感慨他自从参加了那次围猎就觉得无论清人诈他也好，骗他也罢，他都觉得他投降是对的。

多尔衮死后被清人追封为了皇帝，他让出的皇位终于在死后加冕到了他的身上。

不过仅仅几个月后他们的顺治皇帝就又剥夺了多尔衮的封号，还掘出了他的尸体，斩下了他的头颅。多尔衮曾说他头痛欲裂，他恨不能被人斩下头颅，他活着的时候天下没有任何人有可能做得到这件事情，没想到却在死后实现了。或许顺治皇帝那些年在他的叔父摄政王的压抑下过得很苦吧。朝中大臣们都纷纷上书谴责多尔衮曾经的罪过，在那种时刻，似乎清人、蒙古人、汉人都再没有什么区别。唯独只有范文程依然称病不出。

多尔衮死后他和多铎另一个同母的弟弟阿济格亲王也被夺权幽禁了。有人说阿济格本来不至于失败的，他手下的兵力足以打下一个国家，他的军功足以支撑一个政权，但他实在是太狂妄太乖张了，他太不注意了，他即使朝见皇帝也不解下佩刀，他根本看不见任何他潜在的威胁，他被奇袭捉住时仍在玩乐。他被幽禁后甚至还每天大骂皇帝，并企图纵火焚烧监狱，终于皇帝赐死了他。阿济格死时在刑场上哈哈大笑，他说，小子，天下是你的了，我要回北方去见我阿玛①了！

那时距离多尔衮和多铎死亡才不过一年。努尔哈赤和他从关外过来的儿子们都远去了。清人的那个时代也结束了。

现在他们再也不是北方长城外面的野人了，再也不是只会打仗和杀人了。他们现在是皇帝，是大学士，是大臣，是领主，他们的国叫大清。那时越来越多汉臣也出现在了清人的朝廷中，与最初投降和被俘虏的人不同，现在更多的人是真心归顺了清人，他们视清人皇帝为皇帝，他们对清人皇帝的忠心超过了清人本身。人们说清人本来是不懂什么礼法的，也无所谓太多忠诚，是汉人将君臣之道教给了他们，也灌输给了自己。一个越来越完善的清国让我们的军队的目标好像越来越艰难。

不久之后，施琅逃跑了。

在国姓爷重整厦门后施琅本来觉得他肯定会重新得到重用，那段时间他很得意，他觉得是时候该恢复他先锋将军的职位了。可国姓爷迟迟没有下达与他有关的命令，只是在最后全体论功行赏的时候赏了他两百两银子。施琅很不开心。他又闷在了家中。他问过师父知不知道国姓爷到底是什么意思。师父说，主公是主公的意思。施琅气得直跳，施琅说，陈永华你这个人是不是哑巴，说话怎么从来跟不说一样。

后来施琅终于主动去见了国姓爷，他问国姓爷能不能恢复他的职位。以施琅的性格这样做已经是很难了。国姓爷说在他革去施琅职位的时候没见施琅有任何争取，反而还赌气走了，所以他以为施琅已经无心功名，国姓爷告诉施琅先锋的职位已经给了别人，他让施琅先自行去募兵。

后来施琅也随便募集了一些兵勇，但还是一直没有等到国姓爷的命令，施琅越来越急躁了。那段时间我根本不敢见到他，我觉得他会出毛病。后来有一天施琅再一次去找了国姓爷，他说他已心灰意冷，想去当和尚。我觉得施琅可能是希望国姓爷能劝他别当和尚吧，这样他们就和好了，可国姓爷不是那种人，国姓爷根本没有理他，反而还说同意他去当和尚。施琅一气之下也真的剃了光头，穿上了僧衣。不过他没去寺庙。估计他就是人们说的假和尚。

---

① 阿玛是清人对父亲的称呼，此处阿玛即努尔哈赤。

不久后曾德从海上回来了，曾德不算很有名，可他是从先公时代就在郑氏任职的海上的老面孔，他随定国公守过仙霞关，随永胜伯打过海澄，他跟郑氏许多族人的关系都还不错。施琅任左先锋的时候曾德是他的属下，那时曾德违背了军纪，施琅要处理他，曾德就驾着小船逃跑了。后来施琅被革职后曾德又回来了，因为施琅没了所以也没有人去过分追究曾德，那时的新任左先锋同意他戴罪立功，曾德做得不错。后来国姓爷还给曾德派了一些新的任务，现在他正要回来复命。

人们说施琅一直不喜欢曾德，施琅以天下大将自居，他不喜欢别人在军中倚仗私情轻视军规，或轻视他。而曾德不是一个严苛的军人，他曾因为军纪不好被隆武皇帝点名解职，但他也可以为了郑氏随时牺牲自己，大概这就是那一代海上战士的样子。曾德逃跑后施琅非常生气，他放话如果他抓到曾德就会以逃兵罪杀了他。本来施琅是无权杀他的，曾德的级别纵使真的犯了军规也应该被送到军法处或上报国姓爷。

现在曾德回来了，有人告诉施琅他们看到曾德正开心地在码头的小酒馆喝酒，施琅气坏了，他撕开了僧衣，扔掉了念珠，带着人直接奔向了小酒馆。起初时曾德完全不在乎施琅的到来，他已有些醉了，他嘲笑施琅的光头，让施琅把斗笠揭下来看看，他还跟施琅说等施琅长出头发欢迎去他手下任职。或许曾德觉得被解职后的施琅不敢动他吧，可他想错了施琅这个人，施琅出手了。曾德想拔刀还手，但施琅一拳就打翻了他，施琅的那一拳很愤怒，连桌椅都砸得粉碎。施琅把曾德拖到了小酒馆的外面。施琅拔出了剑。曾德怕了，曾德说施琅无权杀他，他说国姓爷已经宽恕了他的罪过，他说施琅如果杀他就是跟国姓爷作对。施琅有些犹豫。

看到施琅不敢真的下手，曾德又不怕了。

后来国姓爷飞马传来了命令让施琅不要杀，想必在他们打斗的时候就有人去禀报了国姓爷，可曾德还是死了。有人说施琅没有来得及听到命令就已经动了手，也有人说施琅就是听到命令后才决定动手的，总之他杀死了他。国姓爷很愤怒。他让人把施琅抓了。

施琅刚被抓时神色迷茫，任人摆布，但后来好像突然回过了神，他逃走了。然后全城搜捕层层关卡竟丝毫无法再见到他的踪迹。施琅确实挺厉害的。

几天后有百姓说他们在五通港口附近看到有个人头戴斗笠身着长衫，一舟、一剑、一竖子，渡海而去。

施琅一路到达了安平，澄济伯投降后那里也彻底被清人控制了，眼见他就可以进城，或许他已经望见了城墙的影子，他却突然停顿了下来。他一把打飞了斗笠，大喊道：陈永华你真他娘是要我的命啊！

我们已经在这里等了许久，师父是奉国姓爷的命令来追击施琅的。

施琅看了看师父手中的剑说，尚方宝剑都带来了，看来我是要死在这了吗。

师父说，我不杀你，你跟我回去。

施琅怒视着师父说，陈永华，你凭良心告诉我，以他的性子我回去还活的了吗！

难。

那他娘你在跟我说什么呢！

至少你还是忠臣。

谁他娘在乎那个！老子要的是活！

你的父亲和弟弟都在主公手上。

我知道！我他娘走前就知道！是他把我逼走的，是他逼反了老子！

你不该这样想。

有什么不该！你就算是个哑巴可总该长着眼睛，我为他立下了汗马功劳他就这么对我！

主公一直很看重你。

胡说！他看中我还把我从军中赶走！然后我回厦门后他又是怎么做的，老子拼着命救了他夫人儿子，他就给我两百两银子了事，这是在侮辱我吗！

大明县令的年俸只有五十两。

陈永华你真他娘的是个木头！

施尊侯[①]，你有时把自己想得太重要了。

我不需要你教育我！来啊，动手杀我啊，我又赢不了你！

未必，你一直在藏拙。

陈永华，你他娘的真厉害，你怎么什么都知道啊，那你是还要我先动手吗？是不是还得让我三招啊。

师父轻轻扬起了手中的剑。

---

① 尊侯是施琅的字。

施琅说，你少骗我了，我动手就必死无疑，那不就正给了你光明正大杀我的借口。

师父叹了一口气说，主公其实是在考验你。

没想到施琅更生气了，施琅说，有这么考验人的吗！他这是侮辱！他不喜欢我有种就该直说！

主公为什么需要喜欢你？他只需要看中你，现在看来他的考验没有错。

你什么意思。

你不该杀曾德的。

为什么不杀，他不是一直说他治军不徇私情吗，我声张军法难道还有错吗！

可你杀他是为了泄愤。

那又怎么样！无论是泄愤还是正法反正我都没错，而逼走了我将是他人生最大的错误！

施尊侯，你如此容易就懈怠了，如此容易就愤恨了，如此容易就想到了叛逃，你记得这是你第几次逃离了吗，主公的考验没有错。

施琅怒吼道，他如果以国士待我，我必以国士报之！他不真心重我，我为什么不可以叛！是他逼我的！陈永华无论你说什么，我告诉你，他就是个心胸狭窄睚眦必报的人，如果是海王绝对不会这样做！

他们不一样。

反正他这辈子永远都不可能比得上海王！

有什么意义吗？

有！那就是我早晚会遇到真正赏识我的人。

尊侯，跟我回去吧……

多说无益！你动手杀我吧！

师父叹了一口气说，你走吧，你救了经儿一命，我不杀你。

当真？

其实你早就看出我不会动手了，不是吗？

施琅笑了起来，施琅说，陈永华你有必要说得这么直白吗，你就不给我一个慷慨赴死你再义释英雄的机会吗？

你又不想死。

你真是个木头，我真是不知拿你这个人怎么说好，你果然对他儿子很好，但你会后悔的。

一报还一报而已，不存在后悔或不后悔。

好，咱俩扯平了！但我提醒你我跟他的账还没结束，他杀我父亲族人我不会放过他。

施尊侯，他们还没死！

你觉得以他的性子有可能会饶恕他们吗！

难。

那你在跟我说什么呢。

可如果你回去他们就不会死。

可那样我就会死！我死了就都完了，我活着早晚可以给他们复仇！

如果你跟我回去对主公服个软或许你也不会死。

不可能！老子跟他从此不共戴天！

施尊侯，你真正无法面对的是你自己。

师父说完这句话后施琅犹如遭受了霹雳一般愣在那里不动了，师父缓缓垂下了他手中还没有出鞘的剑，师父离开了。琅是美玉的意思，尊侯这个字更是尊贵无比，海上的老人曾说过施琅是一个注定不会安分的人。我们已经走出了几十步远时，施琅突然叫住了师父，施琅说，陈永华！我想知道你的武到底到了哪种地步了！

师父回答，快不过火炮，拦不住战马，力小透不过铠甲，力大也会折断，又有什么意义呢，你想试试吗？

哈哈不了！今天你说的话我记住了，但我说的话也早晚会实现的！别了！说罢施琅跑向了城池的方向。那时天色已经暗了，林间很幽深，或许城门已经关闭了吧，不知今晚他是否会寒冷。放走施琅是师父第一次违抗了国姓爷的命令。

我们回去后国姓爷没有说什么，逃人确实是难以抓住的。

不久之后传来了确切消息，施琅确实投降了清人。于是国姓爷处决了施琅的父亲和弟弟。施琅的父亲倒是没有什么怨言，他说他的命是海王给的，已经平白多活了许多年，现在终归还是要回到海里。他的弟弟我不太好说。

之后武毅伯①也将全家老小绑着带到了国姓爷的帐下,他请求同罪。国姓爷割开了捆着他的绳索,拿下了他绑在自己身上已深入血肉的荆条,国姓爷说他没有什么错。国姓爷让武毅伯继续做他的大将军。可武毅伯说自己已经老了,他请求归隐。国姓爷同意了。武毅伯主动卸去了兵权,从此海上再也没有了施家的身影。

武毅伯是在施琅回来后回来的,他们本来追随先公一起投降了清人,然后被北京划归到了李成栋的部下。李成栋以前是李自成的部将,李自成兵败时他叛逃去了清人那里,归降了多铎,后来李成栋跟着博洛贝勒平定南方有功,是那时清人很赏识的几个汉人将领之一。武毅伯他们很失望,他们本来以为可以继续追随先公,却不料立马就被清人打散了。他们不喜欢李成栋,李成栋也不喜欢他们。李成栋在打仗时总是让他们冲锋在第一线,他们从北方一直打到了广东,人们说正是靠着他们李成栋才能轻松地打下广东,打败唐王,逼走永历皇帝,可他们却没有得到任何奖赏。李成栋在上书朝廷时不仅抹杀了他们的功劳还将他们贬得很惨。李成栋对北京说海边的贼兵根本不会打仗。于是施琅一气之下就叛逃了。他逃回了我们这里。

李成栋是一个奇怪的人,正在他不断为清人建功立业的时候却突然没有什么征兆的反清了。有人说他是感觉自己的功劳包括武毅伯为他得到的功劳足够封王了,可清人不够重视他,也有人说是他占据广东后感觉自己有了与清人抗争的资本,还有人说是多铎死后没有人镇得住他了。

李成栋反清后武毅伯就找了个机会脱离了他,回到了国姓爷的麾下。那时国姓爷很开心,海上也很振奋,因为武毅伯手下的兵都是先公曾经的精锐,也因为离家远去北方的人们终于回来团聚了。先公曾说武毅伯是海盗中的智囊,智囊中的土匪,是他的好帮手,武毅伯的回归对我们军队的帮助很大,那时他们家在海上的地位举足轻重。却没有想到这么快就消散了。

李成栋的突然反清对天下的振奋也很大,他是大将,许多人对他寄予了希望。但这也是一个奇怪的事情,因为李成栋本来是清军中著名的屠户,人们好像一下都忘记了他曾经是如何屠杀汉人百姓的事情。当人们提起嘉定三屠好像都以为是清人的哪一位亲王或贝勒做的,却完全忘记了当时带兵的是李成栋,下令的是李成栋,而动手的都是他手下的汉军。师父不太爱谈论这

---

① 武毅伯即施琅的叔叔施福。

些事情。

　　而后来更奇怪的事情发生了，作为清军时战无不胜的李成栋自从开始反清被人们当成好人以后好像就再也没打过一场胜仗了。面对清军他溃败得如同儿戏。即便面对不是清军的军队，他好像也忘了该怎么打。他那时在广东集结了几十万义军号召了几十万土著，他号称自己有百万大军，他宣布他超过了曾经的左良玉也超过了李自成。他说他培养的土著军是无敌的，他看不起先公的乌鬼军。可没想到在刚打完第一场战争时他的大军就基本打没了。施琅听到这个消息拍手称快。

　　那时我们也在海滨打败过他几次，有人批评国姓爷说他不应该跟反清同盟作战，国姓爷没有承认也没有反驳。反正如果不把广东的海滨夺回来我们就没有粮草。可能这就是战争。

　　后来李成栋死了，清军攻破了他最后的一座城，他在血战时落了水。人们忙着逃命或厮杀，直到很后面才发现丢了主帅，又直到更后面清军才在河中发现了他浮肿的尸体。人们说他在城破前曾让人把酒搬到城上痛饮，随着清军的攻势越来越猛烈，人们劝他逃走。他却愤怒地摔碎了酒杯，他说，他娘的，我千里效忠迎主，天子筑坛拜我做大将，现在出师无功，有什么面目逃回去见他！说罢他带人杀出了城，冲向了敌人。

　　他死后永历皇帝给他的谥号是忠烈，谥号是君王给予死去臣子的评价，用来总结臣子的一生。一个评价精准的谥号甚至会在死后代替人的名字，比如，人们都将范承祚的祖先范仲淹称作范文正，将岳飞称作岳武穆。我也不知道忠烈是否真的合适来代表李成栋的一生。或许在那个乱世人总是漂泊不定的吧，难免叛逃来去，只有死亡确实是一个人最终的结局。皇帝追封了他为宁夏王，无论怎么说他死时的确对大明是忠烈的，无论怎么说，他被封王的梦想终于实现了。

　　对于李成栋的死，海上也不知该如何评价，说什么的人都有。

　　似乎正是在李成栋反清以后越来越多曾经李自成张献忠的手下也加入了反清的阵营，李成栋死后被皇帝的认可也鼓舞他们的决心。但奇怪的是，我记得那些人本来是最恨大明的，他们以前都发誓要推翻大明，他们说要把天下还给百姓，把姓朱的都杀了，可现在他们却一下成为了大明最忠烈的臣子，他们爱戴大明的皇帝超过了所有人。我也说不清楚。

以前在福京的时候隆武皇帝手下也有来降的乱兵，他是最早宽恕并接受他们的人。不过那时来投的没有大将，或许也只是些无法生活的人罢了。现在在大明快要被清人完全占领的时候，人们终于慢慢聚拢在了一起。我记得那一段日子抗清的声势不错，内战终于变得少了。永历皇帝在西面挺好，国姓爷也越来越厉害。

只算在陆上占领的面积，我们其实不算很多，但如果把海域也算上，那国姓爷控制的地方可能比整个大明都大。那时他已经完整继承了先公巅峰时期的疆土，没准还更多，因为先公更在意商业，而国姓爷注重军事。西到南澳、澳门再到交趾，南到台湾、爪哇乃至整个南洋，东到日本和全部东洋，所有人依然都需要购买郑氏的海王令旗才能出海，所有船都需要接受郑氏的节制。那时国姓爷说把西班牙封锁就封锁了。有着大海作为倚仗，清人想消灭我们却无法下手。先公也依然在北京安坐，听说他很欣慰，欣慰大海依然眷顾着我们。

可惜国姓爷想要的不是海。

第五章　宝藏和几封信

　　已经记不得是从什么时候开始，西洋人都将世子称作国王，台湾依然是他们的美丽岛，但同时也成为了他们的东宁王国。他们乐于来到台湾，乐于朝见国王，他们说台湾传承着这个国家的东西，拥有着这个国家的商品，却不像大陆那样冰冷。

　　那时英国人在台湾设立了驿馆，他们与我们互相带来了财富。那时英国的东印度公司渐渐取代了荷兰东印度公司成为了我们海上最强大的外国人。据说他们已经占领了整个印度。

　　也记不得究竟是从什么时候开始，台湾的将领们都不再在世子面前自称属下了，人们大多开始自称卑职，人们以臣子自居。

　　就好像国姓爷一样，世子从来没有把自己称作国王，甚至很多时候他还是以世子自居。国姓爷一辈子都是军人，他的命令大多都是用隆武皇帝封的大明招讨大将军的名号下达的，世子也是我们的将军，可他却不像是军人，世子一直就像是世子。国姓爷不把自己称作王而自称招讨大将军的时候人们感受到的是战争的笼罩，而现在世子不把自己称为国王人们只当他是谦虚，人们已认同了他是一位真正的君王。海上是不在乎大明的，他们一直都把台湾当作一个独立的国。

　　不过世子没有想过自立，他一直沿用着已经死去的永历皇帝的年号。听说清人也没有忘记我们。同时施琅也没有忘记复仇。只是相隔着更遥远的大海，清人一时也没有什么办法。于是他们又开始了招降。

招降好像是伴随所有战争都会有的东西，曾经他们也是这样许多次试图招降过国姓爷，招降的条件总是随着战争变来变去。最起初时他们只是让国姓爷随先公一起过去，再后来他们说要封国姓爷伯爵让国姓爷停止征兵，然后又提升到了侯爵，最后他们甚至铸造了金印要封国姓爷为靖海将军和海澄公。那时先公在北京只是伯爵，国姓爷却可以被封为公爵，想想也挺有趣的。可国姓爷还是拒绝了。于是清人一怒之下将黄梧封为了海澄公，他们给黄梧的公爵金印正是本来为国姓爷打造的那个，所以黄梧一直很恨国姓爷吧。

黄梧是在施琅叛逃之后几年叛逃的，黄梧是个阴冷的人，他有谋略。以前在海上黄梧的地位远不如施琅，但他投降时带走了海澄，所以他在清人那里一步登天。国姓爷一直注重海澄，他几次加固了海澄的城防，我们在那囤积了许多粮食武器和金银。海澄在许久以前就是海滨最重要的城池之一，那里靠山临海易守难攻，与金门、厦门形成掎角之势，以前与先公齐名的大海盗刘香就是在海澄发家的，那里是国姓爷用命换回的地方。失去海澄让国姓爷痛心到了极点。

要是在从前施琅肯定是看不起黄梧的，对他直接打骂都有可能，可现在在那边黄梧却成为了施琅的上级，听说施琅对黄梧很尊敬，他在那边很谨慎。

那些年国姓爷本来是辉煌的，他的军队让世人惊叹，人们说在这个国家历史上从来没有出现过这样的一支军队。除了水师，我们还有身穿西洋重甲的武卫营，他们在步战中以一当十。我们也有配备了日本幕府支持的盔甲藤牌的虎卫营，他们铁面长角状如魔鬼，他们刁钻的太刀专砍马脚。我们还有善使火器的神器营，人们说国姓爷的神器营对火器的掌控已经超越当年大明禁军三大营之一的神机营。我们还有时刻护卫国姓爷左右的亲丁镇，他们有的是武艺高强的东洋浪人，有的是火铳娴熟的西洋海上豪杰，还有的是国姓爷组建的自己的乌鬼卫队。我们还有北方人组成的后劲营，战力最强的左右先锋营，镇守四方的各镇，军商合一以先公山海五商为基础扩充的仁、义、礼、智、信等十武镇，还有奇兵、游兵、英兵……

那些年我们围困了福州，收复了泉州，拿回了舟山，入侵了浙江。那些年我们多次击败了清军。刘国轩也正是在那时投靠国姓爷的，他以清军千总的身份帮助我们打开城门夺下了漳州。

我记得国姓爷打败陈锦的时候，陈锦是清人从辽东派来的大将，他击败鲁王有大功。他输给我们后据守凤尾山，当夜他的家臣刺死了他，带着他的头来到了我们的军营，家臣说他身为汉人一心为明。却不料国姓爷大怒，国姓爷说，我要你这等不忠之人有何用！国姓下令杀了家臣。但同时也给了家臣的家人许多金银作为他功劳的奖赏。国姓爷的处理结果赢得了包括清军在内的所有人的尊重。

若说我们唯一欠缺的就是马军，虽然我们也有骁骑营，虽然我们也俘虏了一些北方的将领帮我们训练，但那还是不足以和真正的王朝的马军相抗衡。在海上实在太难以得到战马了，清人对于马匹的控制超过了黄金。在海上马匹和粮食好像是永远都无法充足的。

那些年钱谦益又来过许多次厦门，钱先生说他第一次来是为了和国姓爷的师生之情，也是为了他与先公的友情。而第二次来时他带来了他对国姓爷的期望。钱先生说他第一次也是试探，如果国姓爷不行，那么见完也就完了，他们还是师生，可一见之后他对国姓爷太满意了，所以他把他积累的心血和最后的希望都托付给了国姓爷。那次钱先生将他暗中发展联络的反清仁人志士名单都交给了我们，原来那才是那些年钱先生真正在做的事情。那份名单中有许多根本想象不到的名字，国姓爷将名单交给了师父，师父开始以陈近南的名字与人联络，那些人后来成为了我们情报网最重要的底蕴。

钱先生还号召所有江南遗老们一起支持国姓爷，那些年不知不觉间钱先生又从叛臣重新成为遗老领袖了，可能是遗老们太无聊了吧，而且大家反正都剃了发久了也没什么区别。也有人说是钱先生叛变去北方的那些年柳如是在南方的坚持打动了人们，许多人其实是在奉柳如是为领袖。反正人们又回到了他们身旁。那些文人遗老是一个独特的群体，清人大致也不太管他们，他们说不上臣服清人，但也不会拿起刀剑反清，他们该喝酒喝酒该作诗作诗。若让他们起义怕是难有作为的，可若谁得到了他们的认可，则代表着文脉与正统的支持。

那天晚上钱先生喝酒时流泪了，他与国姓爷喝酒到很晚，那天钱先生很正经，他没像第一次来时那样讲笑话了。

再后来钱先生第三次划着小船来到了厦门，那次他很开心。

人人都知道先公很富有，可他究竟富有到了什么程度没有人知道，就算定国公也不知道。定国公对钱财不太了解，他只是猜测先公应该有更多钱，

定国公觉得先公带走的、后来他叫人送去北方的、人们瓜分的、隐藏不报的、清人洗劫南安和别的地方时抢走的就算都加起来可能也不过只是总额的一角。唯一有可能知道一些真相的人是财神昭明侯,可昭明侯的心思是从来都不会告诉任何人的,人们连他固定的居所在哪里都不知道,再后来他死了。所以先公的财富一直是海上最大的谜团。所以每隔几年海上就总是会兴起一个新的关于海王宝藏的传说。仅仅是为了那些流言,就不知道有多少人死去。而那次钱先生带来了宝藏真的秘密。

先公跟钱先生说让他至少见国姓爷三次再决定是否要告诉国姓爷宝藏的秘密,如果国姓爷有能力守住那些财富就说,如果没有,就等他自己回来挖掘。钱先生嘲笑他说,我看你是没这个福气了,你就在北方等死吧。

先公笑着说,嘿嘿嘿,那可未必,老子跟大海浑然一体,早晚会回去的。

钱先生很不屑,钱先生问,你就这么相信我,不怕我给别人?

先公说,老子的钱是属于大海的,别人?谁拿谁死。

钱先生说,那我呢?

先公哈哈大笑说,你个老不死的,拿了也没机会用,你要你就去拿,我全送给你,就怕你没挖完就先进棺材了。

钱先生气坏了,我看我没准比你活得长!

对对对,你厉害,但你再活十辈子也挣不到我这么多钱花不掉我这么多钱。

你个死海贼,挣再多钱有什么用,你娶得到我夫人那样的妻子吗?

先公一时语塞,正在钱谦益得意的时候,先公说,那有什么用,我看你腰都直不起来了吧,你老婆再好你生的出我儿子那种儿子吗,你们有孩子吗?

钱先生气坏了,先公哈哈大笑。

过了一会儿先公叹了口气说,牧斋兄①,不胡说了,我怕是真要死在你前面了,你看着办吧,如果森儿守不住就算了,把那些钱留给大海吧,它们早晚会找到自己的主人。

别胡说!你才多大怎么会比我这个老头子先死,有些话不能乱说,会成真的,你记得以前你跟我说你绝对不来北方见皇帝,除非……

我说老哥哥你怎么越老越迷信了。

瞎说,老夫崇的是圣贤之道,说了你也不懂,要说迷信谁能比得过你这

---

① 牧斋是钱谦益的号。

个老蠹贼。你家神龛里都快把全世界的神堆满了吧，什么妈祖、关帝、真武、湿婆、如来、圣母基督全摆一遍，真是逮着什么抓什么，现在你傻了吧，啥也没抓到。哎，老夫我只是年纪越大越有点信天命了。

天命……

两个人一起陷入了沉思。

钱先生回到南方几年后柳如是怀孕了，她真的给他生了一个孩子，有人嘲笑钱先生的年纪都足以做孩子的曾祖了，但钱先生很开心，国姓爷也替他们开心。

后来国姓爷挖掘了一些宝藏，忠振侯①和袭公子②替他挖掘了一批，他和师父亲自去挖掘了一批。袭公子是国姓爷唯一还留在身边的弟弟，忠振侯跟随先公多年，也是最早起誓拥戴国姓爷的海上旧部，还有师父，他们都是国姓爷最信任的人。宝藏发掘的过程充满了传奇和艰难，没人知道那些财富为什么会出现在那里，只有些最老的水手仿佛突然联想起了一些久远的回忆。有人想起曾经有的人被先公莫名其妙地杀了，他们说一定是杀人灭口，还有人说他们记得有几次先公和他身边最忠诚的乌鬼军突然消失了，回来后船就变轻了，反正那些推测都和海风一样，来了又走了，没有人清楚。而宝藏的数目让人惊叹海王不愧是大海的王。人们说从来没有任何一个人能在那么长的时间里控制着大海，而如果再加上后来永胜伯、定国公、国姓爷和世子的时期，那么世上从来没有过任何一个家族能像他们那样掌控大海。

发掘到的财富填补了厦门被洗劫的空白，也成为了后来我们北伐的基础。宝藏的发掘是军中的绝密，不过后来慢慢也有流言出现了。在海上有的人很沮丧宝藏没了，有的人很懊悔他们其实差一点就可以成功，但也有的人很开心，因为宝藏的出现说明了海王的传说是真实的，他们说被国姓爷发掘的其实只是总共财富的十之一二，还有更多的宝藏埋藏在大海的深处等着人们去发觉。于是海王宝藏的传说直到今天依然在海上流传着。

正是在这形势大好的时候，黄梧叛变了。若说施琅的叛变是在心情上让人难受，那黄梧带走了海澄则是在现实上给我们了巨大打击。国姓爷让师父安排刺杀，师父没有成功，因为黄梧实在是太了解我们了。他做了针对国姓爷可能用出的一切办法的严密防范，海澄就像一个铁桶，而国姓爷帐下但凡

---

① 忠振侯本名洪旭，忠振侯是隆武皇帝封的爵位。
② 袭公子即郑成功的五弟郑袭。

他觉得能做刺客的人都被他画了画像贴在四处通缉。国姓爷强压着怒火没有去进攻海澄，他清楚进攻海澄的艰难，他也不想让海滨的子民死在自己手上。如果战争被拖进海澄，那么之前做的北伐的部署可能就都要失败了。

我觉得海澄的兵卒应该大多还都是忠于国姓爷的吧，毕竟他们都是大明子民，毕竟他们都是海上旧部。只是身处军队这样庞大的一层扣一层的系统里面，他们又能做什么呢。士兵只能见到自己的什长，什长只能见到佰长，人们从来都不会知道主帅的目的和大军的方向，人们只能跟着前进，前进，待敌人出现了，要么面对死亡，要么逃亡。而逃亡也许也会死，很难再有其他选择。师父一辈子都没有当过将军，没有带过兵，他拒绝，或许我了解他的感觉。

有人说黄梧的叛变其实国姓爷难逃责任。

那时我们各处的战事都很顺利，唯独被派到广东的部队有些不好。清人自从经历了李成栋的叛变对两广的控制就越来越严格了，他们始终就像是一把铁索横在中间，阻隔国姓爷与永历皇帝的见面。那时军中有人怀念起了施琅在广东做左先锋的日子。

后来征讨广东的部队输得很惨，国姓爷很生气。人们有些害怕。在大明朝廷中武将基本是死于了党派斗争，可国姓爷军中被处死最多的人是因为畏缩不前。有人说国姓爷太严苛了。可他自己就是那样的人，他自己就总是拼杀在战场最前线，他恨退缩，我都记不清楚他究竟有多少次差点遇险。

最终国姓爷下令，左先锋苏茂轻败，杀，黄梧、杜辉救援不及临阵脱逃，杀。人们都跪在地上求情。后来国姓爷杖责了杜辉，寄责了黄梧，但还是把苏茂杀了，并且让人把苏茂的头拿着在军中传看。我记得那个头。我也说不清楚那个头是不是在想什么。

我能感觉那时人们对于苏茂的死是有些不服的，苏茂虽然不听进言导致兵败，可他不是胆小的人，他拼命抵抗，身中两箭一铳终于护得大军撤退，人们觉得他不该就这样被杀。有流言说其实是因为当年是苏茂掩护了施琅逃跑，国姓爷一直恨他。不知是不是国姓爷也感觉到了军中的不平，他厚葬了苏茂，国姓爷将苏茂比作了三国时期的将领马谡，马谡是诸葛武侯的爱将，后来马谡兵败了，武侯亲自挥泪下令杀死了他。国姓爷说马谡不是于蜀国没有功劳，可违背了三军将令，就算武侯也不能为之改变。

后来国姓爷让黄梧去守海澄，让他戴罪立功，或许国姓爷本来以为黄梧会做得很好吧，因为黄梧是本来要被杀死的三个人中最后受到处罚最轻的那个。可黄梧还是叛变了。一起叛变的还有苏茂在海澄的族弟苏明。人们刚开始时以为是苏明蛊惑了黄梧，可后来黄梧成为了海澄公。那之后人们再也不敢帮犯人向国姓爷求情了。

　　有人说是国姓爷的恐惧吓走了黄梧，黄梧担心他下次犯错肯定会死，所以就走了。可我觉得他就是喜欢叛变而已。

　　海澄的叛变预示着战争又要重新大规模开始了，失去海澄使我们失去在陆上重要的犄角，得到海澄使清军得到一颗钉在我们内部的铁钉。不过即使不发生这个意外，战争也该来了，在国姓爷最后一次拒绝清人的招降时他就准备好了。

　　那时世子已经长大，世子很聪慧，他善于文学、经学，就如同曾经还是儒生时的国姓爷。师父在厦门传授了世子许多东西，却唯独没有教他武艺，师父说武对于世子已经没有什么意义。那时世子不再像小时候那样总是问师父先公去哪了，想必他对于这个世间的一切都应该懂得了吧。逼他懂得全部或许他的年纪还不够大，可这个世道就是这样。那时师父也成婚了，师母是忠振侯的女儿，忠振侯欣赏师父，他一定要将女儿许配给他。师父接受了。师母为人好。可惜师公没有看到这些。

　　他们成婚的那天非常简单，可以说有些太简单了，甚至大多数人都不知道他们的婚事，就好像军中有许多人根本就不知道师父的存在一样。师父不喜欢任何事情的张扬。师母没有怪他，师母信任他。

　　清人在开始招降国姓爷之前逮捕了福建巡抚张学圣、总兵马得功、泉州道台黄树、巡按王应元，他们都是当年偷袭厦门的人，清人的朝廷追责了他们。清人这么做无疑是在向国姓爷示好。

　　大海的诅咒应验了，除了马得功之外的三人很快都死在了狱中。马得功侥幸活到了清廷和国姓爷再次开战，清人赦免了他，不过那时他已经被折磨得不成人样，人们说在狱中他活着比死更惨，因为清人的狱官一直在用酷刑逼他交出私吞的财富。被赦免的马得功在战时又被重新启用了，还被封了一个不低的职位，毕竟他已是唯一曾成功入侵过厦门的人。而后来当他面对世子的战舰的时候，一阵海风吹了过来，我记得那阵风好像也并不是很大，可瘦弱的马得功就是那样掉进了海里，他被大海吞没了，死得连尸体都没有。然后世子粉碎了他的船。

　　清人在之前战争最激烈的时候曾短暂把先公禁足来威胁国姓爷，不过没有取得什么效果，于是现在他们又恢复了先公的自由，恢复了他的名誉。那时连清人的重臣遏必隆、鳌拜等人都专程去探望过先公。去的还有范文程，那时范文程年纪已经接近花甲，据说平时朝堂中已经很难看到他的身影，他从来都只在关键时刻出现，先公曾跟钱谦益说整个北方他最看不透的人就是范文程。师父的情报也总是在关注着范家的身影。清人还命人从福建运去了一些扣押的亲属与先公团聚，并将渡公子①招进宫中封了二等带刀侍卫。能做皇帝的侍卫是荣耀也是束缚，那时许多汉人高官的儿孙都被招进宫中成了侍卫，在那里他们其实如同人质，不过先公早就在北京做了许多年的人质，所以皇帝肯把渡公子招做侍卫或许更多的还是荣耀吧。总之局势开始变化了，清军不再与我们对峙了，他们很努力地在准备招降我们。虽然之前国姓爷一直都在胜利，不过我们毕竟是薄弱的，暂时的休战对我们总是好的。于是我们又勉强渡过了那一年的寒冬。我又被迫吃了很多番薯。

　　第二年春天的时候清人的浙闽总督托澄济伯送来了一封信，信中言辞真诚，还转述了不少清人顺治皇帝亲口说的话，他劝国姓爷投降。那天澄济伯没有亲自来，他是差人来的。澄济伯在投降清人以后没有去北方，他祈求清人让他留在八闽，他说老母亲已经无法离开这里。清人最终同意了。但澄济伯再也没有和我们有过任何联系，他无法面对国姓爷，他的曾经漂亮的画着豹子图章的大船再也没有出现在海上了。他放弃了所有生意，放弃了奢华的生活，听人们说他仅仅靠着收租过活。当然，那依然富足，依然是寻常大明百姓上百世也无法过上的日子。

　　国姓爷没有马上同意招降，不过他同意和谈。

　　很快清人正式颁布了文书封国姓爷为海澄公，先公为同安侯，定国公为奉化伯，澄济伯授左都督。

　　差不多同时送到的还有先公的信。国姓爷的手几次伸出又收回，终于还是拆开了那封信。看完信国姓爷闭目了很久，他对师父说，永华，替我写吧。

　　师父拿出了笔，铺好了纸张，我在一旁替他们磨墨，国姓爷念道：

----

① 渡公子即郑成功的二弟郑渡。

没有能侍奉在父亲的膝下，至今已有八年了，但父既然不以我为子，儿也就不敢再以子自居。这么多年我们问候绝断，一字也不相通，时事如此，只能骨肉悬隔。古人讲大义可以灭亲，听从治命而不听乱命，儿自从识字起就钦佩古人的春秋大义，所以自从那年冬天父亲去了北方的时候我的意向就已经坚决了。八年没见，如今却突然收到父亲的信让我顺从孝道，可如此是要让我舍弃忠义吗？清廷那边也给我来信了，他们招降我，他们说要给我加官晋爵，他们说会优待我的部众，可他们曾经是那样的失信于父亲，如今我又怎么能相信他们呢？

那年博洛贝勒入关，父亲早已退避在家，是他们花言巧语骗父亲出去，他们派来的车马怕是不下有十个来回了吧，甚至还说会给父亲三省王爵！他们说父亲去完省里就可还家，又说父亲一到京城就可出镇，可结果呢，已经这么多年过去了！王爵暂且勿论了，出镇就藩都暂且勿论了，可就算是父亲想要回到家乡都不被同意，如今我又怎么能相信他们。父亲如果还在本朝，岂不是堂堂平国公吗，父亲真诚降清，却为什么会落得如此下场！

想必父亲还不知，父离去后儿扬帆去了南粤，儿在那里屯田开坑。却不料趁我远出清人妄动干戈，袭我大营、蹂躏我疆土、毁伤我子民、掳辱我妇女、掠夺我黄金九十余万、珠宝数百镒、米粟数十万斛！其余将士财产、百姓钱谷，不可计数。可笑贼子们听闻我要回来了就望风而逃，乞怜于四叔，四叔心软放走了他们。不想他们骸归后竟还屡次挑衅，以致我将士皆怒发冲冠，痛念国耻家亡，必欲将敌人碎尸万段。所以才有了漳州之战，泉州之战。且就算不是如此，异国如日本、柬埔寨等国的夷兵也会早晚到来与我联合为大明复仇。

父亲，沿海的地方，是我固有的，东西洋的收入，是我固有的，儿进战退守，绰绰有余，所以我为什么要放弃坐享而去受制于人呢？闽粤的利害，清人难道又不知道吗。这里雄倚大海，远去京师数千里，道途阻远，朝廷倘使派人来此必然人马疲敝，水土不服。兵少则难守，兵多则粮草难支。虚耗钱粮来挣必不可守之土，对朝廷只怕有害无一利。而父亲当年尚在本朝坐镇闽粤的时候，朝廷不费一失之劳而得山海宁谧，父亲不光不需军饷，还总是能有余额解京，朝廷坐享其利，百姓安乐，如此有百利而一无害。清人不懂以前本朝的妙算，劳师远图，年年空费无益之资粮，我倒想知道他们该如何善后。

儿并非不信父亲，只是父亲所说的儿实在无法相信。如果清人真的能有

担当,将三省的地方与我相赠,那么山海再无战乱之虞,清朝永无南顾之忧,那是他们的大幸。况且我如今拥兵数十万,势亦难散,如果强行散去他们则会各自啸聚,必然地方不宁,天下动乱。可不散则日费巨万,若清廷没有省会地方钱粮与我,我已难以停止,那么他们与我什么都不必再谈。父亲刚刚误于前,儿又怎么会再次上当。儿在本朝亦被赐国姓,加封藩王,人臣之位已到达极点,况且儿功名之念素来淡薄,又怎么会在意清廷给的什么虚名呢。如果清人一意孤行,那么怕是他们的江南也难以久安了!专禀。

国姓爷念完信后许久没有说话,这封信就像是他这么多年的一个了解,这信是写给先公的,也是写给清人的。或许还是写给他自己的。

后来闽粤总督刘清泰代表清人跟国姓爷的谈判经历了很多个来回,谈判不顺时他还给隐居白沙岛的定国公去过信函。刘清泰说定国公文武英杰、天下闻名,功名事业如此本可以不负生平,但是现在身居孤岛实在不是英雄的结局,回首往事难免留下天伦缺隔的悔恨。他劝定国公出海,劝定国公接受清人的爵位,他劝定国公为了天下来报效新朝。他说先公给国姓爷的信字字通透骨肉,可国姓爷却全不顾先公的养育之恩,回信绝情无义,荒唐浮夸。他说如果国姓爷继续如此那不免枉费了先公多年的苦心经营,所以他请定国公去劝国姓爷诚心归降,实在不行那他也请定国公独自先来投降就义。刘清泰保证定国公投降后的安置任用事宜他会披肝沥胆竭尽全力相助。

定国公抚摸着他的病腿笑着对师父感慨,既然入了这张巨网,那么任何人一生都别想逃离,定国公给总督的回信说:

仰荷明命,远辱大教,新朝的浩荡之恩和刘公的优渥之爱,我怎么会不明白。只是我病积沉疴,多年躺卧在床笫之间,出门都需双人搀扶,于当世早已迟钝了。莫说刀剑,如今就算是鱼竿、樵斧也无力拿起,所以我又哪里敢去奢求轩冕之荣呢。曾经我的那些战舰也早已都改做了渔船,余生就请让我了结在这汪洋中吧。至于我侄,他壮年锐志,颇足有为。我以为他如今拥兵数十万,新朝只给他一府封地,实在安顿不易,恐怕大军畔散。如果到时军队割据四方、隙越作乱,该是谁的责任!又有些体统事权之间,旧例新恩也是会有些差距的,肯定难免磨合。谈判艰难,新朝的确开诚布公,然而于推心置腹或许还稍有距离吧!我侄他还未敢接受招抚,自是心中尚有忧虑,且以事势来看,怕也是不得不如此。

那天在我们离开白沙岛的小船上，师父哭了。那是人生中我第一次看到他流泪，他骗我说是风吹的。我知道他的泪水只为英雄而流。定国公是英雄，即使他现在这么惨，和我们天海相隔，可他心中仍然在一直爱着、护着国姓爷。

谈判持续了整整一年，这一年中发生了许多事情，经历了许多反复。每当清人提出条件时国姓爷就会再加重一些要求，每次好像招降即将成功，却都因为一些事情终于破裂。甚至在那年冬天的时候，穿着貂裘大衣、留着大胡子和辫子的清人使臣都已经到达了我们的泉州大营，他们带来了招降文书，国姓爷看起来终于同意了条件，他设立了香案准备接受招降。使者都准备宣读那个文书了，可是国姓爷出现的时候却依然保留着大明的衣冠。使者说让国姓爷先剃发他们再宣读招降书，国姓爷却说具体的事情他自会请奏清人的皇帝，让来使不要多管。于是谈判再次搁浅。

那时最不焦急的应该是我们，我觉得那年是打仗时最开心的一年，而最焦急的大概是附近的官府。他们无权宣布招降破裂，不能对我们动手，他们也无法使得招降成功，不能与我们谈判。于是他们就只能眼看着国姓爷肆意踩踏在他们头上。这一年的时间里清人做了很多，他们撤走了北方的大军，他们同意给予国姓爷漳州、泉州、潮州、惠州四府作为封地，他们还说会把那四府原有的军费都拨给我们当作军饷，他们同意国姓爷不用进京不用放弃兵权，他们还同意我们可以继续海洋的生意只需要交足税赋。而这一年国姓爷也做了许多事情，他在福建和两广奋力地招兵买马，他让人们去清人占领的地方四处征粮，大县十万，小县五万，因为正在谈判，因为国姓爷很可能马上就要成为清廷的公爵大将军，没人敢反抗。

终于清廷愤怒了，他们感觉自己被愚弄了，他们发现国姓爷好像从一开始就根本无意投降。他们发现经过这一年的经营我们变得更强大了。于是朝中主战派的声音强势了起来。

这个时候先公着急了，他明白这次是来真的了，他已经在北京安居玩乐了多年，这已经近乎奇迹，现在他终于还是不得不面对这个他在海上留下的结局。他对范文程说，他娘的，我恨不得亲自过去揪着郑成功给他剃头！不过当然清人不会同意先公回来，他们明白先公的伎俩。范文程对先公说，老哥哥，我也只能帮你这最后一次了。

后来清人没有同意国姓爷要求的三省封地，但还是又派出了一个招降使

团,他们想再做一次努力。那次使团中的使者还包括渡公子。渡公子和国姓爷的关系很好,国姓爷以前很疼爱那个弟弟。

比使团先到的是清人皇帝的诏书,透过文字,我们感受到了北方的愤怒和尊严。

国姓爷见到渡公子时眼中饱含着温情,可渡公子却跪在了国姓爷的面前。渡公子对国姓爷说,老父在京斡旋多年,此番不成恐怕全家难保,弟弟求你一定勉强受招!

国姓爷转过身去挥了挥手,许久才说出话来。我难道不是人类吗,又怎么会忘记父亲,只是这之中的事情,不易,不易啊。自古降兵从来都不会有好结局,父亲的下场你还没有看到吗,我若苟且剃发,全家必然就此受人摆布!你们走吧,我一日不降,我父一日在朝荣耀。

当谈判再次破裂使团准备离开前的那一夜,渡公子又来了,渡公子哭了。国姓爷让渡公子留下,可渡公子决然地回去了清人的军营。

国姓爷对师父说,永华,替我写吧,国姓爷念到:

儿戎马多年,几经生死,和议本不是我的初心,只是突然接到父亲的书信,将信将疑,顾念父亲安危才按兵示信。继而与清朝和谈,儿所以要求赐予三省地方,是为了安插数十万兵众以妥善后顾,何以清人竟说我词语多乖、徼求无厌!和谈日久,清人与我的地方无增,本来答应的四府也似画饼,不过是想像从前吞并父亲那样来吞并我吧!嗟乎!自古英雄豪杰,以德服其心,利不能为之动,害也休想令之怵。如今清朝动辄以剃发相逼,可天下岂有未受地而先称臣的,岂有未称臣而先剃发的,岂有对方虚伪却以实相应的!大丈夫做事光明磊落,清朝若真心信我,则我为清人,若不信我,则为明臣而已。

清使来时,儿盛情布置请他们在安平报恩寺安顿,他们却不敢住宿,反而设帐山坡,哨兵四布。朝堂敕书委之草莽,成何体统?且使臣奉敕堂堂正正而来,安用猜忌?他们如此儿又岂能无疑。以后谈判,使臣行踪更是飘忽不定,令人接应不暇。如今天下困苦,使者就算不为新朝传宣德意,至少也应当为百姓着想。使者在闽地月余,想必个中情况早已知道。可他们丝毫不与儿商议兵将该如何安插,粮饷该如何设处,只是几番以剃发二字相逼而已。儿若剃发,是否他们又会即刻下令让诸将剃发?诸将剃发是否又会即刻让数十万人一齐剃发?未安其心,即强逼落其形,如此能保将士不激变吗!

叶成格、阿尔善身为朝廷大使，不为国家与我们虚心商议，还屡出轻率之语，动辄怒气相加。儿与他们同行的差役就屡遭凌厉，一个差役何罪？他们怕是是想发怒给我看吧！儿未受诏的时候，清人殷勤备至，如今刚准备受诏，则肆意逼挟。使臣尚且如此，朝廷可知。如此能让人无危吗，能让人不思吗！

　　如今儿闻名华、夷，如果苟且从事，只会贻笑天下。清人看似礼貌对待父亲，实际是以父亲为奇货相要挟儿子罢了。一处得以要挟成功，则无所不挟。可儿岂是会受人要挟之人。

　　在父亲去见博洛贝勒的时候就已经进入圈套了，父亲能得全到今天，已是大幸。万一父亲不幸，天也，命也！儿也只能身披缟素为父亲复仇以结忠孝之结局。儿本来没想也不敢给父亲回禀，只是父亲的家臣痛哭流涕必欲得到我的回信，所以姑且叙述事情经过曲折。前几日儿还接到密报北方各府正在策应粮草，云集军马，兵部尚书已经安扎到了仙霞关外。这与一年前刘部院①和金固山②的一和一攻又有什么区别？儿此时唯有抹厉以待。他何言哉，他何言哉！

　　说完国姓爷一口饮尽了杯中的酒，他把酒壶在地上摔得粉碎，永华，再替我写一封吧。

　　我们兄弟隔别多年未见，仅仅相聚几日，你却又只能忽然离去，这就是天命吗。弟痛哭觐见，兄又如何不觉心痛。可我心意已决，纵使刀斧架加身也难以改变。如今为兄的心绪尽在给父亲的回禀之中了，弟看了或许也可以了然。

　　和议的情况，弟都看在眼中，总之不过一个挟字而已。清廷所诺四府之地的粮饷仅够赡养万人，那兄余下数十万大军又该如何处理，如何安插！即便不逼我剃发，尚且不能，更何况如今呢！若他们真想要挟我，那么不应派使如臣叶、阿之辈，他们应当派大军前来！且看为兄岂是肯受人要挟之人！

　　二弟，虎豹生于深山，万物惧怕。可一旦落入牢笼，摇尾乞怜好不悲伤。而凤凰翱翔于千仞之上，悠悠乎宇宙之间。其为何能如此纵横，皆因为超然脱乎世俗之外。如今天下混乱，兵戈四起，兄又怎么能舍弃凤凰之纵横而做进入牢笼的虎豹。兄只愿弟能善事父母，厥尽孝道，从此以后，请勿再挂念为兄。

---

① 刘部院即前文中的闽粤总督刘清泰，部院是对其官职的尊称。
② 金固山即固山额真金砺。

念到这里，国姓爷满面都是泪水。

后来战争打响了，清人的第一场仗大约就打在了白沙岛，这又是黄梧出的主意。黄梧知道白沙岛虽然天下闻名，但其实兵力薄弱，也因为他知道国姓爷说过跟定国公永不相见，而国姓爷说过的话就一定会实现。

定国公虽然已经隐退，可就像他自己说的，他无法逃离。如果杀死他对于清人无疑是一场大功劳。

岛上的渔樵农夫依然机敏，他们毕竟都曾是定国公手下的战士，可他们人数太少了，他们的布衣太单薄了，他们的鱼竿和樵斧都太迟钝了。眼看清军已经要攻入定国公的居所。定国公一手持剑，一手拄拐站在门口，他的一条腿是刚劲的可另一条却是颤抖的。他仰天长叹。或许他也不知道他的镇海将军剑是否已经生锈。

这时突然杀来了一队军马，国姓爷拿着一口三尺长刀冲在最前面，师父护在他一旁。

很快清军都被杀尽了，他们在岛外的船也几乎都被击沉了，只可惜没有见到黄梧。

定国公望着国姓爷说，森儿，是你……

国姓爷拿着刀说，是我。

定国公眼睛红了，他说，森儿，你不该来的，你不该来的，你说过不及生死我们永不相见，主君不可以失信。

国姓爷说，叔叔，已经是生死了，叔叔，这已经是生死了，一切都来临了。

然后我们开始了持续十年的永无休止的战争。在那十年发生了许多事情，那十年师父的两个儿子出生了，那十年老太君亡故了，军中的白绫似乎永远都没有机会拿下，那十年澄济伯被流放到了宁古塔，那里是清人最北的极寒的疆土，那十年先公和京师的公子们被打入了狱中，那十年国姓爷的三个儿子死在了战场上。

国姓爷的信就像是一篇寓言，小豹子澄济伯成为了进入牢笼的虎豹，而凤凰定国公一直在天上。虽然凤凰伤了，可他是自由的，即便再痛他也不会放弃飞翔。后来定国公死在了厦门，他是笑着离去的。我很怀念他。

第六章　台湾的雨

我一直喜欢台湾的雨，台湾的雨不同于任何地方的，它们很缠绵。

那些年我们经历了太多的战争，已经太多年了，我们都累了，终于我们来到了台湾，可国姓爷依然无法休息。不久之后还又传去了许多更让他痛苦的消息。

世子问师父他该怎么做。师父说静观其变。

我记得那天思明再次收到了国姓爷的命令，世子那时总是害怕拆开国姓爷的信，他总是让师父去做。却没想到这次国姓爷并没有指责世子，也没有再次督促人们把家眷送到台湾，国姓爷这次要的是传教士多明我会利胜。

听说多明我会本来是利胜所属的教会的名字，不过他介绍自己时总将多明我会加在前面，所以人们都以为那就是他的名字，利胜很满意。利胜说多明我会是世界上最好的修会，他看不起葡萄牙人支持的耶稣会，也不喜欢荷兰人的新教，他说新教背离了上帝的旨意。利胜永远穿着黑色的长袍，在思明人们也把他叫作黑衣传教士。

世子叫来了利胜，世子对他说，我们的关系好像不怎么好。

利胜回答，事实上是非常不好，殿下不光不像国姓爷一样支持我，还有时故意派人阻碍我传教，不过正因如此，我才更加觉得我在这里传教的使命是多么神圣，我相信殿下也早晚会和国姓爷一样感受到主的感召。

世子笑了笑说，谢谢，不过我有先师的教诲已经够了。

是说陈永华吗？陈先生是好人，殿下也可以拉他一起信教啊，老师指导人们的生活，而主救赎人的灵魂，并不冲突。

哎，你中文还是不够好啊，先师是指已经死去的圣贤们，是孔圣人，是孟子。不过我的老师确实也不比他们差。

原来如此，那就更不妨碍殿下和陈先生皈依天主了。

你这人倒挺有意思，怪不得思明的百姓都喜欢你。

有意思也是让人对信仰产生兴趣的重要一步，不是吗？百姓不喜欢我又怎么会在乎我传播的真理呢，不是吗？

是的是的，不过可惜你的陈先生是儒家的，跟你们洋教风马牛不相及也。

不好意思，我有些没有听懂殿下的意思，风和马和牛又有什么关系呢。

意思就是完全没关系。

不，我知道了，有关系！它们都是上帝创造的。

世子笑了笑问他，我听说在清军攻打思明的时候你躲在你们教堂的桌子底下？

利胜回答的理直气壮，他说，是的，因为我不能让那些野蛮的鞑靼人把我捉走，那样你们就会失去主的福音了，不过我心里一直是在祈祷你们战胜鞑靼人的，你看，主的保佑果然应验了。

世子没有理他，世子说，你真的想去台湾吗？

利胜回答，当然，我已经准备好了，国姓爷正等着主的救赎。

你这么回答我挺高兴的，因为就算你不想去我也会让人把你绑了送过去的。

谢谢殿下的真诚，我觉得你与主已经又近了一步了。

再近也还至少隔着风马牛，好了不说这个了，我想告诉你，也许你的国姓爷不是在等你去救赎，他可能是要让你去送死，他跟西班牙宣战了。

我知道，我可能比世子知道的还更多一点，我们西洋人也是有自己获取信息的渠道的。

你知道什么？

我知道国姓爷和他们之间一定有误会。

有误会又怎样，没误会又怎样，这世上又哪有什么对错。

你们东方人是这样想的，不得不承认，这也是一种有意思的哲学，但从本质上来说还是有对错的，真正的对和真正的错在圣经中主都对我们说的很明白了。

你又来了，说说你还知道什么吧。

我还知道吕宋不是福尔摩沙，西班牙人虽然以前输给了荷兰人被赶出福尔摩沙，但现在他们的马尼拉比荷兰人的赤坎大员要强很多，吕宋的人也更多，那里不只是一个港口，而是他们国家的一部分。他们是害怕国姓爷，可他们不会屈服，因为荷兰人在乎生意，但他们西班牙人在乎的是国王。荷兰人在你们这边做的所有事情其实都是他们的东印度公司决定的，西班牙人不一样，他们直接听从国王。所以国姓爷如果想进攻吕宋恐怕会比进攻福尔摩沙要困难。

那如果国姓爷想派人去吕宋谈判会怎么样？

国姓爷那么骄傲，他说的话必然很伤害人，他把吕宋人当作蛮夷，可西洋人是不在乎什么大明和皇帝的，如果有人真的照着国姓爷的要求去谈判，他们不会听，还会很生气，然后杀掉使者。

如果他就是派你去呢？

我会去的，我更加会去了，这不正是一个向主证明我们多明我会修士勇气的机会吗，这不正是一个向你们证明主的恩典的机会吗？

你不怕死。

不，我很怕死，可我从来都不怕为了主而死。

世子说，多明我会利胜，也许以后我们的关系依然不会很好，但我会记住你的。帮我看看我父亲他还好吗，请尽量让他开心吧。

利胜学着我们的礼仪对着世子拜了一拜。

然后世子派了最好的船将利胜送去了台湾，利胜临走的时候有几千个百姓都去了港口给他送行，他们有的是已经受过洗礼的教民，还有的只是觉得利胜是个好人。

利胜出发了几个月后有一艘吕宋的汉人商船漂到了思明，里面的人很惨，他们说他们是逃出来的。他们说自从国姓爷开始攻打台湾，吕宋的西班牙人就很紧张，他们害怕遭到和荷兰人同样的命运，于是他们开始戒备，开始防备甚至逮捕当地的汉人。他们不堪忍受，终于造反了。他们都很激动，因为那时好像岛上去了国姓爷的使者，因为那时有谣言说国姓爷的大军已经逼近吕宋，他们想打下西班牙人的总督府来迎接国姓爷的到来。可他们太低估西班牙人的实力了,毕竟他们都只是些渔人和商贩,哪怕有些人曾经当过海盗,可距离真正的战争还是太遥远了。并不是所有的海盗都是先公。他们惨败了。

他们说那之后西班牙人对他们进行了大规模的镇压屠杀,吕宋当时在聚集地外的华人几乎都死了,聚集地和海港也被彻底封锁,只有少数的人逃进了山林或大海。他们是逃进大海的那些,他们一共只有七艘船,其中三艘被击沉,两艘被大海吞没了。唯独只剩他们,他们跟另一艘船约好了分头逃跑,他们来思明,那艘去台湾。

世子很忧心。

那艘船后来果真到达了台湾,国姓爷听到吕宋的消息后非常愤怒。人们说他已经在着手起兵了。

再后来国姓爷又听说了永历皇帝的死讯,他很伤心。那时永历皇帝已经从云南退入了缅甸,缅甸是我们的藩国,历代缅甸王都要接受大明皇帝的册封,那里本来很安全,可吴三桂一路追杀了过去。那些年吴三桂战无不胜,不过缅甸国王没有屈服,他发誓与皇帝共死。却不料缅甸国王的弟弟却在那时突然政变杀死了国王,随后又在假意作为新王与皇帝盟誓的时候发动了咒水之难,一下杀尽了皇帝的亲随。他把皇帝献给了吴三桂。吴三桂将皇帝捉回了昆明,他本来想把皇帝砍头,可一个清人将领说,他毕竟以前是你们汉人的王,留个全尸吧!

终于到了要行刑那天,吴三桂看看左右,没人敢动手,人们觉得杀死皇帝会遭天谴。吴三桂一怒之下一脚踢翻了皇帝,他拉出了一张大弓,亲自用弓弦将皇帝勒到气绝。

永历皇帝已是北京覆灭后坚持最久的一个君王,他在位接近二十年的时间,他一直苦苦支撑着大明,可终究他还是死了。永历皇帝赐予的封号成就了国姓爷,可他们一生却都没有机会见面。

再后来,国姓爷终于还是知道了世子与人通奸的消息,他当场气得吐了血。

有时我觉得师父是个奇怪的人,他其实早就知道了世子与陈昭娘的关系,但他什么都没有说。后来当世子终于主动向师父坦白的时候,师父只是让世子好好待她。

师父有时是世上最严格的人,尤其他对自己很严,他信奉儒家经典,尊重礼教,从来一丝一毫都不会逾越。可他又说情是世上最无法阻止的东西。

他很有坚持，可他又说要让事情顺其自然。有时我甚至觉得师父的体内有两个师父，我不知我见到的是谁，这种关系好像不只是陈近南和陈永华的区别那么简单，也不是一个暴起杀人的武者和儒雅的辅政文臣那样不同，总之他有时让人惧怕，可我又说不清让人怕的到底是哪一个他。

陈昭娘是国姓爷幼子的乳母，后来有传言说她曾是秦淮河上的女子，于战乱时就飘零江湖，秦淮河上的人总是有风韵的。她成为小公子的乳母只是一个偶然，那时富贵人家的孩子都有乳母，昭娘本来的相公死在了军中，孩子也病死了，刚好小公子需要乳母她就来了。昭娘人好，人们喜欢她，她也孤身一人，于是就和国姓爷的家眷彻底起居在了一起。国姓爷在进攻台湾的时候把家眷们都留在了思明，世子成为了世子，世子负责镇守思明，也负责照顾家人。世子对他的弟弟妹妹们都很好，特别是刚刚一岁多的幼弟。世子总是去看顾幼弟，慢慢他就和昭娘好了。那段时间世子很开心。我觉得可能那是他一生中真正最开心的日子。他与昭娘的情是动人的。可他们触怒了人们。

在大明所有人的婚姻都是由父母指配的，只有等男人极大了才能按照自己的意愿纳妾，而纳妾大多也都是要通过媒人从中介绍的，直到成亲那天双方才能第一次见面。或许正因如此人们才都爱去秦淮河吧。

在国姓爷的军中通奸的男子会被铁杖打成肉泥，而女子会被绑进牢笼沉入海底，他素来最恨这种事情。更何况昭娘是他另一个儿子的乳母，乳母等同半个母亲，世子与昭娘已经不仅是通奸而是近乎乱伦了。更何况昭娘已经给世子生下了一个儿子。

不久后思明接到了国姓爷传来了将令，他让人杀死世子，杀死昭娘，杀死他们的孩子，再杀死董夫人。海上最大的一次危机来临了。

那时接到国姓爷诛杀令的有许多人，为首的有忠振侯，还有建平侯，却唯独没有师父。师父是世子的老师，若说有罪他理应一同被杀，若说无罪他应该首先代为处理他的学生，可那时师父在国姓爷的命令中就好像不存在一样，我也不知为什么。当忠振侯问师父有什么打算的时候，师父盯着忠振侯说，我拼死也不会允许任何人动世子一下。忠振侯退后了半步，点了点头，他明白了他女婿的意思。

建平侯有军队，但他更喜爱掌管钱粮，平时他不喜欢被无关的事情打扰，于是人们都等忠振侯拿主意。

忠振侯看了看师父，大叹了一口气说，罢了罢了，谁也管不了，世子是子不能拒父，我等是臣不可拒君，郑泰，唯独你是主公的哥哥，兄可以拒弟，你说一句你不执行这个命令这事儿就算了了。

建平侯大惊，洪兄，你不能把我往火坑里推啊！

那你想怎么办！你敢去杀世子吗！你敢去杀夫人吗！

建平侯看了看忠振侯又看了眼师父说，那肯定也是不行的，我什么都不参与，一切洪将军拿主意就好了。只不过主公怪罪下来也是不好办的，要不我们先把陈昭娘交出去吧，也算复命了，其他家事还是等主公自己处理。

帐中议论纷纷，人们大多觉得这是个完美的办法。师父坐在旁边面色铁青。

忠振侯将酒碗重重拍在了桌上，怒道，呸！拿一个女人顶事儿算什么英雄好汉！没有陈昭娘还有李昭娘张昭娘，杀她一个有什么用，主公要杀的是世子是夫人，你们瞎吗！你们敢吗！

刘国轩认同忠振侯说的，而冯锡范说无论如何必须首先保全世子，或许正是凭借这种精神冯锡范后来成为了世子的侍卫总管。

但也有人站起来大声说，可那毕竟是通奸是乱伦！忠振侯你难道忘了军法也忘了人伦吗！许多人附和了起来。建平侯没有再说话。师父的手按在了剑上。

这时突然门被打开了，世子走了进来，人们慌忙起身行礼，世子没有还礼也没有让人免礼。世子对人们说，杀吧，昭娘就在那里，随便你们杀，你们杀过的人还少吗，别忘了把我刚出生的孩子也一起杀了，别忘了把我也杀了。

建平侯喊了一声经儿，可世子没做任何停留地离去了。

忠振侯又长叹了一口气说，平国公还在当海贼那会儿就规定不擒二毛，不掳妇女，不杀孩童，反正我是下不了手。罢了罢了，老夫不管了，主公不在老夫只听世子的。

师父起身拿着剑对忠振侯拜了一拜走出了大厅。我听到身后好像建平侯在说，我有要事要去趟东洋，不是我自恃是兄长就不尊主公号令，是实在来不及做，诸公，再会了……

在我们去见世子的时候他的房间零落不堪，书简散落了一地，世子散发敞襟坐在那里，一个酒壶打翻在一旁，昭娘陪伴在他身边。本身按照礼法女子是不应当与男人见面的，可世子没有让她离开，昭娘自己也没有回避。昭娘的眼中有泪水，她看着师父，那是一种我说不出的情感。昭娘很美。

不久后国姓爷派来了周全斌，周全斌来到的目的只有一个，杀死所有人。

若说那时建平侯是我们的财神，忠振侯是军中柱石，那么周全斌就是国姓爷的第一重剑。周全斌是在国姓爷火并厦门前就来到军中的老人，他平时总是笑呵呵地不说话，他对国姓爷的忠诚没有人怀疑。那时国姓爷让他总督台湾南北诸侯。思明很慌乱。

想必国姓爷可能很伤心吧，思明的将士们都违抗了他的命令，不然他也不会派来周全斌。

那时周全斌刚刚从南澳回来，他去那里征讨了忠勇侯[①]，那时有传言说忠勇侯因为不愿把家眷搬去台湾，所以与清人戍藩广东的平南王尚可喜暗中联系准备叛变了。忠勇侯本来和他爵位的封号一样，是忠勇的，他在南澳一守就是十九年，他在那里几次打退了清军。大多数人都不相信他会背叛。可国姓爷还是派去了周全斌。

南澳是一个美丽又有趣的岛屿，若说思明和泉州是那时天下最大的公家走私圣地，那么南澳就是天下最大的个人走私天堂。那里地方不大，也没有什么法则，那里是所有逃犯和海贼们的乐园，只要一个人到了南澳，那么他就和他的过去无关了。在那里没有人会问你是谁，没有人会问你从哪里来。即使先公统治大海的时候也只是管理了南澳最基础的秩序，而丝毫没有破坏它本来的法则。那里有世上所有的东西，妓院、酒肆、戏院、金银货币兑换中心、铁匠铺、武器库、医馆、船商、奴隶市场、各种各样的庙宇，它们里面的每一个神都受所有人的尊敬。那里有世界上所有的面孔，满街各式打扮的黑人、红毛人、黄毛人、浪人、印度人不断来来去去，据说那里的妓院虽然不似秦淮河风雅，然而新鲜程度却是天下第一，绝对可以满足任何人能想得到的所有要求，那里还可以吃到世界上所有的食物。在南澳任何东西都是可以买卖的，可以买到男人女人，也可以只买一条腿或一个假眼球，可以买到黑色的活的猩猩，猩猩会说一点人话，我很喜欢它们，不过听说附近的人更喜欢把它买去做汤喝。在那里我还见过死的海怪和海怪的角，还有包着头巾的人卖的波斯地毯，听说如果不讨价还价他们在送货的时候就会把一个赤裸的女人包在地毯里作为礼物赠送。在那里还可以买到任何一个国家的通关

---

① 忠勇侯本名陈豹，忠勇侯是他的爵位封号。

文书，可以买到一只火枪战队或术士的炼金秘诀，也可以买到会说十几种语言的鹦鹉和老水手，那里还有一种很有名的吃了之后就可以在空中飞翔好几个时辰的药丸，但有人说那是骗人的，他们说飞翔都是在脑海中想象的。然后任何你吃不起饭时觉得有价值想卖掉的东西也都可以在那里卖，没有人抽成，没有人收税。

南澳和北方毛文龙统治的皮岛一直是世上两个最无法无天的地方，毛文龙本来是大明在北方的大将，他跟清人打仗时输时赢，赢时他也伤害不到清人的根本，输时他也从来没有被清人捉住，最终他去了皮岛，成为了北方冰海上的走私王。他的势力也一度大到让一旁的朝鲜国都苦不堪言。后来他被袁督师杀了。

袁督师的军职和毛文龙本来是平级的，他本没有资格杀他，但袁督师祭出了崇祯皇帝赐的尚方宝剑。那时袁督师设下了一个谈判的骗局骗来了毛文龙，然后突然用尚方宝剑杀了他。有人说袁督师杀得对，因为如果不杀毛文龙袁督师就没有办法真正统帅北方的军队与清人抗争，他需要毛文龙的人头所能带来的威望，而仅就毛文龙走私这一条也就足够被杀了。也有人说袁督师杀的不对，因为毛文龙死后清人在后方就再没有任何牵制和顾虑了。

先公不在乎清明之间的胜负对错，他只是觉得毛文龙死得可惜，他觉得用走私把人杀了是世界上最可笑的罪名。先公说每一个私商都是一个天才，而任何商业都是于天下有利的。毛文龙死后他的部将们大多投降了清人，毕竟他们已经习惯了北方的生活，那种生活寒冷富足而自由。他们投降后皮岛的历史也就终结了。所以先公说他一定要保住南澳。

在南澳岛，理论上是没有人杀人的，因为那里任何人都是一个全新的人，没有仇恨，只有快乐。但那里理论上真杀了人也是不太会有人管的，所以那里大概每天还都是会打架死人，又不过即使打了架那里的每个人也都还是和蔼可亲。人们说南澳历史上出现过的最严肃最残暴的人就是国姓爷。

那时我们在延平时国姓爷集结了几十个人，人不多，却都是他信任的人。然后他带着我们去了南澳。那是我第一次进入大海，我晕船了。那种感觉很难受。

我们到达南澳以后忠勇侯本来说要帮助国姓爷，可国姓爷拒绝了，国姓爷说只请忠勇侯带他去立一杆大旗。立旗在海上是很重要的仪式。

忠勇侯于是带着我们去了城隍庙，城隍庙的后面有一片巨大的竹林，那里的竹子又高又粗，听说所有在南澳立旗的人都会用那里的竹子作为旗杆。因为那里的竹子质量好，也因为那样立起的旗会受到城隍神的庇佑。不过任何人砍竹前都需要通过卜筊得到神的同意，如果神不同意就不可以砍竹。国姓爷在神像前连卜了两次，第一次是阴杯，第二次是阳杯，都不是吉祥的征兆，国姓爷只剩最后一次机会了，人们有些紧张。这时国姓爷抽出了他的剑，他一剑将卜筊的用具砍得粉碎，国姓爷大声说道，我来此招兵，上应天理，下顺民心，纵使掷无圣杯，也拦不住我的复国之志！今天我阴杯要斩竹，阳杯也要斩竹！

当时我就觉得国姓爷太厉害了。

砍好竹后国姓爷在一棵榕树下立起了他的大旗，上风迎风写着罪臣招讨大将军。

我记得那棵树，特别高大，好像一直通到天上，人们不知它已在那里生活了几千年，有时我也会想和树一样，可以一直活下去。国姓爷在树下张贴了好几种不同语言的招兵文书。

有许多人围观，有人觉得我们可笑，有人只是看热闹。可能因为国姓爷的招兵文书写的实在很不像南澳的风格，人们觉得奇怪吧。

不久后十几个彪形大汉走了出来，他们轻蔑地问军饷怎么计算，国姓爷说那要看你们有多少本事。他们问国姓爷招兵干吗，国姓爷说，诛杀鞑虏复我河山。那些人哈哈大笑，我觉得他们看我们就和看傻子一样。我有点担心他们。

为首的人朝地上吐了一口唾沫，他说大明早就没了，他还说跟官军有关的事儿最好赶紧滚出南澳。国姓爷朝他走了过去，或许是那个人见国姓爷没拿武器，或许是他见国姓爷看起来就像个书生，他也毫不害怕地迎了过来。他们贴近的时候那个人正想说话，国姓爷却突然一把抽出了那个人悬在自己腰间的刀将他砍翻了。我们的人一齐抽出了刀枪和火铳，跟随那个人的人不敢动手。有的围观的人吓跑了，但也有人叫好。

国姓爷解下了被他砍翻的大汉背后背着的大斧，说了句，挺好，你不配死在我的武器之下。那个人倒也挺有骨气，硬挺着没有求饶，在国姓爷举起了大斧时他还吃力地抬起一只手指着国姓爷骂了一句你早晚不得好死。于是

国姓爷一斧剁下了他的那条胳膊,他终于发出了撕心裂肺的哀吼。然后国姓爷又举起了斧,这一次剁在了他头上。这下围观的人们既不敢逃跑也不敢叫好了。

国姓爷擦了擦手,当着人们的面一脚踢翻了一只他摆在树下的箱子,无数金银财宝从里面翻滚而出,财宝的光芒耀眼夺目。国姓爷大声说道,大明忠孝伯招讨大将军郑成功在此,辱我大明者死!随我复兴大明者,赏金万两,封万户侯!人们都欢呼了起来。

不过我知道那一箱子东西其实是当时国姓爷能凑到的所有的钱。

后来东洋剑客宫本健三郎,大将陈泽,和我们乌鬼卫队的队长黑山都是在那里归附了国姓爷。据说那棵树至今仍在那里,人们叫它国姓爷征兵树。

十几天后忠勇侯又来找了我们,他这次不再说他可以给国姓爷帮忙了,而是直接跪在地上献上了他的南澳总兵印。他对国姓爷说,少主,从今往后南澳听你差遣,我若负你无颜再看苍天。国姓爷点了点头。

所以忠勇侯一直与国姓爷关系还不错吧,他是最早支持我们的人,人们不知道国姓爷为什么仅仅是因为传言就派去了周全斌。我们也不知道忠勇侯到底经历了什么,反正最终他舍弃了南澳带着他的人进入了广东。他真的投降了清人的平南王。

忠勇侯的名字叫豹,他曾经与澄济伯被并称为海上的两只豹子。他的船上也有豹子图章,不过相比于澄济伯开心的豹子,他的图章更严肃。但无论是他还是澄济伯的船,都没有再次出现在海上了。忠勇侯到了广东后被清人封了伯爵,清人很重视他,可不久后他双目失明了,有人说是因为他在海上目睹了太多的烈日,也有人说他是因为不想给清廷效命所以装的。又不久后,他死了。

在思明人们担忧自己会面临跟南澳一样的结局,人们不想面对周全斌。忠振侯派出使者要求跟周全斌见面,却根本没有得到任何回答。眼看着大军逼近了,在思明要求诛杀昭娘的声音又强烈了起来。

周全斌曾身中五剑依然咬着牙笑着攻下了瓜州,周全斌曾不顾劝阻笑呵呵地冲进荷兰人的船队将他们杀得七零八落,周全斌是那种不爱说话不近女色没有什么爱好终日只知道打熬筋骨的好汉,我本来以为这种人是只有书中才有的,他是人们不想面对的对手。有人说他是三国时名将周泰的后代,周泰和军中许多人一样也是海贼出身,所以在军中很受崇拜。当人们去找周全斌证实这个传言到底是不是真的的时候,他总是笑着说,呵呵,我也不知道啊。

忠振侯大骂了一声,他娘的,你们不敢去,我去!忠振侯点齐了军马,他准备跟周全斌决战。我不知道在这一刻忠振侯是不是已经等于背叛了国姓爷。

忠振侯让师父不要去了,忠振侯对师父说,贤婿,如果我没能活着回来,照顾好我女儿。

师父说,岳父请放心去吧,不会输的。

忠振侯有些不解,他问师父为什么。

师父说,岳父觉得周全斌如何?

他对主公忠心无二,全军除了那些黑鬼我看就他最不会违抗将令,忠振侯想了想继续说,那些黑鬼也不一定,反正我们又听不懂他们说什么,我看周全斌没准是最忠的那个,哎,怎么就落到今天这种地步了!

师父说,岳父觉得周全斌可是愚忠?

也未必,别看他不说话,其实挺聪明的,他是真的对主公好啊!我又何尝不想像他一样呢。

是的,正因如此,所以岳父下不了手的事情,他也下不了手。

可他……

如果岳父处在周将军的位置会怎么做?

我永远也不想处在那种位置。

那如果你一定要做呢,将令一定要执行呢?

我……贤婿我懂了!将令是一定要执行的,可能否成功却不能怪他了!如果他打赢了该如何处理世子痛苦是他的,如果他打输了什么都做不了那也怪不得他了,他不通信不回音就是在逼我出战!

师父点了点头。

那天忠振侯击败了周全斌,周全斌败得很简单,连他自己都被轻松俘虏了,那场战争几乎没有任何死伤。我时常会想如果所有的战争都像这样那该多好。

师父去狱中看望了周全斌。师父对他说,周兄,苦了你了。

周全斌回答,呵呵,没事,没想到你们会反抗,哎,大意了。

师父对周全斌深深鞠了一躬,他留下酒肉离去了,没有再说什么,因为

什么都不用说了。

忠振侯在那时的名望达到了顶峰,人们觉得他拯救了思明。据说那时国姓爷让周全斌杀的不仅是世子、世孙、昭娘和董夫人,还有当时在思明的几乎所有将领。于是有人建议忠振侯杀了周全斌,周全斌在军中有威望,人们担心周全斌不死早晚有变。忠振侯大惊,可他又不好说出实情,只能随便把人们骂散了。

后来董夫人来了,她已经许久没有出现,或许她也不知该如何面对。想必任何女人听说自己夫君竟然要派人来杀死自己的消息都是痛苦的吧。那些天董夫人与世子也没有见过面,世子也没有去找过她。国姓爷让人杀董夫人的理由是她教子不严。或许她确实没有太管世子,可那些年董夫人忙于政务、忙于百姓、忙于逃命、忙于支撑整个思明的内务,又哪里来的时间去管世子。或许那时她才是整个思明最难过的人。董夫人没说什么,她没提世子的事情,她只说,全斌是个好人,不要伤他。忠振侯连忙称是。

不杀周全斌后人们就又有了别的忧虑,抗命是重罪,俘虏周全斌是大祸,人们担心下一次来的就该是国姓爷自己,于是渐渐人们开始怪罪忠振侯了,只是不敢说出。所以最终人们的怒火又回到了昭娘身上。那时不知怎么连民间也知道了这个事情,我记得那天许多百姓围着王府哭着祈求世子杀死昭娘的情形。

世子想冲出去跟人们对峙,师父拼命拦住了他。忠振侯带兵护在了王府外面。昭娘想出去,她让世子把她交给人们。可世子怎么会同意。世子对昭娘说他会永远保护她和孩子。

昭娘落着泪点了点头,在她的神情中,我看到了满足。可能那是一种再无牵挂的情感。昭娘自尽了。她对世子说她想回房间静一静然后就再也没有出来,待世子砸开门冲进屋去的那一刻,昭娘已经死了。她纤弱的身子挂在系在房梁的白绫上飘动,那个场景,很凄决。世子的怒嚎击碎了海浪。从那一天之后世子好像变了。

第二天世子召集了人们。他在国姓爷的座位上坐了半个时辰却一句话都没有说。人们也不敢问话。但我想他们应该明白了谁是思明的领袖。

师父又去看了周全斌,师父问他主公还好吗。

这次周全斌没有笑,周全斌说,我也不知道,我没有见到他。

师父问他登岛了吗。

周全斌回答，没有，我想去，可主公让我直接来思明。

师父对周全斌再鞠了一躬。然后师父去找了世子，他对世子说他要去东都。

世子问他，如果主公杀你怎么办。

师父说，那我也只能死。

世子看着师父对他说，老师，我要你回来。师父承诺了。

我们是偷偷登陆台湾的，没有人知道，那时的台湾充满了死寂。在我们到达王城的那天白天昏黑得就如同黑夜。有人说天是能与人感应的，不知道是真是假。王城守门的都是乌鬼军，其中一个会说中文的对师父说国姓爷谁也不见。师父抽出了他的剑，霎时几十只火铳猎刀和长矛指向了我们。师父叹了一口气，他对人们说请把他的剑给国姓爷看，他说国姓爷一定会见他。这时黑山走了过来，他让乌鬼们收起武器，他接过了师父的剑。

王城内也是昏暗的，石阶是冰冷的，烛光总是给人感觉即将熄灭。师父的剑其实只是一把最普通的剑，可国姓爷还是见了他，国姓爷知道是他。师父垂下了首，这不是行礼，在这种时刻任何礼仪都没有什么意义了，他垂首是因为他不忍心去看国姓爷的面容。黄梧献给清廷的平海五策，被挖掘殆尽的祖坟，先人暴尸荒野的遗体，海滨的焚烧和迁界，移师台湾时天下的指责，先公的死，渡公子的死，默公子的陪葬，大陆对家眷将令的无视，吕宋汉人的悲痛，缅甸边疆的咒水之难，永历皇帝的死，大明最后一个皇朝的覆灭，南澳的叛变，世子的通奸，思明的背叛，最近国姓爷经历的事情实在太多了，我觉得他一定很痛苦，很难过。

可当我偷偷抬起头去看国姓爷的那一刻，我发现我想错了，国姓爷好像丝毫都没有被影响。他依然浑厚，他依然威严，他裹着貂裘正在专心研究一张地图。他不再是那个带我们出海去南澳的少年了，但他依然是天下的国姓爷。他问，是谁。

师父回答，是我，陈永华。

哦，永华你来了，你的父亲在同安还好吗，我判断清人可能要攻打那里。

师父说，多谢主公关心，清人已经退了。

国姓爷还在看地图，他用手指着地图揣摩着，过了一会儿他又问了一句，我父那边有没有新消息。

师父回答,平国公一切都好,他回来了。

好!自古降卒都没有好下场,他回来的好,这样我就不用有后顾之忧了。

是。

国姓爷抬起了头拍了拍地图对师父说,永华,你还不知道吧,我要准备攻打长江了,我谁都没说,但我数十万雄兵已经在思明列阵以代!周全斌明白我的意思。我在东都开藩立国是为了我们子孙万世不拔的基业,也是为了混淆清军,他们以为我败了,哈哈,他们以为我带着思明海战的胜利逃了,以为我和天下义士都决裂了,却不知我从来没有这么强大!现在是他们最松懈的时刻,且看我一路大军自南澳入广东,另一路大军奇袭福州,在清军应接不暇之时,永华,跟着我,就像你们小时候那样!我要用上千艘大船从海路逆上长江直取江宁!如此他们焉能不败!

我很激动,我没想到国姓爷还是这么厉害,师父说了一声是。

国姓爷接着说,我已派我叔父驻扎在长江之上,那里地势险要,他的镇海将军营飞鸟难过!现在只等我姑父从澳门和印度买的大炮一到,我定叫清人粉身碎骨。

师父又说了一声是。

国姓爷说,皇上封我为将,赐我国姓,我不能辜负他,他现在在西面形势紧张,我必须尽快打通东南才能缓解局势,很多事情我也都是不得已而为之啊!你知道我为什么要派利胜去马尼拉吗,我就是要和他们宣战,我要让整个大海都活在对我的恐惧之下,这样我才能专心北上!大明啊,多么苦难的日子,我是不会让那些长城外面的异族得逞的。

是。

对了,我的老师还好吗,我不能去看他。

钱先生很好。

人们说他离开红豆山庄了,可师母没有走,她在那里每日望着海上,可我现在不能跟他们联系……

对了永华,你最近见过定西侯[①]吗?他死了,有人说是我把他毒杀的,他们说我嫉妒定西侯的才能,他们说定西侯是鲁王的部下所以我不喜欢他,他们污蔑我想独掌江南兵权,那些可耻的人!可耻!我想要江南还需要杀人吗!

---

① 定西侯本名张明振。

可是，可是我记不住了，最近的事情太多了，我没时间想那种事，永华，你告诉我定西侯到底是不是我杀的。

师父回答，不是，主公没有杀他。

那是你做的吗。

不是，谁都没杀他。

好，我就知道不是你做的，永华，现在我还有两点担忧，一个是施琅，另一个是海澄。我担心以后没人压得住施琅，唯一让他真心佩服的只有我父，我得好好想想拿他怎么办。至于海澄，等我大军开拔思明就交给你了，你和经儿要守好那里，你们都是善于治理天下的人。如果海澄来偷袭就帮我杀了黄梧，不惜一切代价杀了他。如果他死了就掘他坟冢裂他尸骨，我要杀他全家！

是，主公。

你是经儿的老师，你要教导他亲贤臣远小人，教导他男儿应以国家大业为重，不能沉醉声色、沉醉声色……说到这里国姓爷忽然变得恍惚了，他的目光变得疑惑。过了许久，他的目光好像暗淡了，他叹了一口气拿起了一个包裹扔向了我们，包里的东西很重，国姓爷好像有些吃力，包裹滚到了师父脚边。师父蹲下身去打开了包裹，里面是一枚大印，已经被摔坏了一角，翻过来，印上写着金台山明伦堂。

国姓爷说，永华，你觉得我错了吗。

没错。

为什么。

因为你一直在坚持同样的东西。

国姓爷苦笑了一下，所以你认同我让人把家眷都搬来东都。

是。

但你可知道我那样做是为了用家眷来威胁和捆绑他们。

我知道，将士们也知道，所以他们不愿来，所以才更需要完成。

陈永华，你是个狠心的人，有时我都不知道你到底是谁。师父没有说话。国姓爷问他，那你为什么不帮我。

欲速则不达。

对，欲速则不达，好个欲速则不达，可是我已经没有时间了！我的大军不能等！我不知接下来会发生什么，我不能等！

你还有世子。

国姓爷抬起了手,他好像有些愤怒,他想说什么,可最终也没有说出口。

师父对国姓爷说,主公,我告诉你一件事情吧,世子杀死了清人的伪皇帝顺治。

国姓爷有些惊讶,他说,伪皇帝得了天花,没有人得了天花还能活下来。

师父说,白沙岛战役是清人的第一次大规模海战,他们不懂海,所以很多好奇的王孙公子也随军来了,俘虏说有一位浚亲王也在军中不过最先逃走了,而细问时他们都对这个浚亲王知之甚少,后来属下命汉留寻遍了清人名册,也根本找不到这个人。再后来,南安将军达素攻夏之战,清人以为我们在江宁元气大伤,将各省水军抽调一空欲毕其功于一役,那次清人参战贵族人数是历次海战之最,却不料被我们几乎全歼于思明海。那时世子击沉了一艘一个清人贵族青年统领的大船,斩杀无数,据当时情形来看那艘船本来准备逃跑,只是恰好遇到从侧翼率兵出击的世子。那青年贵族身边有许多老臣护卫,船只装备精良火炮齐全不输中军主舰,可当属下为了给世子记功时拷问了诸多俘虏却没有一人能说出那青年贵族的名号、军职,只有些亲近服侍的仆从好像依稀听到过浚亲王的字样。可清人中根本找不出这个封号属下也不好妄说功劳,所以没再提及。那日大战清人颓势早现,达素本可以鸣金收兵,但他非要跟我们拼到几乎全军覆没才退,清人不善水战,达素的大船却冲突来回似有所寻。兵败回到福州后达素即刻自尽,或许那时他确认了有些事情令他不得不死。然后思明海战半年后清廷突然宣布伪皇帝死亡,其死前经历则完全无人知晓,清人说是因为伪皇帝潜心佛法所以较少露面。清人敬重鬼神不假,但伪皇帝文韬武略,曾在主公围困江宁时剑劈王座欲御驾亲征,突然因沉迷佛道就完全不露面实在蹊跷,他死前的诏书也明显是由他人写成,不得不令人生疑。直到前一段时间属下接到京师密报,他们无意间探听到一则宫中秘闻说伪皇帝顺治亲征不成后就改为了微服出征,最终死于思明海。如此则所有谜团迎刃而解。

这好像是我第一次听到师父说这么多话,国姓爷好像也在听师父说,却又好像根本什么都没有听到。过了许久国姓爷说,永华,你去跟人们说,路过羊山的时候不要杀羊。

师父回答,是,主公。

那些羊都是人们带过去献祭给山神的，那里的神喜欢山羊，永华，你跟他们说我们每艘船都要准备一只羊路过时放生送给山神，我们不用急，那里很美，你去跟你岳父洪旭说，我们要慢些走。那个海中住着蒙、瞽两条龙，他们是山神的朋友，如果山神不开心就会让他们去打翻路过的船，我们不能翻船，不翻船我的孩子就不会死。

　　是，主公。

　　永华，你知道吗，我的弟弟做皇帝的侍卫了，可他走错皇宫了，他认错皇帝了，多么可笑啊，等你回思明就让他们从漳州撤军吧，那里已经打过太多仗了，我不想打了。我想围城让他们投降，但他们就是不降，撤军以后我听说城里已经没粮食了，我听说他们都在吃人，城里的树皮和老鼠都被吃完了。有个人的父亲饿死了，他的邻居就立马偷走了尸体，他们想吃他父亲，剖开发现他父亲的腹中全是笔墨和字画，那些字都看得清清楚楚。清军已经把粮食都抢完了，他们开始每天吃百姓，他们从妇女开始吃，我听说百姓都主动献上家里的女人，这样男人就不用被吃掉。永华，我们撤吧，不能再围了，百姓也开始吃人了，孩子都被他们吃完了。我听说妇女为了活命不被献出去就都躲起来了，她们聚在一起拿棍棒袭击落单的男子吃，她们不敢生火，她们一生火清军就会寻去把她们捉走，所以她们把人直接生吃。永华，祖大寿将军在辽东也没吃的了，他被困在了锦州，他的马都吃完了，他们在城里只能吃人。不然他是不会投降，他不能投降！

　　主公，他不会投降的。

　　不，让他投降吧，不能再死人了，我听说几个月后漳州就会死几十万人，我听说几个月后那里会清出几十万具尸体，这还不算那些已经被吃掉的人。他们会把那些尸体一起聚在东门外烧掉，他们把那里叫同归所。

　　可是我必须在金砺过来以前拿下漳州！金砺是汉人，但他带的是最凶狠的八旗军，我不惧他，我击败过他，我在海澄把他们都炸碎了！有了漳州我就能让他再死一次！不，不行，我不能让百姓陪葬，那不是我想要的，我一直在劝降他们，我不知道城里已经吃人了……

　　主公，这不怪你。

　　永华，我给日本幕府写信了，可我知道，他们会给我们东西却不会出兵，他们是尊崇大明的，但天下已经没有人敢跟清人对抗了。现在他们锁国了，锁国了所以不能出兵,我不怪他们,永华,我很后悔没能跟李定国联合在一起。是他们去得太慢了,我已经罢了他们的官,可他们也没有慢多久啊怎么李定国就输了呢!等他们带兵到那时李定国已经输了。李定国是晋王,他本来不会输的,他两撅名王名动天下,如果我能早些跟他会师广东我们就可以兴复大明,天下抗清名将我只服李定国!皇上说也要晋我做亲王,他要封我为潮王,我不能接受,我已经接受的很多了,延平王挺好的,延平是隆武皇帝住过的地方。永华,你说我是先跟李晋王会师广东还是先进攻南京,这很难,这很难。永华,你知道吗有人说皇上把李定国封王是为了压我一头,他是亲王而我是郡王,可我不信!我们都是为了大明而战的!张贼的四个义子只有他是好人!我很后悔没能早些跟他合兵一处。

主公,我们还有机会。

是的,我们当然有机会,我是不会输的,我所做的这一切都是为了卷土重来!可是你不懂,我无颜见先王,无颜见死去的百姓啊。

主公,百姓一直都爱戴你,你一直都是百姓复国的希望。

复国,听起来真遥远啊,你知道吗有时我很想回东洋,我想平户,自从离开我就再也没有回去过,可我不能回去。你知道吗,每次望着驶去平户的商船,我都恨不能抛下一切跟着他们离去,可是我不能啊,我很想回去看看我出生的地方,我想回去看我的母亲。

主公,我们过几日就回去。

国姓爷不再说话了,他停了许久忽然说道,你说是我害死了我的父亲吗。

不是的,平国公不会有事的。

国姓爷没有回答。师父也不说话了。

许久之后国姓爷缓缓站起了身,他拿下了他的剑,走向了师父。师父没有动。国姓爷将剑抽出了几分看了一会儿,然后一把收起了剑。国姓爷的目光又亮了起来。他把剑递给了师父。

国姓爷说,永华,你的第一支剑为我断在了江宁,那是你父亲的剑,你的第二支剑为我断在了思明海,那是你的剑,现在这是你的第三把剑了。之前你送来的好像只是一把最普通的剑,但我就知道是你,我知道你会来。不要推辞,它是你的了。

主公……

不必多说了！在思明等我吧！记住，我的大军将要来了！

说罢国姓爷把剑塞到了师父手中然后转身走回了自己的座位。师父想过去。国姓爷背对着我们摆了摆手。国姓爷坐下了，师父想说什么，可国姓爷说，不要打扰我看地图了。那之后他就好像我们根本不存在一样。

离开王城的大门前师父和黑山对视了良久，他们沉默地互相行了礼。黑山是哑巴，可我不知道师父为什么也那么沉闷。

师父一句话都没有说，我们一路走入了王城的林中，那时的天更昏暗了。在师父停下的时候，钟响了。雨落在了我们身上，和雨水一起落下的还有师父的泪水。师父知道，国姓爷死了，那是王城的丧钟。那场雨不大，却一直下着。

我不懂，我不明白国姓爷为什么就这样死了，我在想他们可能敲错了钟，可师父什么都没有说。

也不知我们究竟停了多久，当师父睁开眼时，雨小了。师父依然没有动。有一股气息压制得他无法动弹。一个老者出现在了我们对面的林中。

他须发皆白，穿着古朴的奇怪衣裳，手上松松垮垮随着一把未出鞘的太刀。老者对师父说，陈永华，没想到宫本竟然拦不住你。

师父说，主公将他调出内城果然没错，他早有二心。

老者笑了笑，他的笑声和蔼，他说，你知道我是谁吗？

师父没有说话。

老者说，我是田川翌皇，或者翁翌皇。

师父还是没有说话。

老者接着说，我来见我的孩子最后一面，福松在我身边长到七岁，他离开时我就知道是不祥的。

师父依然没有说话。

他是我们日本的麒麟，在异国照耀着武德，可惜你们的土地已经是不祥的了，你们唐人失掉了鬼神的祝福，你们终于还是害死了他。

师父握住了剑。

老人闭上了眼睛，他喃喃说道，在松子生下福松的时候，平户很热闹，一官是个好孩子，我本来希望他留在日本哟，那天海上突然出现了一个巨物，它就像一座山一座城，它也不伤人，只是在海中嬉戏游玩，它喷出的水柱比瀑布还高，它的眼睛比新年皇城上的灯笼还要大，那天平户的孩子们都去港口了，多么开心的日子哟。巨物玩了很久才高高跃起沉入水中，那时松子本来在家中因腹痛而昏迷，却突然惊叫一声醒来了，她梦醒后赶紧跑到了港口。人们问她怎么了，她说她梦见一个巨物突然从港口的海中跃起冲入了她的肚子里。然后她就在那降下了福松。你说有趣吗。

师父说，有趣。

老者叹了一口气说，陈永华，你是聪明人，福松死了，台湾也就完了。

师父问，那阁下想怎么做。

老者说，你知道福松在日本还有一个弟弟吗。

师父没有回答。

老者继续说，把台湾献给他吧，他叫田川七左卫门，他将会成为台湾的藩主，他会代替幕府把这里治理得很好。

如果我不同意呢。

老者笑了笑，那我可以杀死你啊。

师父说，我想问最后一件事情，这是二公子的意思，幕府的意思，还是你的意思。

有什么区别吗？

没有。说完师父半蹲下身将尚方宝剑缓缓放在了地上，他抽出了他本来的剑，放下了剑鞘，他起身双手持剑说了一句，请。双手持剑是东洋武士更常用的姿势，在这个国家剑术中这种动作是不大典雅的，不过，这种动作适合搏命。

老者说，你们唐人不懂鬼神之力，所以赢不了我。然后他发动了。他就像是一匹狂奔的马，他就像虎，像鹤，又像腾蛇。他的拔剑出剑浑然一体，听说在东洋如何拔剑也是一门武艺，老者在几个起落间完成了一切。这时师父也动了。

他们的战斗结束得很快。

老者一共只出了三剑，他的第一剑将师父斩退了五步远，他的第二剑将师父压得单膝跪地，他的第三剑从下往上砍出，那一剑让师父的剑裂成了碎片，也在师父身上留下了一道很惨的伤口，师父飞了出去。

老者唯有声音稍微有些喘息了，他对师父说，可以哟，我没想到你这么厉害，不过我就说了你赢不了的，陈永华，你还是顾虑太多了，你们唐人……老者说话时是开心的，放松的，可说到这里他却好像突然停顿了所有身体最细微处的动作，他紧绷了起来，他想挥刀，可他的刀太长了，他的动作终究还是慢了，他飞了出去。师父像一枚炮弹一样撞在了他身上。

一击之后师父也弹出倒在了地上，一把短刀留在了师父身上，不过刀并不是很深，因为师父是自己退开的，他卸去了刀上大多的力。而老者被钉在了树上。他身上钉着的正是那把破碎的断剑。老者的嘴上挂着一点苦笑，他不再说话了。这时天又下起了雨。

师父吃力地站了起来，他拔下了身上的短刀扔在一旁。师父对老者说，我不杀你是因为你是主公的外翁，而我必须动手是因为晚辈要让阁下知道，大明的剑会断，但剑意不会断。主公没了，但还有世子，我为世子而战。师父说罢仿照东洋的礼仪跪在地上对老者拜了一拜说，老先生请回吧。

老者点了点头，念叨着，可以哟，可以哟。

师父再次踉跄起身准备离去，老者叫了一声，喂，陈永华，你是故意的吗。

不是，说来惭愧，晚辈得胜可能是因为前辈恰好全想错了，我不用尚方宝剑不是因为犹豫，而是因为用了也赢不了，所以不如使用自己习惯的东西，我选择硬拼是因为前辈造诣高山仰止，晚辈怎么都赢不了，所以只能在生死之际寻求致命一击。

嗯，厉害，厉害。

晚辈告辞。

喂，陈永华！看在你这么诚实的份上那老头子就告诉你吧，这不是幕府也不是七左卫门的意思，就是老头子自己想来看看，看完就完了。

晚辈知道了。

老者又说道，还有啊，我们日本现在正在锁国，其实拿了这里也没用，但我看了，这挺好的！所以你跟我重孙那小子就替我们好好暂时保管这里吧，以后我们日本国会来把这里拿回去的。

师父苦笑了一下没有回答他，师父离开了，师父的步伐很瘸，他最后一击时用力过猛伤及了经络。那时他所有的力量都在那条腿上。

雨太多了，我也不知道师父是在流泪还是在笑，他走得很吃力，他用剑当作拐杖，王城变得越来越小，我开始相信国姓爷真的不在了。那次的雨，一共下了七天七夜。

百姓们说那天他们看到了一只青白色的龙从海中奔入了台湾上方的空中，那只龙在云中盘旋了许久才彻底消失，或许，他依然舍不得这片土地。

第三卷·北海和觞

第一章 迷雾

  许多年后我好像突然明白了，国姓爷死前把他的剑给师父，是希望师父替他继续照顾世子的意思。那时他或许已经意识到了自己即将崩塌，可他不能失败。他爱世子，却无法说出口。而那把剑后来成为了江湖上有名的剑。

  师父曾说过江湖不过是些茶余饭后的玩意。在战争的年代是没有江湖的，饥饿的时候也是没有江湖的。但江湖又是真挚的东西，是一个模糊挣扎又自由的疆域。

  已记不清究竟是从什么时候开始世间的江湖又慢慢恢复了，江湖总是些没有开始也没有结束的东西，也许那时人们的生活慢慢好起来了吧。

  武林是江湖的一部分，武林人总是高傲的，他们能博得名声，他们能得到达官显贵的赏识，在安乐时武林往往可以代表江湖。但武林又是最脆弱的，武林总是最先消亡。人们一直说穷文富武，意思是只有富家的孩子才是能习武的，因为习武需要赡养教师，需要浪费时间，还需要足够的条件来滋养体魄。也正因如此，当富家都需要吃人或被百姓捉去吃了的时候，武林也就没了。

  听说那些年武林豪杰们或是归隐田间，或是从军从匪。田间在乱时也是不安稳的，从匪早晚会死，如果有机会从军或许是最好的出路。可武林人不识字不懂军法，他们的武艺大多只善于个人比斗或堂会表演，在战场上那些武没有任何用处，即便更高深的武在战场上往往也都是苍白的。所以那些年武林人大多都死了。只有少部分在军中活了下来，他们可能还是武人，是武夫，但却再也不会以武林人士自居了。而另一些活了下来，并在生活安定后冒出

来重新以武林人士自居的人,我也不知道他们是怎么活下来的。

师父回到思明后世子问师父国姓爷说了什么。师父只说了一句话,主公原谅你了。顿时世子泪如雨下。师父对世子说,做任何你想做的事情吧。然后师父昏倒了。

人们猜测国姓爷死后在台湾的部众会拥立袭公子,人们猜对了,他们拥立袭公子做了东都护理。袭公子是颜夫人的儿子,颜夫人在她的父亲颜思齐死后也成为了啸聚一方的海商首领,作为天下罕见的女海盗,据说颜夫人样貌俊美行事果断,那时她的追求者遍布大海。先公说颜夫人是那种你一见到她就想把全部精力都用在她身上的女人。后来果然先公征服了她。颜夫人对于先公早年统一海上的帮助很大,特别是让整个颜氏的旧部都归顺了先公。所以袭公子有自己的班底,他在海上有名望。

人们拥立袭公子或许是也还是因为拥立的功劳是难以抗拒吧,他们的理由是世子是罪人,不能继承国姓爷的大统。他们开始做出一些针对我们的军事部署。

当时思明最令人担忧的是忠振侯的态度。虽然忠振侯跟世子同患难了一阵,可他本来一直都与袭公子关系很好。忠振侯是先公的旧部,而袭公子和国姓爷一样,都是先公的儿子。不过最终忠振侯毅然地站在了世子这边。忠振侯烧掉了台湾寄来的书信,他以大海的名义宣誓效忠世子。师父感激他。

忠振侯力挽狂澜,他劝世子先即位再发丧。于是世子成为了延平王。那天世子很庄严,他带着翼善冠,穿着绯红色的衮龙袍,我永远记得他那天的样子。董夫人流泪了,不知她是感动于儿子的模样,还是在伤心夫君的死。

世子称王后台湾那边也将袭公子从护理拥立为了新王,他们称他是东都主,代理招讨大将军。

师父问王想怎么做,王说,台湾是我的。在那一刻我感觉他一定是我们的王。

清人终于也听说了国姓爷死去的消息,他们再次谋取思明。不过上次达素覆灭的海战已经令他们恐惧了,他们没有直接进攻。他们开始试探王的态度。王听从师父的建议回应了清人的试探,他给清人镇守福建的靖南王写信说他不惧怕战争,不过如果清人愿意与民休息,他可以同意仿照缅甸和朝鲜的先例成为清朝的附属藩国,称臣纳贡,但不剃发徵兵。清人想必需要商议一段时间这个事情。这段时间对我们来说，够了。

那时我更加感觉国姓爷从来都是对的，虽然天下都在指责他去台湾是抛弃大明，可是我们真的很需要那里。王准备发兵了。

国姓爷死后王亲自去释放了周全斌，周全斌笑着说了声谢谢，然后坐在地上大哭了起来。这天王又去找了他，王请周全斌做他的五军都督。周全斌同意了。

王还将冯锡范封为了亲军护卫镇总管，将刘国轩封为了亲军骁骑营总兵，又请师父做他的咨议参军。这次师父终于没有拒绝，他知道现在王需要他站到身前。咨议参军是王专门为师父设立的官职，在我们这个军政一体的藩国，王说咨议参军的地位仅次于藩主。王令忠振侯守护思明，忠振侯气吞山河地说将一切都交给他。然后王祭祀了大海，带着我们系着白绫的大军驶向了台湾。

那次我们在澎湖停留了很久，王在那里祭拜了妈祖。澎湖的妈祖庙是一个很古朴的地方，不知它已经在这个岛屿上伫立了几百年，它的落成已经无从考据，有人说它浑然天成。王问师父，妈祖会保佑我们吗。师父回答是的。王又问，那她也会保佑袭叔吗。师父顿了顿回答，是的。王说，如此最好，这样她才是我们每个人的母亲。说完他又在神像前俯下了身。

台湾岛上的安平镇守将黄安之前写过信来，他表示了对王的效忠。有人生疑，忠振侯却断定黄安可信。忠振侯给王的建议是不发一书一信，飞速奇袭台湾，与黄安里应外合径直平乱。可不知为什么，王好像有些犹豫。

师父对王说，殿下，我们还是给东都去一封信吧。

王那时正望着澎湖海上的波涛，王问师父，为什么。

师父说，凡事先礼后兵，出师有名，藩主新丧的时候东都无人，诸将请袭公子暂居护理也无可厚非，我们先通知他们退避迎接吧，根据动向再做调整。

周全斌在一旁说，属下觉得陈参军说的有道理，哎，袭爷也是被人蛊惑罢了，我们突然过去岛上的人也害怕，还是通知一下吧。

王叹了一口气说，我又何尝不希望这一切都没有发生，你们说的对，我们不能自己先失了礼数。

在台湾的回信送来后，周全斌说，呵呵，现在我们是不是师出有名了。

王派遣了许多人先乘小船从不同的地方登岛，那些人沿途散播着王的声音。王说他和袭公子叔侄之间本来是骨肉至亲，只是有奸人趁国姓爷宾天从

中挑拨才乱了方寸，现在他特地回岛平乱，王让将士们速速认清情况，迎接王驾，共同杀贼。

在我们快要靠岸的时候海峡上面大雾弥漫，即便几步之外也看不到人影，那种感觉让人心慌。可周全斌大声说这是老天在保佑我们。大雾掩护了我们登陆。

军人们在雾中摸索着前行着，一切都好安静，突然对面的浓雾中枪响了，箭来了，喊杀声起伏，有人倒下了。我们的军人紧张，许多人想后退。

这时周全斌冲到了最前面，他大喊道，后面是海，船都被我放走了，你们无路可退，大丈夫宁可死于战而不可死于水，都随我杀啊！

说罢周全斌杀了出去，冯锡范也提着丧门剑冲了上去。冯锡范的剑和施琅漆黑的铁剑一样，都是宽刃剑，这种剑适合战争，那天的冯锡范无人能挡。将士们也都冲了出去，他们被他们的主帅鼓舞了，他们也知道自己没路可退。而师父一直陪伴在王的身旁，师父最担心的事情没有发生，黑山和他的乌鬼护卫镇没有参战。李德斯队长也在王的身旁，那时他成为了王的护卫，他一直紧紧握着他的火枪。

王很镇定，他看着战争的神情很漠然。好像这只是一场战争本身。

迷雾渐渐散去了，敌军渐渐不支了，战争并没有持续很久。因为敌军的领袖黄昭死了，他中了流矢。那一箭是刘国轩射的，刘国轩清军出身，弓箭用得很好。那时黄昭正在大喊着催促士卒前行，刘国轩听到了他的声音，闭上了双目，于雾中弯弓射出了那一箭。一会儿之后人们听到了黄昭的惨叫。

周全斌大喊，黄昭已死，藩主已到，尔等还不投降！

这时又赶来了另一路人马拦住了敌军逃跑的去路，为首的来人高呼，世藩乃吾主之子，大家快随我杀贼迎驾！是黄安来了。

敌军纷纷扔下了武器，迷雾也彻底散去了，王解下了头盔，慰问了人们。王说今天牺牲的所有人都是忠烈，大家都是为国而死，他说他会照顾所有死者的家属，而活下来的，他将对所有人一视同仁。

很快周全斌和冯锡范又捣毁了萧拱宸的大营，萧拱宸是和黄昭一起挑头拥立袭公子的另外一人，那边也没有经历太多战斗，萧拱宸的人大多都投降了。萧拱宸企图逃走但被冯锡范砍倒生擒。然后我们一路去到了王城。

周全斌已在王城部署好兵士。台湾本来的部众都在城外等待迎接。

人们请出了袭公子，袭公子听说黄、萧二人兵败后就没有反抗。王从王座走了下来，他对袭公子叫了一声，叔叔。袭公子流泪了。

袭公子为人好，他不是那种会讨好他人的好人，但他与任何人都没有矛盾，袭公子很多事情都做得不错，国姓爷信任他。可他的身上没有国姓爷的信念。人们说先公和家人被掳走对袭公子的打击很大，袭公子少年时本来是更有英气的。那时颜夫人也带着家产去北方追随了先公，是国姓爷坚持留下了他。我不知道他那些年是否后悔。但现在他成为国姓爷唯一一个身边还活着的兄弟。其他人都死在了北方。

这时王也哭了，王说，我们骨肉至亲险些被奸人离间，幸好如今看到叔叔一切都好！说罢王抱住了袭公子。我也不知道王是真哭还是假哭，反正人们都很感动。

可不久之后袭公子还是离开了。他逃走时带走了几百名官吏士卒，还有一些金银和军器，望着他们离去的船只，王没有追赶。或许这已是他们叔侄最好的结局。

很快王的另一个伯父也回来了，我们的财神建平侯回到了金门，他给王献上了贺礼恭喜王登上王位。台湾的一切终于都尘埃落定。王去祭拜了先王①，人们泪如雨下。不知为什么，那时我还是觉得国姓爷的死亡就像是一场梦幻。

人们也说不清楚国姓爷真正的死因，岛上的医官意见不同。有人说是伤寒，有人说是海上的热病，也有人说是急火攻心，但不太方便讨论急火攻心的内容，因为人们觉得是王气死了国姓爷。反正无论怎样国姓爷的身体这些年都是离不开操劳过度了的。

在那一刻，我好像突然明白了，我明白了国姓爷的死因，或许那就是命运。我好像也突然明白了师父那时的感觉，他一定是在我们还在王城当国姓爷告诉我们他反攻大陆的宏伟计划时就已经知道了国姓爷的结局，那时国姓爷身上散发的光辉是死前的挣扎。或许这就是命运。

在外面许多人的印象中都以为国姓爷已经是一个老者，甚至军中的年轻一辈也这样想，国姓爷这几个字已经存在的太久了，他经历了太多的世道变迁王朝更替，国姓爷好像一直都是天下的一面孤独的大旗。可那一年，他其

---

① 此处先王即郑成功。

实只有三十九岁。他的时代结束了。

王让郑省英继续担任承天府府尹,省英大人是昭明侯的儿子,但他从没有因为昭明侯的死怪罪过国姓爷,他一直很诚恳地照顾着我们的内政。王封黄安做了左都督,挂征剿将军印,黄安非常感动。然后王带着我们回到了思明。

忠振侯在思明列齐了人马迎接着王的到来,那天炮火齐鸣,好像终于扫清了许久以来的阴霾。唯独没有来的是建平侯,他说他病了。有密报说在之前一次王出海巡游的时候建平侯还将所有家眷金银都运到了船上准备离开,直到他发觉王没去找他才让家眷回到了金门。后来王不仅没对付他还派人给他送去了许多药品和台湾带来的礼物,王很关心他的病情,对他很礼遇。建平侯渐渐放下了心。

大约一段时间之后,当一切都看起来安稳了,王宣布了一件事情,他要回东都了。台湾地方新创百事待兴,他必须回去。临走前王打造了一枚金厦总制印,王说他要把建平侯封为金厦总制,请他管理金门、厦门和一切还在大陆沿海的领地。

那天晚上的宴会很开心,忠振侯尤其开心,他很乐于看到王和建平侯化解了不安。人们都喝了很多酒,回忆了许多事情,说起战争很激动,说起国姓爷不免泪下。

在宴会快结束的时候,人们大多都在准备离去了,王长叹了一口气,他把他的酒杯扔到了地上。然后突然冲出了许多刀斧手逮捕了建平侯。建平侯大惊。人们大惊。

王拿出了一封书信,信是黄昭死后在他宅中搜出来的,那是建平侯写给黄昭的信。建平侯在信中表示拥戴袭公子,说他可以帮助袭公子里应外合拿下思明,还说他已与东洋幕府联系,会说服幕府承认新王。看到信建平侯无话可说。人们也方才明白了王的经营。那天的埋伏只有王和师父两个人知道。

王对人们说,我没有提前将今天的事情通知,并非不信任诸位,只是我希望先王宾天后我们所有人还能好好地再聚最后一次。王对建平侯说,伯父,我一直希望你能自己将事情坦白,可你始终不信任我,从此请你休息吧。建平侯正要说话,忠振侯大怒,他指着建平侯大骂。他好像很失望。

周全斌与冯锡范袭击了建平侯带来的船队,大多数人都投降了,可惜跑掉了一艘快艇。

后来王的话应验了，那真的成为了国姓爷死后人们的最后一次聚首。

建平侯的弟弟郑鸣骏接到快艇带去的消息后便带着建平侯的部众逃走了，他们逃去了泉州，投降了清人。周全斌没有来得及追上他们。

人们不知郑鸣骏为何能逃得那样快，甚至不知道他为什么要逃跑，因为王根本没有想拿他怎么样。后来金门有人说郑鸣骏其实早就做好了叛逃的准备，他在建平侯来赴宴时就着手准备逃离了。他接到快艇消息时哭着对人们说是他害死了他的兄长，剩下的人不能再死，然后迅速带着人们逃了，不愿离开的也都被迫上了船。可其实那时建平侯并没有死。

建平侯是在听说他的部众叛逃去清人那里后自杀的。王本来甚至都没有公开他的罪状。王或许还希望建平侯可以像国姓爷火并厦门后的永胜伯那样继续为氏族效力吧。而国姓爷也一直待永胜伯的弟弟郑斌很好，国姓爷请他执掌宗族的礼法，后来当国姓爷设立六部的时候郑斌大人成为了我们的礼部主事，虽然没有兵权，但那也是藩国内地位最高的六个官职之一。现今王也同样尊重郑斌大人。人们说郑鸣骏本来可以成为第二个郑斌或郑省英，可他选择了叛变。

他背叛了家族，我觉得他应该快要死了。

人们说郑鸣骏一直渴望能脱离国姓爷自己带兵，国姓爷死后他曾劝建平侯带着大军去和王谈判要求分割势力，建平侯拒绝了。后来他又向建平侯建议与其猜测王的用意，不如干脆投降清人，建平侯也拒绝了。再后来当王下令封建平侯为金夏总制的时候，建平侯有些犹豫，郑鸣骏却劝他接受，劝他赴宴。现在建平侯没了，郑鸣骏带兵和降清的梦想终于都实现了。后来清人将他封为了遵义侯，我不知他义在哪里。

那次金门的叛变带走了上百名文武官员，两百多艘大船，几百万两银钱，和上万兵卒。那一次我们的损失很痛。不过自国姓爷死前就开始出现的内部的不安终于也都彻底平定了。

王觉得他没有处理好。可师父说没有人能比他更好。

在国姓爷死后不久李晋王也死了，李晋王那时本想去缅甸救永历皇帝，可他终究晚了一步。而皇帝死了李晋王的心神也就散了。

还有人说其实自从国姓爷去了台湾李晋王就已经丧失了希望，他和国姓爷被称为天下双璧，一直是东西两面抗清的大旗，没有国姓爷他无法独自支撑。他们还是儿女亲家，李晋王主动要求与国姓爷结亲，他想让他的儿子娶国姓爷的女儿。可那时小姐已经有了婚配，于是国姓爷就做主将建平侯的女儿嫁了过去，国姓爷说建平侯的女儿就如同他亲生。李晋王在战略上有天赋，如果不论浚亲王事件的真假，那么李晋王是那些年唯一杀死过清人亲王的人。那些年他的名字很辉煌。名士黄宗羲评价他两撅名王，名动天下。

李晋王一直有一个宏伟的计划，他希望能和国姓爷会师广东，然后从广东发兵光复天下。那时李晋王已经放弃了本来他在西面的所有的混乱的友军，他把希望都寄托在了素未谋面的国姓爷身上。可惜那个计划一直没有实现。

我也不知道我们最终失败的原因，或许就如同师父说的，我们并没有变得弱小，只是清人的国越来越完整了。那时清人将洪承畴任命为了五省总督，派他全权经略中原，人们说执掌五省总督印的洪承畴就如同千百年前身披六国相印的苏秦。李晋王撅动了清人的两位亲王，却最终没能撅动洪承畴。正是在洪承畴执掌五省以后李晋王就再也没有取得过两撅名王那样的战绩了，他曾经恢复的疆土也都被不同地方的清军渐渐收回。

事实上洪承畴从来没有一次真的跟李晋王两军对垒，从来没有过一次自己率兵击退过李晋王。晋王依然是反清阵营中的战神，可当洪承畴来了他就是再难有所作为。

最终李晋王死在了郊野，他死亡的地点和时间有不同的说法，不过有一点人们说的都是一致的，就是他留给儿子的遗言：宁可死于荒野，也永远不要投降。说罢李晋王就死了。那时距离国姓爷的死亡只有一个月的时间，那时李晋王刚刚听说了国姓爷的死讯。晋王，延平王，他们的时代一起结束了。

可惜最终李晋王的儿子还是投降了清人。他去云南昆明投降了吴三桂。一起投降的还有晋王的上百头大象，那些大象曾助他赶走清人的战马。

投降的是晋王的次子，而与国姓爷联姻的长子在之前贵州之战时被清军俘获杀害了，建平侯的女儿也从此不知所踪。在那个时代人总是会失踪的。一个女人也总是容易被遗忘的。或许这就是那个时代的命运。

与晋王次子同时投降的还有蜀王①的儿子，西面的抗争在那时也大致都结束了。蜀王和晋王一样都是张献忠的义子，再加上孙可望和艾能奇，他们被称为张献忠的四大义子与四大战将，他们都曾在张献忠对大明叛乱中立下过

---

① 此处蜀王指刘文秀，后来被永历皇帝封为蜀王。

汗马功劳。他们又在张献忠死后一起脱离了乱军坚定地支持起了大明。

相比于李自成在北方的活动，张献忠更多时游走在南面和西面，所以他活得更久一些。相比于李自成造反自己当皇帝的想法，编造不纳粮不交税的梦想等等，张献忠的行为更让人无法理解。人们说张献忠一天不杀人就难受，但凡有一天他没杀成人了就很不开心，然后后来他终于可以每天都杀人了。他战胜时喜欢杀人庆祝，战败后必然杀人泄愤。他总是杀光男人掳走妇女，他喜欢把妇女聚在一处的盛大场面，他很开心，他开心时也很宠爱她们中的一些，但她们被奸淫过后最终也总是难逃被杀死或吃掉的命运。在洞庭湖战败时张献忠曾投神问卜，卜筮的结果接连三次都很不吉利，在他准备退走的时候又狂风大作大船倾覆，张献忠很愤怒，他哭了，他哭着杀掉了十几万人。他把那时他掳来的所有妇女都赶到了船上，他下令一齐烧掉了那上百艘大船，人们回忆那天夜里火光将洞庭湖照耀得如同白昼。还有一次他曾突然下令将所有妇女都砍去了双足，他把那些女人的脚堆在一起就像是一座山，然后他点起了火，他说那是他供奉神明的朝天烛。

我一直觉得张献忠有点毛病，而多明我会利胜说张献忠是被魔鬼操控了，利胜说我们不懂得魔鬼的可怕，他们则已经有和魔鬼搏斗数千年的历史。

人们问利胜那可以驱散魔鬼吗。利胜总是自信地笑着回答只要对主有信念就可以战胜一切。

可那时张献忠身边也有两个传教士，张献忠很信任他们，把他们封为了天师。他们却并没有能成功驱散张献忠的魔鬼。

张献忠最终进入了四川，入川前他屠杀了重庆全城，只留下了一万名青年。随即他下令割去了所有青年的耳朵，挖去了他们的鼻子，又一人斩去了一只手。张献忠让手下把他们赶去了四川各城各县，张献忠让他们去告诉人们如果不开城投降就是这个下场。所以他很快地控制了四川。他和北方，南京，还有李自成分割了天下。

人们说李自成是有战争天赋的，而张献忠在天下的无数乱军中可以排第二，所以他们也成为了最终活下来的并成了气候的两人。李自成发明了一些战术，在我们听起来根本不可理解。他们的战术以攻城为主，因为他们是不爱打野战的，因为他们的目的从来都不是胜利。他们的目的是进城，是进入繁华的安居的地方，把属于别人的东西都抢过来据为己有，抢不掉的就毁掉。张献忠学习了一些李自成的战术，并且又发扬光大了一些，总的来说他们的战术可以归结为不怕死和让人死。如他们有一种抢城的办法，不用云梯、不用火炮、不用冲锤，只让人们拿着榔头锥子一类的东西跑到城下去刨砖头，刨到了就可以抱着跑回阵，没刨到的就只能要么被守军打死要么被自己人打死。他们还有一些特殊的训练方法，如李自成将人的身体剖开当作马厩喂马，所以他的马见到人时兴奋无比。张献忠则拿人肉饲养他从川西土司处抢来的獒犬，他的狗猛如豺狼。西面过来投靠我们的人说在四川时张献忠时常会突然在大殿上放出那些獒犬，被獒犬嗅了或咬到的人就会被杀，张献忠说獒犬可以通神明，能帮他辨别忠奸，他将这种用狗来挑选人杀掉的办法叫作天杀。

后来张献忠开始失败了，他当皇帝的时间也并没有比李自成和弘光皇帝长多少。他开始恨四川人，他觉得失败都是因为四川人导致的。如果作战的是川军那他就觉得是川军不够卖力所以输了，如果作战的不是川军那他就觉得是川人做了奸细所以他输了。他整日都在惶恐，他惶恐川人投降我们，惶恐川人投靠从北方西退的李自成，更惶恐川人投靠更恐怖的清人。他终于几乎杀光了川中所有的人。

后来也许是由于清人的大军迫近了，也许是由于四川已经没有什么人可供他杀了，张献忠决定离开，他临走时烧掉了成都和他所有能烧的地方。那里本来是世上最安逸的城，那里是被群山围绕的丰沃盆地，四川一直被称为天府之国。那里是汉高祖发家的地方，是诸葛武侯曾辛苦经营的地方，现在却都没了。战后当人们进去清理成都的时候发现曾经的市区内宛若山林，竟然有猛虎横行，而猫犬也性情暴烈，想必是吃了太多的人肉。人们还发现了黑罾。罾是一种奇怪的动物，它们只在大灾祸后出现，它们专吃人肉。罾的出现是世道最惨绝的体现。

李晋王在那些年有没有随他义父张献忠杀人人们也不太清楚，晋王是英雄，人们是不喜欢评价英雄的。人们也从来不在晋王面前提及张献忠。有人说晋王那些年曾苦苦劝说张献忠不要杀人，可张献忠不听，所以张献忠死后晋王就立马背叛了乱军，投靠了大明。利胜说，这都是因为有两位传教士的影响，所以晋王从他义父的魔鬼阴霾中走了出来，所以他终于和同样受到天主感召的国姓爷走到了一起。我也不知道该不该信他。

张献忠是死在川北凤凰山的，有人说正是在凤凰山张献忠死后晋王就涅槃重生成为了凤凰。那时他们在那里遭遇了清人的军队，那是真正的清人的主力大军，领兵的是肃亲王豪格。豪格是皇太极的长子，天性勇猛，他本来有希望继承皇太极的皇位，可他或许没有多尔衮的智谋。豪格有一只两个壮汉在地面上一起拉都拉不开的大弓，可他却能在马上完成射击，骑射也正是清军最厉害的地方。张献忠的军队败的很快，他们不是对手，张献忠被直接杀死在了阵上。

那时豪格以主将的身份直冲敌营，然后挽起大弓一箭贯穿了张献忠的胸膛。那一箭直接将张献忠从马上撞飞了出去。他疼得在地上惨叫打滚，而没有人救他。然后清人的大将鳌拜骑马赶来一刀斩下了他的头。

张献忠死了，那个关于他死亡的谶语果然应验了。谶语讲的妖邪，不光预言到了豪格，还预言到了弓箭，我也不知是真是假，反正传说总是那样传说的。

后来当台湾的孩子们听大陆故事的时候总是问为什么人们不反抗张献忠，为什么要等到清人的亲王去杀他，这个问题很复杂。或许并不是人们为什么不敢反抗张献忠吧，而是因为正是人民不敢反抗所以才有了张献忠。想必张献忠也不是自第一日起就是那样的，而是当他有了兵马夺了权利后渐渐形成的。

张献忠的两个天师传教士被豪格带回了北京，他们在那里认识了先公。先公会说跟他们一样的语言，先公可怜他们受过的惊吓，先公支持了他们传教，帮他们在北京建立了教堂。我见过他们，他们过得很好。

而张献忠的另外一个义子孙可望随张献忠杀过不少人人们都是确定的，虽然在孙可望刚开始拥立大明的时候也有人替他辩驳，但后来人们都确信了。因为他又背叛了我们。

虽然只是义子，不过孙可望好像很好地传承了张献忠的狂想和猜疑，还传承了喜欢杀人的爱好。并且又发扬光大了一些。

他发明了一种剥人皮的办法。把皮从脖颈一直切割到臀部，然后剥开一半扯出来钉在木桩子上，人在那里，就如同打开翅膀的蝴蝶。接下来可以继续剥完，也可以把人就留在那，直到许久后才断气。

孙可望正是这样杀掉了永历皇帝手下的重臣李如月。李如月在刑场上看到有人搬来了一堆稻草，他问那是什么。行刑人回答那是用来填你的草。李

如月大骂,瞎眼奴才,那株株是文章,结结是忠肠!后来在被剥皮的时候李如月一边大骂孙可望,一边大呼凉快、凉快!直到被斩去四肢剥到脖子才死。

李如月死后他的皮囊果真被塞满了草,先用石灰渍干,再塞满草,再缝合,制成了一个完整的人皮人。孙可望得意地让人把这个人皮送到四处传看。这种办法叫作人皮揎草,本来是太祖发明的用来惩治贪官的手段。太祖出身贫苦,他恨贪官,他将蒙古人赶走建立了大明后一直很注重对于贪官的惩罚。以前我们的县衙旁边还有一个专门悬挂贪官人皮的地方。不过后来这种刑法渐渐不太被使用了,可能是因为太麻烦,正常人都想不起来去用吧。也可能是因为贪官太多了,用不过来。

孙可望剥杀李如月是因为李如月上书弹劾他目无王法,而剥杀完李如月后他又一连杀死了永历皇帝的三十多名大学士。他把皇帝迁到了他的地盘,他逼皇帝将他封为了秦王。那时晋王正在外面和清军奋战。于是孙可望控制了皇帝。他还以皇帝的名义写信让我们从海上对他纳贡。

或许正是从那时晋王就把希望放到了东面,他不再对曾经的友军抱有希望,他开始谋划和国姓爷联合。晋王只求他的义弟能保全皇帝和城池的安全。

可孙可望还是不满足,他竟然发兵企图吞并李晋王。他嫉妒皇帝喜欢晋王。他嫉妒晋王被人们崇拜。晋王终于无法忍耐,他和孙可望开战了。晋王和蜀王的联军很快就击溃了孙可望,他们救出了皇帝。

可惜孙可望逃走了,他逃走后立马投降了清人。他给洪承畴献上了滇黔地图,献上了所有西南军队部署的情报。有人说洪承畴早已料到了这一切。从此清军势如破竹,一路逼得皇帝败退缅甸。那时清军领军的是吴三桂,吴三桂在北方时清人给他的王爵封号是平西,没想到最终他真的帮助清人平定了西方。吴三桂的成功对我们的压力很大。

再后来吴三桂杀进缅甸杀死永历皇帝,清人将他晋封了亲王,命他镇守云南,兼管贵州。吴三桂的声望达到了顶点。于清人他是第一大功臣,于汉人他是第一大汉奸。总之天下没有人不在谈论他。从此吴三桂在昆明设府开藩,成为了真正的一方的王。

孙可望也被清人封为了义王,这个义或许跟郑鸣骏的义大致是一个意思吧。但孙可望加入清人阵营后再也不敢跋扈了,因为他发觉清人对他的态度变了,他发觉自从西南被平定他对清人就失去了价值,他发觉他再也联系不上洪承畴了。不知那时他是否还会想起他孤独奋战宁死郊野也不投降的义兄李定国。再后来，孙可望在一次围猎的时候被清人当成猎物射杀了。

　　晋王死后清军在西南再也没有任何牵制，他们开始大规模清剿那边的零散义军。一直藏在山里抗战的夔东十三家军终于也都失败了。夔东十三家成分复杂，有的是曾经的乱军，有的是当地的乡勇。他们一见如故，兄弟相称，他们啸聚山林，喝酒吃肉，他们在山中保留着大明的衣冠。他们曾说过会呼应我们战斗。现在他们都死在了一起。

　　洪承畴回到北京后去探望了先公。洪承畴是自己离开战场的，他说他年老体衰，只想回到京师。他来时是天下抗清义军最风起云涌的时候，是清人早期大将相继凋零的时刻。然后他做了六年的五省总督。现在他离去时，一切都已风平浪静。

　　先公问洪承畴，打赢啦？洪承畴嗯了一声。

　　先公嘲笑着说，那你怎么回来了，云南怎么被送给吴三桂了，你怎么什么都没有捞着啊？洪承畴没有说话。

　　先公问道，老哥哥，你说你到底在图个什么呢？

　　洪承畴回答，图一个大同世界。

　　先公哈哈大笑，先公问那凭什么是清人当皇帝。

　　洪承畴抬了抬眼睛说，因为连你都输给他们了。

　　先公无话可说。

　　王回到思明后还曾收到过钱谦益的书信，那时钱先生还不知道国姓爷已经死了，那一年钱先生八十一岁。他的耳目已经迟钝，消息也已经闭塞。钱先生在信中还在问国姓爷什么时候回到大陆，他让国姓爷不要忘记兴复大明的责任。王没有给钱先生回信，他不忍破坏一个老人最后的希望。

　　不久后鲁王也病故了，他死在了给我们种番薯的金门。他死前张煌言曾劝他登基称帝，永历皇帝死了，鲁王是天下最适合承袭大统的人。那么多年过去了，张煌言一直都如同第一日那样忠于鲁王。可鲁王拒绝了，鲁王说他们的时代已经结束了。

　　鲁王死后张煌言心灰意冷，他解散了他募集的军队，他来最后一次拜见了王。我说不清楚最后那次见到张煌言时他的样子，那种感觉很复杂。张煌言是国姓爷知心的友人，可他更是鲁王最忠心的臣子。那十几年来虽然国姓

爷接纳了鲁王赡养着鲁王,可又何尝不是一直在压制着他们。

然后张煌言归隐了,他拒绝剃发,他拒绝食清国的一粒粮食。人们说他去了一个极荒芜的海岛。在那里兵部尚书张煌言又变回了江湖狂士张苍水。

好像大雾渐渐都散去了,英雄们,枭雄们,抑或是曾叱咤一时的魔鬼们好像都散去了。迷雾散去了,人们发现王却依然伫立在思明。如今天下也只剩下他一个人依然在孤零零地伫立着。他倚着大海,迎着海浪,他的冠冕和服饰在那时已经不多见了,从此他将要一个人面对整个北方。

第二章　别离

女真是一直盘踞在极北地方的人,他们曾经建立过金国,那个国对我们的宋朝造成过极大的伤害。而后来金国和我们的宋朝一起覆灭了,因为我们都遭遇了蒙古人。听说那时几乎世上所有的陆地都成为了蒙古汗国的版图。

直到明太祖赶走了蒙古人建立了大明,我们又重新拥有了我们的江山。

而清人是那时一些还没有灭绝的女真的后代,他们靠躲在极北的地方活了下来。他们过了几百年极寒极野蛮的生活,现在他们回来了。清人的初代领袖努尔哈赤统一了北方所有的部落,他宣布复兴了他先民的国,他开始率兵攻打长城。

女真人也将自己称为满洲人,据说满洲在他们的语言里意思是最强硬的弓箭。

后来努尔哈赤死了,皇太极继承了汗位,之后皇太极打败了成吉思汗留在蒙古的后裔,他同时也成为了蒙古大汗,再之后他得到了消失很久的传国玉玺,他宣布他成为了皇帝。有人说劝他称帝的人是范文程。自古天下无论汗或王都是可以有许多的,但皇帝只有一个,皇帝是天子,是上天统治人间的使者。

称帝后皇太极将他们的国由金改为了清,也开始正式用满洲称呼自己而不再使用女真。据说是因为清国的属性是水,满洲也代表着圆满的水德,而大明是属火的,皇太极希望用水灭掉火,用水德代替火德。想必这也是范文程给他的建议吧。

人们说天下是有天命的，朝代的更替也总是逃脱不了五行相生相克循环往复的道理。如夏代替了虞，商代替了夏，周代替了商，后来秦朝又一统天下灭掉了周。恰好是五行中木克土、金克木、火克金、水克火的规律。

在清人的顺治皇帝死后康熙皇帝即位了，那时康熙只有八岁，他继承皇位的年龄和他父亲差不多，他们都是孩子。康熙曾经得过天花，可他竟然活了下来，没有人知道为什么。可能这就是天命。

多明我会利胜有一天告诉我们是在北京的传教士汤若望建议顺治皇帝把康熙选为继承人的。汤若望已经在中国居住了四十年，他从没有回到过自己的故土，他一直渴望他的教能在我们这片土地传播。他曾为大明制造过数十门大炮，虽然那不是他的本意，他不喜欢战争，但通过制造火器他打动了大明的朝廷。他刚到北京时又准确地预测到了日食的发生，那时崇祯皇帝很在意他。后来崇祯皇帝没了，李自成的乱兵进入了北京，乱兵抢劫时本来也打算入侵教堂。那时汤若望已经想好了死，他一个人拿着一把太刀站在教堂的门口准备殉教，却没想到吓走了乱民。汤若望觉得是上帝保佑他，他觉得是上帝希望他留下来，所以即便大明没了他也坚持留在了北京。后来他果然又渐渐成为了多尔衮和顺治皇帝信任的人。人们说顺治好学，他喜爱西方的知识，他将汤若望称作爷爷。而汤若望之所以建议顺治皇帝把康熙选为继承人正是因为康熙得过天花而活了下来，汤若望说得过这种病后身体就会产生一种叫作免疫的东西，从而再也不会得同样的病，这样至少康熙成为皇帝以后永远都不会因为天花而死。天花一直是很困扰清人的病，于是顺治皇帝就听从了汤若望的建议。

利胜虽然跟汤若望不属于同一个修会，汤若望他们是耶稣会的，但这种时候利胜还是充满了自豪。

那时利胜带着国姓爷的使命去了吕宋，却没想到等他回来时国姓爷已经不在了。

利胜到达吕宋后在当地多明我会修道院的带领下去见了西班牙人在那里的总督。利胜穿着大明的官服，呈上了国姓爷的信。国姓爷的言辞果然很不友好，他将西班牙人称为夷人，他命令他们交还吕宋华人应有的权利，还命令他们对我们称臣纳贡，他说不然他就会带着大兵踏平吕宋。总督看完又惧又恨。他们决定暂且不对外公布这个事情。可风声很快还是走漏了。当地的华人都非常兴奋，他们觉得国姓爷会来给他们撑腰，而当地的西班牙人和一些吕宋人都很愤怒，他们说要杀光所有的华人然后把尸体献给国姓爷当作贡品。

接下来暴乱持续在吕宋发生了，刚开始时是当地人攻击华人，后来华人也开始了反抗。不过华人们很快就被镇压了。再接下来就发生了那两艘船从吕宋逃到思明和台湾的事情，国姓爷很愤怒，他准备去攻打吕宋。可他还没有来得及发兵就死去了。

在起义迅速失败义军领袖纷纷被杀或逃亡后，当地的华人很惊恐，而西班牙人爆发着一些趁机杀死所有华人的声音。华人们死守社区准备同归于尽。西班牙总督很痛苦，他不会允许华人作乱，可他又不想真的得罪国姓爷。我们的海军素来让人惧怕，依附于郑氏的海盗无处不在，荷兰人在台湾的覆灭又近在眼前。于是总督严令禁止了西班牙人和本地人继续攻击华人。可如何跟国姓爷沟通，又如何能先安稳当地的华人成为了难题。

当地华人拒绝沟通，西班牙人只能用军队排满火器守在外面。这时利胜站了出来，他说愿意进入社区谈判。人们很震惊，在他们看起来这种行为无异于送死。利胜笑着说，主会保佑我的。

与利胜一起进去的还有一些华人，那些人是在之前暴乱时被利胜保护下来的，利胜让他们躲进了教堂。华人们看到一些亲人回来了，看到利胜身穿着大明的官服，说着闽南的乡音，人们终于相信了他。利胜安抚了人们，他说主会保佑大家渡过难关，他告诉人们国姓爷并没有来攻打吕宋，西班牙人也不会再伤害他们，只要他们能放下武器不要再挑起争端，一切都好说。利胜说国姓爷正在和西班牙人谈判，一切都会好起来。为了让人们进一步相信，利胜还将他的贴身随从留在了社区作为了人质。那个孩子后来被社区内的暴民杀了。不过利胜宽恕了人们，他没有将这件事告诉西班牙人。

西班牙总督惊叹利胜的能力，他拒绝向国姓爷称臣纳贡，但他表示只要国姓爷不派兵过来攻打，他保证归还当地华人的权利和财富。利胜很痛苦，但他也开心，他不算十分圆满地完成了国姓爷的任务，但他似乎化解了这场战争。这时西班牙人只剩下一个问题需要解决，就是该派谁去给国姓爷回信。他们没有一个人敢来，他们相信如果来了肯定就会被我们杀死，他们觉得国姓爷是海上最恐怖最残忍的异教徒。

利胜说，让我来吧。

于是本来是我们使者的利胜又成为了西班牙人的使者，在利胜的劝说下，西班牙总督还释放了之前扣押的商船以示诚信。

利胜在回来的途中遭遇了很大的海浪，他们在海上漂泊了许久才到达思明。利胜说是主保佑他活了下来，而船上的水手说是妈祖显灵救了他们。那时国姓爷已经死了，而王在台湾。利胜本来是想去台湾的，可是风浪使得他无法靠岸。

在思明港口利胜被人们认了出来，他立马被抓住了。人们对他的态度很不好，利胜不明白为什么。原来那时越来越多华人在吕宋被屠杀的消息传了回来，在逃回来的人眼中所有西洋人都是一样恶的，而且他们认为正是利胜去以后西班牙人才开始攻击他们，人们觉得利胜背叛了国姓爷。那时利胜在思明的教堂都已被愤怒的人们拆毁了。很多人说应该处死利胜。

忠振侯压下了人们的声音，他知道利胜曾经对国姓爷的重要，可他不知该如何处理。忠振侯是个纯粹的军人，他不太懂得海洋上与外国的事情。他请建平侯来帮忙。建平侯那时刚回来不久，他还没有明确地表示愿意拥戴世子为王，但他总归是郑氏的重要族人，他也总是在处理海上与外国通商的事情，忠振侯只能问他。

利胜见到建平侯非常激动，他大喊着，郑泰、郑泰！他知道他得救了，他们一直是关系很好的友人。利胜向建平侯说清了缘由，那时也有些新从吕宋回来的商船作证是利胜救了他们。建平侯请忠振侯释放利胜。

可忠振侯对于吕宋的遭遇依然很愤怒，他说他也要杀掉思明一带所有的白藩人报仇，他还会派人去攻打吕宋。

利胜大惊。建平侯也大惊。建平侯说那样必然无法收场，那样在海外的生意也就全毁了。

忠振侯不听。

建平侯说，洪旭！主公让你守好思明，你怎能如此轻举妄动！一切应该等藩主回来定夺！

忠振侯说，哪个藩主！国姓爷吗？

你傻吗，当然是经儿！

所以你也认同他是藩主了？服他是延平王了？

建平侯此时方才明白了原来忠振侯是装的，建平侯苦笑着说，呵呵，呵呵，洪兄，我什么时候说过我不服啊。

忠振侯朗朗说道，那就好！多明我会利胜你带走吧，别让百姓伤了他，我跟洋人说不明白。贤弟你就继续好好做生意，我就守好思明，具体怎么做等我们的新藩主回来再说！建平侯苦笑着离开了。

王问师父利胜如何。师父说可信。

王问师父利胜的多明我会如何。师父说可敬。

王问师父利胜的教如何。师父说不适合我们。

王问为什么。师父回答，因为我们需要把台湾变成我们自己的地方。

王点了点头，他阅读西班牙总督写来的信。那封信写得很好，他们好像是真的想要和平的。

最终王做决定时有些艰难，王对师父说，攻打吕宋是先王的遗志，或许我应该去完成。师父说，殿下，先王的遗志还包括杀死你。王笑了起来，师父并不是一个幽默的人，可是王能懂得他。

那时王刚刚即位，台湾不稳，思明动摇。那时清人对我们虎视眈眈，他们启用了一心想复仇的施琅，放出了积怨多年的马得功，他们还有盘踞海澄的黄梧和希望平定整个南方的靖南王。巴达维亚的荷兰人也在伺机复仇，他们不会轻易接受失败，听说台湾是他们所有殖民地中最富庶的那个。那时我们确实不适合再打一场大仗了。自从清人颁布了迁海令烧光了整个海滨后，我们的资源就越来越紧张。而吕宋本来和我们还不错，至少大多数时候还不错，他们路过时从来都会主动购买海王令旗，他们跟我们的贸易给互相带来过财富，尤其吕宋一直是我们最重要的粮食和白银来源。他们有白银是因为他们发现了海外有一个叫作美洲或墨西哥的地方，据说在那里他们掘出了大量的银矿。有人说其实最先发现美洲的是郑和，郑和在两百年前七次下西洋时就去过那里，可惜朝廷从没有想过要把海外变成我们的地方。

王再次召见了利胜。利胜说国姓爷是好人，他很懊悔国姓爷死前他不在身边，他说不然他一定能把国姓爷送去主的天国。王说，我相信你。利胜很感动。

王再次请利胜做了我们的使臣，利胜穿着我们的官服离开了。他很骄傲这两年内他完成的事情，他对王说希望等他回来的时候王可以对主升起更强的信心。王说他会考虑。

与利胜一起离去的还有十几艘大船，人们说这种场面就如曾经郑和下西

洋的盛况。王给利胜派遣了一个完整的使团，那是国与国之间的礼仪，利胜成为了真正的大明的官员。随行的还有许多商人，他们觉得重新开放的吕宋一定充满了商机。利胜带着他们，带着满载的礼物和货品，在船上对我们开心地挥了挥手。

望着利胜离去的大船，不知为什么，我有些难过。我忽然觉得海上的人的命运都是如此艰难，在大明他们被当成私自离境的叛徒，可在清国却又被算成了明朝余孽。他们明明只是为了活命或更好的生活，他们离开了家乡去到了望不到尽头的海上，可他们的命运依然坎坷。郑氏是这几百年来唯一在乎他们的人，只有当郑氏称雄海上的这些年他们才重新活的扬眉吐气，只有国姓爷这二十年来让他们又感觉自己和故国有了联系，他们把国姓爷看成唯一的希望，他们又开始把自己当成大明的人，可现在国姓爷就这么死了。我不知道他们是否又会成为孤魂野鬼。我不知道成为孤魂野鬼是不是每一个去到海上的人最终都难以逃脱的命运。望着利胜开心离去的身影，我相信他一定可以成功的，他一定可以拯救那些人。

那时黑山也离开了，乌鬼军团有一多半的人都随他走了，他们思念故土。王放了他们自由，这是先公时代就对他们许下的承诺。王送给了他们大船，还赏赐了他们金银，我知道王在心中感激他们没有在内战中帮助袭公子。黑山要了船却没有接受金银，他说这些年他们已经赚的足够了。

在黑山来找师父的时候师父很惊讶，那是我自小时候开始见到的师父最不镇定的一次。他们互相行了礼，黑山对师父说，陈先生，我可以跟你说话吗。师父点了点头，可然后他突然跳开五步远抚着剑惊讶得不行。黑山连忙举起了双手。师父说，你、你会说话。

黑山说，是啊。

那为什么从来不说？

没有人跟我说啊。

别人问你时你怎么不回答呢？

说话很麻烦，这样就可以。黑山点了点又摇了摇头。

师父笑了起来，师父问黑山是从什么时候开始会说我们的语言的。黑山说他也忘了，本来不会，慢慢就会了。黑山跟师父说他想回家，他请师父去帮他对王说。师父许久没有说话。

黑山是自国姓爷小时候就跟着先公的战士，他比普通的黑人还要更黑一些，有人说是因为他来自非洲而不是南洋。非洲是郑和得到麒麟进贡给皇帝的地方，也是黑人最黑的地方。王已经是他护卫的郑家的第三代人。我突然发现这样看其实黑山的年纪也应该不小了，可不知为什么，黑人看起来永远都长得一样。

先公去了北方以后他的乌鬼军也大多跟着去了，他们是忠诚的，只有少量零散留在海上，那些大多是本来已经准备解除契约的人。而黑山那时在南澳做事，他做完事后将有一年的假期，他要回澳门去和他的亲人见面，可突然他听说了清军入侵的消息。他担忧主人，于是就留在了南澳探听消息。后来他等到了国姓爷，他将国姓爷认作了新的主人。他成为了国姓爷最忠实的护卫，国姓爷也通过黑山慢慢拥有了自己的乌鬼军。人们一直以为黑山不会说话，不过他听的懂，无论是多复杂的命令他都能完成。或许现在国姓爷死了，黑山觉得自己的使命尽了吧。

先公并不是最早使用黑人的人，据说在唐朝时就不少黑人随着商队来到这个国家，他们被称为昆仑奴。后来海边的富户也是有人使用黑人的，家中倘使能有一两个黑奴就是财力雄厚的象征。不过先公是第一个将黑人用出气候的。最初先公是在澳门看到那里的葡萄牙人家家都用黑奴时就暗暗敬佩黑人的优点，他还在澳门目睹了黑奴军队打垮荷兰舰队的事情。后来先公发迹了，就立马去澳门购买了大量的黑奴。先公还了他们自由，准许他们随时离开，先公将他们当作朋友。于是后来越来越多的逃跑的黑奴和自由的黑人投到了先公的麾下。

先公的部下们其实也是害怕那些黑人的，先公不做解释，只是哈哈大笑，他还吓唬部下们说，黑藩鬼尤猛过白藩鬼！跟黑人沟通时先公从来都是亲自去的，他会用好几种不同的语言跟黑人沟通，人们佩服无比。在他们看来这就跟会说狗熊或山猫的语言没什么区别。先公给乌鬼军的家人们提供了最好的条件，他们信教，所以每个人都只有一位妻子，有时我觉得他们的生活看起来好像也不错。先公专门供养了一位传教士来辅导他们的生活，我觉得那个传教士是混日子的，他到现在还在拿王的工资，我一直觉得他看起来更像外国海盗，不过黑人们都喜欢他。甚至那时还有过别的海盗的黑奴在先公乌鬼军的传信下集体叛变帮助先公取胜的事情，因为那些海盗会经常会把黑人

拿出来当作猩猩一类动物给别人观看,还会逼他们在他们的斋日里吃肉。所以看来忠诚的黑人其实跟任何人都一样,如果可以选择,他们只对值得忠诚的人忠诚。

忠振侯说有一次夜间他们正在商议机密的事情,突然外面枪声大作,他们吓坏了以为是敌袭,先公也拎起海神刀冲了出去。结果放枪的是黑人。人们以为黑人造反。可先公毫无畏惧地走了过去,黑人们笑着迎接了先公。忠振侯说那种感觉更吓人了,因为在夜间黑人都是看不见的,只看着一堆白牙飘了过来。

先公问清了缘由,原来是黑人们在庆祝他们的节日。先公大笑。有人说应该治黑人扰乱军纪的罪,先公直接让他滚一边去。先公让人给黑人们拿来了许多点心酒水,还发了赏银,然后加入了庆祝的人群。

先公有时会让乌鬼军排列整齐来吓唬人,那些来访的朝廷官员总是吓得哆嗦,那种时候黑人们都充满了自豪。那时的黑人队长名字叫马托斯,他是海上令人闻风丧胆的角色。那时海上的人即便跟先公关系再好也都禁止他们的黑奴跟先公的乌鬼军接触,因为他们害怕自己的黑人会被策反。

后来当马托斯队长带着他的人去北方找先公后就再也没有回来过了,他们消失了。直到许多年后李晋王在攻打广州的时候城上突然出现了大批的黑人军队。黑人们是善于火器的,他们不光会运用,还会制造,黑人军队的突然出现数百只火铳的一起发射吓坏了李晋王的兵卒。然后城上瞬间被安放好了几十门大炮,平时三五个人才能拉得动的大炮黑人却能一个人扛在肩上奔跑。那次本来即将胜利的李晋王在广州败得很惨。有人说那些黑人就是先公曾经的乌鬼军,他们说他们在城上看到了马托斯队长。我觉得他们是胡说的,黑人长的都一模一样,他们怎么可能打着仗隔着炮火看出来谁是消失了那么多年的马托斯呢。不过他们应该也不完全是胡说的,因为如果这个国家境内突然出现了这样的一支军队,那一定只可能是先公曾经的乌鬼军。

我们派人去找过他们,可是他们又消失了。

而国姓爷后来的乌鬼军比先公时代要更庄严,他们还更让人惧怕。或许因为他们是彻底的军人,就好像国姓爷自己是个彻底的军人。师父是少有不惧怕乌鬼的人,他与黑山间一直有一种无言的情谊。

那时厦门对面有一个叫作伏藏的小岛,乌鬼军不执行任务时就住在那里。

黑山带我去过几次，那里很美。那里是人们不敢去的地方，人们说岛上有鬼，那时思明的大人总是吓唬孩子说如果你不听话就把你送去伏藏岛给乌鬼吃。师父听到总是摇摇头，他不喜欢人们这么吓唬孩子。人们说黑人是住在海边的石头里的，还说到了晚上他们自己也会变成石头。其实有时我也有点怀疑这个传说是真的。反正我晚上从来不会过去。

我们和黑人来源的澳门关系一直不错。澳门是先公最先开始打拼的地方，他感激那里。澳门的人都亲切地叫他尼古拉斯。不过有一次先公跟澳门翻脸了。那时先公想将他的女儿从澳门接来安平海王城堡，可是澳门拒绝了他的要求。澳门说先公的女儿是一个基督徒，而先公虽然受过洗礼但是已经偷偷背弃了信仰，他们说先公如今的生活与异教徒无异，他们不能让一个纯洁的基督徒来跟先公生活。先公哭笑不得。于是下令封锁了澳门。那里一时成为了孤岛。

直到后来芜索拉小姐亲自给先公写了一封信，先公才灰溜溜地解除封锁并离开了。人们说芜索拉小姐不姓芜，说那其实是一个西洋的名字，小姐是先公认识太妃前在东洋的私生女，小姐的母亲家都是虔诚的基督徒，那时日本特别是长崎的基督教氛围很浓厚。不过后来日本禁教了，小姐和家人就去到了澳门，在那里小姐与一位葡萄牙白人男子结婚了。小姐给先公写信说是她自己不想离开的，她说她是一个真正的基督徒，无法在没有教堂和传教士的地方生活。先公很沮丧。

不过当先公回到安平仔细思考了事情经过后，他觉得是自己不对，他觉得他不应该没有跟小姐沟通就直接命令澳门交人，想到这先公豁然开朗。然后他给小姐写了一封信，他说他会在安平建造一个教堂，会准备好一个基督徒生活应该有的所有东西，他让小姐携带着家人们和朋友们一起过来，并且可以带一个传教士，先公说他会负责他们的生活和宗教需求的所有的费用。同时先公也偷偷又写了一封信给澳门总督逼他劝小姐过来。

后来小姐终于来了，与他一起来的还有她的丈夫和丈夫的父母，海上的人们早就看习惯了西洋的面孔，不过看到西洋人与小姐生活在一起还是觉得有趣。先公在小姐面前很拘谨，他嘿嘿笑着不知说什么，人们说小姐成为了国姓爷之后先公第二个害怕的人。小姐不像大明的女儿那样恪守礼教，也没有什么避讳，小姐的生活完全是西洋式的。那时小姐总是对先公指指点点，先公永远唯唯诺诺，他们之间用的是葡萄牙人的语言，所以人们也不懂小姐到底说了什么，只是觉得很好玩儿。

因为从来没有见过面，也因为语言不通，先公的其他孩子都与小姐有些生疏，只有国姓爷与他的这个姐姐很好。小姐一见到国姓爷就抱着他哭了。或许国姓爷让她想起了他们共同的故乡。他们也有着共同的语言，日本语。后来太妃被接到安平后小姐待她如亲生母亲。

人们回忆那段时间是海王城堡最开心的日子，家里总是很热闹。最不热闹的或许就是小姐与国姓爷了，小姐生活简单，国姓爷思虑复杂，而除了他们别的所有人都很开心，尤其是小姐的丈夫和丈夫的父亲。本来中途有一次小姐都想离开了，是她的丈夫和公公不愿走，小姐很无奈。先公哈哈大笑，他说果然世界上只有女婿最疼老丈人，老亲家最懂老亲家。

小姐的丈夫叫安东尼，人们觉得他姓安，叫他安姑爷。他的父亲叫贝洛，人们开始时有点紧张以为他是清人封的贝勒，后来知道真相了也都还继续叫他老贝勒。很快安姑爷和老贝勒就与人们熟识了，忠振侯说他唯一觉得可以接受的洋人就是他们两个，再后来安姑爷竟然学会了一口标准的安平话。有时我甚至觉得安姑爷可能与小姐搞混了，他才是先公的私生子，而小姐是洋人。老贝勒感慨这个国家的生活简直如同天堂，他说这个国家是世界上最自由和快活的地方，他每天和先公一起喝酒吃肉。不过老贝勒不让人们把他发现这个国家是天堂的事情告诉小姐和小姐带来的传教士。

安姑爷渐渐得了先公的信任和赏识，先公开始派给他事情，将一些商路交给了他，安姑爷做得很好。后来一次先公生辰的时候安姑爷送了两百个健壮的黑奴给先公作为礼物，先公十分惊喜，黑山就是那时来的。那时本来澳门已经禁止了任何人把黑奴卖给先公或卖给转卖给先公的人，他们害怕先公会挖光他们的墙角，而海上零散的黑勇士已经几乎都已被先公网罗干净，先公本来正在为此发愁。那些黑奴是安姑爷偷偷让不同人以不同名义买的，另一部分是他专门拜托回西洋的船为他带来的，为此他已准备了两年，直到凑齐了才在货船的掩护下运出了澳门带到了安平。先公和马托斯队长都非常开心。

可开心的日子渐渐结束了。战争开始了，北方入侵了，南京朝廷建立了，天下越来越乱，国姓爷不再有时间回家。再后来，先公去了北方。

老贝勒说跟清人抗争是错误的，因为他从没听说过世界上还有任何一个这么强大的国。但信任清人也是错误的,因为全世界的官员都不值得信任。

一直等不到先公回来,所以人都觉得没有希望了,人们判定清人永远不会放先公回来。于是小姐和安姑爷去了北方。人们一直以为小姐和先公的情感是冷淡的,先公曾抛弃了她们母女,即便后来小姐住在安平的日子与先公也总是生疏的,小姐也几次都曾想离开,可现在她却去了。即便北方没有他们的教堂和传教士,即便那里前途凶险,可他们还是去了。

他们在那里陪伴了先公两年,或许是因为安姑爷是洋人,清人没有阻拦他们离开。

国姓爷请小姐留下,可小姐说,弟弟,这是你们男人的战争,我有天主就够了。后来小姐再也没有回来过。人们想念她。

不过安姑爷回来过,他在澳门做了船长,他有了自己的一支不大也不小的船队。他一直和我们有贸易往来,人们都乐于见到他。他也给国姓爷带来过一些黑人战士,并在和清人的战争中为我们提供过支援。

后来一次安姑爷来的时候人们发现竟然老贝勒也来了,那时他的老妻已经死去,他说他想去北方再看看他的老亲家。人们当然都不同意。那时已不像先公刚投降一切迷离不定的时候,那时战争已经很惨烈,那时清人已把先公关进了狱中,那时国姓爷已是天下最有名的抗清领袖。

可老贝勒很坚持,他说他想死前再看看这片土地,而来了之后他觉得他必须再去看看先公,不然他无法安然离开。

安姑爷对人们说,你们让他去吧,不然他不会安心的,放心,我去过北京,我会陪他去。

忠振侯说,你傻吗,你去那会儿都是多少年以前了,现在我们的人只要在北方冒头就必死无疑。

安姑爷说,我不是你们的人啊。

忠振侯说,别扯淡了,你说你除了长得不好看跟我们哪还有半点区别,你是没抢过劫没走过私还是没帮我们打过清兵啊,青楼都去过了,你去了肯定也要被当成叛军抓走。嘿,还抓住个延平王的心腹大姐夫,那鞑子赚大了!安东尼无话可说。

这时老贝勒用他蹩脚的汉语喊道,他娘的,我一个人去!鞑靼人不会杀我一个外国老头!

终于他还是去了，人们无法阻拦她。他带了一个翻译雇佣了一些剃过发的人作为了随从队伍，我们给他准备了许多礼物。他出发后直接去找了清人的靖南王耿继茂，他对耿继茂说他是澳门的大官，还是大贼人郑芝龙的亲戚，他说他要去北方投降皇帝，有重要的事情对皇帝说。耿继茂将信将疑，却不敢怠慢，他派人把老贝勒护送去了北京。所有人都对老贝勒佩服得五体投地。

那次本来我跟师父是乔装成道士跟在一旁保护老贝勒的，师父为人收敛，处事隐晦，在军中从没有挂过军职，他是最适合做这种事情的人。而道士是那时天下唯一不用剃发的人，清人尊重僧侣，道士可以保留以前的样子，和尚也不用剃发，不过和尚本身就没头发。所以当师父需要去清人的占领区时都会装作道士。那时也有别人试图过装成道士，但大多都被拆穿了，轻者被按着剃了发，重者被当成奸细直接杀了头。可师父从来没有被拆穿，因为师父确实装得挺像的，作为假道士的他经常会在路边被百姓膜拜，有时我都快相信了。师父的道号是白鹤。

现在有了耿继茂保护看起来老贝勒不需要我们了，不过我们还是一路去了北方。在路上师父暗中与许多人进行了联络。

北京是世上最大的城，我从没见过那样的地方，与北京比起来南京都显得小了。不过南京更美，而北京很冰冷。

老贝勒那时真的一路见到了京师清廷的高层，他也说不清他见的是谁，他只说他们连葡萄牙语都懂，老贝勒总是喝醉。师父推测他见到的是会同四译馆的人，那里有懂所有语言的人，是自元朝时就有的专门接待外国朝贡使者的地方。后来因为老贝勒说的话太过奇特，四译馆把他递交到了兵部，兵部也不知该信还是不信，一段时间之后老贝勒说他还有礼物要送给皇帝，兵部想了想于是又把他算作了朝贡使臣发回了四译馆。然后没想到在四译馆住了几个月以后老贝勒竟然真的见到了皇帝。

老贝勒说他那天一直在哆嗦，是冻的，也是累的，他的腿已经快站不直了。那天天还大黑他们就被叫了起来经历了一遍又一遍的搜身和问询，然后天还没亮就被领到了紫禁城内站着等候，却直到中午才见到皇帝。他也是吓的，他说他这辈子就从没见过那么大的眼睛望不到边的院子，在黑夜中依然有无数凶恶的武士来来去去，还有许多鬼魂般的太监，他说他以为自己到了地狱。他也从来没见到过那么森严的大殿，当然他也从来没见过皇帝。他说他站在下面根本不敢抬头看皇帝的脸，而且就算抬了头也看不见，皇帝的座位实在是太高了。后来他还跟其他国家的使节一起被皇帝请吃了一顿午膳，但吃的什么他全忘了，因为盘子太多了。老贝勒说他后来肯定是又喝醉了，他也不知道他怎么就跑到了皇帝身前，侍卫立马捉住了他。皇帝问他想干什么。老贝勒知道使臣朝贡后是可以向皇帝提要求的，往往使臣进贡的都只是些不值钱的土物，皇帝却会回馈大量的金银。老贝勒对皇帝说，我什么都不要，我想见郑芝龙！老贝勒说他也不知道皇帝生没生气，他也不知皇帝听没听懂，他都不记得皇帝是不是说了什么了，他觉得皇帝可能笑了他一下，反正后来的事情他全都忘了。直到他浑浑噩噩地被带出了宫，又浑浑噩噩地被带进了监狱，他以为他冒犯了皇帝被抓了，他很害怕，他觉得他会被做成外国太监。可仔细一看，他看见了先公。

先公说，老混蛋，你怎么来了。

老贝勒愣了半天含着泪说，老海贼，没想到你还记得葡萄牙语。

后来老贝勒就在京城住下了，他很开心被允许每天都可以去探望先公。老贝勒每天下午都会带着吃的过去，于是他们又在一起喝酒吃肉了。刚开始时还会有四译馆的官员陪同，兵部担忧他们会传递情报而旁人都听不懂他们在说什么，不过译官发现他们每天都只是在胡说八道，而且迅速就会喝醉，所以渐渐也就没人管了。监狱的人都乐于老贝勒过去，因为他经常贿赂他们，有时是银钱有时是酒，这是老贝勒在安平时跟人们学到的办法。他感慨在中国办事真是太容易了太讲人情了，老贝勒对于贿赂的分寸已经掌握得很娴熟。后来喝多了时老贝勒甚至会直接住在监牢里。

慢慢老贝勒在京城也有了一些朋友，传教士，四译馆的官员，一些小酒馆的老板，八闽过来的商人，监狱的狱官狱卒都和他关系不错，他过得很好。他还经常去游山玩水，也总去几个寺庙，按理说信了他们教的人是不能再去别的寺庙的，可老贝勒把去寺庙也归到了游山玩水一类。其中老贝勒最常去的一个寺庙正是师父挂单居住的道观，那里也是他暗中给我们提供情报的地方。

师父那时在京师接触了许多人，钱先生提供的名单几乎都用上了。师父与人接触时用的一般是陈近南的名字，而面目也总是变来变去。

在我们临走前那天老贝勒把所有人都灌醉了，酒里加了蒙汗药，我跟师

父混进了监牢。那天我有些说不出的感觉。我没想到我又见到了海王。其实我们每一个人都是在他的土地上成长的,他对我们的影响真的很深。

海王问师父,你是谁。

师父说,属下是延平王的客卿陈永华。

海王笑了,他的笑容浑厚,他说,陈永华,陈鼎的儿子,我上次见你你还是个孩子。

师父愣住了,他没想到海王竟然还会记得他。

海王自言自语地说,我已经在北方住了这么久吗。他问师父他的孩子还好吗。师父回答了。他又问师父是否见过他的孙子,听说师父正是世子的老师海王特别开心,他问了很多世子的情况。

之后海王对师父说,孩子,你是想救我吗?

师父说,可以试试。那时师父已经将京城附近的路都摸透了,我们还准备好了车马。

海王想了想说,算了吧,救得了我也救不出所有人,今后哪怕被皇帝下令杀了也好过死在逃跑半路的小人手里。

师父没有说话。

海王叹了一口气说,而且我回去了又能干吗呢,我又不想保明拒清。

师父说,平国公可以考虑归隐。

海王哈哈大笑。他说,你觉得我是那种会归隐的人吗!师父无法回答。

海王说,外面有外面的快活,监牢也有监牢的自在,森儿那孩子做得不错,我就不回去给他添乱了。

师父点了点头。不知为什么,我有些难过。

海王想了想说,刚开始我挺生气的,那个臭小子宁可害死老子也不投降,他娘的。可后来我想明白了,其实在他母亲死时就注定他永远都不可能停了。命也运也?我投降是为了保住大海,结果丢了,他不投降是为了狗屁大明,反而保住了大海。嘿嘿,也挺好。

海王叹了一口气,我还想明白了,虽然我是他父亲,可他还有一个心中的父亲就是隆武皇帝,有趣有趣,隆武老儿对他的影响深啊。还有那钱谦益老头也算是他半个父亲。想想也可笑,我送他去念书识字本来只想他学坏一点以后当个大官,谁知道他尽不学好把忠君爱国那套东西全学了!哎。不过后来更好笑啊，钱谦益比我还先带头投降了，哈哈！要我说他做得对。听说钱老头现在回乡后过得不错，挺好，每个人都有自己的命。

师父点了点头。

海王说，孩子，你走吧，回去替我照顾好我孙子就好。若说还有什么想说的，记住永远别忘记大海。

师父郑重地说了一声是。

如果打赢了，别忘记我们是从海上来的，将来谁掌控了大海就能掌控天下。如果打输了，别犯傻，回到海上世界依然很大。

师父又说了一声是，他恭恭敬敬跪在地上对海王拜了一拜。那一刻我觉得有些空落。

大约在我们回到思明的一年后老贝勒回来了，是先公将他赶走的，先公说每天见到这个老白藩烦都烦死了。清人没有阻拦老贝勒离开，他走时整个四译馆都来给他送行了，监牢里的狱卒们都哭得很伤心。于是老贝勒就这样完成了他奇妙般的跨越几个战区的南北旅程。世子听老贝勒说起先公很难受。国姓爷很无言。

回到思明不久后老贝勒就死了，国姓爷要将他送回澳门，可老贝勒说他想留在这片土地。后来他被埋在了思明的教徒公墓。多明我会利胜主持了他的葬礼。

而我们再次见到利胜已经是许多年后了，那时他又成为了荷兰人的使者。

荷兰人的舰队后来又回到了台湾，他们占领了鸡笼。鸡笼为什么会叫这么奇怪的名字人们已经无从知道，曾经西班牙人也短暂地占据过那里。鸡笼在台湾的最北面，与我们隔着千山万水。当一切都安稳了王终于带着大军去了，王几次击败了荷兰人的军队，李德斯队长很了解他们的战术。战胜后王也不急于了结，他只是占据了为鸡笼提供补给的淡水镇。荷兰人无力支撑，他们想与我们议和，没想到他们派来的使者竟然是利胜。

利胜做出了对双方都很有利的调节。荷兰人表示愿意永远撤出台湾。郑氏三代人跟荷兰人在海上的恩怨终于被王终结了。台湾也彻底是我们的了。议和后荷兰人跟我们又成为了朋友，我们恢复了通商的关系。而利胜跟着他们的船走了。

利胜走得低沉，多半是因为王在台湾禁止了洋教。王说利胜可以作为朋

友留下。利胜回答,那样我的生命就失去了意义。

听说后来利胜回到吕宋,他回到了那里的华人社区,他成为了那里人们最爱戴的传教士。他一直在那里传教直到死亡。我相信他一定拯救了许多人。

之前利胜作为我们的使节去吕宋时完美地完成了任务,他在那里受到了最盛大的欢迎,那是总督也没享受过的荣耀,因为利胜带去了和平。王同意了西班牙人的请求,王送去了和平文书承诺永不发兵攻打吕宋,而西班牙总督承诺归还当地华人的一切权利,永不欺凌。然后西班牙人成为了我们最好的贸易伙伴,那里的华人后来也真的一直过得不错。那些愤怒的本地人和西班牙人也都平息了,他们终究还是害怕我们的军队的。终归没有人是喜欢战争和死亡的。利胜一个人化解了那场战争。可没想到等他回来的时候一切又都变了。

他第一次回来时国姓爷不在了,而这次王不见了,与他关系最好的建平侯也没了。

那时我们败了,清人对我们发动了一次最大规模的攻击。经过那些年的沉淀,他们的水师已经不再像是达素时代的那样生涩。

那时清人的主将是靖南王耿继茂和浙闽总督李率泰。耿继茂是毛文龙在皮岛的旧部,毛文龙被杀不久后他就投降了清人,作为最早投降的重臣他被清人封为了王,他能征善战,击败过李晋王,他是清人最强大的三个藩王之一。李率泰是汉人,不过他是旗人,他们家许久以前在辽东就追随着清人的部落,他幼年时甚至侍奉过努尔哈赤,他随清人打下过朝鲜兼并过蒙古,他是多铎南征时的重将。耿继茂和李率泰从同安出海攻向了我们。同时马得功从泉州出海,与他一起的还有郑鸣骏和建平侯的儿子,他们了解思明。而施琅和黄梧则从海澄发兵,清人重用了他们,他们懂得大海。一起来的还有荷兰人的军舰,他们与清人联合了,四路大军一起攻向了我们。

虽然周全斌驾着快艇冲入了荷兰人的阵中一时将他们杀得七零八落,人们都说那时周全斌像极了他的祖先周泰,周泰当年就是那样驾着快艇冲散了曹操的大阵,虽然王逼死了马得功结束那时最后一个洗劫厦门的人的生命,虽然我们也凭借地利打退了他们几个回合,但我们终于还是败了。我们无力抵挡这四路大军的同时进攻。特别是耿继茂和李率泰,一个最强藩王,一个心腹大将,他们代表了当时清人的国的真正厚度。那时清人在天下已经没有任何敌人了，他们再也没有任何牵制，他们在全心地攻打我们。王输了，几座岛屿终于还是无法承载整个北方的压力。

我们退到了铜山岛，僵持了一段时间后我们全部退回了台湾。国姓爷说的将家眷都搬到台湾的事情没想到现在以这种方式实现了。

在我们离开前有很多人偷偷去投降了清人，没想到连周全斌也去了。人们总是能为投降的人找出理由的，有的是好理由，有的是坏理由，可周全斌的离去似乎没有任何理由。投降真的需要理由吗，我也不知道了。

不知为什么，我突然有一种感觉，我突然觉得当年国姓爷派周全斌来思明不是为了杀世子，而是为了让周全斌保他。他无法直接说出口，他必须做出要杀世子的样子，可人又怎么会忍心杀死自己的儿子呢。师父猜得到周全斌不会真的动手，国姓爷又怎么会不知道。我忽然觉得一切都挺奇怪的，昭娘死了，其实一切就都不再有人在乎。或许这就是一个女人的命运。我忽然替世子觉得难过。

周全斌被困在了思明，台湾就再也没有任何可以跟世子对抗的大将。世子凭借力量成为了王，他通过气死父亲又击败叔父证明了自己，从此再也不可能有任何人敢质疑他的地位。周全斌帮我们夺回了台湾，他帮助了王成为了王，或许他的使命也就了结了。我忽然替王感到难过。

我们退走后清人没有来台湾追击，他们不想轻易挑战大海。荷兰人很生气，他们本来帮助清人打思明的条件是清人胜利后会立马帮助他们进攻台湾，可耿继茂没有理会他们，找了个借口把他们赶走了。荷兰人自身没有能力跟我们对抗，就只能随便占了个鸡笼。那时清军中唯一还想战斗的人是施琅，施琅的仇恨还没有完结，朝廷终于允许他出战，可出兵不久后他遇到了飓风，他几乎死了。人们说大海还是眷顾我们的。

在利胜返航的时候，他刚好赶上了五军大战战火最激烈的时刻，他吓坏了，他和他的船躲在了周边的一个小岛上。荷兰人发现了他，保护他离开。然后他们遇到了郑鸣骏，郑鸣骏接走了利胜。这时利胜方才知道他离开后究竟发生了多少事情。而此时郑鸣骏已经彻底站在了王的对立面，利胜不便跟郑鸣骏说我们的事情，再到后来战后大陆不再跟台湾通船了，利胜就只能留在了那边。利胜仔细思考后觉得这是上帝给他的指示，他吕宋的任务已经完成，其实也就无须再念想什么。他觉得上帝一定是希望他留在大陆传播福音。

  利胜一直做得很好，他又成了人们最喜欢的传教士，直到后来清人开始反对他们的宗教了。那时连汤若望都被投到了狱中，利胜在清人的地方难以生存就跟随恰好遇到的荷兰商船回到了海上。出海以后荷兰人不准备继续给利胜提供帮助。不过那时荷兰人正好困苦于鸡笼无法支撑，又在寻求跟吕宋的贸易机会。利胜听完哈哈大笑，他觉得他果然依然是上帝最眷顾的人。他告诉荷兰人他在台湾和吕宋恰好都有着巨大的影响力。荷兰人佩服无比。所以他成为了荷兰人的使者，所以荷兰人后来又一路把他送去了他想去的吕宋。

  战败回到台湾后王有些难过。可师父说王已经做得很好。王问接下来该做什么。师父说做任何他想做的事情。王说，我想饮酒，我想写诗，我想不要辜负这个世界上最美丽的岛屿。

第三章 西方美人之思

　　回到台湾以后王将东都的名字改做了东宁，王说他想要一份安宁。若说东都给人的感觉更多还只是一个都城，那么东宁就是整个台湾。东宁王国或许从这个时候真正开始了。当年国姓爷说要在台湾开藩立家，成万世不拔之基业，现在王把它完成了。

　　王将师父任命为了东宁总制，主管东宁一切文武事务。和咨议参军一样，东宁总制也是王专门为师父设立的中国历史上从不曾出现过的官职。王让师父放手去经营台湾。师父做得很好。那些年师父被人们称为东宁卧龙。

　　不过师父不喜欢人们这么叫他，他觉得他比不上一个被称为卧龙的人，比不上三国时主管蜀国一切文武事务的诸葛武侯。师父也不希望因为他被称为卧龙人们就把王和被武侯辅佐的羸弱的幼主联系在一起。师父说王比得过任何一个古时的明主。

　　那时在众叛亲离与战火中一直陪在王身边的冯锡范和刘国轩回到台湾后也得到了王的回馈，我们彻底开始了新的生活。忠振侯很感慨，他说一切都尘埃落定了。

　　李德斯队长在王城的露台上摸着石头哈哈大笑，他说，热兰遮城终于是我的了！我觉得他的疯病可能还是没有完全好。不过那些年他在王的身边真的很勇敢，好几次他都差点死了。那时他成为了负责王城内城守卫的人。他还实现梦想娶了一个原住民头目的女儿，不过他也没有放弃他之前在思明娶的妻子。我觉得他不想做基督徒了，他有两个妻子。可他就是不承认。他说

他在东方的一切都是上帝的旨意。

那些年王写下过许多诗文，他的诗很美。他是王，可他的诗中却很少出现天下大事，即便有也只是些朦胧的意向。王的诗总是在赞扬生活的美好，他歌咏宴乐，歌咏山水，歌咏渔夫和原住民。在他的诗中读不到时间，读不到空间，也读不到具体的人物名称，好像一切都只是诗歌本身。那些年渐渐的，人们甚至感觉不到王的存在了。师父也是不喜欢权利的，于是连师父也不存在了。东宁好像就只是那座美丽的岛屿本身。

我记得那一年的时候，王望着大海。他突然说，我的诗写来写去，随成吟咏，无非都是西方美人之思。我不太懂他是什么意思。反正我们的生活不错。

在与大陆断绝联系后我们的商路遭到了很大的打击，刚开始的时候我们很难，不过慢慢一切都恢复了。因为大陆的官员还是像以前一样喜欢被贿赂，师父在离开思明前就留好了门路，于是我们又开始走私了。海王令旗的传统也没有阻断，没有令旗在海上人们依然是会被抢劫的，失掉了大陆可是我们依然拥有海洋。日本的锁国也还是没有开放，当西班牙人和葡萄牙人想与日本做生意时还是需要通过我们的商船。慢慢地，台湾过得很好。东宁王国成为了一个特殊的存在。

东宁是独特的，好像也不能说东宁就是大明，可东宁确实又是大明的延续。师父曾说要把这里变成我们自己的地方，他做到了。人们说大明的最好的最重要的东西都保留在了东宁。而东宁又有自己的大明曾没有的。

正如国姓爷在最艰难时依然完成了妈祖庙的建立和东都的开府，我们回到台湾后师父做的第一件事情就是修建了孔庙，孔庙落成后好像人们也就安心了。然后真武庙、关帝庙、国子监、太常寺等也都有了。王依然住在王城，那里是崇高的，而王城下面是百姓的乐土。越来越多的商人来了，越来越多不愿做清人的大明遗民来了，越来越多的海外华人来了，越来越多的土地被开垦了，东宁越来越繁荣。

台湾岛上本来的居民也与我们的关系也越来越融洽，在大明时只有两种人，汉人和藩人，无论是鞑虏蛮夷东洋朝鲜或是黑人白人在大明都是藩人。而台湾只有一种人，就是东宁人。人们之间的界限越来越浅了，原住民们也开始说汉语，他们的孩子也来到了我们的学校，他们穿上了我们的服饰信起了我们的神明，他们在我们户部官员的帮助下开始使用农具和耕牛。曾经人们不敢去的荒芜之地现在都成为了乐土。而汉人的孩子也都喜爱讲着岛上本来的神话。

唯一没变的是原住民出草的传统，他们每隔一段时间还是会出门猎取一些人头回家收藏。不过他们不再对我们下手了，他们都有一些各自传统的互相出草的敌对部落。那种关系好像有时也挺有趣。

东宁也是有六部的，本来六部是只有天子的朝廷才能有的，如以前北京和南京的六部，藩国只能设立较低级的官员。不过在国姓爷还在的时候永历皇帝就曾下旨让我们设立自己的六部，并且可以自己加封武将，所以我们成为了最独特的一个藩国。而现在，其实也只剩我们了，别的所有人都不复存在了。

张煌言死了，他隐居的那座孤岛终于还是被人发现了。他是被汉人百姓告发的，当清军去岛上捉他时他仰天大笑着接受了自己的命运。钱先生也死了，或许钱先生心中还有很多未曾了却的事情，但他寿命已经摸到了天道的尽头，他是自然离开的。他死后柳如是自尽了。那个属于江南和秦淮河的时代可能真的结束了。我永远都会记得小时候师公带我们去看大明的光辉的那天。后来钱先生渐渐走得远了，可现在，我忽然觉得他的光辉其实一直都在。

回到东宁后王没有拥立新的皇帝或监国，虽然他还赡养着许多大明朱姓的王孙，其中有的人还保持着王爵，不过好像他们中再也没有一个可以继承天下的了。或许这就是大明的命运。

唯一依然被人们敬仰的是宁靖王，宁靖王已经在我们的军中住了许久，他人很好，他是明太祖第十五个儿子的第八代后人，国姓爷将他奉为我们的监军。每次国姓爷册封文武官员的时候都会请宁靖王在一旁观礼以示对大明的尊重。宁靖王没有自己的班底，也从来不去争取权利，他感恩国姓爷，他有一个道号叫一元子，好像一般有了道号的人就是不太想争夺了的意思。到了台湾以后宁靖王领了一片土地，他没有过问王的政事，他与人们去开垦了。

王将永历皇帝的牌位供奉进了大明皇帝的宗庙，他死了，我们却会永远祭祀他。王给永历皇帝上了谥号与庙号，这本来应该是新任皇帝做的，就如同隆武皇帝的谥号是永历皇帝上的，不过现在已经没有新皇帝了。王是大明仅存的人。那些年已经有太多皇帝离去了，年号已经不知变更过多少次，还有更多的监国和领主，他们中的许多都曾辉煌一时，那是天下最纷乱的日子，现在一切都烟消云散。

那些年清朝也试图招降过我们许多次，王说为了百姓不再被战火袭扰，他愿意成为仿照朝鲜成为独立的藩国。可清朝始终坚持要求我们全然的投降，他们始终要求我们剃发。清朝是强硬的，而王也是无惧的。

为了招降王清朝派来过太妃①的弟弟董班舍，那时他们全家已经成为了清臣，可王拒绝了。王给他舅父的回信说：

今天的东宁在版图之外另立乾坤，幅员数千里，粮食数十年，四夷效顺，百姓流通，生聚教训足以自强。我又何需羡慕清朝的藩封，我又何需羡慕中土呢。

清朝还派来过李率泰，王也拒绝了。王给李率泰的回信说：

我曾听说兵者是不祥之器，人世间福祸无常倚，强弱无常势，恃德者昌，恃力者亡。还记得那年我们的思明之战吗，我因为兵戈永无休止怜悯百姓疾苦不堪，所以终于全师而退远绝大海。我建国东宁于版图之外不过是为了与民休息，可现在听说阁下好像还想来讨伐？你想驱我叛将再启兵端？曾经苻坚攻打晋国，他的兵力并非不强，隋炀帝征讨辽国，他的意志并非不勇，但他们却都因此拖垮了自己。而我的那些叛将受先王恩惠二十余年，阁下又真的以为他们是真心降清吗，他们不过是忌惮波涛思恋故土罢了。如今阁下有意派他们东下，又难道真的是因为他们才能具足心态可信吗，你也不过是不在乎他们的死活罢了。你们的用意我还不知道吗？

况且汪洋大海之间昼夜无期、风雷变态、波浪不测，阁下这几年下海船只的劳费得失想必不需要我多说吧。这难道不正是天意昭昭吗？想那田横不过一个匹夫犹知守义不屈，我世受国恩，恭承先训，又怎么会向你们妥协呢？

我东宁王国不受羁縻，雄踞海上，难道你们又能把海上列国如日本、琉球、吕宋、安南全都征服吗？还是先稳定自己的闽粤再说吧！若阁下休兵息民，我愿意相从以免生灵涂炭，反之若贵旅临江，那我必派雄师前去剿服。至于阁下说的厚爵重禄永世袭封，我一个海外孤臣也无心及此了！

王也与荷兰人通过信，他在信中说：

回忆往事，你们也曾与我们雅意通好，我见到过你们的书信，言语真诚，心甚嘉之。那年你们到澎湖与我官员联系，地方官不敢自裁所以把书信来报，

---

① 此处太妃指的是前文中的董夫人，即郑经的母亲。

我告诉他要与你们通商为好,可惜等消息送达你们已经去了福州。那时你们已经与清人有约,不便爽信,以至我们两国兵士干戈相向。那次战役虽然思明百姓亡失颇多,可你们的兵士损伤也不少吧。我想这都不是两国的本意。凡是这世间的生命哪怕低微如虮虱也莫不爱惜性命,更何况我们两国的赤子呢。如今这一切都已是往事,不足以伤大德,所以我特派使臣分乘两舟各持一书前来通好。希望你们念及和好之德,通商之利,与我们合力御房。信使往来,货物流通,岂不美哉?

后来清朝又派来了纳兰明珠,明珠出身于北方的贵族世家,他是那时清廷举足轻重的大人物。而王还是拒绝了。王给明珠的信中说:

听说凤凰麒麟并非牢笼所能囚困,听说天地英雄不是游说就能蛊惑。而百姓不得安生则是君子的耻辱。自你们迁界禁海以来,海边四省流离万里邱墟。我不得已出海远行建国东宁,终于让士兵能睡得安稳,百姓活的安然,多年来相安无事。可贵朝好像还未忘情于我啊。以至于你们的海边百姓依然不得安生,我心憾之!阁下衔命自北方远来,想必也是为了能与生灵造福,能让流亡复业,能使海宇安宁为德建善。可我又听你的使者说起削发登岸衣冠等语言辞闪烁,不能确定。大丈夫相信于心,披腹见胆磊磊落落,又何必游移其说?所以我特地派遣使臣去于阁下当面商议!我的不尽之言,全在使臣的口中了,惟阁下教之。

每次王写完信时总是会笑,师父有时也会一旁稍微笑笑。相比于国姓爷那时让师父写信时的悲愤,现在王写得就好像是在写他的诗文。或许剃发不剃发不过只是一个于双方都有缓和的说辞罢了,大家心知肚明,只是那些年大家都不愿打仗了。反正不降就是不降。

头发真的那么重要吗?我也不知道了。有时感觉挺重要的,可有时看着李德斯队长他们又觉得不那么重要了。或许重要的不是头发本身吧,而是大明的遗愿,故国的衣冠代表着王的意志。东宁不是大明,可东宁代表着大明残存的血脉和新的希望。

那次王在信中说的派去见纳兰明珠的使者是柯平和叶亨。他们都是王在东宁信任的人,柯平主管东宁六部中的刑部,而叶亨在郑斌大人归隐后接任了礼部,刑部负责刑法,礼部负责礼法,他们去谈判正是合适的人选。他们也都是儒雅的文士。王还特地选派数百名英俊的男子作为他们的随从。

那时距离清人迁界已经快十年了，距离王彻底回到东宁也有五年了。所以当柯平叶亨到达泉州时人们都很惊奇，人们看着他们就好像是从古时穿越来的人。他们的衣冠服饰都已经太久没有在那片土地出现。

他们的到达成为了泉州的第一奇事，柯平笑着说他都快以为自己是珍奇动物了，叶亨则说他活了几十年才发现原来自己也是个名动天下的风流公子。那时全城包括周围城镇的百姓都争先前去围观，明珠精心设立的威严的招降场所一下变得喧闹无比，清兵们根本拦都拦不住拥集的百姓，而且即便是清兵其实也都和百姓一样好奇。那时附近的大户望族全都带着孩子以各种借口求见明珠和当地的官员，寒暄过后，目的几乎都是想看看海上的来使。明珠哭笑不得。

柯平他们居住的驿馆每天都被百姓围得水泄不通，如果不慎掉落了一把折扇，那么必定会引起大片的哄抢。而倘若打开窗户，下面的人就如同等待皇帝的圣旨一样期待他们的讲话。明珠终于让柯平叶亨赶紧回了东宁。

至于和谈，反正所有人也都知道无法成功。

那时百姓们方才知道了原来海上依然存在着一个这样的大明的遗民世界。他们欢呼着国姓爷后人的坚贞，他们感慨还是大明的衣冠好看。已经慢慢开始安居的他们真的会在假设有一天我们打回大陆时迎接我们吗？这种问题无法思考。但总归百姓们是开心的吧。总归他们的心里还是有一些我们的。东宁的人们也是开心的，他们听完柯平叶亨的叙述都很自豪于自己当初的选择。

那时忠振侯已经死了，他死时王很伤心，王说东宁从此失掉了半边天地。不过忠振侯很开心，他说他已是这个乱世中最幸福的人，他满足自己的一生。忠振侯托付师父照顾好他的女儿和子孙，师父答应了。然后忠振侯笑着离开了。

忠振侯虽然是个武人但把子女都教育得很好，师母是那时少见的精通文墨的女子。并且师母有一个绝技，她能将任何人的字迹都模仿的很像，王都连连称奇，他竟看不出师母仿写的诗文与他自己书写的到底哪一个才是真迹。那时当师父忙时连师父的政令手谕都是师母替他写的，人们从来分辨不出真伪。再后来，当师父不在的时候师母甚至会直接替代师父下达政令，这是王默许的，王很尊重师母，这也是人们接受的，在东宁好像人们对女人是更宽容的。或许因为这里本来就是个独特的世界吧。

以前大明的女子是不能离开自己的闺房的，如果条件允许她们一生都不能被其他男子看见，实在要出行也会坐轿，所以大明的街道上除了男子只有些许女佣或上了年纪的主妇。而很多女子还会将脚都缠得很小，所以她们本身也是不便出行或做重活的。有人说缠足是美德，有人说缠足很美，还有人说缠过足的妇女就无法逃走了，反正缠足一直是挺重要的东西。不过师母是没缠过足的，她是武人的女儿，忠振侯无法做到为了美观就废掉自己女儿的双脚。王也反对缠足，因为东宁需要人口来劳作，王希望人们回到田园。清人与我们不同，他们不缠足，传说北方的满洲女人甚至可以骑马杀人，真假就不知道了。不过黑人的女人确实是可以杀人的，她们不缠足，有时还会光脚，她们的臂力可以扛起男人，这个大家都见过。听说本来清人也曾差点缠足，他们有的人也觉得这是高级文化的美。可当皇太极听到这个消息时吓坏了，他立马专门下达了一道命令禁止旗人女子缠足，如果违反了那么她们的丈夫或父亲就会被痛打八十杖再流放三千里。

利胜说身体是上帝赐予人们的，他说人的形状是上帝仿造自己的身体所创造的，所以人们不应该随意改变。利胜不光反对缠足，他还反对妇女待在家中，他鼓励妇女上街，他要求信了他的教的女子每个礼拜日都要去教堂，在教堂中也是不分男女的，大家都坐在一起。所以有人说洋教伤风败俗。可他们其实都喜欢偷偷欣赏街上信了教的大胆出门的女子。那时的礼拜日在教堂外面偷看女子的人总是比教民更多。

在国姓爷的支持下，那时思明成为了整个大明街市上女子最多的地方。女子本身也是喜爱洋教的，或许是因为大明女子本来是不被允许进入庙宇去烧香礼佛的。男子不一定更偏爱洋教，但很多男子都喜爱信了教的女子，她们的身上有种独特的东西。可如果让那些男子娶信了教的女子为妻又是万万不会的，因为他们不喜爱自己的妻子抛头露面，更重要的是因为信了教的女子只嫁独身的丈夫，丈夫也只能娶一个妻子，不能纳妾，还不能休掉妻子。这种事情很让人为难啊。

那时王总是对师父说，卧龙先生，你随便走吧，东宁有卧龙夫人就足够了。师父笑笑。师母主政时有一个特点，就是从来没有人能看得出那和王或师父下达的命令有任何区别，不光是字迹，而是政令本身，师母总是能让所有事情都保持得好像自然而然。

所以那时师父才能有机会去东宁各地视察，才能有机会去原住民的部落一住就是许久，才能有机会在学校里给孩子们讲学，才能有机会在明伦堂督促东宁的士子们，也才有机会能孤身前去大陆。

每当师父到了大陆，他就成为了陈近南。那种感觉很奇怪。

明伦堂在东宁是我们太学主殿的名字，那里是名士们讲学弘道的地方，我们的明伦堂也不是第一座被叫作明伦堂的大殿，事实上天下曾有过许多的明伦堂，因为明白人伦正是儒学的精髓。不过我们的大殿之所以叫这个名字我想师父更多的是为了纪念国姓爷，这是国姓爷死前创立的汉留的第一座山堂的名字。

汉留是国姓爷情报网的名字，那些年汉留一直是师父在负责。而汉留又不只是一个军队的斥候机构，汉留包含了太多大明的遗民的希望，那些人本来与军队无关。王业偏安，皇帝到了南京又到了福州，北方彻底被夷人占据，那些遗留在北方的人就成为了汉留，这个名字就是这样来了。后来不光是北方，整个南方也都快没了，只剩下国姓爷依然倚海奋战，汉留们显得更加孤独。再后来，我们去了台湾，汉留就彻底真的是汉留了。

我有时在想或许当国姓爷退到台湾的时候就已经预知到了思明的衰亡，所以他那时才会那么着急地希望人们把家眷都运来台湾。控制家眷是为了控制武将们，但又何尝不是国姓爷希望保护他们呢。在国姓爷离开大陆那段时间的前后师父将许多人发送到了全国各地，那些人隐姓埋名，忍痛剃发，甚至假意投降。那些人，都是汉留。

后来国姓爷与师父商议后决定让其中一些汉留自行发展，渐渐减少了他们与军队的联系。师父希望汉留可以渗透到民间，可以浮游于江湖。所以就有了金台山明伦堂，那是汉留的第一座山堂，也是汉留第一次进入了江湖。将来汉留可以不再叫作汉留，将来汉留可以不再给我们提供情报，将来汉留可以不一定要随时准备赴死。师父希望汉留就是汉留，师父希望汉留可以再有十座、百座不同的山堂，直到有一天，或许那就是我们的希望。而在那一天来临之前，他们记住自己是汉留就够了，或许那就是大明的意志。

然后国姓爷死了，汉留是师父的了。不过他却并没有推进汉留，反而他清洗了不少人。师父杀对了一些人，我们确实遭到过一些埋伏和暗算，有时很惊险。而师父有没有杀错过人，我也不知道了。

每当我们的船回到东宁的那一刻，师父就变回了陈永华。那些年人们评价师父的举措总是离不开为政儒雅和与民休息几个字。师父自己从不休息，可我知道他是真的希望百姓可以休息，因为每当我们回到东宁的那一刻，我就能感觉到那股安宁。每次回到东宁师父做的第一件事总是解下他的剑。

那些年师父喜欢去百姓们的市集，他喜爱独来独往。师父与市集上的百姓大多互不相识，人们不知道他是谁他也不知道人们，可他们交融的神情就像是多年的朋友。那种时候师父是开心的。

师父总是会去一个花摊给小姐①买花，小姐喜爱各种各样的花朵，东宁的花朵也总是美丽和新鲜的。师父对他的两个儿子很严厉，却永远会满足小姐的一切要求。小姐和世子②同一年出生，他们在我们第一次来到台湾的那年出生，他们一起在东宁长大。现在花摊的卖花姑娘也从一个孩子成为了少女。

那天师父买花的时候花上还附带了一张字条，或许是出于谨慎的习惯师父没有马上打开。直到我们走过了几个街角师父才在指中迅速展开，里面的字迹干净又生涩：所有风花雪月的情，我只喜欢你，可惜我太平凡，就是一个卖花的。

师父笑了起来。他的神情很有趣。

师父从隔壁借来了笔墨想写一张字条回信，他刚刚写道你不平凡就将字条揉成了一团。他走回了花摊对卖花姑娘说，你不能喜欢我。

买花姑娘很委屈，问为什么。

师父说，没有为什么，你年纪这么小，就是不行。

卖花姑娘看起来有些伤心，她说，我知道你是陈永华，我配不上你，我也没想怎么样。

师父愣了一下，师父说，跟这个没有关系，你没有配不上我，你一点都不平凡，你很好，每一个人都是不平凡的。

姑娘开心了起来，她问师父，那为什么呢？

师父说，因为我很不好。

姑娘嘟着嘴说，又骗人！

反正不行就是不行，每个人都应该过好自己的生活。

姑娘想了想问道，那你以后还会来买花吗？

师父说，如果你喜欢我我就不能来了。

---

① 此处小姐是指陈永华的女儿。
② 此处世子指的是前文中"世子"郑经与昭娘的私生子。

姑娘说，我不喜欢你了！我突然一点都不喜欢你，我觉得你太老了。

师父笑了笑离开了。

那个姑娘不是岛上的原住民，她像汉人，可她又与大陆的女孩儿完全不同，或许这样的孩子就是东宁人吧。而岛人，洋人，遗民，难民，他们也都是东宁人。

那些年北方也发生了许多事情，那些年洪承畴死了，他死后不久范文程也死了，听说他们走得安详，清人很尊重他们。范文程死后得到了和他先祖范仲淹一样的文臣所能得到的最高谥号，他成为了第二个范文正。而洪承畴再也没有来过海上，人们对他的印象越来越模糊，渐渐将他当成了属于北方的那些人。

只有一次洪承畴回过福建，那时恰好郑氏的一位老族长死了，那是一个平凡的老人，他没有下海当过私商也没有参与过大明的战争，他是国姓爷和王的长辈，可他们从不来往。王说他自己的命运是不详的，不愿再牵连他人。那个老人本来应该也死的很平凡，可任何人都没有想到洪承畴竟然去参加了他的葬礼，那天洪承畴流泪了。洪承畴亲手给老人写了墓志铭。在墓志铭中他一个字都没有提到先公，一个字都没有提到国姓爷，一个字都没有提到东宁，可他追忆了郑氏与大海的历史，他将郑氏写得光荣。

那些年北方的小皇帝康熙渐渐长大了，他父亲走时给他留下了四位辅政大臣，他们代表着北方的不同势力。小皇帝娶了首辅索尼的孙女为妻，又在那个老头死后开始了亲政，不过他的亲政仅仅开始了十天时同样是辅政大臣的鳌拜就杀掉了另一个辅政大臣苏克萨哈，剩下的最后一个大臣遏必隆则向鳌拜投降了。于是鳌拜成为了北方实际上的掌控者。

鳌拜是与多尔衮同一个时代的人，他是生于长城外面长于冰河边上的真正的女真野人，他靠他的双手打出了一切。他第一个攻上了毛文龙的皮岛，他第一个砍下了张献忠的头，他一直被称为满洲第一勇士。或许是性格使然，或许是习惯使然，鳌拜不喜欢汉人的东西也不喜欢洋人的东西，总之他不喜欢一切新的东西。那些年鳌拜杀了很多人。

传教士汤若望正是那时被鳌拜投到了狱中的，人们说鳌拜看不惯汤若望很久了，他早就受不了自己的皇帝管一个外国老头叫玛法。于在后来终于有人发现汤若望颁布的历法中有错误的时候，鳌拜就立马逮捕了汤若望。汤若望被判了凌迟处死。与他一起被判凌迟的还有许多钦天正的官员，那时汤若望是清廷钦天正的监正，是朝廷的一品大员，清人所有的历法都是由汤若望颁布的，顺治皇帝生前很信任他。这件事情对海上也产生了不小的影响。顺治皇帝死后北京对西洋人的态度的转变让我们在一些地方发了财，也在一些地方损失了钱。

历法是大事，人们的出行、征战、婚嫁、祭祀、安葬等都是需要通过日期的吉凶来决定的，如果日期不吉利那么整个家族甚至整个国家都要背负霉运。如果历法是错的，那么意味着人们之前的许多选择可能都错了。关于汤若望历法错乱带来不祥，人们是有确凿的证据的，如人们发觉汤若望在选择顺治皇帝早夭的皇太子葬期的时候就用错了五行，那个日子是犯忌杀的。果然后来太子的生母就遭殃死了，再后来顺治皇帝也死了。一时人们都很惶恐，都开始翻对自己过往几年有没有犯过什么错误。在那时江湖术士们都大发了横财。

除了历法错误汤若望的另外两条罪状是潜谋造反和妖言惑众，关于造反人们早就习惯了，历朝历代真要被杀的人大概都是可以被算作造反的，大家更好奇妖言。原来汤若望作为传教士传的内容都被算成妖言了，而且还有更可怕的，汤若望竟然说我们居住的大地是一个球体。鳌拜吓傻了。

不过这在海上其实也并不算什么新奇的论调，海上早在许多年前就有人说世界是圆的。有人说世界就如同一个鸡蛋，天如蛋清围绕大地，地如蛋黄虚居其中。其实这也不是海上独有的说法，而这个国家古人上千年前就发现的事情，只不过海上的人总是更关心天地的。不仅如此，海上还有着很多更奇怪的论调，比如有人说天地其实一直是在转动的，天左旋，地右动，人们根据这个理论解释一些海上奇妙的现象。但这些事情就好像也有人说世界是方的一样无法证明，所以一直没有定论。

直到后来西洋人和传教士又特别言之确凿地说世界是个球体，并带来了大量新的证据，人们才又开始重新讨论起这件事情，地球这个词大约也是那时开始出现的。最终先公把这件事情定了性，先公说，爱他娘什么形状就是什么形状的，不耽误老子做生意就好。人们一片赞叹。

过了一会儿先公又说他觉得至少是个半圆，因为海看起来挺圆的。人们佩服无比。

先公还找到一个证据，他说远方驶过来的船每次都是能先看到桅杆和旗帜，如果是官船就跑，如果是敌船就准备开打，如果海是平的那么船应该是整体一起被看见，而不会这样自上而下的出现。人们恍然大悟。

这时有个人想起说好像有个西洋老头也说过差不多的话，人们大怒，说那个老头一定是提前抄袭了先公。然而先公抬了抬手说，也未必，他娘的，天下英雄所见略同。人们更加佩服了。

先公懂地理，大半个世界全在他的脑海中，他收藏过许多天下最好的海图，还命人绘制过自己的，他的海图连幕府将军都赞叹不已，人们相信他。有的旧部说他们确实曾见到过先公藏着一个画在球上的地图，上面写着很古怪的文字，从那个球看起来水比陆地多，而陆地都是浮在水面上的。人们诧异，有人推断那就是地球。慢慢地，在海上有人开始觉得所有陆地下面都是水，毕竟海是很深的。

可海究竟是如何能凝聚成一个球体，水为何不脱落，半球或球下方的人为什么会没有摔倒，这个问题传教士们也无法解释了。但传教士有一点好处，就是任何不太好说的事情他们都会归于上帝就是如此创造的。好像也没错，这就是自然。最终又是先公给出了回答，他说，可能下面的人都是鱼鳖吧。

后来杨光先正是用了同样的话来攻击汤若望，不知在北方时他是否也同先公喝过酒，或许没有，因为杨光先是钦天监的官员，朝廷一直都禁止掌管天象与历法的官员与其他人私下接触，免得他们泄露天机。天象一直都是只能由帝王掌控的最高机密。在大明律法中人们如果私下收藏有关天象的书籍或私下学习会被重打一百杖，而私自对天象做出判断会被直接杀头。所以钦天监的人总是神秘的，所以江湖术士也总是被人们需要的，但同时他们只能永远活在江湖的边缘。

而汤若望与先公是很熟的，我们都替他的命运感到惋惜。汤若望是西洋人所以朝廷对他管的少一些，那些年先公给过他们在北京的教会许多支持。先公偷偷散了许多钱财请他们帮忙去做好事。他们与先公一样都来自澳门，那里是先公受到洗礼的地方，他们都说葡萄牙语。现在我好像突然明白了，我明白了那时芜索拉小姐离开北京又离开我们的原因，或许在她看来先公在北方其实找到了自己最好的命运。或许那才是她心中的父亲。

杨光先本来是钦天监中汤若望的手下，可是他不喜欢汤若望，他对于一个西洋人掌控了这个国家的天象与历法很不平。他一直反对西洋的学说，他与鳌拜关系不错。后来杨光先发现了汤若望历法中的误算，鳌拜大喜。海上有人说汤若望的历法和杨光先的历法最大的不同正是大地的形状，倘使大地是平整的那么时间就都一样了，而大地若是有弧度那么误差就产生了。

在辩论中首先杨光先让汤若望拿出一个水可以粘在周围而不掉下去的球，他说如果能拿得出来他就相信大地是球状的。他又让汤若望示范一下怎么脚心朝上像虫子一样倒着站在房顶上，如果可行，他就相信世界上有脚心相对之国。然后杨光先质问汤若望：如果大地真的是个球，这个国家在上面，西洋在下面，那么水必然倾覆，那么你们西洋就只有水没有人了，那你汤若望也就不是人而是鱼鳖了！

汤若望无言以对。

王小的时候也曾问过师父许多关于世界的问题，王长于海边，自然是听过许多妖言的。在海边尤其是八闽大致没有任何一个字是不跟妖言有关的。树妖和海怪就如同我们的邻居。王不是循规蹈矩的学生，师父也不是只知让小孩子背书的学究，他们之间总是有趣。有一天王问师父天圆地方是不是假的。师父笑笑说，天道曰圆，地道曰方。

王问，那我该学天道还是地道呢？

师父说，你该学王道。

王问，王道是什么样子的呢？

师父说，也许是酷吏严刑强兵富国，也许是仁义礼信教化众人，也许是天地不仁以万物为刍狗。

王问，那到底是什么呢？

师父说，我也不知道了，只能今后你自己去探寻。

海上的人们对汤若望的命运很惋惜，虽然我们也无法证明他是对的，虽然那时王也禁止了他们的教在东宁传播，可是我们对他们总是有好感的，传教士好像已经陪伴我们许久了。他们给了我们许多东西。

也不只我们，那时天下有很多人都曾跟传教士是朋友。永历皇帝的朝廷中就有很多人信教，甚至后来皇帝的嫡母太后、生母太后、皇后和皇子都受了洗礼成为了真正的教民。皇帝是天子所以不受洗礼，也因为他有很多妻妾并且可能还要娶更多所以不能成为一个全然的教徒。但人们说他是相信天主的，人们曾见到他在危难中的祷告。他与国姓爷的信中也曾出现过西方的语言，

北海和觞

我记得皇帝提到过末日审判。

那时永历皇帝身边一直有两位常伴左右的耶稣会传教士,他们负责辅导朝廷和宫中基督徒的生活,同时也是皇帝的御医和钦天监监正。

他们还帮助皇帝得到过葡萄牙人的支持,他们给澳门写了信让澳门看在上帝的面上在战争中支持基督徒,澳门收到信后立马派来了数百名精兵和数十门大炮。他们也帮助皇帝打了几场胜仗,可惜清人终归还是太强大了。那时清军有三位藩王都在向西南移动,其中的定南王孔有德更是很善于运用火器。所以葡萄牙人的军队最终还是撤走了。

之后皇帝节节败退,孔有德接连取胜,在那时孔有德真的做到了定南。直到后来他遇到了脱离乱军阵营前来勤王的李晋王。

李晋王靠着大象军两次在野战中大胜孔有德,他打破了清军野战永不败的神话。后来晋王一直打到把孔有德彻底围困在了桂林城内。孔有德自知必败,他狂笑着引爆了城内的炸药,他在城中的最高楼上自焚而死,人们说他们看到孔有德在烈火中依然在狂笑。孔有德本来是辽东冰海上的海盗,他比先公成名还早,他是朝鲜人心中的噩梦,后来他归附了皮岛的毛文龙,再后来毛文龙死后他投降了清人。正是他把大批火炮献给了清军。有人说从那一刻起大明就必败了。那些火炮杀死了大明的无数人。人们说他们听到孔有德死前在火中大喊:我早知道会有今天!我早知道会有今天!

澳门的军队退走后传教士建议皇帝向罗马教皇求助,他们说教皇不会对一个基督徒王国的覆灭视而不见,皇帝同意了。因为皇帝没有正式受过洗礼,也因为我们的天子不可能对别的君王低头,所以最终由太后和皇帝的基督徒太监总管给教皇和耶稣会的总会长写了求助信。有人说教皇是西洋最有权势的人,是总领天下一切洋教的半神人,传说他有一只战无不胜的十字军。之后传教士卜弥格[①]带着信去了西洋,而监正瞿纱微[②]继续留在皇帝身边。卜弥格路过广东时我们支持了他一艘大船,国姓爷也期望着教皇的军队可以前来帮助我们对抗北方。我记得卜弥格临行前的样子。

可没想到,他一走就是八年。

等他回来的时候一切都即将结束了,他的朋友瞿纱微已经战死,永历皇帝已经几乎退到了缅甸。而卜弥格最终也没能带来教皇的军队。教皇只给了

---

① 卜弥格即 Michal Boym。
② 瞿纱微即 Andre Xavier Koffler。

他一封回信。

可是没有人怪他，我们知道他尽力了。他没有说，可我们知道他这历时八年跨越十几万里大陆和海洋的经历到底有多么艰难。卜弥格在他们的国是望族，他本身并不需要为了我们如此拼命。

而更让卜弥格绝望的是等他回到澳门的时候他发现他已经被澳门耶稣会除名了。那时澳门的葡萄牙人已经和清人建立了关系，他们承认了清人是这个国家的皇帝。他们甚至拒绝让卜弥格登岛。

绝望的卜弥格在澳门海盘桓了许久，直到安姑爷发现了他，将他送来了思明。安姑爷说目前全世界可能只有思明一个地方是最有可能能满足这个可怜的传教士的了。那时李晋王败了，孙可望叛了，战火席卷着整个西南，没有人能真正联系上皇帝。国姓爷请卜弥格留在思明。他拒绝。国姓爷又说可以送他去任何他想去的地方。卜弥格说他只想去寻找皇帝，他说他一定要完成自己的使命。哪怕只是一封回信。

后来国姓爷派人把他送去了交趾，他企图在那里凭借一己之力穿越边境去找皇帝。可惜他没有成功。人们说他死在了边境线上。教皇在给他的那封回信中究竟说了什么也成为了永远的秘密。

那是一个悲壮的时代，可有传教士说那是他们最快乐的日子。

后来听商人们说卜弥格在那八年把我们的许多东西都介绍到了西方。卜弥格是爱我们的，他在被教皇拒绝后还几乎求见了西方所有的基督徒君王，可没有人敢出兵。

再后来大陆反对基督教的声音就越来越大了，那时杨光先所写的一篇驳斥基督教的文章非常有名，甚至有人将它当作了宗教经文来供奉诵读。杨光先将自己的文章叫作辟邪论。

他告诫人们一定不要被传教士骗了，他说传教士说我们上古时也信仰上帝是牵强附会，传教士故意把他们的神翻译成上帝就是为了混淆人们的试听。

杨光先也不相信是上帝创造了万物，他更相信这个国家古人的说法觉得一切都是自然产生的。他说天地无始，称之为无极，无极孕育了太极，太极孕育了阴阳二气，阴阳二气自然化生了万物。

杨光先还质问耶稣降生的时间距离我们怎么这么短，他考证耶稣降生到现在只有一千六百多年，而这个国家的历法已经有一千九百三十七万九千四百九十六年，即使从尧的时代开始计算也有两千三百五十七年。杨光先质问如果耶稣是真神，那耶稣降生前的时间岂不都是无神无主的世界。这个问题也有一些别人问过，传教士回答神一直存在，只是后来看着他所创造的人类罪恶太深重了所以化身为耶稣来到人间救赎人们。杨光先问，神想救赎人类那为何不在创造之初就救赎，为什么非要等到汉哀帝元寿二年才来。他说神倘使创造出的人是不完美的，那么他就不是全知的最高的神，而如果他故意造出不好的人，那么他就是居心叵测的恶神。

杨光先宣称他发现了许多基督教确凿的谎言，比如，圣经中记载耶稣死时世界黑暗、全地大震、惊动万国，传教士说那天出现了日全食。可根据传教士提供的时间杨光先考证出了那天是汉光武帝建武八年三月二十二日，他说那天根本没有日食。杨光先说汤若望这种精通历法的人自然是知道下玄月不能全部掩住太阳的，所以特意挑了一个既望月圆的日子作为耶稣的死期。然而天下没有两个太阳，日全食必然是全世界都能目睹的，每当有日食，史书必然会记载。可杨光先翻遍了所有记载天象的典籍却丝毫没有见到那天有日食的记载，更别说日全食了，同样也没有地震。杨光先说说一次谎言的人总会说很多谎言，所以基督教全部都不可信。

有人说这部辟邪论杨光先已经写了好几年了，只是现在在鳌拜的支持下才终于发扬光大。那时汉留也将辟邪论的印本送来了东宁。有人看完拍手称快，他们说应该在东宁广布刊印以此彻底禁绝基督教。可王拒绝了。

百姓们或许是没有看过辟邪论的，他们又不认识字，不过大陆的百姓还是跟着反对起了基督教。一般朝廷说什么百姓都是不信的，可朝廷说什么他们又都是信的。有时也挺奇怪的。于是那时大陆有不少传教士都遭到了厄运。利胜也正是在这时被迫离开了这片他挚爱的土地。相对幸运的是在北京的传教士们，清人的小皇帝康熙保护了他们，康熙将他们当作教授数学和火器知识的教师，鳌拜勉强同意了。

后来汉留推测那些传教士对清人皇帝的帮助很大，他们终于也又如愿传播了他们的教，因为康熙皇帝杀死了鳌拜。没有人相信小皇帝能做到，可他就是做到了。在所有人都不知道的情况下，小皇帝拥有了自己的力量，在所有人都不知道的情况下，他突然擒拿了鳌拜。然后迅速扑杀干净了鳌拜所有的党羽。从那一刻起，他是真正的皇帝了。

皇帝没有马上杀鳌拜，据说当他看到鳌拜身上遍布的伤痕时想起了当年鳌拜不畏死亡冲锋陷阵的事情，他想起了鳌拜曾救过他的祖父皇太极。所有人都说皇帝仁义。不过在监牢中鳌拜还是很快就死了。

　　鳌拜死后皇帝组织了几次关于历法的检验，据汉留说那时皇帝本人已经掌握了完备的天象和历算知识。检验的结果是杨光先错了，汤若望是对的。可惜那时汤若望已经死了，他没能看到皇帝为他平反。

　　唯一幸运的是汤若望没有被执行凌迟，因为京师出现了地震，空中出现了彗星。彗星是灾星，在灾难要来临时君王都会赦免一些罪人以显示自己的仁德。皇帝想赦免汤若望，可碍于鳌拜没能成功，最终只是争取到将凌迟改为杀头。

　　后来是康熙皇帝的祖母出面了，她让鳌拜放了汤若望，鳌拜同意了。有人说那个老太太才是那些年北方部落联盟真正的核心。那是一个蒙古大部落的小姐，在与清人联姻时嫁给了皇太极。然后她一直支持着她的丈夫，又支持着她的儿子，现在又支持起了她的孙子。有人说如果不是那个老人还在，鳌拜也许会篡位。现在老人终于支撑到她的孙子成为了真正的皇帝。

　　与她类似的是太妃，在东宁人们都开始称她为国太。那时国太已经很少露面，不过所有人都知道她是东宁最有权势的女人。特别是老臣和宗族们都视国太为领袖。可惜王和她的关系并不好，国太不喜欢王和昭娘的儿子。

　　汤若望活过了凌迟又活过了杀头，可他还是死了，突然的打击和一年的牢狱摧垮了他的神智，他模糊地死了。听说汤若望在他的与我们足心相对的国也是贵族，地位比卜弥格还要更高，可他却将几乎他的全部生命都奉献在了我们这片土地，从澳门到大明，从大明到大乱，又从大乱到大清。有时他们确实是可敬的。

　　再后来有次李德斯队长说他发现其实利胜也是贵族，并且利胜还是曾经这个国家最有名的传教士泰西儒士利玛窦①的亲戚，但是利胜从来没有跟我们说过这些。有时他们确实是可敬的。

　　汤若望的助手并且也是先公的朋友的传教士南怀仁②熬了下来，他熬到了皇帝杀死鳌拜，熬到了在历法之争中战胜了杨光先，他为汤若望平反了，并且成为了新的钦天监的监正。他将他们的教努力地留在了这片土地。可惜那

---

① 利玛窦即 Matteo Ricci，泰西儒士是他的号。
② 南怀仁即 Ferdinand Verbiest。

时利胜已经离开了，或许这就是命运。

而杨光先因为误用历法被判了杀头。皇帝念他年迈放他回了故乡，他死在了路上。人们说一定是因为他的历法荒谬遭了天谴。奇怪的是，不久之前这是人们刚刚对汤若望说过的话。

杨光先输了之后海上大松了一口气，因为我们一直没有改变历法，即便全天下都认为汤若望错了的时候王也坚持没有改变。那时有人想请风水先生来转运却被王臭骂了一顿。而北方就惨了，他们又得再换一次历法了，他们又得重新合算一遍他们这几年是不是又搞错什么日子了，又得重新请很多和尚道士做很多法事。

鳌拜一生杀汉人无数，或者说他杀人无数，连先公也是在顺治皇帝死后鳌拜开始崛起的时候死的。我们开心鳌拜的覆灭，在东宁人们纷纷走上街头庆祝。师父也在庆祝，可他好像并没有多开心。那天晚上我想或许我明白了师父的忧虑。鳌拜没了，北方的势力就再次统一了。清人的年轻皇帝能在如此不利的情况下击杀鳌拜，那么他就能击杀任何人。或许北方很快就又要来了。

后来康熙皇帝在对我们下手前先对三藩下手了，果然他是不会允许对他有丝毫威胁的可能继续存在在他的国境之内的。哪怕三藩都曾是清人最忠实的下属，可皇帝还是对他们下手了。三藩的三位藩王看到了自己的命运，他们终于先后开始造反。人们将那段时间称为三藩之乱。

在那时，我们也终于回到了大陆。

决定起兵的时候王是兴奋的，他的身体像兽一样在起伏，他握在镇海将军剑上的手不住地颤抖。那是定国公留给他的遗物。

在那一刻我好像突然明白了，王终日无法排遣的西方美人之思，是故国。他的渡海东去毫无西来意，都是装的。人们终究无法忘怀的，还是乡愁。许多将士都哭了。我们等待这一刻已经太久。

第四章　江湖与血

师父说《庄子》中有一句话叫相濡以沫,不如相忘于江湖。意思是海水枯干的时候,鱼儿相依在陆上,互相用唾沫湿润着对方的身体以此艰难地延续生命,这样的患难之情是感人的,却不如开心地相忘于江湖之中。可是忘记了对方真的还可以开心吗,我不知道。

记得那次我们在岳阳楼的时候,师父几乎一下见了整个江南所有的武林人士,那些人那时大多相忘于江湖了吧,为了活命他们应该都在新朝找到了出路。除了个别和尚和道人,所有人早就留起了清人的发式。他们看着师父很愤怒,我觉得他们应该是想杀了师父。换了我我可能也想杀了师父。师父侮辱了他们。

师父本来不是那样的人,他处事从不会有任何不得体的地方,可现在他就是侮辱了他们。所以这些武林人士才都聚集过来了。他们想必不准备失手,上百个人或坐或立,看似散漫,然而所有出口都被把持严整。

师父缓缓解开了布包,拿出了他被包裹着的剑,人们很紧张,纷纷把手偷偷移向了武器。师父只是把剑拿在一旁而没有出鞘,人们稍微安定了一些。师父说,奸人的走狗上前来与我划个道。有些好笑,可人们没有笑,他们又有些紧张了。

没有人动,因为没有人愿意承认自己是奸人的走狗。他们绷着不说话,假装泰然,继续以严密的结构围着师父。

师父又说,那走狗都一人卸去一只胳膊然后滚吧。

　　终于有人忍不住了，一个大汉一掌拍碎了桌子。他大怒道，狗道士，你想在江南武林立腕就别他娘拐弯抹角，老子先拍断你两条腿！说罢他冲了过来，而师父的剑抢先削在了他的肩上。

　　这时突然所有人都冲了出来，他们很快，就好像约好了一样。能在江湖上闯出名号能在那个时代活下来的人总是于时机的把握是不会差的。

　　或许是因为师父的剑并没有出鞘，或许是因为以多欺少终究不是好汉行径，或许是因为如果大规模动了铁器清人肯定会找他们的麻烦，那时清廷对于民间把控得很严，也或许是因为他们有把握拿下师父而如此狭小的室内武器反而容易损伤自己人，所以他们都没有用兵刃。

　　战斗结束得很快，师父打得很干净。

　　战斗按理说无法结束得这样快，如果是在战场这连开头都算不上。可这不是战场，这只是一个酒楼，没有人想死，每个人都想别人动手，人很多，可是真正能靠近的永远也就几个。最终在第一人动了铁器的时候战斗就结束了。

　　是最初的那个大汉，或许是因为他是个容易愤怒的人吧，或许是因为他一下被师父砍倒觉得很没面子，他无法忍耐，抽出了一把大刀砍了过来。人们又都好像约好了似的瞬间如潮水般退开。刀砍了过来，这时师父的剑也出鞘了，剑只出鞘了一点，剑刃的中央刚好挡住了大刀的三寸。果然那把看起来很吓人的刀质量并不是很好。果然江湖人永远没有机会得到最好的东西。

　　刀就如豆腐一样被从中间削开了，看起来师父什么都没有做，怒汉就好像是自己削断了自己的刀，刀头落了下来，大汉飞了出去，人们赶紧躲闪。大汉和他的刀一起卡在了一个柱子上，他几次想把断刀拔出来却都没有成功，师父手一动收起了剑。于是战斗结束了。人们又都像约好的一样不再动了。

　　此时一个之前一直没有动的在一旁抽烟的老者说道，好一把清明宝剑啊。人群中一阵嘀咕，仿佛他们知道剑的来历。

　　老者又说，道友武艺高强，老朽佩服，请道友说出真心话吧。

　　师父对老者拜了一拜又对两旁拱了拱手回答，我败了，多谢程老先生手下留情，多谢诸位手下留情，我不会踏入江南武林一步。

　　老者睁亮了眼睛，为何。

　　我受人挑唆误以为江南武林投靠了奸人，今日一见方知诸位都是真英雄真豪杰，现下战火再启，想必诸位都会是我汉人天下的栋梁。

老人面色有些不好，他微微直起了身子说，程某老矣，双目昏花不知来日几何，身边这几个朋友徒弟也只是平凡武人，随便混口饭吃罢了，道长说的话我们不太明白。

师父说，晚辈也只是有感而发，天下大事谁都说不明白，但我想今后如果有流落江湖的汉人朋友，想必诸位不会为难。而在下一直对江南武林好生仰慕，今后如果有什么武林掌故江湖消息想向诸位打听一二，想必诸位不会拒绝。

老者叹了一口气说，明白了。师父拱了拱手。

老者思索了一下接着问道，道长，你见多识广，不知可曾听说战乱几时来到？

师父回答，快了。

老者说，那不知到时能否有我们一条生路。

师父说，想必军人只杀军人，诸位全家老小人口众多，如果祖师爷传的东西用错了地方实在可惜。

老者点了点头回答，多谢指点。

师父再拜了一拜准备离去，老者起身叫住了他。老者说，道友且慢，道友所修之武艺着实高明，不知能否留下一个名字。如果涉及规矩不便相告，老朽也不勉强。

师父想了想说，阴符经。人群中一片嘈杂。

老者十分惊讶，问道，太公阴符经？

师父想了想说，不是，是本经阴符七术。

老者很困惑，他几乎是求着问师父，不知，不知道友可否告知，是哪，哪七术？

或许是师父看他难受，想了想告诉他了，盛神法五龙、养志法灵龟、实意法腾蛇、分威法伏熊、散势法鸷鸟、转圆法猛兽、损悦法灵蓍，是为七术。

老者一下跳了起来激动地说，妙啊！妙啊！

师父没有说话，我不知道他是不是想笑。

老者比画着说，怪不得我观阁下刚才动如腾蛇，息如灵龟，狠如鸷鸟，稳如熊罴，神运如五龙！妙哉！还有那转圆损悦，贵派真乃隐世奇门也！阁

下真乃奇人！

师父淡淡回答，献丑了。

在我们走后人们还在议论，不停地说师父哪一招像熊，哪一剑像蛇，他们好像已经全然忘记了之前的失败，也忘记了对师父的敌视。武林的人终究还是些简单的人。他们大多应该还是真正爱武的。而且师父承认自己败了，保全了他们的颜面。对于武林的人来说颜面比什么都重要。

从那天开始师父和本经阴符七术成为了江湖上一个新的传说，所有人都想一探那门武艺的究竟，可是师父就像消失了一样。因为他又变回了陈永华。不过就算师父不变回陈永华他们也不会知道阴符经的奥秘，那只不过是师父当时随口编出来的罢了。师父的武没有任何名字。

师父曾说过所有的名字都没有意义，他说从来都不曾有一种武艺跟它们的名字有关，一切都只是牵强附会罢了。师父说武无非只有天赋，经验和决心三点。经验和决心决定了一个人能将他天赋完成的程度，而天赋决定了一个人所能达到的上限。师父说世上不可能有能超过天赋的人。我想师父是有天赋的，范承祚也是，后来师父的弟子刘英雄可能也是。而我不是。

那之后江湖上还流传师父有着一把刻了反清复明四个大字的宝剑，慢慢传说还进化成了有一个可以御剑而飞的道士拿着反清复明剑专杀清朝的贪官，百姓的愿望总是美好的。

在师父短暂出剑的那一刻确实露出了清明两个字，可是那把剑正反两面是绝对再无法找出反复的，我也不知他们怎么搞的，很多人十分肯定地说他们亲眼看到了反清复明。我有时在想是不是他们故意在陷害师父，如果真的有这几个字那这是死罪，而且是还会是连累亲戚朋友一起被杀的诛九族的死罪。但师父不觉得，师父说人的记忆是不可靠的。

后来我们也曾因此真的被拦下过几次，清兵盘查我们的时候都特意问师父为什么要带剑，师父说是捉鬼做法事用的。然后每当他们把剑打开的时候都会吓一跳，一堆刀枪都会瞬间围向我们，可仔细一看又怎么都只有清明而没有反复。他们问师父为什么剑上要写清明。师父说是清明是阴间与人界相通的节气，又是道家修炼的重要日子，所以他的剑是杀鬼的剑。官兵们听得云里雾里又觉得恐怖，干脆放了师父。

有趣的是，没想到我们因此又惹上过别的麻烦，就是真的有达官显贵请师父去抓鬼。我们也真的见到了鬼,有的鬼挺吓人的,然后师父把鬼杀了。还有时把鬼的朋友也杀了。但也有一些比较好的鬼被师父放走或收服了。原来那些鬼其实是江湖上一种专门装鬼骗人的门派。师父自然没有说穿。达官显贵们都将师父当作神人。

后来江湖的消息和显贵的情报在王反攻大陆时帮助我们取得了不少便捷,那些年王震惊了天下,刘国轩也打出了他的名号。那时世人方才知道了竟然还有如此强大的一支力量一直隐藏在海外。

最初邀请我们回到大陆一起反清的是耿精忠,他是这一代的靖南王,他在他父亲耿继茂死后继承了王位。没有想到他的父亲作为清人镇守福建的藩王跟我们打了一辈子的仗,现在他却成为了我们的盟友。或许这就是命运。天势总是变幻无常的。

除了耿精忠,三藩之乱的另外两位藩王是镇守云南兼管贵州的平西王吴三桂和镇守广东的平南王尚可喜。平西王、平南王、靖南王和定南王孔有德一起被称为清朝的四大汉王。其中除了吴三桂以外,剩下的三个人都曾是北方毛文龙在皮岛的旧部,也都在毛文龙死后很快就投降了清人。所以有人说袁督师杀毛文龙真的杀错了,是袁督师把这些大将推给了清人。但也有人说袁督师杀的太对了,因为就凭孔有德他们几个这么快就造反就知道毛文龙本身也不好。

反正最终的结果就是孔有德,尚可喜以及耿精忠的祖父耿仲明确实给清人提供了很大的帮助,清人也真的靠他们平定了南方,从清人的角度他们都无愧于自己的封号。

人们说吴三桂反清是因为他觉得他已经有了可以跟清人抗争的实力,他不愿意放弃他在西南拥有的东西。而耿精忠反清是因为那时流传着一句天子分身火耳的谶语,火耳合在一起恰好是耿精忠的姓氏,所以他觉得他是有天命可以成为皇帝的人,他希望我们帮他。但尚可喜本来没想反清,甚至还主动提出让清人撤销他的藩国。有人说他是想明白了他们无法长存,他明白他们这些开国时的佣兵藩王不会为新的年轻皇帝所能容忍,所以他只想平安地回归故乡。他本来跟清人的关系真的很好,那时皮岛的新任将领设计想杀他,他逃了,他成为了第一个投靠清人的人。他没有想到皇太极竟然在寒冷的北方亲自出城三十里来迎接他。他很感动。

在尚可喜申请撤销藩国的请求到达北京的时候，许多大臣都不同意，他们念及尚可喜的功劳。他们也觉得如果撤销了尚可喜的藩国那么另外两藩必然会不安，到时天下会大乱。也有人觉得尚可喜并不是真心想撤藩，他只是在试探皇帝的态度。

然后，所有人都知道皇帝的态度了，年轻的皇帝强硬地批准了撤藩。

接下人们预料的事情发生了，吴三桂和耿精忠确实很不安。不久之后他们也一起上书请求撤藩。他们是真的在试探皇帝，他们的意思是不想撤藩，他们希望皇帝可以驳回他们的请求。可是康熙皇帝根本没有说出一个字的挽留。

于是吴三桂和耿精忠就开始着手反清。他们没有立马动手，但是所有人都知道了即将要发生的事情。他们和北方进行着很大的博弈。双方都在紧密部署。

在海上人们很激动，大家都觉得这是我们回到大陆最好的机会。但师父让王等待。终于我们等到了耿精忠的主动邀请。

王趁机向耿精忠要求了两个州府作为屯兵的地方，耿精忠同意了。耿精忠还请王帮他暗中联络了东洋，耿精忠想在那里铸造一大批铜钱。发行铜钱历来是只有天子才能做的事情，耿精忠的心思已经很明了了。那些年我们的铜钱一直都是在东洋铸造的，他们的工艺很好，不过王从来没有发行过他自己的钱，在东宁我们一直沿用着永历皇帝样式的铜钱。除了永历铜钱我们也会用西班牙银元，那是一种在海上很好用的东西。

同时吴三桂也给王写了信，吴三桂在信中称王为殿下，他语气已是完全把王当作同一战线亲密友人的模样。王笑了笑。

其实许多年前王在东宁闲暇时曾给吴三桂写过信，王在信中表达了对吴三桂的仰慕。王挑唆吴三桂对清朝造反，他说我们会配合吴三桂。那时我还以为王是在嘲笑他，现在我才明白，其实王在那时就已经感知到了吴三桂与清人无法长久。其实在那时，王就一直在想着该如何回到大陆。不过吴三桂没有回信。而现在吴三桂需要我们，他的信就来了。

离开东宁之前王跟师父见了面，王很不舍。我不禁想起了王小时候每次师父离开前他不情愿的样子，我忽然觉得在东宁的这些年就像是一个梦境。

王想将师父带着一起去征战，可他又必须把师父留下。因为王的军队需要东宁在背后的支撑，而东宁需要师父。

王问师父，老师，你觉得我会赢吗？

师父说，我不知道。

王说，你不鼓励我吗？

不。

王笑了笑，你总是这样，那你觉得我该去吗？

师父说，我不知道，我只知道殿下如果不去肯定会悔恨终生。

王叹了一口气，是的，我必须去。

如果不行就回来，我会去澎湖接殿下。

王说，罢了，尽人事听天命吧！

是的，殿下。

王想了想又说，老师，帮我照顾好臧儿①，就像我小时候你照顾我那样，如果老师要走就请夫人照顾他。他是个可怜的孩子，你们一直是他世上最亲的人，等我回来的时候我希望就是他和小蝶结婚的日子。

师父说，殿下做主即可。

王说，是啊，我们是父母，我们可以做主，但我更希望他们能自己决定自己的命运。

师父没有说话。

我忽然觉得有些奇怪，我忽然发觉蝶小姐和臧公子其实从来都不知道大陆的样子。他们刚出生不久就被我们带来了台湾，他们记事起就在这里成长，鲲身岛，王城，应天府的街市，金台山和海浪，就是他们全部的记忆和唯一的故土。他们没有经历过那个时代和那个大陆，不知这是他们的幸运还是不幸。不知他们长大后是否也会思恋那里。而现在我们要去为了那个与他们无关的地方而战了。

小姐的名字叫梦蝶，她是世上最纯真的孩子。在她的面前师父总是脆弱的。她与臧公子很好，他们从小一起长大，不知他们心里是否也早就将对方当作了最终的人。公子待小姐好，师父很欣慰。公子思虑深，有人说他就像曾经的国姓爷。甚至老部下们说臧公子连长相都与国姓爷小时候像极了。一个先公出海多年的旧部来到东宁时见到公子哭的不行，他以为自己见到了国姓爷。

---

① 臧儿或臧公子即前文中郑经与陈昭娘的私生子，名叫郑克臧。

那时师父和王有一个好朋友叫李正青。正青先生是才子，他从没在那些年的十几个皇帝或监国的任何一个朝廷做过官，却一直被人称道，他一直孤身保有着大明的风骨。后来在王思明兵败的时候正青先生跟着我们一起来了东宁，他说大陆已经没有什么值得他留恋的了。王想请正青先生帮助师父主政，可先生拒绝了，他想归隐。王说要送给他一片地方，他说他不想住得太近。王说，可以，但是我老师也不会同意你去的太远。王让他住在了安平的南郊，那里不算太远，也不算很近。

正青先生的身上有禅的境界，他钦慕佛学，百姓们叫他活菩萨。有时正青先生也会过来，或者说是在王请他来时他也不拒绝，他的隐居超脱了空间。而每当正青先生来时王和师父都是高兴的，每当正青先生参加了的宴会总是会有种别样的感觉。他说他爱东宁。有一天师父去拜访正青先生的时候他对师父说，永华，给我这里取个名字吧。

师父说，就叫梦蝶园吧。

正青先生笑了，说真是个好名字。

师父回到安平后的那几天神思一直是倏忽的。终于在他写成了一篇梦蝶园记的时候，我感觉他释然了。他让人把文章刻在石碑上送给了正青先生。

梦蝶本来是《庄子》中的一个典故，有一次庄子梦见自己是一只蝴蝶，在梦中他开心地飞舞，而醒来后恍惚不已。他不知究竟是梦见自己成为了蝴蝶，还是蝴蝶梦见自己成为了庄周。世人说庄子善于梦幻所以是千古第一逍遥人，可师父说真正的逍遥并非源自梦幻。师父说人心闲则意适，达生则可以观化，那种人处在山林中也不觉得寂寞，进入闹市也不会被烦扰，所以又何必一定要做梦呢。又所以，醒着时又何必不做梦，梦又何必不成蝶呢。他说正青先生正如一只醒着的蝴蝶，栩栩然飞行，陶醉于山水，两三个童子相伴，除草耕种，养花弄药，胸中无物所以潇洒超然。无物则无不物。不梦，正是梦。梦，也还是梦。所以他将正青先生的地方叫作梦蝶园。师父说他羡慕正青先生，可他却无法做到，他欣慰正青先生先得到了他也想得到的。

我不能理解师父文章的所有意思，我总是在想他想得到的究竟是什么。

正青先生看完碑文沉默了许久，他大笑了三声，又长叹了三声说，陈永华啊陈永华，你不愧是你。

望着王离去的船只，师父默默地拜了一拜。

人们乘着船去向了大陆，那里是我们的故土，在海上的那几日泪水从来就没有断绝过，歌声从来就没有断绝过。人们为了心中的大明又回到了战场。

可当人们回去以后发现大明不在了，大明真的不在了。大家都是汉人，大家都在反清，可人们发现王竟成为了唯一一个还打着大明旗帜的人。

耿精忠自封是天下兵马大将军，可究竟是哪一国的大将军，他没有说。人们知道他已经沉迷于天子分身火耳的谶语中无法自拔。而吴三桂将他的国号改为了周，他说他要效仿古人，恢复古时最美好的时代。可周已经灭亡了数千年，周国的皇室早就没了，所以如果吴三桂的周国将要拥立一个皇帝，那只会是他自己。

王给吴三桂写信劝他以大明的旗号反清，这样才能名正言顺，吴三桂的回信模棱两可。他只是又一遍地夸赞了王和国姓爷，他还提到了先公，他说先公跟清朝的血仇必须要报。他建议王逆上长江直取南京，或者北渡东洋奇袭天津再由天津进攻北京，他说如此大业可成，天下可定。王没有说话。

不得不说吴三桂确实是很厉害的人，他的战略狠毒，我差一点就相信他了。但师父作为给军队提供粮草的人却根本连吴三桂的信看都没看。王的舰队最终停在了思明，他回家了。

在范文程的儿子范承谟成为福建总督以后海滨人们的生活稍微有所改善，不过思明依然是一片焦土。王抚摸着宫室被烧黑的残留的痕迹，久久没有说话。

人们说范承谟是个好人，虽然他是真正的北方的旗人，但他为人刚正为官清廉。他一直是耿精忠最头疼的人。耿精忠、吴三桂和尚可喜的藩国都是奇怪的地方，人们也说不清它们到底属于哪一类国。相比于彻底自制的藩国，他们有许多地方都要受到清廷中央的管束，比如，省内像范承谟这样最重要的官职都是由清廷直接任命的。但相比于只有头衔和土地的干吃俸禄的藩国，他们又有许多超然的权利，他们在省内都是说一不二的。更重要的是，他们都拥有自己的很强大的军队。

在耿精忠露出要反清的迹象时人们劝范承谟逃走，可他不走。他说身为总督，即使死也不会离开福建半步。果然耿精忠做的第一件事情就是捉住了他。为了抓他耿精忠设了一个很大的计谋，但范承谟就好像是自投罗网了一般。很多福建的官员都投降了，各地的守将也降了，甚至浙江和广东的一些地方也来信表示愿意归附耿精忠，而王帮他安定了海滨。耿精忠很开心，他觉得自己果然是天命所归。唯有范承谟和他的部下坚持不降，这让耿精忠有些苦恼。也正是这不久之后我们见到了范承谟的弟弟范承祚。

师父在王离开一段时间后也去了大陆，我们是暗中去的，正如之前的每一次一样。师父没有跟王一起走，因为他需要人们知道他还在东宁。他也没有跟运粮的船一起走，因为他需要东宁知道他还在。

王之前开玩笑地问师父，老师你会在危难的时候出现来帮我吗。师父回答，不会。

王笑了笑，王说他会重用陈绳武和洪磊。绳武公子主管东宁的兵部，磊公子主管吏部，他们是东宁最优秀的年轻人。同时绳武公子也是师父的侄儿，蝶小姐的族兄，而磊公子是忠振侯的儿子，师母的弟弟，还是王的女婿。可以说他们都是王的亲信，也大概都算是师父的人。洪家是当时东宁的第一望族，或许陈家也是，不过师父不太管家里的事情。

师父回答，打仗的事情属下不太懂，殿下重用刘国轩就够了。王点了点头，好像他一点都不意外师父会这么回答。

到了大陆以后吴三桂非常赏识王，虽然王没有依照他的策略奇袭北方，但他还是对王很客气，他希望能跟我们合作。可耿精忠那边渐渐出现问题了，迅速的成功让耿精忠变得膨胀。他拒绝按照原来的要求将漳州和泉州交给王屯兵，在王派叶亨去见他的时候他只说让王守好现有的领土不要轻举妄动。叶亨是个彬彬有礼的美男子，但这次他大怒。王安抚了叶亨，然后接见了随叶亨一起回来的耿精忠的信使，王对信使说他愿意听从耿精忠的安排。军中很不满。但王没有回答人们。

那些天王只是待在思明，他很安静。他祭祀了定国公，祭祀了永胜伯，祭祀了那些年所有在思明海上死去的先人和战士们，也祭祀了昭娘。王很安静，仿佛这就是他历尽艰辛十年终于从海上归来的目的。

确实这在这十几年间我们好像衰落了，清人的迁界禁海对我们的影响很大，相比于当年国姓爷几十万大军席卷江南围困江宁时的样子，我们显得弱小。王无法像国姓爷那样用战船覆盖长江用笙旗遮蔽太阳，他也不是那个天下最有名的人，他没法一呼百应，随他从东宁跨海西来的我们就是他仅有的人。大多数人都只知道他是那个因为通奸气死父王的世子。或许耿精忠因此看不起我们吧。

但他们却不知道那些年东宁百姓的生活有多好，他们不知道我们在东宁有多好。

然后在信使大约回到了耿精忠那里的时候，想必耿精忠很开心的时候，王突然发动了。他突然发兵攻下了耿精忠的同安和海澄，耿精忠输得很惨，我们的军队震惊了天下。

别人问如果耿精忠来问罪该如何回答。王说，杀了他。

王将占领的地方交给了绳武公子，然后亲自瞄准了漳州，这时人们方才似乎感知到了王的真正目的。那时黄梧在漳州。

对于故国的思念原来除了别离的伤痛，还有无法排遣的血仇。

可惜我们没有抓到活的黄梧，那些天黄梧被活活吓死了。黄梧本来已经投降了耿精忠，可面对王的威胁他还是被活活吓死了。

黄梧死后他的儿子黄芳度成为了黄家的家主也接管了漳州。黄芳度向我们派来了使者，他说他愿意归降，他斩杀了耿精忠派去的将领以对我们表示忠诚。他知道耿精忠无法保他。他给王写了一封几近泣血的信忏悔他父亲的罪过，他说他愿意生死相依。王同意了，王说，都过去了，那是上一代的事情。

我觉得那时师父都快流泪了，他激动于王的厉害和成长。但师父是不会哭的人，他假装镇定地去见了王。王看到师父出现在军中，他问师父，我这么快就遇到危难了吗？

师父说，我是来运粮的。王笑了笑。

那时很多人都不相信黄芳度是真心归降，王问师父怎么看待。师父说他刚刚拿到漳州的情报说黄芳度在暗中屯集死士。王问，那我们怎么办？

师父回答，想必殿下早已有了决定。

王说，我想知道你的想法。

师父说，我答应过先王要杀黄梧，他死了就杀黄芳度。

王问，他是真心归降也杀吗？

杀。

为什么？

诺言。

还有吗？

这是我们必须了结的事情。

王说，很好，但我现在不会动他。

直到一年以后，王才终于到达了漳州。那时的黄芳度已经憔悴，他本来应该是英雄年少，海上许多人都记得他小时候的样子。但也同样无法忘记他们的突然背叛和他父亲献给清人的计策使得海滨数百万人流离失所，大火焚烧数月不停，思明被浓烟遮蔽天日的日子。

王让黄芳度出城。黄芳度不敢。王下令围城。终于在这时双方彻底撕破了脸，该了结的事情终于还是需要了结的。

本来刘国轩请命来接手漳州，他说他必定会完成使命。漳州是曾经刘国轩还在做清军时打开城门献给国姓爷的地方，他说他要把这里再次献给王。王说，你应该有更广阔的天地，把漳州留给我。

在这一年中发生了许多事情，这一年黄芳渡被王利用得很惨。而王围困漳州前还打下了漳浦和饶平，收复了泉州和潮州，一时海滨的许多地方终于又重新回到了郑氏的麾下。耿精忠自然大怒，他派人来打，却都没有成功。

终于耿精忠派出了他绰号老虎的将军王进和盛大的军队，老虎与刘国轩对垒了数十日，他们的军营延绵二十里，整个枫亭都被占满了。老虎始终都没能前进一步，刘国轩稳如磐石。终于在刘国轩率轻骑去探营的时候老虎大怒发动了决战，决战持续了几个时辰，血流尽了涂山岭。那里来年的花一定长得很美。

刘国轩击败了王进，刘国轩一连追了几十里追到了兴化，那里已经逼近耿精忠的老巢。王进躲在城里不敢出来。而刘国轩在城下住了三日才走，他顺便带走了老虎所有的威风。

何佑也在罗山对耿精忠的军队取得了大胜。何佑是王的虎卫，人们说他是王的周全斌。他打仗时总是亲自挥戈冲在最前面，戈这种古代的破兵器本身已经很多年不见有人使用了。有人说何佑的名字不吉祥，让他换一个名或像文人一样取一个字，哪怕像江湖人一样取一个绰号也好。何佑呵呵笑着回答，没事，心里想着老天不保佑，我才好拼命。在何佑亲自拿着火把把几十门大炮对准漳浦的时候，之前逃回去的守军连忙开城投降了。

耿精忠彻底慌了，他请吴三桂帮忙。吴三桂派了使者来调节，王同意和解。从那时起我们跟耿精忠以风亭为界两家修好，耿精忠总算承认海边所有的地方都是我们的了。那年的新年，耿精忠送来了许多礼物。那年的新年，下雪了。

在我们和耿精忠打仗的时候范承祚特别开心，他简直比我们的军人还高兴，每天不停问师父有没有什么新进展，他叫喊着要打死耿精忠。他是有一天突然出现在军营里的，一直到师父要回东宁才把他赶走。他似乎不舍得离开，他对师父说，虽然你跟我哥哥挺像的，但不知道为什么，我就是觉得我哥哥很讨厌。

在那天士兵突然报告说有个叫陈承默的书生想求见师父时，师父也没有太惊讶。师父问他，那些人是你杀的吧。

范承祚笑着回答，陈兄好眼力，确实是小可做的。

他们是耿精忠的密探。

是的。

知道了，你走吧。

别啊陈兄！小可是来找你喝酒的！看，我特意带了好酒。上次岳阳楼与陈兄一见小可实在感慨颇深，陈兄走后只觉心中意犹未尽，踌躇多日才鼓起勇气前来，陈兄你怎能就这样赶我走呢。

留下也行，北方细作，你住监牢。

别啊，我特地过来的，我还帮你们杀了城里那么多耿精忠的人！你都不谢谢我！

来人啊！师父叫了一声。

范承祚连忙说，别别别，我住监牢还不行吗，我们先把酒喝了可以吗，小可还有耿贼的消息想告知陈兄呢！师父挥挥手让人们出去了。

范承祚说，陈兄你难道就不问小可是怎么发现你是你的吗？

不问。

也不想知道小可是怎么溜过福建又溜到你们这里，不想知道小可是怎么看出那些人是耿贼的密探的吗？

不想。

小可都迫不及待想说了，陈兄不想听吗？

不听。

哎，你这个人实在是没意思。

没想到的是后来范承祚真的就在我们的监牢里住下了。范承祚说他没见过这么多大明的人，他感觉我们挺好玩儿的，师父没搭理他。他也真的告诉我们了一些耿精忠的事情，那些事情有的能与我们的情报互相印证，还有的是我们不曾知道的珍贵消息。他问师父想不想知道他为什么帮我们。师父说不想。他很沮丧。

然而他不说师父也知道为什么，那时清人大军已经逼近了耿精忠的地盘，耿精忠面对我们和清人的两面威胁前景不妙。从清人的角度自然是希望清军尽快将耿精忠扑杀，可范承祚却不希望耿精忠输得太快。因为耿精忠如果愤死很可能会杀他哥哥泄愤，如果投降则会杀他哥哥灭口。可他又不希望耿精忠取胜，那样他的哥哥就永无出头之日了。所以在范承谟面对的死局中唯一的可能就是在第三方中寻找出路，比如，趁乱脱身，比如，王取胜然后放走他。好像听起来奇怪，但王也许真的会那么做。

在王的接连胜利中他成就了海上的先人，他祭祀了大明的先烈，他杀了一些清人的官员，他将许多人的家眷绑架去了台湾，但同时他也放回了一些他真正尊重的清人回北方。他将为了清朝殉节的人当作同样的忠烈来对待。王赢得了大家的尊敬。

在那时王重新复兴了思明和泉州，世界各国的商船都回来了，英国、交趾、爪哇和暹罗……他们像进贡皇帝一样给王进贡了礼物，他们请求王打开港口与他们通商，王同意了。这本来就是王的想法，他只不过是在等待别人先开口求他。

我忽然觉得这好像就是我们想要的，一个海洋和平万国通商的世界好像本来就是海上一直的愿望。可惜这个夙愿一直持续了三百年都没有实现，所以才有了倭寇，所以才有了海王，所以才到了今天。我忽然很想念先公，我渐渐的好像越来越明白他了。我回忆起了小时候的江南和海滨，我回忆起了他来家里看师公的样子，我忽然觉得他很可惜。那个时候他也许差一点就可以成功了。可能这就是命运。

海滨欢呼着王的胜利，越来越多的城池主动投降了，越来越多流离的百姓回来了，国姓爷曾在鼓浪屿设立的演武场也被王复兴了，人们纷纷回忆起了郑氏统治大海的快乐日子。有人从东宁过来看望亲友，他们也思恋故土。也有人跨海东渡去了那边，他们早就想知道东宁的样子。总的来说三藩之乱好像是一个比较文明的战争，几十万几十万杀人的事情不存在了。人们纷纷剪掉了辫子蓄起了头发，人们纷纷穿回了大明的衣裳。在那段时间帽子卖得很好,人们都着急遮掩自己乱七八糟的头发。那时许多东宁的商人都发了财。

范承祚觉得有趣。

那时冯锡范应该也是开心吧,他的血仇了结了。他在泉州抓住了害死他父亲的仇人,并亲手活剖了他们,又亲手斩下了他们的头,他将他们放到灵堂上祭奠了他的父亲。那天在灵堂里冯锡范喝了很多酒,他边喝酒边吃掉了他仇人的心肝。心和肝都没有煮,是生的,冯锡范连盐都没有放就吃了。他让我也吃点,可拉倒吧。

冯锡范的父亲冯澄世大人是海上一个特殊的人,他本来是商人,和战争没有太多瓜葛,他是先公赏识的合作伙伴。而后来他自愿成为了国姓爷最坚定的支持者,他说国姓爷会成就大业。在大明读书人都是不屑经商的,所以商人的低位一直都很低下,只有一种商人除外,就是特别有钱的商人。冯澄世大人大概就是属于那种商人。

而他与普通买来卖去的商人还有一点不同,他会生产自己的东西,比如,他会造船。有传言说冯大人其实是墨家的传人,所以他懂得各种机巧工艺,所以他有胸怀,也所以他的儿子冯锡范才能学得一身好本领。但墨家是个早已消失了千百年的宗门,即便存在也是隐世的不会对外人讲起的,所以这个传言最终没有被证实。但冯大人确实是爱机巧胜过爱经营的,他成为了我们工部的主事人,他专门负责给我们制造各种各样的东西,主管着所有的工程工匠水利和交通。可惜冯锡范没有继承他父亲的本领,冯锡范对于工部的事情大约是不大看得上的,成为王的侍卫后冯锡范一直更多地参与了政事。

范承祚问师父他和冯锡范谁厉害一点,师父说冯锡范一剑就可以刺死他。范承祚不信。范承祚说他感觉冯锡范的心思已经不在武上面了。师父说冯锡范有信念他没有,范承祚还是不信。他说他也有信念,他的信念就是他自己。

过了几天范承祚又问师父他和李德斯队长谁厉害一点,师父没理他。他又问我。于是我去告诉了李德斯队长离范承祚远一点。但是李德斯队长的疯病还没有好,他非要过来,结果范承祚用半个茶杯削断了他的火枪。可范承祚偷偷感慨如果是在战场上相遇,可能死的会是他。

王将漳州一围就是半年,所有人都知道我们和黄梧的家族有血仇,所有人都以为王和漳州僵持住了,所有人都觉得王一定会先破掉漳州不死不休。可就在这时,没有任何人猜到的情况下,刘国轩奉命入侵了广东。王再次利用漳州欺骗了人们的视线。

刘国轩以一万人和尚之信的十万大军奋战了数十日,然后据守到了鲎母山上。刘国轩表现得很镇定,但其实军中已几近粮绝。人们觉得他在弄险。山上确实利于防守,但上了山就意味着没有退路。尚之信很不屑,他觉得刘国轩怕了,他以为我们的军队不敢打了,他觉得刘国轩是想缩在山上等待援军。

可就在尚之信对刘国轩发动决战的那天,刘国轩借助他的攻势先发动了攻击。在尚之信的军队爬山爬到一半的时候刘国轩突然冲杀了下来,虎卫何佑冲在最前面,他们自上而下势如破竹。那天他们斩杀了两万人,俘虏了七千人。那一战让刘国轩的名字传遍了天下,也改变了广东的局势。

尚之信兵败后非常愤怒,据情报说他一直是易怒的人,而且嗜酒如命。但同时他也确实是个大将,他是广东藩王尚可喜的长子。早年时他和渡公子一起做过顺治皇帝的侍卫,顺治皇帝赏识他,赐他仪同公爵。后来尚可喜年纪大了,康熙皇帝准许尚之信回到广东帮着父亲打理藩国。或许是因为离开了北京没有了清人皇帝的压制,尚之信渐渐显露出了本性,他暴躁,他好杀人,他的号叫白石,他也确实那样不近人情。连他父亲都有些头疼他。所以尚可喜本来希望由二儿子来继承自己的爵位。

不久后刘国轩又打下了惠州,一时广东的海也都是我们的了。南澳投降了,王恢复了它的自由,那里又成为了海盗和私商们的乐园。

虽然尚之信自己也没能打赢刘国轩,但他对他父亲的部署很不满,他觉得是他父亲决策的失误毁了一切。终于有一天他一面炮轰清军大营,一面带着人杀进了他父亲的王府。他逼他父亲交出了藩国。尚之信成为了新的广东王。

然后他剪去了辫子,宣布反清。

所以三藩之乱本来并不是三藩之乱,是王逼反了广东逼反了清人的平南王,是他让三藩之乱成为了三藩之乱。而从天下的角度,加上清国和我们,那么那时是五国之战。

得到了尚之信这样强大的反清盟友,吴三桂很开心,他立马将尚之信封为了辅德亲王招讨大将军。尚之信心中到底是如何想的没有人知道了,也不知他是否真的甘心听从吴三桂。但至少他不用再与我们打仗了,他不用再担心刘国轩如鬼魅般的可能从海上的任何地方出现去袭击他。他同意把惠州和潮州割让给我们,他跟王签订了结盟文书。天下反清的声势变得更浩大了。

那时范承祚的神情间露出了忧愁。

虽然范承祚总是说他是个没人在乎也不在乎别人的人，他说他不关心清国的战争，但其实他是关心的。正如他一直说他讨厌他的哥哥，他说他的哥哥被耿精忠杀了才好，但其实他挂念他。

那些年范承祚总是在四处来来去去，他总是会在我们从东宁来到大陆时出现。他总是看起来什么都不在乎，他说他的生命没有什么目的也没有什么意义，所以他只能开心。那些年他时不时地告诉了我们不少消息，也破坏了别人的不少事情，他喜欢破坏，他说他一想到破坏耿精忠的东西他就开心。甚至有一次师父不在的时候他还截杀了一个去刺杀王的刺客，他没告诉师父是他做的，但师父知道是他。他也不否认，他说他只是刚好路过。

李德斯队长说有个幽灵闪过了一下刺客就死了，他更加相信我们会巫术了，他很怀疑骑在鲸鱼背上的红衣人还是藏在我们军中。

相比于耿精忠，范承祚更看不起尚之信，他说先帝待尚之信甚厚尚之信不是磊落男子之类。每次这种时候范承祚就又像极了一个全然的清人。他与师父接触的范围也只限于我们四国，他从不会真的做出任何对清国不利的事情。他尊重康熙皇帝。非常尊重的那种尊重。

我记得有次他还说过想跟我们一起去台湾看看，师父拒绝了。可在我们回东宁的船上发现了他。他说本来他想躲到到了东宁再出来，但他太难受了，他要死了。看起来他晕船了。师父很生气，拔出了剑，范承祚吓得掉进了水里，然后差点被淹死。那时我才知道原来北方的人都是不会游泳的。于是我们只能又把他送回了思明码头。他说他再也不想去陆地之外的地方。

范承祚就是一直这样出现又离开，直到范承谟死了。我不知道师父是否有时也会想起他。可能不会，师父是个淡漠的人。这些年当王离开东宁去了大陆以后我感觉师父的情感越来越更淡了。除了在蝶小姐面前。但也不知为什么，那种时候师父看起来有些难过。

那天晚上范承祚好像也很难过，他一直在笑。他找师父喝了许多酒。他喝醉了，他在月下舞起了剑。真正的武士是从来不会舞剑的，舞剑是文人的事情。我不也不知道范承祚究竟算是文人还是武人，反正我从没有见过那么美的剑。师父的剑堂堂正正，而范承祚如魑如魅。

他舞着，他喘息着，他笑着，汗水开始沁湿他的衣裳，他的头发也有些乱了，那些年他渐渐留起了这种不清也不明的战时的发式。

虽然与我们停战了但耿精忠终于还是没能抵挡住清人的大军，清人派来了康亲王杰书。杰书是康熙皇帝的堂兄，是努尔哈赤的曾孙，他的爷爷是皇太极和多尔衮的长兄，也是拥戴顺治皇帝登上皇位的人。那时杰书掌管着正白旗，他穿上了与多铎一样的银色铠甲，他带来了真正的满洲大军。那时人们方才知道清人的八旗军原来从来都不曾消失，或许他们一直都在防备今天。

耿精忠跟杰书打了两年，最好的时候他差点取胜，他的炮火击穿了杰书的大营。营中都在寻找掩体，可杰书丝毫不为所动，他坐在那里谈笑风生地指挥着战斗，清军大振。

那两年耿精忠眼看着杰书一点点蚕食了他之前占领的地方，直到杰书越过了飞鸟难渡的仙霞关，耿精忠向王救助。可他却不肯让出城池和粮草，所以他的求助并不真诚，可能也只是说说而已。他或许明白自己不行了。他的部下也明白他不行了，他的人开始或明或暗地向我们投降，王接手了那些城池。耿精忠很生气，于是我们和他的结盟再次破裂了。不过那时破裂或修好好像也都没有什么区别了。

杰书亲王隔着江水对耿精忠说饶他不死。

情报告诉我们那天晚上耿精忠派他的儿子去了杰书的军营，然后不久就传来了他投降的消息。他在没有跟我们或吴三桂或尚之信有任何商量的情况下就投降了，那个曾经被谶语预言着可以成为皇帝的藩国，就这样投降了。耿精忠卸下了武器，剃光了头发，裸露着身体率领他藩国内的文武百官将杰书亲王迎接进了福州城。不知那时耿精忠是否还记得天子分身火耳的事情，不知他是否还保存着王在东洋帮他铸造的铜钱。

耿精忠把一切罪责都推到了他人身上，他说他并非真心背叛清国，他说他只是为了防备吴三桂和我们才假意投靠，他不承认一切他做过的事情。可他如果不是真心背叛清朝，那本来的福建总督范承谟去哪里了呢，问问范承谟不就清楚了。可范承谟没了。连尸体都没了。包括范承谟的亲族部下总共五十三人，全都没了。

耿精忠一直害怕范承谟，他对范承谟的看押胜过天下所有最凶恶的监狱。那时有一个蒙古官员敬佩范承谟的品性企图去放走他，耿精忠把那个人剁成了肉泥。

范承祚的剑越来越快了，我已不再能看清他的动作。他突然大喝一声将剑抛入了空中，剑映着月的光芒，仿佛一束云彩。范承祚在笑，他笑着喘息着，汗水彻底沁湿了他不羁的衣裳，随意的发式也在那最后一击中彻底散乱了。他问师父，陈兄，你说，我到底是汉人还是清人！

他的剑落了下来，直没入了师父身前的桌中。

师父说，你是汉人。

别骗我了，你们永远都觉得我是清人别以为我不知道！陈兄，你说我哥他是不是傻，明明我们就是生在北方长在北方的鞑子，我们是属于长城外面的野人，可他偏偏还以为自己是汉人。太祖还没统一辽东，那帮太监和东林党还想着大明千秋万载的时候，我父亲就降清了，你说我们跟汉人还有什么关系？我哥就是傻，明明都当不了汉人了，还非要学着汉人，你说他当官就当官吧，怎么说我们也是北方的旗人，当当官杀杀人也没什么，我们本来就是坏人。但我哥他却非要当好官，他就是被你们汉人那些忠君爱国的东西骗了！陈兄，你说当官不贪赃不圈地不欺负人，他是不是有毛病啊，你说那皇上不派他去福建又派谁去呢。我从小就觉得他是傻子，我所有哥哥都是傻子，他们看不起我，他们嫌我小不跟我玩儿，后来又嫌我不懂事儿，再后来又嫌我游手好闲，他们又没管过我，凭什么嫌弃我！陈兄你知道吗，我父亲生我的时候已经太老了，我二哥最傻，他老管我，我小时候就恨不得他死了。哈哈，现在好了，他终于死了。

师父说，你兄长是个值得尊敬的人。

别骗我了，陈兄，你们汉人有个毛病就是说话不直说，所以我从小就不想当汉人，汉人太坏了。

你也是汉人。

是啊，所以我也不是好人。

范承祚坐到了桌前，拿起酒壶喝光了酒。他说，但我也不想当满洲人，他们的孩子看不起我们，不过那些满洲孩子只要你能把他们打倒他们就服你，打得越狠就越服！可我打不过他们啊，我没那些野人孩子那么壮，我年龄又小，那我就只能耍阴招，我就只能用脑子，我就用一切办法让他们害怕我！那些满洲孩子骑马，我也骑，他们射箭，我也射，他们骑马不用马鞍，我也不用，我揪着马的鬃毛就想象我在揪我哥哥，我驯服一匹马就觉得驯服了一个哥哥！

我父亲不让我们学武艺，他说这个世道武已经没有什么用处了，但我偏要学！我吵着学闹着学，他不给我请师父我就生气，我就偷皇帝送他的东西去卖！别人学武都尊重师父，而我只想着怎么能把师父打倒，师父让我练剑，我就打他闷棍，师父说棍厉害，我就拿刀刺他，师父练拳，我就在他扎马步时踹他裤裆！我父亲他就想让我们好好读书，活的安生点，可我偏不读，他请来一个先生我就气走一个，他让我哥揍我我就跑。我二哥生气的时候打我最重，但平时打的最轻，你说他傻不傻！我父亲帮满洲人打下了明朝，在那些老鞑子只想抢完就跑的时候我父亲就告诉他们一定要占住城池，在他们只想把汉人掳走做奴隶掳不过来就杀光拉倒的时候，我父亲告诉他们重要的是人心，你说我父亲坏不坏？陈兄，我告诉你吧，在满洲人眼里汉人跟菜没什么区别，连羊都不如，我们打赢了就是因为我们强，是因为我们跟你们不一样。可是我父亲又让满洲人一定要读书，让他们学汉语，让他们要学着你们的皇帝推行儒家，你说我父亲是不是有问题。汉人就是太坏了！

师父说，这里是大明的军营。

范承祚喝了一大口酒说，来啊，我不怕，我看天下谁能赢得了我。

你喝醉了倒是不谦虚。

不，我只是比较诚实。

你平时为什么不诚实。

天底下难道有任何一个一直诚实的人吗？

师父没有说话。

范承祚从桌中拔出了他的剑，陈兄，你们汉人跟满洲人最大的不同就是太犹豫，可有的时候你们又好像特别善于抓住机会。陈兄，你知道吗？剃发令本来不是多尔衮下的，他只下了很短一段就收回了，我父亲告诉他那种命令会失了人心，多尔衮多聪明啊，他立马就明白了。羊看起来聪明，虎看起来野蛮，但你说到底是谁更聪明，虎怎么可能比羊笨呢。那时候可是汉人跪着把满洲人迎进北京的，他们还以为满洲人是来帮着清扫流寇恢复大明的，你说他们怎么这么笨呢？可后来我长大了，我发现其实他们一点都不笨，他们聪明极了，你说他们是真不知道满洲人来干吗的吗？打死我都不信！他们就是为了给自己投降找个借口罢了！他们最笨的地方就是自以为聪明，羊聪明地送死了自己。

范承祚又拿起另一个酒壶喝了一口酒，嘿嘿，陈兄你不知道吧，那时是一些你们汉人的大官，剃发令还没推行呢就自己剃掉了全家的头发，他们以为自己可以变成满洲人了高兴坏了。可谁知道剃发令很快就收回了，于是那些人变得满人也不是满人汉人也不是汉人。陈兄你想想，那多尴尬啊。于是他们就经常哭着求多尔衮让所有人都剃发，我父亲都被他们烦死了。他们说满洲平定了天下，万里鼎新，可头发却仍存在汉人的旧俗，所以天下还不是满洲的天下。说得多好啊，多义正言辞啊，真有大明风骨啊！所以后来弘光朝廷被灭了，南京又跪着把豫亲王①迎进了城，那些人可就高兴坏了，他们又去每天上书找多尔衮说天下统一了让赶紧剃发，这下好了，大家终于都剃发了，哈哈，陈兄你说汉人是不是很有意思。

师父没有说话，也喝了一口酒。

范承祚说，我有时觉得这个世道挺可笑的，陈兄，你说呢？

师父说，可笑，所以要坚持。

范承祚坐了起来，真的吗？陈兄你也觉得可笑吗？那小可再给陈兄讲一个好玩儿的事情！

不用了吧。

用！再陪我一会儿吧，明天我可能就要死了，陈兄，我知道你去过京城，你是了解北方的。小时候我最喜欢北方的老家了，那些汉人孩子最害怕满洲的萨满，但我喜欢他们，和他们在一起时我总是很开心。那时我对自己说，我不要做汉人了，我喜欢满洲人，本身我也生来就是旗人。可当我看到北方老家所有的汉人孩子都想做满人时，我又不想做满人了，我看到他们被满人的孩子欺负却不敢还手，看到他们生怕被别人看出来自己是汉人，我感觉难受，那时我又告诉自己不能忘了我永远都是个汉人。你知道吗？我最讨厌那些大人了，看着他们想变成满洲人的样子，我觉得恶心，我不要和他们一样，我讨厌京城。也记不清究竟是哪一天开始，真是有意思，所有汉人都穿上了满洲的衣服留起了我们的头发，他们也开始骑马，他们说话时喜欢夹杂几句满洲语来显示自己的厉害，这种时候周围的人越听不懂就越得装得内行，那些汉人说起太祖靠亡父留下的八副铠甲起兵征服天下的故事可比满洲人自豪多了！而这个时候，哈哈，其实好多满洲人都在偷偷穿汉人的衣裳，汉人穿

---

① 豫亲王即多铎。

汉人的衣服要杀头,满洲人却随便穿,有意思吗?不光如此,那些满洲人只买汉人的东西,谁家里还放皮子毡子啊,那太土了,所有人家里都必须布置得像汉人的家才行,家里必须要有古董,那些老粗都懂把瓶子倒过来看官窑还是民窑了,那哪看得懂啊,装呗!厨子必须是汉人,他们最喜欢偷偷去青楼找汉人女子了,还点名要从江南过来的,要不是有皇上拦着我看他们就差也让自己的女人裹小脚了!骑马?那才懒得去呢,他们出门都要坐轿子,走路太不文雅了!你看汉人文人大夫哪有自己走路的。陈兄,你知道我们小时候最流行谁的故事吗,我们流行诸葛亮,我们流行李世民,我们流行郑成功!满洲自己的祖先?谁在乎那些只会跟狗熊打架的野人啊。陈兄你知道吗,京城长大的孩子已经不会说满语了,老人们当然要揍他们,但那有什么用,跟自己的朋友在一起谁还会说那种语言?满洲人这么少,汉人这么多,有谁不是汉人的朋友更多些呢。陈兄,你说到底谁才是满人,谁才是汉人。陈兄,你说大清到底是谁的国。

　　师父没有说话。

　　停了一会儿,范承祚将他的剑插到了地上。他叹了一口气说,陈兄,别打了,你们赢不了的。谁也无法再改变这个国的命运。

　　师父说,人总是需要为了什么而活着。

　　范承祚好像有点难过,他说,我不知道我为什么活着?

　　师父没有说话。

　　陈兄,你们已经挺厉害了,我本来以为你们会是乱军中最弱的一个。有时我也挺奇怪的,你们为了一个不存在的国而战,凭什么这么强。至少耿精忠和吴三桂都是自己想做皇帝,你们又是为了什么呢?哎,我也很好奇这么多年陈兄究竟是如何凭借一个小岛源源不断支撑军队的粮草的,所以我想去台湾看看,但现在不想了,不过那里一定很美吧。

　　师父说,是的。

　　范承祚又喝了一些酒。对了陈兄,你知道洪承畴是怎么投降的吗?我小时候一直很崇拜他,他是我的洪伯伯,我知道他也是郑成功的伯伯,那时他被豫亲王捉了,是你们的皇帝派他去送死的。我记不清了人们说他在太宗[①]的监狱里被关了多久,反正很久,去了无数劝降他的人,可他就是不听,他只

---

① 太宗即皇太极,太宗是他死后的庙号。

求速死。最后我的父亲去了。他跟洪伯伯在里面聊了很久，我父没说一点跟投降有关的东西，他只是告诉了洪伯伯一些北京的消息与他聊了聊家常。说话时有一片灰尘落到了洪伯伯的衣衫上，那是他在你们朝的朝服。他伸出了手，轻轻弹落了那片灰尘。我父看到了但没说什么。之后洪承畴时不时还会用手去擦拭那个被灰尘弄脏的地方。谈话结束我父离开时只对洪承畴说了一句话，生命真是可贵的。那天太宗就在外面等我父亲的结果，他很着急。父亲告诉太宗洪承畴一定会降，太宗很惊讶。我父亲说洪承畴连一件衣服都那么爱惜，更何况生命呢。然后太宗第二天亲自去了洪伯伯的监牢，他之前一直是故意不去的，他要等着必定成功的时候才去。洪伯伯看到是太宗有些惊讶，太宗脱下了身上的貂裘裹在了他身上，太宗对他说你肯定很冷吧。然后洪承畴跪在地上哭了，他说他感觉自己见到了真命天子。

陈兄，那些汉人都可坏了，他们说洪伯伯找了一个最差的借口投降，他们背后说那样假模假式的投降还不如我父贼心昭昭的好。他们其实都是嫉妒，他们嫉妒洪伯伯被太宗尊敬和喜欢，他们却不知道太宗为什么尊敬他。而且为什么洪承畴就不能感觉自己见到了真命天子呢？每个人都说自己是真命天子，这些年都出了多少天子了！李闯贼是回鹘人不也被上千万汉人当成过真命天子吗。为什么真命天子就不能是满洲人呢，难道洪承畴的感觉会比那些鼠辈还不准吗？

师父没有说话。

范承祚喝了几口酒说，真的有真命天子吗，我也不知道了，我看郑成功没准也可以当真命天子。

先王从没这样想。

哎，你们汉人就是认死理，算了，我这么说是要杀头的，你听了也不高兴。对了，你知道吗，我小时候见过你。

师父有点惊讶。

范承祚说，那时我在江南找你不光是因为听说你打遍了江南武林想跟你比斗，我还觉得你可能就是我想找的人，我忘不了你的样子。不用猜了，我是在海王那里看见你的，小时候我跟父亲去看过你们的海王，我非要去，我想知道大清外面世界的样子，我还知道海王是洪伯伯的好朋友，是郑成功的父亲。后来我自己又偷偷去过不少次，海王老头可好玩儿了，我不觉得他做错了。但你们做的好像也对。就好像汉人都说洪伯伯是叛徒，说他是大罪人，可他却不知救了你们多少人。我父亲说的没错，洪承畴是爱惜生命的，他爱惜的是所有人的生命啊。而吴三桂，以前他明明是你们汉人的大奸人，我们满洲的大功臣。可是现在他却变成了满洲罪臣，汉人的周王，谁又说的清楚呢，好像汉人都忘了是他绞死了你们的永历皇帝。陈兄，你说这世道有趣吗？

师父说，你走吧，回你的地方去吧。

范承祚好像有些失落，他没有回答师父，他说，陈兄，你知道吗？你的王把洪伯伯的族人都流放到了台湾我挺开心的，我知道这表面是惩罚但其实是救了他们，不然一乱起来汉人肯定会去吃光他们的肉。陈兄，你的王是个好人。

师父没有说话。

范承祚叹了一口气说，洪伯伯投降后跪在大清门外不进去，他说他带着大军对抗王师本来是该死的，现在皇上恩典他活了下来，可他清楚自己是罪人所以不敢进去。你说他那时到底是不敢进还是不想进呢，你说他到底是在觉得自己是明朝的罪人还是大清的罪人呢？我这么问我哥结果被他臭骂了一顿，我哥说洪伯伯当然是忠于大清的怎么可能心念旧明。好了，现在我哥终于如愿成为一个死的忠臣了。然后太宗亲自把洪伯伯请进了大殿，太宗说交战时各为其主没有对错，他说我们之所以战胜是因为天意，太宗说天道是好生的。陈兄，你说的对，我该走了，我突然再也不想看这场战争了！

师父说，这些年谢谢你。

不！不要谢我！我哥从不谢我！我巴不得你们早点打输，你们都是反贼，你们早点滚回台湾去吧！

师父没有说话。

范承祚呆呆地站了一会儿，仿佛自言自语地说，我讨厌马鹞子①，我要杀了他。我不想杀他，他不配做一个我想杀的人，我宁可想杀刘国轩也不会想杀他，但我要杀了他。多有趣的名字啊，一听就是盗贼出身，多厉害啊在江湖上被称为三晋第一高手，先帝②都那么喜欢他。三藩造反很烦，但大家早知道他们会反。你们渡海西来也很烦，你们的军队很奇怪，但反正你们从来都没有投降过。真正让天下震动的是马鹞子造反啊！击杀大学士莫洛，率领整

---

① 马鹞子原名王辅臣，马鹞子是他的绰号。
② 此处先帝即顺治皇帝。

个山西叛变，多威风啊，山西离北京那么近，那可是来自北方的叛变啊。吴三桂都要巴结他，吴三桂立马把他封为总领天下大将军，多厉害。可那个无耻之人竟然投降了！他竟然这么快就投降了！我恨他，我本来还指望他能让我看看汉人的英雄是怎么打仗的，我却忘了，这个天下已经没有英雄了。

范承祚一把拔起了他的剑长叹了一口气说，陈兄，别了，谢谢你们军营的食物，我开心我也吃到过美丽岛上的粮食。别了，这里就像是一个梦，我要陪我冰冷的哥哥回北方了。

那时范承祚在福州附近的山里杀了一只虎，他将虎的尸体称作哥哥。他说这样当他回到北方以后其他的哥哥问起，他就说这几年他出来打猎了。

师父没有说话。但我听到他轻轻地叹了一口气。

范承祚拿着他的剑摇摇晃晃地走了，看着他的背影，我不知该是什么感觉。他走着走着突然顺着前进身影刺出了一剑，那一剑很随意，也很完美，他顺着剑再次舞了起来。他仿佛是个不知疲倦的人，他醉了，他的身形是不稳的，他的剑也是模糊的，他有一种独特的美感。待到我发觉自己已是被他迷惑了的时候，他的剑已经刺了过来，刺向了师父。

师父起身让过了剑，一掌击中了范承祚的胸膛。

范承祚飞了出去，他吐血了，师父也被震得倒退了几步。

范承祚痛苦地说，陈兄，我输了，这一剑我已经想刺好几年了。

师父说，可最后你却下不了手了。

范承祚笑了笑没有说话，他望着师父好像想起了什么，他从怀里摸索出了一样东西，是一个发簪，形状像一只蝴蝶。看到上面沾了血范承祚有些惋惜。范承祚把发簪递给了师父，他嘴上挂着血说，陈兄，送给你的女儿，我知道她叫梦蝶。

那一刻就好像是有一道雷电击中在了我的身上。

那一刻就好像是一场梦境。

那一刻我忽然觉得在黄芳度睁开眼睛的时候我们的战争就结束了。

王终于准备攻破漳州，半年多的围城对于里面的人一定是绝望的，或许城破对于所有人都是一种了结。王望着漳州说，把龙拉出来。

几十个乌鬼出现了，他们是黑山走后还留在东宁的人，他们大多已经娶了汉人或东宁本地的妻子。他们铿锵地，有力地，吃力地拉出了龙。在李德斯队长的指挥下漆黑的巨龙对准了漳州的城。

那两条龙是定国公在海里发现的，那次定国公在从广东回厦门的路上，突然海中大放光芒。定国公于是派水性最好的人潜了下去，人们在水底发现了它们。从此定国公靠着它们在海上战无不胜。

定国公想将龙送给国姓爷，国姓爷没有接受。直到定国公隐退的时候他又再次把龙和承载着龙的龙煅船留给了国姓爷。国姓爷很感慨。

龙大多数时候都是出现在海上的，而在海上人们说起龙也一定指的是它们。它们太硕大了，在陆地上行动很不方便，万一战败也很难逃走。定国公为它们打造了专门的船只，那些船是冯澄世大人亲手设计和督造的，那些船不做任何事情，唯一的任务就是承载着龙去战斗。在海上没有人不惧怕它们。而后来所有的龙煅船都是那时的龙船的仿造品。

国姓爷在思明海战前将龙送给了王，王正是靠着它们击沉了浚亲王，杀死了马得功。在龙毁掉漳州的城墙的那一刻，他们的正门也开城投降了。开城投降的人是黄梧的好友，也是黄芳度最信任的叔父。黄芳度率领人们在城中死战，但没有什么效果。大军在两翼，王在中央乌鬼军的簇拥下进入了漳州，任何靠近的人都会被火铳瞬间轰杀。东洋剑客们在四处搜人，城中一片恐惧。王说他不会侵犯百姓，但如果有敢于藏匿黄氏的人，灭族。最终人们在一口枯井里找到了黄芳度的尸体。他自尽了。

王掘开了黄梧的坟墓，他的尸体还没有腐烂，他的棺椁中有水银。他保持着曾经的相貌，也保持着死前的惊恐。王在黄氏所有族人、漳州所有臣民和海上所有人的注视下车裂了黄梧的尸体。他的尸体一下就被拉得松散了，就像是一阵海风过后什么都不会留下的泥土。在那一刻，好像在海上萦绕了多年的宿怨，解除了。

王杀死了黄氏所有的人，没有人替他们求情，连师父都没有。王的神情很冷漠。他让人将所有尸体都投进海里做了祭祀。

最后王下令车裂黄芳度的尸体。王说黄芳度的罪不是他是叛徒的儿子，而是他是叛徒。

黄芳度的尸体被绑到了五辆马车上，随着刑官的命令，五辆车跑向了五个不同的方向，黄芳渡的尸体被绷了起来。就在那时，黄芳度的尸体突然睁开了眼睛，他惨叫了起来。有人惊讶，有人恐惧，而王，就好像什么都没有发生。

最先是一辆由两匹壮马拉的车撕掉了黄芳度的一只胳膊，他的尸体叫得更惨了。五个方向的平衡被打破了，马有些乱了，也叫了起来，马的嘶鸣和黄芳渡的惨叫混在了一起。接着又有一辆车拉掉了黄芳渡的头，那辆车的马开心地跑了出去。他的头在地上滚来滚去。然后他剩下的身体被剩下的三辆马车一瞬间撕成了三瓣，血流了一地。

有人建议王挖尽黄氏的祖坟报仇。王没有同意。王说，这一代的恩怨，又和祖先有什么关系。

王说，都结束了，让我们继续为大明而战吧。

第五章 梦蝶

  在监国①和蝶小姐成婚的那天，人们都不是很开心，唯有王很开心。他喝了很多酒，写了许多诗文，他醉了。
  国太只出现了很短的时间就离开了，她没有说话。
  王对监国说，东宁是你的了。那一年监国十七岁。
  冯锡范来找了师父，他向师父道喜，师父没有说话。那时王也做主让冯锡范的女儿与塽公子②定了亲，冯锡范的位置与师父很相似。
  冯锡范长叹一口气对师父说他感觉惭愧，陪伴王西征这么多年却功亏一篑，他痛心丢掉了所有的土地，无颜自己回来后还身居高位。他说他准备请求卸去所有的职务，出门远游，以终余年。师父点了点头。
  不久后，师父交代好了一切，向王请求归隐。王不同意。可师父坚持。王很痛苦。师父说东宁有监国就够了。师父归隐了龙湖岩。
  王没有再设立新的咨议参军和东宁总制，这两个官职在数千年的历史中从不曾出现，今后也将永远只属于师父。王也归隐了。他彻底不管任何事情了，他将王城让给了监国和蝶小姐，搬去了北园别馆。
  王请师父过去，可师父说他想休息。那时正青先生也死了，王的归隐或许很孤独。
  监国很难过，但他挑起了大任，他很坚韧。人们说他就与国姓爷一模一样。

---

① 此处监国即前文中的臧公子。
② 塽公子即郑克塽，是郑经的次子。

东洋人将这接近半百年的战争时间称为华夷变态，意思是中国由中华变成蛮夷之地的时态。他们很惋惜。我想他们是尊重我们的，好像他们的许多东西本来都承袭自我们，他们不愿看到中国被长城外面的野蛮人毁掉。据说在蒙古人灭掉我们的宋朝时他们就很惋惜，他们感慨中国结束了。后来蒙古人也坐着大船去攻打了他们，他们无力抵抗，只能举国跪在地上祈祷。后来他们平安了，因为突然出现的海浪卷走了蒙古大军。东洋人觉得他们是被神庇佑的。

在太祖驱逐蒙古人建立了大明以后东洋人很开心，他们恢复了跟我们的联系，可惜大明很快就禁海了。后来从那边来的只有倭寇。有人说起初的倭寇只是些想敲开贸易大门的海商，当他们发现大明海岸的薄弱才慢慢有了一些真海盗。而后来的倭寇连倭寇都不是，他们其实大多是一些海边海禁下私自啸聚的这个国家人。他们假装倭寇只是为了让人害怕，也是为了自己犯忌的行为不会连累老家的亲人。据说最有名的倭寇首领也是先公之前世界上最厉害的海商五峰船主其实就是一个纯粹的这个国家人，他跟先公一样曾去过平户藩，曾给那里带去了繁荣。海上的人说五峰船主在那边是受人尊敬的，可在大明他被骗上了岸，然后杀了头。

国姓爷的兵败是最让东洋痛心的事情，每次他们看着我们过去的商船时神情都很期待，他们期待商船可以带去胜利的消息，可最终我们败了。在日本锁国以后外来的商船就是他们的消息来源，那时每一艘到达日本的商船都被要求向港口提交一封关于他们知道的和经历的一切世界上最新消息的报告，那种报告被称作风说书。如果是我们的商船带去的就是唐船风说书，如果是荷兰商船带去的就是荷兰风说书。然后长崎风说役的通司会迅速将那些风说书翻译好递交给幕府。日本虽然锁国了，但并没有放弃对外界的了解。师父说他们是可敬的，也是聪明的。

后来王重回大陆，东洋人都很激动，他们说中国又出现了由夷变为华的可能。他们透过风说书紧密地关注着战局，他们给我们支持了许多武器和矿产。王感激他们。

可惜王终究也还是回到了东宁。

吴三桂死了，尚之信投降了，王再一次成为了坚持到最后的人。他再一次不得不一个人面对整个北方。

战争开始变得惨烈。数万数万的人开始死亡。

刘国轩让王走,他说他就算是死也绝不会让清人靠近海边一步。

可王没走,王选择留在那边战斗。

杰书亲王几次试图招降王,他甚至说清朝同意我们不剃发不登岸,他说只要王退出大陆那他们又怎么会在乎台湾一个海外小岛呢。他还说愿意与我们商贾往来,永结为好。王拒绝了,王的笑容有些惨淡。王说,已经打到了这个地步,那就坚持走到结局吧。

那时刘国轩被清军称为海之虎,他们怕刘国轩。清军组织过很多次对刘国轩的暗杀,但都没有成功,因为江湖上总是会率先送来情报。清人很愤怒。还有时,有些情报好像来自范承祚。

有时我们的军队已经要被逼上绝路了,但王和刘国轩总是在绝境中奋起。有一次清军占尽了一切,他们只等着第二天大军到齐就要彻底杀死刘国轩。但刘国轩竟然在一夜之间筑起了一座参天大寨。

人们不断地在死,东宁的粮食也渐渐不足了,师父很发愁。清军的情况或许也不会太好。

那时更难受的还有耿精忠,他恨我们,他请求与杰书一起来攻打我们以将功赎罪。杰书假意同意了,但不久后却将他支到了广东。杰书控制了耿精忠的家人,收缴了他在福建多年积累的一切。那时老虎的尸体和范承谟的衣冠回到了北京,据说康熙皇帝为他痛哭了,康熙皇帝将范承谟追封为了兵部尚书和太子少保,赐他死后的谥号为忠贞。承认范承谟是忠贞那么就意味着耿精忠不是忠贞,不知那时耿精忠在潮州是否很恐惧。不知他是否会后悔背叛了我们去投降清人。

那时杰书又一次招降了王,王说除非同意他保有海滨的州府,杰书拒绝了。

清朝又再次禁海了,他们在海滨延绵数百里的地方都修起了墙。曾经郑氏被称为海上长城,现在我们却被挡在了墙的外面,倒也有趣。那时仅仅是漳州和泉州的大小县城就不知来回打了多少次,每当我们胜利的时候总是在安抚百姓,而每当清军破城时却总是忙于将百姓赶离海滨。他们意在断绝我们的支援。

师父在东宁停掉了自己的俸禄,许多官员都照做了。刘国轩和冯锡范在大陆也带头不再领取军饷,许多士卒被感染了。磊公子献出了十万两白银,那是他父亲忠振侯一生的积蓄。那时王每日只吃两餐白粥。

何佑战死了，他牺牲了自己来保护王撤退，他无愧于一个真正的虎卫。

没想到李德斯队长也走了，他忽然离开了我们去了清军的大营。人们说他背叛了，反正这也不是他第一次背叛。但不久后清营传来了爆炸的声音。那个傻子，原来他想炸死自己跟杰书同归于尽。他之前看我们很难时就说过他会想办法弄死杰书。可杰书没有死，他炸死了一个别的将军，我不知道他是不是认错人了。

终于我们还是无法再支撑了，终于东宁的百姓无法再承担更重的税负，终于王又一次回到了思明海。望着千里空阔毫无人烟的大海，王狂笑不止。他宣布放弃了所有的领土。

而到了澎湖岛的时候，王却再也无法前进一步。

师父坐着小船去了，师父对王说，殿下，我们回家吧。

王说不出话来。

师父说，殿下，我们还等着小蝶和监国成亲呢。

王说，可是我已经没有聘礼可给她了。

师父说，刚好我也给不起嫁妆了。

王笑了。他的笑容让人难过。

蝶小姐也知道现在并不是一个开心的时候，但她很满意，那个孩子总是满足于世上所有的一切。不知她搬进幽暗的王城后是否还能每天收到花朵。

那时在江湖上一直流传着一个传说，说是几位好汉被朝廷迫害的故事。

那些好汉来自南少林寺，南少林的特殊性在于里面和尚不光会吃菜和念经，还懂很高深的武艺。据说唐太宗就曾在少林寺武僧的保护下活命，戚继光将军也正是在吸收了少林武艺后发明一套专门克制倭刀的战法，终于打败倭寇。

那时西鲁突然起兵攻打清国，沿着丝绸之路一路杀到了潼关，潼关眼见无法抵挡。康熙皇帝很着急却不知如何是好，因为三藩已经开始出现动荡的迹象，罗刹国①也在北方蠢蠢欲动，还有我们一直蛰伏在东南的海上，清国没有更多的军队可以对付西鲁。朝中将士听说西鲁凶残，又没有足够的兵力支援，都不敢前去。于是索尼的儿子大学士索额图向康熙皇帝进言，让皇帝召集民

---

① 罗刹国即沙皇俄国。

间英雄出战。康熙也深知民间藏龙卧虎，于是发布了皇榜。他说破西鲁者封万户侯，赏黄金万两。

皇榜一直传到了九连山下，九连山上南少林的僧俗弟子自恃武艺高强想去揭皇榜。但方丈不愿弟子涉及世间纷争。后来福州太守亲自登上了九连山，太守以少林前辈的英雄故事劝说方丈，还对方丈叙说了西鲁的残暴。如西鲁兵将俘虏的汉人女子叫作两脚羊，随军赶至四处，夜晚奸淫，白天割肉食用。方丈以慈悲为怀，终于同意弟子们出征。

寺内弟子们去北京面见了康熙皇帝，皇帝问他们需要多少兵力可以破敌，他们说不用一兵一将，只需他们一百二十八人足矣。皇帝大喜，给了许多封赏。

后来少林英雄们真的大破了西鲁，起先西鲁第一大将叽里咕噜花战不三合就被少林俗家弟子蔡德忠斩于马下，少林英雄趁势掩杀大获全胜。然后第二天少林英雄摆出了六丁六甲阵法，西鲁几次攻打都无法破阵，少林英雄又趁势掩杀，又大获全胜。英雄们武艺高强轻松以一挡百，只有一次有点苦战，但天神及时出现助阵帮助少林英雄取得了胜利。最后西鲁国王都被打得跪地求饶。打完仗少林英雄一个都没有死。

康熙皇帝大喜，问英雄们要什么封赏。少林弟子说他们不要封赏，只求回寺念佛习武。许多弟子觉得如此甚好，但也有人不开心，因为他们想要封赏。

少林弟子们回到九连山以后福州太守也过来了。太守很不开心，因为他本来以为皇帝会因此赏赐他，却没有。他本来让少林弟子在皇帝面前替他美言几句，但忘了。

后来因为一些小事有的弟子背叛了南少林，他们去投奔了福州太守，太守之前就暗中挑拨过他们。于是他们一起想到一条妙计。太守带着背叛弟子去了北京，他用古董贿赂了索额图求见了皇帝。他告诉皇帝南少林想造反，皇帝大惊。太守传来了背叛弟子做证人，还拿出了伪造的书信，太守非说南少林和我们有联系，是反清势力。皇帝只能下手。

太守带着军队逼近了南少林，他知道少林弟子勇猛，所以请来了一些高手助阵，其中最勇猛的是白眉道人。他们选择在夜间突袭，在背叛弟子的带路下大军进入了南少林，对着弟子们的居室放了一阵阵火箭，逃出门的人又遭到了一阵射击。那天晚上少林的弟子几乎都死光了，武功盖世的方丈为了保护余下的弟子出逃也葬身火海，他死前提醒弟子不要忘了少林精神。

最终只有蔡德忠等五个人逃出，南少林里面的古董财宝也被太守和叛徒搜刮干净，原来这才是他们的真正目的。蔡德忠躲在暗中一阵偷听，他知道了事情的原委气得咬牙切齿，用绝招袖箭射死了一个叛徒然后继续逃。

清军一路追，后来他们五人刚好赶上了祭祀妈祖的节日，那夜花灯斑斓五彩通明，随处都是欢闹的人群，他们终于逃开了追兵。人们说是妈祖保佑了他们。他们一路逃到了一个江边的破庙里，在那里他们插草为香，结为异姓兄弟，发誓反清复明。从此江湖上即将掀起一番腥风血雨。

对于类似这样的传说，师父大致是一个字都不相信的。

不过他自己却出现在了传说的下半部分中。

那时我们在江边的破庙里遇到了蔡德忠他们五个人，他们又哭又笑，蔡德忠一伸手从江中擎出了一只大鼎，看着那只鼎，他们更哭更笑。过了许久他们才发现旁边有人。

他们以为来人是清军派来的杀手，他们觉得道人必是白眉道人一伙的，于是蔡德忠奋力将鼎砸了过来。道人伸手挡住了。一声轰响，蔡德忠等人和道人战至了一处。

蔡德忠他们驶出兵刃用尽全力，他们杀红了眼，道人则在尽力自保，一只长剑始终没有出鞘。终于他们英雄相惜，不打不相识。

道人听说了他们的遭遇唏嘘不已，然后也说出了实情。原来道人就是打遍江南武林的抗清义士陈近南，同时真正身份还是国姓爷郑成功的心腹军师陈永华。在国姓爷前往台湾后陈永华就化身为陈近南来到大陆暗中发展名为汉留的反清组织，准备以后与台湾的义军里应外合推翻清国。

蔡德忠五人听完又惊又喜，纷纷觉得是上天显灵让他们遇对了人。他们请求加入汉留。

道人却说没有必要，道人要他们去创立新的组织。

道人看了看蔡德忠从江中捞上来的那只鼎，鼎下竟然有反复清明四个大字，倒过来正是反清复明。又看了看破庙的牌匾，赫然写着洪珠寺。而他们打斗处旁边的亭子，叫作洪花亭。道人说新的组织就叫洪门。

蔡德忠问有什么妙处。道人答，明太祖的年号是洪武，而漢失去中土正是一个洪字，所以叫洪门。人们更觉得一切都是天命。

道人与五人相处了数日后，探清了情报，带着五人偷袭了福州太守的府邸。

经过一番生死恶战，他们击杀了福州太守白眉道人和其他叛徒，报了火烧南少林的大仇。然后五人抱头痛哭，亡命天涯。

五人改名换姓去了不同的省份。其实蔡德忠和其他四个名字已经是他们变换后的名字，在不同部分的传说中有时他们也还会有别的不同的名字，他们本来的名字早已无人知晓，不过也都不重要了。因为无论是他们曾经的或新的名字都只不过是那个时代里最普通的名字罢了，他们也都只是那个时代里苦难的寻常人。

他们到了新的地方后各自创立了帮会，帮会慢慢壮大了，他们的帮会不与官府发生纠葛，而是尽力藏身于民间。会中的兄弟都信奉关公，因为关公是忠义的象征。会中的兄弟也信奉妈祖，因为妈祖是每一个无家孩子的依靠。会中敬奉天地，他们说天就是他们的父亲，地就是他们的母亲，会中兄弟亲如一家人。会中人都说着复杂的切口和暗语，用着独特的礼仪，外人根本不知他们在做什么，是敌是友一探便知。渐渐的，五人的帮会都成为各自省份江湖上的雄主。他们能这么快成功是因为他们都是无家的人，他们不怕死，他们狠，他们有信念。也因为总是有一股力量会在背后支持他们。有人说那股力量是天地的感召，也有人说那股力量是陈近南。

陈近南始终都只是一个传说，他很少现身，除了五位祖师会中很少有人真的见过他。而五个帮会表面上也全无关系，他们是五个独立的组织，有五个不同的名字，甚至有时表面上看起来还会竞争。但内在里他们同气连枝。只要对得上好几层的暗语，只要在破阵时饮下了正确的茶杯，大家都是兄弟。大家平日或许是伙夫、车夫、农人、苦力、教拳的、玩蛇的、刀笔小吏或路边的乞丐，然而只要一亮出会门的身份，四处的兄弟都会舍命前来相助。帮会是一个家，是所有无家的人的家。

而帮会还有一个更大的目的，这个目的只有会中核心的真挚的人知道，边缘的兄弟有的或许也会猜到一二，但没有人会提及，更不会对外人说起，因为那件事情如果泄露了大家都会死。那就是反清复明。会中的长老们和堂主们知道他们五个帮会其实是一个，他们对外叫作天地会、小刀会、袍哥会、三合会、哥老会或任何名字，但对内他们只有一个名字，就是洪门。五个帮会其实是洪门的五个分舵，五个山头，他们有一个共同的带头大哥叫万云龙，万云龙是他们给国姓爷起的绰号。国姓爷死了，但他身上的忠义精神和他身上背负的信念永远不灭。国姓爷死了，但还有白鹤道人陈近南。

传说的下半部分到这里大致就结束了，相比于在江湖和民间流传很广的第一部分传说，第二部分是只传播于帮会内部的秘闻。师父笑了笑，他没有承认，也没有否认。反正人们总是需要传说的。师父曾对王提起过会门的事情，王说，天下知道一个国姓爷就够了，江湖有一个陈近南就够了。

师父没有再说什么，他明白王的意思。

第一部分传说在王刚回到大陆那时就有了，而第二部分经过许多年才真正成型。后来也还有一些有关无关的事情，比如，神仙显灵，亡魂化为的宝剑，蔡德忠他们本来就是国姓爷的部将，国姓爷的侄儿也加入了会门，定国公流放到外海的儿子成为了新的海王然后也开始组织军队反清。反正人们总是需要传说的。

师父笑了笑，师父死了。

那段时间人们觉得师父苦闷，有人说他是被冯锡范骗了所以难受。在师父归隐后冯锡范并没有一起辞官，反而还奋进了，冯锡范疯狂地捞取了师父走后留下的权利。

虽然刘国轩才应该是师父归隐后东宁的支柱，但冯锡范是海上自己的人。冯锡范在王的身旁待了二十年，现在他又是监国的侍卫，他控制着亲军，他还是塽公子的岳父。他与东宁的宗族关系都很好，国太将他当作自己人，这一点连师父都不如他。师父与宗族间的关系很淡，人们尊敬他，但是与他并不好，师父也从来不会因为宗族是宗族就给他们任何恩惠。同时冯锡范与刘国轩也很好，他的父亲是刘国轩的义父。在刘国轩孤身从清军中投靠我们之后是冯澄世大人第一个赏识他的，是冯澄世大人极力在国姓爷面前保举他，然后还将他认作了义子，在海上给了他一个家。所以刘国轩总是会让着冯锡范。渐渐人们都明白冯锡范成为了东宁的实权者。

绳武公子和磊公子好像渐渐式微了，因为师父不帮他们，师父没有留给他们任何遗产或权利，也因为本身他们战败归来后就很消沉。于是冯家刘家的联盟取代陈家洪家成为了人们心中新的东宁第一家族。即便刘国轩并没有真的与冯锡范联盟，人们也早已将他们认同在了一起。

我说不清楚师父死前的情绪，但我知道并不像是外面传说的那样，因为那时师父已经不再关心那些了。那种情绪，就像是一种要离开的感觉。

师父的一生都渴望隐姓埋名,他死的也不山崩地裂。他很平静。那些年他累了。

　　他死后东宁大地瞬间被染成了白色,那不是雪,而是百姓们祭奠师父的标记。百姓们都自发穿上了孝服,大地挂满了白绫,随处都是怀念师父的挽联和花圈。那时我才知道原来师父对这片土地是这么的重要。那时我才知道原来百姓都不傻,他们其实完全知道谁才是他们应当爱戴的人。只可惜那个时代太苦了,值得的人太少了,东宁这样的净土太少了,是天下没有给百姓一个好好活着的机会。

　　那时看着王的痛苦我感觉愧疚,好像昭娘死的时候王都没有这么难过。他终归还是一个情感真诚的诗人,他的冷漠原来都是装的。

　　那时我第一次看到了蝶小姐难过,这是那个孩子长大以后的第一次哭泣,她没有理由再满足于这个世界了。那时我觉得师父不是一个好人。

　　监国也很痛苦,他的痛苦是多样的,我知道他一直想找机会请师父出山,可师父就这么走了。

　　师母很镇定,她没有一滴眼泪。若是从前一个女人的夫君死了而不哭泣,人们会说她是不贞的,但在东宁没有任何一个人会有哪怕一丁点念头去这样想师母。因为这不是大明而是东宁,也因为她不是寻常女人而是东宁总制夫人。人人都觉得师母的一切就是完美的东宁总制夫人应有的样子,师母的一切就是东宁的一切。那些年人们对她的尊敬已经超过了国太。

　　有人说国太自从得知国姓爷下令要杀她的时候就变了。国太也来祭奠了师父,我说不出她的情感,只是我突然发觉原来她已经是一个老人了。我总是会想她拉着幼年世子逃亡,而施琅去救他们时的样子。我突然发觉,海王的时代原来已经离开了那么久。

　　冯锡范和刘国轩也来了。那些年有许多人投降我们,国姓爷最辉煌的时候帐下有上千名文武官员,所以袭公子和郑鸣骏才能有机会带着数百有官职或爵位的一起降清。那些投降我们的人里或许有的是不得不降的,他们为了活命,为了利益,或为了什么才不得不暂时依附于我们,而一有机会他们就又去了清人那里。但也有人是为了信念和我们走到了一起,刘国轩就是这样的人,他一直在为了信念而战。冯锡范给师父上了香,他长叹了一声给师父重重磕了三个头,师父的灵位都颤动了,我看到冯锡范的头破了。在那一刻

我有些觉得他也是个可敬的男人。至少他在王的身边二十年都很忠诚。

还有许多原住民的头领也赶了过来,他们一直觉得师父是好人,他们用我们的礼仪祭拜着师父,也用他们的礼仪完成了告别。听说在他们的部落里人们也都在怀念着师父。一个老头领说虽然师父不是战死的,但他是个真正的战士,他死后值得去到彩虹桥的另一边。在那一刻我觉得师父这一生为东宁做的一切都是值得的。

王说他要用整个东宁来埋葬师父。师母不同意,师母说按照师父的遗嘱他只需要三尺黄土随便离开就够了。师母也是王的师母,王无法不同意她。

师父死后不久,王也死了。

不知从哪一天起东宁的哀伤似乎从来就没有停止过。王死后天不停地在下雨。

那一刻我突然发觉王竟然已经是个中年人了,我没有机会再细看他的脸庞,但想必已经沧桑。原来他早已不再是那个跟在师父身后的孩童。而当东宁大地再次挂满白绫的时候,那时本来许多祭奠师父的白绫还都还来得及摘下,我又突然感觉,王死得竟然这么年轻。他跟国姓爷一样,只有三十九岁。不知为什么,我无法再记起他最终的样子,我只能想起一个逃命的孩子和那个为了昭娘哭泣的青年。若说还有什么,那只有他的诗和幽暗的王城。

王的一生本来可以拥有更好的名声,他值得。可他从来都只是气死父亲的世子,从来都是不理朝政的藩主,从来都是终日只爱饮酒和作诗的那个,他爱美人胜过江山,好像那就是他选择成为的自己。后来他又有过许多的妻子,却再没有一人能像昭娘那样,他从不避讳,好像那就是他选择成为的自己。他把名声留给了他的父亲,留给了他的儿子,也留给了师父和刘国轩,留给了整个东宁。好像那就是他自己选择成为的自己。

在雨下到第三天的时候国太把监国叫去了北园别馆。

监国本来可以不去的,但他和国姓爷太像了,包括他的孝顺。他无法违抗自己祖母的命令。

那之后监国再也没有出来。他死了。

在监国监国的那几年,他被人们称为东宁贤主,他让人们短暂地看到了希望。可现在他就这么没了。有人说他和他的母亲昭娘一样死于一抹白绫,也有人说他死于自己的镇海将军剑。

国太对蝶小姐说她可以继续住在王城。国太没有说因为她是监国夫人或东宁王妃所以可以留下，国太对蝶小姐说你是陈永华的女儿所以可以留下，国太说没有人会伤害她。可蝶小姐没有理会国太。蝶小姐带着监国的棺椁离开了王城。没有葬礼，没有告别，蝶小姐亲手埋葬了他。

蝶小姐日夜在坟前为监国守灵，他的哥哥们都心疼得不行，所有人都心痛得不行。那时蝶小姐已经有了身孕。师母让人们不用再去劝她，师母说没有人有权利去干涉她仅剩的命运。

七天之后，蝶小姐死在了坟前。

在那一刻，好像有无数闪电劈向了东宁的大山大河。

在那一刻，我清晰看到了一颗巨星陨落入海。

在那一刻，整个大海都沸腾了。

在那一刻，大明的梦好像彻底结束了。

即便连山都成为了白色的，比师父死时都多出了无数。往来的船只都挂满了白绫，东宁的一切都只剩下为了蝶小姐痛哭而已。

表面祭祀的是王，但每一个人心中都知道，百姓们哭的是监国和小姐。

有人说监国不是王的亲生子，有人说昭娘不贞。但每个人都知道，东宁的百姓是那样地爱戴他们。

结束了，一切都结束了。

那两个孩子在我们来到台湾的那一年一起出生，又在东宁死去的这一年一起死去。大明的梦彻底结束了。

不知为什么，我突然无法抑制地想起了施琅。

那些年施琅是一个已经完全被海上遗忘了的人，只有师父一直让京师的汉留留心着他。

听说那些年他过得很苦，他被撤销了水师的职位，被叫去了北京。听说那些年他竟然需要靠他的妻子帮城中的显贵妇人裁制衣裳过活。不光是施琅，那时所有海上的降将都失掉前途。因为王离开了大陆，因为我们不再与清国打仗了，清国不再需要他们。黄梧也正是那时被从海澄调到了漳州，他依然保持着公爵的头衔，但失掉了海澄的海澄公又还有什么意义。

在三藩之乱时他们依然没有被启用，因为那时清人对我们鞭长莫及，因为那时清人首先要考虑的是陆地上的战争。还因为，清人担忧他们投降我们。

清人的担忧确实是有道理的，那时那么多人投降了耿精忠，投降了吴三桂，投降了尚之信或我们，又怎么能不让人担忧呢。那时郑鸣骏死了，他死得乱七八糟，他和建平侯的后人们表达了希望回到海上的愿望。那时他们也被调到了京城，失去泉州的他们就如同失去了根本。师父曾说过他从来不相信忠诚或不忠诚，唯一需要考虑的是时局。在海上的水手中也流传着一句话，从没有人会只为一个船长效力。郑鸣骏的后人们也并非真的回来了，他们只是流露了他们在清人那边过得不好，他们只是表达了他们想要回来。这样很好，如果王战胜不会追责他们，相反他们还能成为率先投诚的典范，而清人战胜了他们也没有任何损失。

为了表达诚意他们用了白银，那是一批建平侯当年偷偷存放在东洋银行的白银，有七十万两。建平侯确实是富有的，海上确实是富有的。七十万两只是海上财富的一小部分，甚至也只是建平侯财富的一小部分，但那已经相当于陆上一个省的岁入。先公曾说过大海就是流淌的黄金，他从来都没有错过。

在郑鸣骏叛变建平侯自尽以后王曾派人去东洋讨要那笔财富，虽然建平侯是偷偷把钱转移过去的，但其实每个人都知道。只是在建平侯还大权在握并且能帮我们赚到更多钱的时候，没有人会说破。东洋的银行尊敬王，他们承认了王是国姓爷的继承者，但拒绝交出白银。因为郑鸣骏和建平侯的儿子也在讨要那笔财富，他们说那是建平侯的个人积蓄。建平侯曾是五商的领袖，是国姓爷在东洋的话事人，他在东洋朝野有着巨大的影响力，郑鸣骏也对那里很熟悉。银行说双方都有理由，所以他们拒绝把钱交给任何一方，除非有人能拿出更准确的证据。王笑了笑，他说他发现银行才是天下最聪明的地方。

现在郑鸣骏他们的后人终于表示愿意放弃那笔财富，他们偷偷派人带着建平侯的存银勘合来找了我们，我们的人和他们一起去了东洋。银行终于很不情愿地交出了那些财富。但是减去各种损耗，他们只还给了我们四十六万两。磊公子很愤怒，他让王给幕府将军写信控告银行，他还说打下清国以后他就要去抢了东洋的银行。王没有说什么。

那时类似郑鸣骏后人的人还有很多，我们收到过许多投诚的意向。就如同我们军中偷偷跟清人或耿精忠建立了联系的一定也有很多一样。或许这就是自然。

但清人本来是不需要这样怀疑施琅的，如果说海上旧将中有一个永远不需要被清人怀疑的,那一定是施琅。

施琅不富有,但那些年他本来也是可以不必缺钱的,他不需要那样落魄。汉留说施琅把他所有的钱都花光了,他用钱来买海图,买情报,买各国航船和火炮的图纸。他派人去台湾对面记录每一天的天气和潮信,他找所有有可能的人问询台湾的情况,他问东洋人,问西洋人,问降将,问渔夫。他还花钱巴结着京城所有的高官,他指望着他们可以建议皇帝起用他,他期望有朝一日皇帝可以派他来攻打东宁。

别人不明白施琅是为了什么,但师父知道。好像曾经我也知道,但现在却模糊了。

望着师父的坟,望着监国的坟,望着蝶小姐的坟,我忽然不再明白大海和北方的一切。

雨终于停了,我已经不知道究竟是第几天。雨水把一切都洗得干净。东宁显得很美。

在阳光下,他们湿润的坟墓上闪耀着一层模糊的光。蝶小姐的坟中忽然飞出了两只蝴蝶。蝴蝶的翅膀泛着光芒,他们飞走了,我无法再看清他们的样子。

这时师父来了,他拍了拍我的肩膀。他对我说,都结束了,我们走吧。

我不知道他是谁,我不知道他是幻象还是真实,但我跟着他走了,我跟着他离开了大海。我记得那天的海上也泛着金色的光芒。

第六章　北海和觞

在吴三桂死前,范承祚给师父寄来了一把扇子,他说他偷走了吴三桂的扇子,他问师父他厉不厉害。范承祚说吴三桂必死。师父明白他的意思,他让我们逃。

后来马鹞子也死了,人们说马鹞子投降清人后终日惶恐不堪,他害怕清人会找他算账,终于他自尽了。我好像看到了范承祚如何在一旁折磨他心神的样子。

那些年范承祚的哥哥在耿精忠的囚牢里终日正襟危坐,仿佛那就是他修行的道场,他一直没有脱下的是一件他离开北方前母亲送他的衣裳,他每逢初一十五都会带上皇帝赐他的冠冕郑重地朝着北方叩首。耿精忠派人去招降他,他一脚踢碎了那个人的胸膛。他大喊,贼人死期不远矣,我先夺了他的魂!

现在我好像突然明白了,夺取别人魂的最好办法,或许是坚守自己的魂。

吴三桂曾经占领整个西南,他几乎拥有了半个这个国家,可惜他并没有来得及动摇北方。那时他的儿子已经死了,他的儿子在他刚起兵抗清时就被杀了。明知道儿子在北方做人质,可吴三桂还是决然地起兵了。正如他曾经明知他父亲在李自成军中,可还是决然地杀向了李自成,或许这就是吴三桂。他的梦想实现了,那或许也不是他本初的梦,然而到了现在这已是他唯一的仅剩的东西,他做皇帝了。他成为了最后一个和清人争夺天下的皇帝。而当他把自己封为皇帝不久后就死了。或许他已不再有什么心愿。我不清楚范承祚在他的死因里究竟占了多大的成分。

我也不清楚吴三桂是否真的是皇帝，我不明白他是否能代表我们的魂，然而他总归是死的轰轰烈烈的。

塽公子在监国死后成为了延平王，他成为了东宁的主人，冯锡范的女儿则成为了延平王妃。本来人们一直很少提及塽公子，人们只觉得他还是个孩子，所有的关注无论爱也好恨也罢，从来都只集中在臧公子身上。臧公子因为像国姓爷而得到了人们的爱，也因为像国姓爷而被人们恨。臧公子太严格了，他是身上不存在半分私情的人。东宁的宗族都不喜欢他。

现在塽公子即位了，人们突然发觉其实塽公子也不错，他的天赋原来不输他的私生子哥哥。可惜他依然是个孩子。那一年他只有十岁。

第二年的时候独角兽再次在东宁出现了。它们是友善的兽，总是提醒着人们灾祸。果然不久后岛上的火山喷发了。我曾跟师父去过那里，那是一座原住民的神山，岛上的人说火山喷发是天地要变换的征兆。在人们的记忆中火山第一次喷发后大海盗林凤消失了，第二次喷发时荷兰人驱逐了西班牙人，而第三次喷发时国姓爷建立了东都。

在那时海上传来风声，海风说东宁过得并不好，灾荒使得粮食变得稀少。多年战争的损耗也让东宁无力再像以前那样控制大海。想必东宁的外国商馆大多都撤离了吧，正如地震前动物总是会提前知道，人也是有预感的，特别是海上的人。

那些年汉留已经彻底消失了，不再有力去大陆征战的东宁已经不再需要汉留，留下的人们值得过上自己的生活。有许多人成为了他们寻常的样子。我也不知道对于他们来说，究竟汉留是真实的他们，还是寻常时的身份才是他们真实的自己。也有一些人去了洪门，汉留可以给洪门带去意向，而洪门，有坚韧。

刘英雄会在有一天的时候发现尚方清明剑和金台山实录出现在他的身旁，金台山实录是记载洪门各个分舵人员名单和联络暗号的手册，或许刘英雄会明白在那一刻他是洪门新的总舵主了。

刘英雄是个孤儿，他也只是个普通的人，那一年他曾是小偷。小偷也是江湖上重要的组成，他们有自己的门派和自己的规矩，而别人自然也有针对他们的法则，洪门兄弟捉到刘英雄时要剁掉他的手。师父救下了他，引导他入了洪门。刘英雄有天赋，他是个机灵的孩子，不然无法做好一个小偷，犯在会门的江湖老手手上不算他的不行。那些年师父会不时地去点拨刘英雄的武艺，他什么都没有跟刘英雄说，刘英雄起初时也不知道师父就是陈近南。刘英雄不懂，但他是个开心的人，他从不抱怨，也不问。而我知道，武从来都是次要的，那些年师父一直在观察的是刘英雄的人。刘英雄能活下来也不容易。

不知刘英雄发现自己成为洪门新的总舵主时会怎么想，或许他将也会面对许多怀疑甚至暗杀，但无所谓了，那是他的命运了。他会找到自己的命运。洪门也有自己的命运。

那些年四川的人口渐渐恢复了，许多两湖和两广的人移民去了那里，他们填补了张献忠残杀后的空白。他们大多是苦难的人，他们想去那片没有人烟但却曾经是天府之国的地方寻找新的希望，随着那些苦难的人群洪门也在那片土地壮大了。也有些人最初过去是为了寻找张献忠的宝藏，有传说张献忠把财富埋到了某一座代表四川龙脉的山里，也有人说他们看到张献忠那时吸干了一条巨河，他把财富都扔到了极深的河底，然后又引来了更多的水，他宁可把财富毁了也不肯留给后人。与他类似的还有李自成，李闯王的宝藏也成为了那时最流行的传说，它们与海王宝藏并称天下三大宝藏。世上反正总是会有新的传说诞生的。世上反正总是会有新的希望的。

那些年，渐渐的，各地都找到了各地的样子。洪门或汉留也随着各地苦难的人群流到了四方。

那时施琅的愿望终于实现了，清人皇帝封他做了水师提督，让他与三藩之乱时上任的强硬的福建总督一起率领十万大军攻打台湾。这个时刻终于来临了。或许即便王那个时候同意了杰书亲王条件优渥的招降，这个时刻依然也无法避免。我忽然觉得或许这也是王要坚持走到结局的原因。因为清人的皇帝是绝不会允许任何一个王与他同时存在在这个世界上的。那时本来投降了的耿精忠和尚之信现在也都被他杀了，他们死得很惨，他们有用的家人也死得很惨。范承谟的后人分食耿精忠的肉，他们的命运了结了。

刘国轩带着我们剩下的举国之力在澎湖海上拦截了施琅，东宁举国的商船都被改造为了战舰，那天海水再次成为了红色，天上的云都被映得红了。那天的刘国轩身上有着大海的气运，那是将死亡交给天命的感觉。在大海面前，人永远都是渺小的。刘国轩将施琅逼退到了一个岛上。

岛上没有淡水，施琅在绝望中拔出了他的剑。施琅大喊，妈祖啊！保佑我吧，我不能输！说罢他把他的剑深深插入了地中。随即地中喷涌出了不断的泉水。

战争一连打了六天，大海的幻象布满了每一个人的脑海，人们再也分不清楚现实和虚妄。但刘国轩是清醒的，他明白他赢不了了，他求的是死。他逼近了施琅。他的副官被火铳打死了，那天的风向对他不利，他的舵手又被火炮炸掉了腿，刘国轩亲自握住了舵，他与施琅看见了对方。刘国轩等的就是现在，他弯弓射出了箭。施琅避了一下，可还是被命中面门，施琅失去了一只眼睛。刘国轩的那把弓曾经射杀过袭公子的叛军首领，曾经射杀过无数的清军大将，他等的就是现在。在施琅军中一片慌乱的时候，刘国轩转过了船身，露出了两条龙。这种距离，施琅必死。刘国轩点燃了火。

可不知为什么龙却无论如何都不发射，刘国轩慌了，他用鞭子疯狂地抽打着它们，他喊道快射啊快射啊！可两条龙突然一起裂开了。

施琅仰天狂笑不止，他拔出插在他眼中的箭扔进了海里，他满脸都是黑血。他狂笑着大喊着，我赢了！我赢了！郑成功，我赢了！

刘国轩怕了，或许在那一刻他失掉了信念。他乘着快艇从狮吼门逃回了东宁。

施琅被称为海狼，那一天海狼战胜了海之虎。

冯锡范向施琅请求遵照杰书亲王的约定投降，施琅当然没有同意。想想挺可笑的，在清军想招降的时候我们永远不会同意他们的条件，而在我们想投降的时候清人又永远不会同意我们的条件。或许这就是命运。

墣公子决定举国归命。意思是无条件投降。但他归的是命。

有人建议说全力撤离东宁去攻取吕宋。刘国轩否定了。刘国轩说这样的大规模迁徙难免会再次出现许多冯澄世大人被家臣杀掉夺财的事情。或许刘国轩是对的，也或许那时他已经不再有对战争的渴望了。

施琅登陆台湾后拔出他漆黑的铁剑仰天大喊了三声。他和国姓爷一样是从鹿耳门登陆的，那时的海水也上涨了。然后施琅去了国姓爷的坟墓。

人们很忧心，人们害怕施琅会对国姓爷不利，可谁也无法阻止。人们那时方才回忆起了施琅与我们的恩怨。

那些年施琅一直以伍子胥自居。伍子胥是大才，曾被迫逃离故国，那时他被楚王杀死了父亲和哥哥。许多年后伍子胥率领异国的大军扫平楚国报了大仇,可那时楚王已经死了。于是伍子胥掘开了楚王的坟墓,痛抽了他的尸体三百鞭,一直抽到尸体化为了烂泥与灰尘。

施琅一步步走到了国姓爷的坟前。他身后跟着他的铁甲大军。人们心痛到了极点。东宁的百姓都围在外面哭了。却没有想到这时施琅也哭了。他哭得很痛。他给国姓爷献上了最隆重的祭祀。

施琅哭着说,是南安侯①入台这里才有了居民,是你赐姓开拓,这里才世代成为我们的疆土,天下还能有谁啊!现在我施琅回来了,我依赖天子的威灵和将士的奋勇回来了,我兴起如此灭国大战是为了报效朝廷,也是为了给我的父亲和弟弟报仇啊!可我出生卒伍,曾经你是那样赏识我,不曾想因为一些小事嫌隙,最终发展成了大祸,施琅跟赐姓竟然从此成为仇敌!可回想起我们的情,我却依然感觉与你如同臣主……伍子胥那样的事情,想必真正的义士是不会做的……我们的公私恩怨,一切都就此结束了吧!

说罢施琅又哭了起来。他蒙着黑布的那只眼下也流出了血泪。

在那一刻,我也不知到底是什么感觉。那一刻,好像就是那一刻。

我忽然替塽公子感觉开心,我忽然觉得那个孩子才是这些年压力最大的人。他最被人们疼爱的、最疼爱他的哥哥就那样死了,一切都到了他的身上。他本来不需要有这样的命运,他本来不需要去做一个王。现在这个孩子终于解脱了。海上四代人的命运在这一刻好像终于解脱了。

几年以后清人的皇帝打开了海禁,许多大臣本来是不同意的,或许他们已经习惯了蜷缩的日子。但康熙皇帝坚决地打开了大海。海边的人们开心地拆掉了那数百里的墙,人们团聚了,人们回家了,人们又回到了海上。好像之前的一切都只是一个梦境。人们说大海给那个北方年轻皇帝的心中留下的印象很深。反正只要不反对皇帝,人们总是可以什么都说的。

又过一些年后皇帝下令将国姓爷和王还有所有宗室的坟墓迁回了大陆,这么做或许是为了淡化人们对于东宁王朝的思念吧。可惜这里终归也没有能成为国姓爷他们的家。不过这里成为了许多别人的家,这里依然是东宁百姓的家,他们的生活是美好的,他们属于这里。东宁的梦幻消散了,但海上的迷雾过后这里依然是台湾,依然是福尔摩沙,依然是那个世上最美丽的岛屿。

---

① 南安侯即郑芝龙,南安侯是清朝给郑芝龙的封爵,清朝官员如此称呼他。

而国姓爷他们其实本来也都是心系大陆的人，或许回去是他们最好的归宿。

施琅被封侯了，他的封号是靖海，他成为了海上最后一个雄主。皇帝爱惜他的才能，外国人都怕他。那时本来有许多大臣想放弃台湾，他们恐惧大海，他们恐惧外面未知的世界，他们建议皇帝内迁所有人然后烧毁台湾。可施琅力谏皇帝要留下那里。施琅说未来对于这个国家将再没有比台湾更重要的地方。皇帝认同了他。我忽然觉得有趣，因为师父也说过同样的话。

师父说过今后东宁即使回归大陆台湾也永远会是台湾，师父说台湾将会是这个国家最重要的地方。没想到最终竟是由施琅完成了师父没有说出口的想法。

那一年施琅六十三岁。他的一生圆满了。

塽公子也被封了公爵，他被皇帝叫去了北方，没想到清人本来希望封给国姓爷的爵位最终来到了塽公子的身上。那个孩子成为了那时天下最年轻的公爵。或许他的一生将永远不再有机会像先公般波澜壮阔，也无法像国姓爷决死沙场，或像王那样成为开辟一方天地的主人，但他作为一个孩子，他至少在那个时代活下来了。他和他的后代至少可以永远活下去。待到十代百代以后，谁知道将会是怎样的天下。

那时康熙皇帝亲手写了一副挽联来悼念国姓爷。

四镇多二心，两岛屯师，敢向东南争半壁

诸王无寸土，一隅抗志，方知海外有孤忠

我忽然觉得奇怪，因为这副对联好像正是国姓爷一生最好的写照。我忽然觉得奇怪，我不知道为什么最终最懂国姓爷的人竟然好像是那个北方的皇帝。

而当这副对联写好后国姓爷的一生在最后一个地方也完成了定论，他在清国也成为了英雄，他在清国也成为了忠义的象征。他一生的奋斗最终让他赢得了敌人的尊重。我也不知道他的一生算不算成功，我还是不清楚隆武皇帝的名字是不是给对人了。反正一切都结束了。一切都烟消云散了。

而孤独又奇怪的国姓爷，他带着他那些我不完全理解的坚持和执着，在他死后成为了所有地方和所有人心中的英雄。或许这就是他的魂。

那时师父作为东宁重臣他的坟也被下令要迁回大陆，可师父在台湾还有许多希望能祭奠他的亲友，最终不知是哪个清人高官网开了一面，他们允许把师父的坟一半迁回大陆一半留在台湾。或许他们愿意破例是因为他们都认为师父是好人吧。可我不知道他们是怎么想出这种办法的，我不明白坟是怎么可以做到一半迁走一半留下的。我不知道他们打开师父的棺椁后做了什么，我不知道里面是否有东西，我不知道里面的是谁。反正师父最终有了两个坟墓，一个在大陆，一个在台湾。没想到师父真的成为两个人了。

那时留下了的还有监国和宁靖王。监国是因为蝶小姐把他埋葬得太草率所以被清兵忽视了，没想到因为这个原因他和蝶小姐得以永远相守在了一起，永远留在了这片他们成长和死亡的土地。那时东宁有许多百姓都梦到过他们的样子，百姓们梦见他们合骑着一匹美丽的白马，欢笑着在街市上在水中在白云上行走，他们的样子是那样的开心，那样的纯真，那是他们最美好的日子，也是这片土地最美好的记忆。

施琅代表清人禁止了人们在台湾公开祭祀国姓爷，可他无法做到阻止人们去怀念这两个孩子。渐渐蝶小姐和监国成为了台湾百姓心中最美好的神明。

私生子哥哥死了，他没有亲人，正如他没有亲人的一生，他成为了唯一留下的人，他和他的爱人一起与这片土地融为了一体。而血脉纯正的弟弟活了下来，他带着亲族们去了北方，他扛起了重任，他需要带着人们活下去。或许这就是他们兄弟各自无法抗拒的命运。

而宁靖王能留下是因为他死后百姓一连做了一百多个假坟，清人不知道挖哪个好，干脆随便挖了一个就算了。挖坟这种事本来人也是不喜欢干的。

宁靖王在得知塽公子决定举国归命后叫来附近的农人，他拿出了土地契约，把他的土地分给了人们。他又叫来了他的五个妃子，他让她们离开。可她们不听。她们一起殉节了。宁靖王埋葬了她们，然后去见了塽公子。那时其他人的国事都会对冯锡范或聪公子①说，传说他们两个正是当时在北园别馆对监国下手的人，可宁靖王根本没有理会他们，宁靖王直接走向了塽公子。他将他的剑和监军印递到了公子的手上，那是国姓爷曾送给他的东西。宁靖王对塽公子说了一声，我走了。

那天是宁靖王最后一次也是这么多年唯一一次又穿上了他的衮龙袍，戴上了他的翼善冠，他束好了他的玉带，然后结束了自己的性命。那天他看起来一定就像是大明最辉煌时的样子。

---

① 聪公子即郑聪，是郑经的弟弟、郑克塽的叔叔。

那时我忽然感觉，其实大明的魂一直都在。它们或许在任何地方。同时我也有些羡慕宁靖王，流亡了一生，最后竟然还能有五个妻子。

冯锡范在投降清人后被封了伯爵，他的封号是忠诚。不知为什么，听起来总是有些好笑。

一些年后的一个早晨，人们发现冯锡范被钉死在了他北京的家中，用的是他自己的丧门剑，剑自上而下从他的口中穿过咽喉直插在他卧室内的柱子上。他的眼跟口一样狰狞。按理说这本来应当是一件轰动的事情，可惜那时已经没有人再在乎冯伯爵的死活。有人说是范承祚做的，也有人说是陈近南做的。范承祚依然是那个时代里一个独特的人，他消失了，我没有再见过他。只是有时在江湖中或名山大川上会依稀出现他的影子。而他的其他哥哥们，都成为了清朝极重要的官员。

也正是那时，一些关于陈近南就是陈永华的风声从江湖中隐约传了出来，甚至还出现了一些陈永华是一个秘密反清组织头目的传说，不过无所谓了，又有谁会在乎呢。死了几十年的郑成功和史可法都会经常成为一些组织的头目，消失更多年的崇祯皇帝的皇子都会经常出现在不同的地方，谁又会在乎多出的一个台湾的文臣呢。东宁卧龙，那些事情早就随着东宁一起消散了。清人绝不会因为这种事情去加害师父的家人。

我曾远远地望见过他们，他们过得很好，或许他们已经渐渐习惯了北方。他们被编入了清国的正白旗。大公子不会武艺，但他继承了师母的品格，他会带着人们活下去。二公子也不会武艺，但他继承了师父的才学，他成为了中国第一个来自海外的进士。他们今后将作为清人而活着，但同时他们也是汉人，他们还永远都是东宁的人。他们会作为东宁的人一直活下去。东宁的这几十年已经够了，相信曾在东宁保全的最宝贵的东西也将随着海峡的一统再次回到大陆。那时我好像忽然明白了师父永远也无法说出口的心愿。

师母没有跟着人们一起过去，师母选择了留下。说她自尽或许是玷污了她的品格。她只是留下了，她只是想跟她的半个夫君和她世上最美好的女儿一起留下。在她的死亡中，人们看到了生命的美好。

而刘国轩被封为了天津卫的总兵，清人看重他，他依然永远都是军人。天津卫也是大海，不过那里的海跟东宁的不同，因为那里是北方。那里的海滨没有白沙，只有乱石和北风，那里的海在冬天时会结成滔天的冰浪。正如我跟师父也曾去过清人留在长城外面的皇宫，那里的样子跟大明的宫室几乎一样，因为那本来就是他们绑架汉人的工匠仿造汉人的楼宇建造的，可只要你去了就会明白，那里跟我们完全不同。那是一种完全只属于北方的气息。那里有硕大的旗杆，听说那是他们的萨满用来祭拜天神的法器。那里有无尽的乌鸦，听说他们最喜欢那种被我们视作不详的黑鸟。

望着北方的大海，刘国轩每日晚上都会独自在中庭饮酒，他期望着有一天范承祚或陈近南会来找他，他期望着能得到和冯锡范一样的命运。可惜他一直都没能等到。他只能一杯又一杯地喝着他孤独的酒。

回忆着那些年的那些脸庞，回忆着一个又一个命运的样子，我好像忽然忘记了关于北方和大海的一切。我只记得好像有一座美丽的岛屿依然在海上停留着。我只记得好像人们应该都会活下去。